LES LITS
A UNE PLACE

DU MÊME AUTEUR

Romans :

Virginie et Paul (Julliard).
La Seconde dans Rome (Julliard).
Va voir Maman, Papa travaille! (Robert Laffont).

Pièces de Théâtre :

Comme au Théâtre — La Facture — Un sale égoïste (Julliard).
Le Tournant — Les Bonshommes (Julliard).
Le Tube (Flammarion).
L'Autre Valse — Si t'es beau, t'es con (Robert Laffont).

FRANÇOISE DORIN

LES LITS A UNE PLACE

FLAMMARION

Pour recevoir régulièrement, sans aucun engagement de votre part, l'Actualité Littéraire Flammarion, il vous suffit d'envoyer vos nom et adresse à :

Flammarion, Service ALF, 26, rue Racine, 75278 PARIS Cedex 06.

Pour le CANADA à :

Flammarion Ltée, 163 Est, rue Saint-Paul, Montréal PQ H2Y 1G8

Vous y trouverez présentées toutes les nouveautés mises en vente chez votre libraire : romans, essais, sciences humaines, documents, mémoires, biographies, aventures vécues, livres d'art, livres pour la jeunesse, ouvrages d'utilité pratique...

Printed in France

ISBN 2-08-064272-3

CHAPITRE PREMIER

Nappe blanche rehaussée de fils d'argent.

Fleurs en papier argenté dans vase d'argent.

Chemin de table et cheveux d'ange argentés.

Flambeaux d'argent, accueillant des bougies argentées.

Menu individuel rédigé en lettres d'argent.

Le docteur et Mme François-Achille Buisson, en compagnie de huit de leurs amis, fêtent leurs noces d'argent. Si bien nommées en la circonstance : vingt-cinq ans d'une union qui doit tout au fric. Son commencement et sa non-fin.

Vingt-cinq bougies font leur entrée, entourant un gâteau surmonté d'un petit couple de mariés.

— Oh! s'exclament en chœur neuf personnes polies. La dixième, Antoinette Audricourt, murmure entre ses dents : « Rien ne nous aura été épargné! » Son voisin de gauche, Michel Tournon, lui jette un regard temporisateur.

— C'est un puits d'amour! annonce triomphalement Simone Buisson en désignant le gâteau.

— Ah! s'exclament en chœur huit personnes vraiment très bien élevées.

La neuvième, la même Antoinette Audricourt, murmure entre ses dents : « Aucune pudeur! » Son voisin de gauche lui donne un coup de pied sous la table pour l'inviter au silence.

Simone Buisson se lève, sa coupe de champagne à la main. En une fraction de seconde, celle où elle est déjà debout et son mari en face d'elle encore assis, elle s'aperçoit avec dépit que le sommet du crâne de François-Achille qui commençait à se dégarnir sérieusement est à présent recouvert d'un duvet dru, plus que prometteur : le nouveau traitement capillaire qu'il vient de mettre au point avec un dermatologue est efficace. Salaud! Il ne vieillira donc jamais!

Pendant cette même fraction de seconde, François-Achille observe avec l'œil froid du technicien le menton alourdi de sa femme et son rictus creusé. Pauvre vieille! son dernier lifting n'a pas tenu. Il va falloir recommencer.

Simone Buisson porte la coupe de champagne à ses lèvres.

— A vingt-cinq ans de bonheur, dit-elle.

— A vingt-cinq ans de bonheur, répètent en écho neuf personnes atteintes d'hypocrisie galopante. La dixième, toujours Antoinette Audricourt, laisse échapper, un peu plus haut qu'elle ne le souhaitait : « A vingt-cinq ans de mensonges! »

Huit personnes font semblant de ne pas avoir entendu et reprennent précipitamment leurs conversations interrompues.

La neuvième, Michel Tournon, transmet son entière approbation à Antoinette Audricourt par l'intermédiaire d'un sourire complice, puis, à son intention, trace du bout de sa cuillère un huit sur la nappe. Antoinette ne dira pratiquement plus rien de toute la soirée.

Deux heures plus tard, Antoinette s'affale sur le siège de la voiture de Michel, rejette sa tête en arrière, allonge ses jambes, dégrafe sa ceinture et commence à ruminer sa soirée.

— Quelle mascarade! dit-elle. Trois couples chancelants fêtant les vingt-cinq ans de bonheur d'un quatrième en perdition.

Michel sent venir immédiatement une de ces colères violentes et sèches dont Antoinette a le secret et qu'il a baptisées « siroccos » le jour où, lui-même en ayant été l'objet, il en avait eu littéralement le souffle coupé. C'est d'ailleurs ce jour-là, il y aura bientôt sept ans, qu'il s'était enfin décidé après des mois et des mois d'atermoiement, à accorder à sa femme le divorce qu'elle lui demandait et à rallier l'amitié fraternelle du « huit ». Depuis il avait pu, en bien d'autres occasions, apprécier sur lui les effets vivifiants et salubres des siroccos d'Antoinette. Il lui arrivait même de les provoquer par plaisir; mais ce soir, fatigué par ce dîner sinistre, il a plutôt envie de détourner celui qui couve à ses côtés.

— As-tu remarqué, dit-il, que de toutes les femmes présentes, tu étais la seule à ne rien devoir au bistouri de François-Achille?

Rapidement, Antoinette recense dans sa tête le lifting

raté de Simone Buisson, celui plus récent de son inséparable amie Yolande, les seins subitement agressifs de Mathilde, et les cicatrices presque invisibles au coin des yeux d'Yvette.

— Oui, dit Antoinette, tu as raison.

— Tu étais la plus belle.

— Je n'avais pas de mal, elles étaient hideuses.

— Il faut dire à leur décharge, sans vouloir faire de mauvaise plaisanterie, que ni les unes ni les autres, en ce moment, ne sont très bien dans leur peau.

— A qui la faute?

— La vie, répond évasivement Michel.

— Quoi?

Antoinette se redresse sur son siège. Le sirocco est en route. Elle libère ses cheveux noirs et raides de la barrette qui les retenait sur la nuque. Ce geste inconscient accompagne rituellement ses colères, comme si, dans ces moments-là, elle avait besoin d'un autre visage. En catogan, c'est une femme posée, presque distante; crinière au vent, c'est une lionne en furie. Elle secoue la tête, ça y est! le sirocco est là, balayant avec des phrases cinglantes les quatre femmes en cause. Quatre femmes qui portent toutes des noms rendus célèbres par leurs maris dans la littérature, la politique, le barreau et la chirurgie esthétique, qui les portent comme des décorations obtenues pour mérite personnel et qui devraient être condamnées pour port illégal de vanité. Quatre femmes contraintes par l'âge à la vertu et qui en sont devenues les apôtres indécents. Quatre femmes qui, après avoir copieusement trompé leurs conjoints, s'érigent en saintes martyres parce qu'elles ne peuvent plus le faire et qu'eux le peuvent encore. Quatre femmes qui acceptent toutes les compromissions, toutes les humiliations, toutes les lâchetés plutôt que de renoncer aux avantages inhérents à leur titre d'épouses. Quatre femmes qui savent qu'en leur présence, leurs maris ne pensent qu'à une autre, qu'ils en aiment une autre, qu'ils en désirent une autre et qui restent là, accrochées de toutes leurs griffes à leur os desséché, illustrant à merveille ce refrain populaire : « Mais perdu pour perdu, l'autre ne l'aura pas non plus. »

— Des putes légales, conclut Antoinette.

Michel n'a pas de sympathie spéciale pour ces femmes, mais récemment, il a reçu les doléances de l'une d'elles, Simone, avec laquelle, jadis, il a eu une aventure passagère. Elle a essayé de l'enrôler, lui, après tant d'autres, pour la bataille qu'elle mène contre « l'ennemie ». Elle n'y est pas parvenue, mais néanmoins, elle a dépeint son existence et celle de ses amies avec des couleurs si sombres qu'il a fini par en concevoir une certaine pitié pour ces « veuves sans mort ».

— Tu n'as pas l'air de penser un instant que ces femmes souffrent.

— Elles ont peur, c'est différent. Peur de perdre ce qu'elles n'ont que grâce à leurs maris.

— L'argent?

— Un peu. Mais pas essentiellement : elles savent qu'en cas de divorce, le partage des biens en communauté qu'elles ont eu la prudence de faire acheter par leurs époux, et de généreuses pensions alimentaires les mettraient largement à l'abri du besoin.

— Alors peur de perdre quoi?

— Ce que seules, elles n'auraient irrémédiablement plus : les invitations, les sorties, les relations, la considération de leurs prochains, les privilèges de la carte de visite.

— Pas Simone en tout cas, je t'assure. Elle tient à garder son « Buibui » pour d'autres raisons.

— Elle tient à garder le docteur François-Achille Buisson. C'est tout, et elle doit bénir tous les jours ses beaux-parents d'avoir donné à leur fils d'une part un prénom hors du commun, d'autre part un métier qui suscite la curiosité et où il a atteint la célébrité.

A l'appui de ce qu'elle avance, Antoinette raconte comment, à chaque fois qu'elle rencontre Simone chez leur coiffeur commun, celle-ci, à peine arrivée, se découvre un urgent coup de téléphone à donner. Pas de la cabine, mais de la caisse pour que tout le monde en profite. Comment elle s'annonce à son interlocuteur, pas en disant : « Ici Simone Buisson », ce qui passerait totalement inaperçu, mais : « Ici Mme François-Achille Buisson. » Comment la directrice du salon, fine psychologue, réclame aussitôt à haute et intelligible voix une shampooineuse pour Mme François-Achille Buisson. Comment Francine s'empare des magazines où elle sait trouver des photos de clientes opérées par son mari qu'elle s'empresse de montrer à sa coiffeuse avec des mines de conspirateur. Comment elle profite d'être sous le séchoir pour apprendre à la manucure qui s'extasie, qu'elle reçoit ce soir chez elle — enfin chez nous — telle ou telle vedette de l'actualité. Comment enfin Simone, au moment de payer sa note, se confond en remerciements en feignant de découvrir — sans lunettes — le petit pourcentage que la maison lui consent, pour le simple plaisir d'entendre la caissière lui répondre : « C'est normal... La femme du docteur Buisson... »

Michel sourit.

— Qu'est-ce qui t'amuse? demande Antoinette.

— Je pense aux pauvres féministes qui se battent pour obtenir qu'une loi autorise les femmes mariées à garder leurs noms de jeunes filles.

— Il y en a que cette mesure satisferait : celles qui ont plus une vocation de locomotive que de wagon.

— Autrement dit, les seules que tu estimes.

— Pas du tout. J'ai la plus grande estime pour les autres aussi, à condition qu'elles aient choisi d'être des wagons — par amour — et qu'elles en remplissent les fonctions avec désintéressement, ce qui n'est pas le cas de Simone, ni de sa petite bande.

— J'en suis moins sûr que toi.

— Elles n'ont pas arrêté de tromper leurs maris.

— Enfin, tu sais très bien...

Non, ça Antoinette ne savait pas, ou plutôt ne voulait pas savoir qu'on peut tromper la personne qu'on aime. D'abord, il était inconcevable pour elle qu'on puisse en avoir envie, puisque l'amour vous sensibilisait aux charmes d'un seul être, à l'exclusion de tous les autres. Ensuite si, par un hasard qu'elle imaginait difficilement, une tentation vous traversait l'esprit, ou plus exactement le corps, il lui était tout aussi inconcevable qu'on ne la repousse pas aussitôt, en imaginant d'une part la peine ou la déception qu'on pouvait provoquer et, d'autre part, les dégâts qu'on risquait d'entraîner pour le couple. Donc, pour elle, c'était clair :

si on succombait une fois, c'est qu'on aimait déjà moins. Si on prolongeait l'adultère ou si on le renouvelait avec un autre partenaire, c'est qu'on n'aimait plus. Par deux fois, elle avait eu l'occasion de vérifier personnellement que c'était là la vérité : la première fois, c'est elle qui avait trompé, la seconde, on l'avait trompée. Mais dans les deux cas, la tromperie avait suivi de près une chute des sentiments et précédé de très peu une rupture définitive.

Michel, qui dissocie complètement la sexualité de l'amour ne partage pas du tout l'opinion d'Antoinette et lui en reproche « le manichéisme d'un autre âge », ce qui a pour effet immédiat le retour en force du sirocco qui s'était quelque peu éloigné.

— Vous êtes tous des pourris! s'écrie Antoinette. A force de dire ou d'entendre dire à tout bout de champ, avec la plus parfaite indifférence : « Tiens, une telle a trompé son mari » ou « Tiens, Machin couche avec Chose », ces phrases se sont, pour toi et pour beaucoup d'autres, désincarnées de leur substance. Mais pour moi elles ont gardé leur sens et leur pouvoir évocateur. Pour moi « tromper son mari », ça signifie, pour une femme, avoir à un moment de la journée le sexe d'un homme dans son ventre, dans sa main, dans sa bouche, et quelques heures plus tard le sexe d'un autre homme dans le même ventre, dans la même bouche, dans la même main. Que tu le veuilles ou non, ça se résume à ça et je voudrais bien savoir si tu considères vraiment ces effusions successives, et les comparaisons qu'elles ne manquent pas de susciter chez les intéressées comme de jolies preuves d'amour conjugal.

Michel reste intimement persuadé qu'il a raison et que faire l'amour peut n'avoir quelquefois — même pour les femmes — pas plus d'importance que boire un demi quand on a soif, mais — comme d'habitude — Antoinette a visualisé les choses d'une façon si frappante, qu'il ne trouve aucun argument à opposer à ses images et se contente d'un haussement d'épaules... dont Antoinette n'est pas femme à se contenter.

— Alors, tu réponds?

— C'est impossible! Tu raisonnes juste sur des données fausses.

— Qu'est-ce qui est faux? Que les femmes adultères ont les mêmes gestes avec deux hommes différents dont un est leur époux chéri?

— Elles n'accordent pas à ces gestes la même importance que toi. Sitôt faits, sitôt oubliés.

— Erreur! Grosse erreur! J'ai reçu assez de confidences pour t'affirmer qu'elles s'en souviennent, qu'elles en parlent et qu'elles les commentent.

Michel croit s'en tirer avec un soupir lassé mais il en faut plus pour arrêter Antoinette quand elle est lancée.

— La preuve? continue-t-elle, c'est au cours d'un papotage de dames avec Simone qu'elle m'a appris — sans en être gênée le moins du monde — que tu étais plus « avantageux » que son mari, mais moins que le peintre brésilien qui t'a succédé.

L'impudeur avec laquelle les femmes racontent leurs secrets d'alcôve — par le menu — a toujours choqué Michel, même quand il en fut parfois l'auditeur involontaire et amusé, mais lorsqu'il en devient l'objet, il en est carrément écœuré. Il détourne la tête et ouvre sa vitre comme pour échapper à une odeur nauséabonde puis, brusquement, fait demi-tour.

— Où vas-tu? demande Antoinette.

— Chez Florence.

Florence était la femme que François-Achille aimait depuis trois ans et qui serait depuis longtemps déjà la deuxième Mme Buisson si la première, pressentant le danger dès le début de l'aventure, n'avait avec autant d'âpreté et de rouerie défendu la place, « le bout de gras » disait Florence qui, elle, n'avait pas un sens inné de la diplomatie. Ce qui lui valait toute la sympathie d'Antoinette.

— La pauvre! dit celle-ci, elle a dû se sentir bien seule ce soir.

— Oui... C'est pourquoi Buisson m'a demandé discrètement en partant de lui porter une lettre.

— Tu viens de t'en souvenir seulement?

— Non... mais j'avais des scrupules vis-à-vis de Simone.

Antoinette, magnanime, évite de lui demander pourquoi soudainement il n'en a plus et rattache d'une main paisible ses cheveux avec sa barrette. Michel la regarde du coin de l'œil avec un évident plaisir. Le sirocco est définitivement passé.

Quelques minutes plus tard, il arrête sa voiture en double file, devant l'immeuble de Florence.

— Tu m'accompagnes?

— Non. Je n'aime pas voir les gens malheureux.

Michel non plus. Il revient peu après avec à la main une enveloppe bleue non cachetée et qu'il ouvre en reprenant sa place auprès d'Antoinette.

— Elle a écrit la réponse devant moi, dit-il.

Réponse courte : un seul mot, mais en lettres épaisses qui emplissent la largeur de la carte de visite : M E R D E.

Antoinette sourit. Décidément, cette Florence lui est de plus en plus sympathique.

— Dommage qu'il n'y ait pas un étage de plus au « huit », dit-elle.

CHAPITRE II

Nappe en Vichy rose et blanc, agrémentée devant chaque assiette d'un pompon en laine assortie.

Fleurs en laine tricotée dans vases emmaillotés d'angora.

Chemin de table en écheveau de laine vierge tressée.

Grosses bougies avec collerettes de laine.

Menu collectif avec lettres brodées en laine rose.

Antoinette, Catherine, Michel et Pascal fêtent ensemble leurs noces de laine : sept ans de mariage avec le célibat.

C'est Michel qui a eu l'idée de ce dîner d'anniversaire, parodie de celui des Buisson; Antoinette et Catherine l'ont préparé, mis au point, organisé avec des soins d'amoureuses. D'amoureuses de l'amitié. Quant à Pascal, le fils d'Antoinette, cordon bleu à ses heures, il s'est chargé du dessert. Il l'a confectionné le matin même, chez lui, au quatrième étage du « huit », descendu chez sa mère, au troisième, avant le dîner, dans un carton fermé et l'apporte maintenant sur la table avec la mine fierotte et gênée du collégien qui s'apprête à recevoir un prix d'excellence. C'est un superbe gâteau au chocolat sur la surface lisse duquel est dessiné avec du sucre pâtissier une chaumière naïve, entourée de quatre cœurs et portant un numéro : le huit. Michel réclame une photo pour immortaliser ce chef-d'œuvre.

Antoinette réclame un ban pour le cuisinier.

Pascal réclame un grand couteau.

Catherine réclame un gros morceau.

On parle très fort, on s'esclaffe. On ironise. On se met en boîte. Bref, chacun comme il peut, cache qu'il est ému.

Antoinette lève son verre :

— A sept ans de bonheur sans mensonges, dit-elle.

— Aux sept prochaines années, dit Michel.

— A la bonne santé du « Huit », dit Pascal.

— A Antoinette, dit Catherine. Le Huit, c'est elle.

Antoinette proteste, mais Catherine n'en démord pas : Sans Antoinette, « le Huit » n'existerait pas. D'abord, c'est la maison de son enfance. Ensuite — et surtout — c'est, dans sa forme nouvelle, la maison qu'elle a rêvée; ce nid d'amitié, qu'elle a fabriqué avec patience, ténacité, énergie, pour lequel elle s'est battue et dépensée sans compter, c'est son œuvre. Antoinette ne le nie pas, mais elle tient à y associer ses collaborateurs. En premier lieu, son père.

— D'accord, dit Pascal en trinquant avec la bouteille de Château-Talbot, à grand-père. Sans lui, pas de baraque.

« La baraque » avait été à l'origine un somptueux hôtel particulier, construit sous Napoléon III pour abriter les amours clandestines d'un aristocrate et d'une courtisane, dans cette partie du IXᵉ arrondissement spécialisée à l'époque dans la galanterie. Le père d'Antoinette l'avait acheté et redécoré en 1930 alors que, âgé de cinquante-deux ans, et jusque-là célibataire inconditionnel, il avait épousé une ravissante Eurasienne, de vingt-cinq ans sa cadette et prénommée Joséphine. Dans la corbeille de noces, il avait mis « le Huit » et sa réputation flatteuse d'homme de lettres. Joséphine, elle, y avait déposé sa beauté... et Antoinette.

Deux ans plus tard, un garçon jeune et athlétique, maître nageur de son état, avait sonné à la porte de la villa de Bénodet où Charles Audricourt passait ses vacances en famille. Le visiteur, en peignoir de bain, tremblant de tous ses membres, le visage décomposé, avait annoncé à l'écrivain que le canot dans lequel il avait emmené Joséphine s'était brisé sur un récif non balisé et qu'elle s'était noyée sous ses yeux sans qu'il ait pu intervenir.

C'est ainsi que Charles Audricourt apprit en même temps qu'il était veuf et cocu. Ceci l'avait immédiatement consolé de cela, et aux amis qui, après le deuil, s'étonnaient de son absence de chagrin, il expliquait le plus simplement du monde qu'il avait aimé une femme délicieusement spontanée et sensible et que c'était une autre qui était morte : une petite menteuse rouée avec des goûts vulgaires. Il concluait en retroussant sa moustache de sa main de prélat : « Vous ne voudriez quand même pas que je pleure la maîtresse d'un garçon de bain! »

A quatre décennies de distance, quand, après sept ans d'un bonheur sans nuage avec Gilles, Antoinette avait appris que celui-ci l'avait « accidentellement » trompée avec une vedette du *Crazy Horse Saloon,* elle lui avait dit en lui signifiant son congé : « Tu ne voudrais quand même pas que je reste avec l'amant d'une strip-teaseuse! »

Résurgence inconsciente de la mémoire ou idendité de pensée? Antoinette ne pouvait le préciser mais, de toute façon, se plaisait à voir là une preuve supplémentaire de l'influence paternelle dans sa vie. Influence que Catherine ne perdait pas une occasion de déplorer car, jalouse de la vénération qu'Antoinette portait à son père, elle vouait une antipathie instinctive à Charles Audricourt qui, de son vivant, jaloux de l'amitié qui l'unissait à sa fille, la lui avait bien rendue. C'est pourquoi Catherine supportait très mal l'idée de devoir « le Huit » — même partiellement — à ce rival, même défunt.

— Bien sûr, il l'a acheté, dit-elle à Antoinette. N'empêche que sans toi, « le Huit », notre « Huit » à nous n'existerait pas.

— Sans toi non plus, répond Antoinette. Sans Michel et sans Pascal, pas davantage.

— Oui, mais si on est là, les uns et les autres, c'est bien à cause de toi.

Uniquement pour le plaisir de contredire Catherine et de la voir foncer, tête baissée, cœur en bandoulière comme toujours, dans une discussion qu'elle sera la seule à prendre au sérieux, Michel s'inscrit en faux :

— Pas du tout, dit-il. Moi je suis là à cause de Judith, Antoinette à cause de Gilles, toi, à cause de Bertrand et Pascal à cause de sa muse qui avait le mal de mer.

La mère et le fils s'amusent à entrer dans le jeu de Michel et l'approuvent. Catherine s'insurge. Dans une confusion générale à laquelle le vin et la fatigue ne sont pas étrangers, chacun se met alors à reconstituer la genèse du « Huit » à partir de sa propre histoire. Les dates s'entrecroisent. Les souvenirs se chevauchent. Leurs propos deviennent si confus qu'il est impossible de les transcrire ici. C'est pourquoi, à l'intention des curieux qui aiment bien connaître l'historique des lieux où ils passent, j'ai cru bon de l'établir succinctement, en m'en tenant à la froide chronologie des faits qu'Antoinette, à tête reposée, a bien voulu me confier :

12 mai 1970. Rupture d'Antoinette avec Gilles pour la raison que nous savons.

6 juin 1970. Antoinette ne fête pas ses quarante ans.

Juillet 1970. Départ de Pascal. Il fuit la mère solitaire qui risque de devenir castratrice. Il fuit l'éducation bourgeoise, la baraque d'un autre monde, la vie d'un autre temps. Il s'engage dans la marine. Il enverra une carte postale deux fois par an : le 1er janvier et le 6 juin.

Août 1970. Paris désert. Maison vide. Antoinette dresse un bilan moral et financier. Elle a la tentation de vendre « le Huit », les tableaux, les livres, les objets d'art que son père y a accumulés.

Septembre 1970. Antoinette vend les bijoux de sa mère — ceux que son père avait offerts à Joséphine — ainsi que les meubles choisis par elle dans le style Arts déco revenu miraculeusement à la mode. Avec l'argent de ces ventes, elle décide de changer l'agencement intérieur de l'hôtel particulier, de le séparer en quatre appartements avec l'intention d'en louer trois — de préférence à des célibataires comme elle — et de vivre dans le quatrième. C'est là que naît, confusément encore dans la tête d'Antoinette, l'idée du « Huit », tel qu'il est maintenant.

Janvier 1971. Les travaux commencent sous la direction de Bertrand Cauvert, le mari de Catherine. Dans le même temps, Antoinette s'installe sommairement dans le garage et, sur les conseils de Judith Tournon, à l'époque mariée à Michel, reprend ses pinceaux et s'attaque à la technique de la peinture sur soie.

Janvier 1972. En compagnie des trois couples d'amis qui l'ont soutenue fidèlement pendant cette période difficile : les Marioneau (Marc et Simone), les Cauvert (Bertrand et Catherine), les Tournon (Michel et Judith), Antoinette pend la crémaillère dans son nouvel appartement au troisième étage — celui que son père avait habité. Les trois autres sont en voie d'achèvement.

Mars 1972. Antoinette reçoit les confidences de Judith qui, dans sa boutique de Saint-Germain-des-Prés, vend les peintures sur soie de son amie sous forme de coussins, de foulards, d'abat-jour et même de tableaux avec le plus grand succès. Judith veut divorcer et demande à Antoinette de parler à Michel qui, lui, s'obstine à vouloir poursuivre une vie conjugale absurde.

Avril 1972. Bertrand Cauvert vient à son tour réclamer l'aide d'Antoinette. Il va quitter Catherine mais, inquiet des crises de nerfs et des menaces de celle-ci, il supplie Antoinette de la prendre en charge — au moins pendant les premiers mois de leur séparation.

Mai 1972. Antoinette multiplie les rencontres avec les deux conjoints délaissés : Michel et Catherine. Elle essaye de raisonner l'un et de calmer l'autre. Elle a nettement plus de réussite avec Catherine.

Juin 1972. « Le Huit » a pris son nouvel aspect. Le garage est devenu un atelier où Antoinette travaille d'arrache-pied. Catherine, pendant les week-ends où son mari s'absente, vient coucher dans le living d'Antoinette. Michel, lui, demeure intraitable.

Juillet 1972. Catherine accepte de partir en vacances avec Antoinette, chez les Marioneau. Ils ont une maison très gaie à Port-Grimaud, un chris-craft pour des balades en mer et un fils qui a une joyeuse bande d'amis. Michel a convaincu Judith de passer avec lui les vacances de la dernière chance en lui promettant que si, à l'issue de ce séjour, elle reste dans les mêmes dispositions, il cédera.

Août 1972. Catherine sèche ses larmes au vent du large et aussi un petit peu sur l'épaule du fils Marioneau. Michel envoie une carte à Antoinette : « Tout va bien, bons baisers. » Judith lui en envoie une autre : « C'est de pis en pis. Tristement à toi. »

Septembre 1972. A son retour de Port-Grimaud, Catherine trouve son appartement vide et vient tout naturellement emménager au premier étage du « Huit ». En même temps, suite à des conversations estivales, elle commence à travailler comme attachée de presse aux éditions Marioneau. Michel, lui, malgré le fiasco de ses vacances conjugales et malgré sa promesse, menace Judith des pires représailles si elle le quitte, et ne répond ni aux coups de téléphone d'Antoinette, ni aux deux lettres qu'elle lui envoie.

Octobre 1972. Pascal revient, découvre le nouveau « Huit », s'attarde au quatrième étage : celui, jadis, des domestiques. L'appartement est mansardé, clair, gai, biscornu. En y voyant son fils, Antoinette s'aperçoit qu'elle n'a jamais imaginé quelqu'un d'autre dedans. Mais elle se tait et Pascal repart. C'est un chat sauvage. Elle mettra près de quatre mois à l'apprivoiser. Quatre mois au cours desquels il passe de temps en temps la voir sans qu'une seule fois les problèmes essentiels qui les tarabustent l'un et l'autre ne soient abordés ni par l'un ni par l'autre. Quatre mois d'une lutte acharnée mais muette entre ces deux êtres qui s'adorent et se ressemblent trop.

Novembre 1972. Sur les instances de Judith, Antoinette piège Michel à la sortie de la maison de publicité où il occupe un poste important. Non sans difficultés, elle le ramène au « Huit » et lui fait visiter l'appartement de Catherine, celui qu'elle destine à Pascal, et celui encore inoccupé du deuxième étage qu'elle lui propose immédiatement. Proposition accompagnée d'une description mirifique de ce que pourrait être cette association de quatre amis solitaires, qui éviterait à chacun, à la fois les inconvénients d'une cohabitation quotidienne et ceux de la solitude. Tous pour un quand il le faut. Mais chacun chez soi, quand on le désire. Michel, qui semble séduit au départ, finit par se dérober de nouveau en se réfugiant derrière des arguments d'une parfaite mauvaise foi. C'est alors que, stupéfait, il reçoit en pleine figure une bourrasque d'injures et d'insultes : le premier sirocco d'Antoinette.

Une semaine plus tard, il emménage au « Huit ».

23 janvier 1973. A huit heures trente du matin, jour et heure de l'anniversaire de ses vingt et un ans, Pascal vient prendre possession de « son » appartement. Devant sa mère, apparemment impassible, il sort, apparemment indifférent, de son sac de marin, un cahier gondolé : un roman qu'il a commencé à écrire sur ses voyages. Puis il jette sur son lit une liasse de billets en disant à sa mère : « Pour mon loyer. »

23 janvier 1973. A vingt heures : Antoinette, Catherine, Michel et Pascal dînent ensemble. Aucun d'eux n'ose dire qu'ils fêtent la naissance du « Huit », mais chacun d'eux le sait.

Aujourd'hui, après sept ans de vie commune et séparée, ils ont plus d'assurance. Ils se font confiance. Pourtant, au moment du départ, dans la petite entrée d'Antoinette, quand Pascal lance étourdiment : « A l'année prochaine, les copains, pour les noces de coquelicot! » une ombre passe...

... et quatre mains, dans le même réflexe superstitieux, se précipitent sur le même morceau de bois rond et non verni : la canne de Charles Audricourt.

CHAPITRE III

— Vous aimez les jeunes?

L'étudiant qui vient d'interpeller Antoinette sur les Champs-Elysées avec l'espoir de lui fourguer son journal universitaire en est pour ses frais. Antoinette remonte le col de son manteau et tourne ostensiblement la tête vers le garçon qui l'accompagne. Il est à peine plus âgé que l'étudiant. C'est sans doute ce qui incite celui-ci à revenir à la charge :

— Vous n'aimez vraiment pas les jeunes?

— Non!

— Ben, on ne le dirait pas!

Avant de tourner les talons, l'étudiant jette un regard ironique sur la main droite d'Antoinette emprisonnée entre celles de son compagnon.

Elle était partie de chez elle sans gants et sans écharpe. Sa voiture était à la révision. Celle de Catherine, avec un quelconque minet au volant, roulait sur une route de week-end. Celle de Michel grelottait avec son propriétaire sous les neiges helvétiques et Pascal avait besoin de la sienne. Alors, comme elle ne voulait pas être en retard à son rendez-vous avec Maître Vanneau, quand Christophe, qui se trouvait par hasard chez son fils et qu'elle n'avait jamais vu auparavant, lui avait proposé de la conduire en moto, elle avait tout de suite accepté. Avec enthousiasme. C'était la première fois qu'elle montait sur cette sorte d'engin. Elle n'avait pas pensé qu'elle aurait si froid; quand ils s'étaient arrêtés, elle avait les doigts exsangues et elle les avait confiés à Christophe pour qu'il essaye de les réchauffer.

Voilà! C'était aussi simple que ça. Mais si elle avait dit la vérité à l'étudiant, il ne l'aurait pas crue. Personne d'ailleurs. Les apparences étaient contre elle. Contre eux. Elle n'était plus tout à fait une jeune femme. Il n'était pas encore tout à fait un homme. Elle était belle encore, quand elle voulait. Il était beau, sans le vouloir. Elle aurait pu être sa mère, mais elle ne l'était pas. Donc elle se le tapait. Ou elle rêvait de... Eh bien! non. Elle ne rêvait pas de... Pas du tout. Et elle était furieuse que cet étudiant se permette de l'imaginer.

— Quel con! dit-elle en mettant précipitamment la main dans sa poche de manteau.

— Pourquoi? demande Christophe.

C'est d'une telle évidence pour Antoinette qu'elle juge inutile de répondre à Christophe autrement que par un haussement d'épaules, et, étant arrivée devant l'immeuble de Maître Vanneau, prend rapidement congé.

Selon une habitude acquise par elle au contact de Gilles, féru d'exercice physique, elle néglige l'ascenseur et se met à monter les étages posément sur la pointe des pieds, en contrôlant sa respiration, comme il le lui avait appris dès les premiers temps de leur rencontre : inspirer sur quatre marches. Expirer sur six. Dix-sept ans de cela... et ce n'était guère que depuis l'année dernière qu'elle commençait à s'essouffler vers la fin du quatrième étage. Aujourd'hui, elle constate avec agacement qu'au sixième, elle est carrément haletante. Elle n'a pas encore complètement repris son souffle quand Maître Vanneau vient lui-même lui ouvrir la porte. Ses yeux de basset artésien sont encore plus tristes qu'à l'accoutumée.

— Ce n'était pas la peine de vous presser autant, dit-il. Elle prolonge son séjour.

« Elle », c'est Alice, une ancienne comédienne sans talent qu'il a épousée, contre la volonté de ses parents, six mois après qu'elle l'eut ébloui sur la scène du casino d'Annecy. Son goût pour les jouvenceaux, qui s'accentue avec l'âge, inspire aux indifférents des sarcasmes amusés, aux amis de la pitié, à Maître Vanneau un tourment profond.

— Je suis vraiment désolée pour vous, dit Antoinette.

Elle est sincère. Elle avait été très touchée quand, il y a deux mois, Maître Vanneau était venu la voir dans son atelier pour lui commander, tout gêné, « un travail un petit peu spécial ». Il souhaitait en effet qu'Antoinette peignît, sur les deux pans d'une écharpe en soie, Alice, telle qu'il l'avait vue la première fois, dans le costume d'Agnès de *L'Ecole des femmes*. Encore sous le charme de l'ingénue qu'elle n'était pourtant déjà plus à l'époque, il avait sorti de son portefeuille, comme une relique, la photo qui la représentait dans ce rôle et qu'Antoinette était chargée de reproduire, de la plus ressemblante façon possible. A la photo était attaché par un trombone un morceau de tissu mauve. Le mauve de la robe portée par Alice. Sa couleur préférée. Avant de partir, Maître Vanneau avait spécifié à Antoinette qu'il lui fallait impérativement cette écharpe pour le 17 février — mais sans lui en donner la raison. Aujourd'hui, il la lui dit :

— C'est notre anniversaire de mariage : trente-trois ans. J'espérais l'attendrir avec ce premier souvenir... et tous les autres qui en ont découlé.

Antoinette pense aussitôt à une de ces formules à l'emporte-pièce qu'affectionne Catherine et qui étaye sa philosophie de quinquagénaire dynamique : « On dira ce qu'on voudra, mais comme oreiller, les souvenirs, ça ne vaut pas les muscles! » Mais, bien sûr, elle la garde pour elle, l'heure n'est pas à la plaisanterie. Ni l'endroit. Le salon où Maître Vanneau a introduit Antoinette afin de lui régler le prix de son travail est sinistre, et en plus glacial. Antoinette frissonne. Voilà que son envie du « Huit » la prend. Ça les prend comme ça, de temps en temps, Antoinette, Michel, Pascal, Catherine, l'envie du « Huit ». Au milieu d'un spectacle. Au détour d'une conversation, d'une déception, d'un agacement. Au coin des autres. Ils disent que c'est inexplicable et irrésistible. Il faut qu'ils rentrent au bercail. Dans le cocon, le nid. Le refuge. La forteresse. Même quand le « Huit » est vide de ses occupants, comme c'est le cas ce soir, il garde son pouvoir attractif. Il est une présence en soi. Ils en parlent d'ailleurs comme d'une personne vivante et quand un de leurs amis, entrant dans leur jeu, leur demande : « Comment va le " Huit "? » ils répondent sans sourciller, selon le cas : « Il est en pleine forme » ou « Il est de mauvaise humeur en ce moment ». Présentement, Antoinette aurait volontiers confié à Maître Vanneau avec des mines de grande coquette « que le " Huit " l'attend, qu'elle doit passer la soirée avec lui et qu'il va s'impatienter ». Mais l'avocat ignore les relations un peu particulières qu'Antoinette entretient avec sa maison et elle se contente d'amorcer sa sortie en regardant ostensiblement sa montre. A peine a-t-elle le temps de constater qu'il est sept heures et demie que la sonnerie de la porte d'entrée retentit. Antoinette sursaute.

— C'est peut-être Mme Vanneau?

Maître Vanneau se lève, sans précipitation. Sans illusion.

— Non, dit-il simplement, c'est l'écailler.

Effectivement, une minute plus tard, il revient, tenant à bout de bras un énorme plateau de fruits de mer dont les algues mouillées dégoulinent sur ses mains; sujet insolite pour une nature morte : l'avocat aux huîtres sur fond de décor Empire.

— C'est superbe! s'exclame Antoinette.

— Vous aimez?

— J'adore!

— Vous ne voulez pas dîner avec moi?

C'est moins une demande qu'une supplique. Pauvre Maître Vanneau! Quand on est malheureux, tout est prétexte à l'être davantage. Evidemment c'est plus noble, plus digne, plus romantique quand le chagrin s'accroche à une photo jaunie, à une fleur séchée, ou aux effluves d'un parfum. Mais on ne choisit pas. Ce n'est pas sa faute à lui si son chagrin est venu se nicher à l'improviste dans un plat de coquillages. Il les avait commandés pour elle, pour le repas d'anniversaire dont il espérait tant et auquel il avait apporté tous ses soins. Rien ne devait y manquer de ce qu'Alice aimait : les bougies mauves, les orchidées blanches, le champagne rosé, la nappe en dentelle, un feu de bois. Il avait imaginé son sourire, d'abord un peu triste, un peu hésitant, puis soudain attendri quand elle découvrirait l'écharpe en soie peinte d'Antoinette. Il avait imaginé leurs mains se rejoignant au-dessus de la table. Leurs deux mains gauches — celles avec l'alliance. La sienne à elle devenue trop large pour ses doigts décharnés. La sienne à lui qui s'était enfoncée dans la graisse des années et qu'il ne pouvait plus enlever.

Non! Ce n'était pas sa faute, à Maître Vanneau, si ses espoirs déçus surgissaient inopinément parmi les moules, les huîtres, les praires et les oursins. Il n'en était que plus pitoyable; quand le ridicule côtoie la détresse, c'est pathétique. Antoinette n'y résiste pas.

— D'accord, dit-elle, j'accepte votre invitation.

Une bouée qu'on lance à un noyé, cette phrase. Maître Vanneau en a les mains qui tremblent. Antoinette le débarrasse du plateau de fruits de mer, avec l'autorité des femmes d'action.

— Où est la salle à manger? demande-t-elle.

— Juste à côté.

Maître Vanneau va ouvrir la porte de communication et allume la lumière. Une exclamation de joie étonnée échappe à Antoinette. Pas pour les Dufy accrochés au mur. Ni pour le petit Renoir. Pas pour la somptueuse desserte Charles X. Pas pour la table élégamment dressée ni la coupe de Lalique garnie d'orchidées. Ça, elle s'y attendait. Mais pour deux malheureuses bûches qui finissent de se consumer dans la cheminée. Antoinette dépose le plateau et va aussitôt ausculter le feu mourant.

— Ça va, dit-elle, on peut le sauver.

Le temps d'enlever son manteau et déjà elle est à l'œuvre. Elle pique les bûches, en répartit les braises, arrache des brindilles à un fagot de bois sec, puis rajoute des branches un peu plus importantes. Enfin, quand celles-ci sont enflammées, elle y jette une bûche et réclame un soufflet. Maître Vanneau en ressent une honte obscure, mais il n'a pas de soufflet. Alors, sans hésitation, mais non sans difficulté, il s'agenouille devant la cheminée à côté d'Antoinette et se met à souffler sur le feu, au même rythme qu'elle. Il ne se souvient pas d'avoir jamais fait une chose pareille. Il ne supposait pas qu'on pouvait y trouver tant d'intérêt et éprouver tant de satisfaction en voyant jaillir une flamme. Il sourit comme il n'a pas souri depuis longtemps. Il sourit au feu, mais aussi à cette femme qui n'a aucune raison d'être là, au plateau de coquillages et au champagne qu'il devait partager avec une autre. Il sourit à sa soudaine et délicieuse indifférence, à l'absurdité de la vie. Il voudrait dire : « Merci. » Il voudrait dire : « Je suis heureux. » Il voudrait dire : « Si seulement j'avais dix ans de moins. » Il voudrait dire : « N'ayez pas peur, je sais que je suis un vieux basset artésien. » Mais il se tait et reste immobile, comme devant un oiseau qu'on craint de voir partir. Pigeon vole! Minute vole! C'est Antoinette qui rompt le silence en déclarant qu'elle passerait volontiers à table, qu'elle a faim et soif. Incroyablement à l'aise, elle ajoute, après un coup d'œil au seau à champagne :

— Les glaçons ont fondu. Il faut en chercher d'autres.

— Des glaçons...

Antoinette sent qu'elle vient de soulever, pour Maître Vanneau, un problème quasiment insurmontable.

— Ne vous inquiétez pas, dit-elle. J'y vais. En attendant, débouchez la bouteille et beurrez les tartines, ça m'agace.

— Mais...

Antoinette a déjà quitté la pièce. Il l'entend s'affairer dans la cuisine toute proche : les portes du réfrigérateur, des placards, du garde-manger s'ouvrent et se ferment, les tiroirs claquent; l'eau coule, les glaçons tombent dans l'évier... Autant de bruits qui devraient lui être familiers, mais qu'il a pourtant l'impression d'entendre pour la première fois.

Quand Antoinette revient, les tartines sont beurrées et Maître Vanneau verse le champagne dans les flûtes. Antoinette en apprécie la couleur, puis le goût.

— Il est très bon, dit-elle, mais il est temps de le boire. Il commence à se madériser. Il doit être au moins de 65.

Surpris qu'elle soit tombée pile sur l'année, Maître Vanneau s'informe s'il s'agit d'un hasard.

— Pas vraiment, répond-elle. Je m'y connais

un peu. J'aime bien les plaisirs de la table.

Maître Vanneau ne tarde pas à le constater par lui-même et s'en émerveille : la façon dont elle respecte la hiérarchie des saveurs, allant graduellement des coquillages les plus fades aux plus salés, ses gestes délicats et précis pour détacher la chair d'une huître ou le corail d'un oursin sans les meurtrir; la juste mesure avec laquelle elle use du citron pour aviver le goût sans le dénaturer; la patiente méticulosité qu'elle met à décortiquer la plus minuscule crevette; le regard satisfait qu'elle pose à présent sur le plateau vide... Tout ravit Maître Vanneau.

— Encore un peu de champagne?

— Non, en ce qui me concerne, j'ai terminé. Je vais passer directement aux fromages et avec les fromages...

— Vous préférez le vin rouge?

— Surtout celui que j'ai vu dans votre cuisine.

Tout d'un coup Maître Vanneau se souvient d'avoir, dans l'après-midi, remonté de sa cave une bouteille de cheval-blanc 63 — une pure merveille —, de l'avoir déposée précipitamment dans le garde-manger parce que le téléphone sonnait, et de l'y avoir oubliée. Quelle horreur! La température ne doit pas dépasser trois degrés. Il est navré. Antoinette le rassure. Tout à l'heure, au moment des glaçons, elle a sorti la bouteille du garde-manger, l'a débouchée, couchée dans son panier et placée près du mur où passent les tuyaux du chauffage central.

En moins de temps qu'il en faut à Maître Vanneau pour revenir de sa surprise, Antoinette ramène la bouteille et verse le vin dans les verres.

— Attendons un peu avant de le boire, dit-elle. Il faut le laisser s'oxygéner.

— Qui vous a appris tout ça?

— Mon père.

Elle lui parle de Charles Audricourt. De la vie de couple qu'ils ont menée jusqu'à ce qu'elle se marie. Maître Vanneau prend autant de plaisir à l'écouter qu'à la regarder. Elle dessert la table, enlève les miettes jusqu'à la dernière. Papa était maniaque. Elle rapporte les fromages en en respirant les fumets. Papa disait qu'il faut humer sa vie avant de la vivre. Elle remet une bûche dans le feu. Papa était frileux aussi. Elle refuse l'aide de Maître Vanneau. Elle préfère s'occuper des choses toute seule. Elle a horreur d'avoir quelqu'un sur le dos. Elle était un peu vieille fille. Papa était un vieux garçon. Tout est en place. Elle s'assoit.

— Vous êtes heureuse? demande Maître Vanneau.

Antoinette sourit. Toujours cette même question, qui dans son cas en sous-entend une autre : Ne vous manque-t-il pas quelque chose ou plutôt quelqu'un? Toujours cette même curiosité à l'égard de sa vie solitaire, cette même perplexité, cette même incompréhension. Elle y est tellement habituée qu'elle connaît sa réponse par cœur et la débite comme une litanie à Maître Vanneau.

— Je suis sereine et parfaitement bien dans ma peau. Je vis seule par goût. Par choix délibéré. Pour rien au monde je ne vivrais avec quelqu'un. Je ne suis ni amère, ni égoïste, ni desséchée. Je m'intéresse aux êtres et aux événements. Je me passionne pour mon métier. La vie m'amuse. Et mon seul souhait est que cela dure le plus longtemps possible.

Antoinette attend sans impatience la réaction de Maître Vanneau. Elle sait qu'elle ne différera pas de celle de ses autres interlocuteurs. Il y en a de deux sortes : ceux qui croient à sa sincérité, qui l'envient — mais sans penser un instant à l'imiter — et qui se contentent de soupirer : « Ah! si je pouvais! » ou « Ah! si c'était à refaire! » et puis ceux qui croient qu'elle ment par bravade et qui se refusent à admettre qu'elle puisse se complaire dans une solitude qui, eux, les effraie.

Maître Vanneau appartient à la seconde catégorie :

— Mais enfin... franchement, vous ne vous ennuyez jamais?

Encore une question qui lui est posée continuellement. Et par des gens, comme Vanneau, qui ont des yeux pour voir, des oreilles pour entendre, une bouche pour parler, des mains pour travailler, des jambes pour marcher. Mais bon sang, qu'en font-ils? A quoi ça sert, les livres, les cinémas, les théâtres, les musées, la campagne, les rues, les boutiques, la télé, la radio, les disques, les autres, hein, à quoi ça sert?

— A rien quand on est seul, répond Maître Vanneau.

Antoinette lève son verre.

— Et ce vin, dit-elle, et ce camembert, ils auraient subitement perdu leur goût si vous étiez seul?

— Je n'y aurais pas touché.

La commisération secoue la tête d'Antoinette... Le nombre de fois où elle s'est retrouvée dans sa cuisine, en tête à tête avec un bout de fromage et un verre de vin, heureuse à en éclater de rire dans le silence... heureuse à en avoir honte... surtout quand elle aimait Gilles. En ce temps-là, elle lui avouait le lendemain avec des mines faussement repenties : « Je t'ai trompé hier soir... avec un Reblochon. » Aussi indépendant qu'elle, il pardonnait toujours. Souvent d'ailleurs, il s'accusait du même délit.

Le regard d'Antoinette s'est embué de tendresse, comme à chaque fois qu'elle pense à Gilles. Maître Vanneau saute sur l'occasion :

— Et l'amour dans tout ça?

— Je ne suis pas contre. Je l'ai connu deux fois, ça m'a laissé d'excellents souvenirs. Je suis toute prête à l'accueillir de nouveau.

— Qu'attendez-vous?

— Le partenaire idéal.

— Mais maintenant, vous vivriez avec lui?

— Pas plus que je n'ai vécu avec Gilles.

— Et s'il l'exigeait?

— Ça ne serait pas le partenaire idéal.

— Vous changerez avec l'âge. C'est dur de vieillir seul.

— Moins qu'à deux.

Maître Vanneau n'en croit pas ses oreilles. Comment dire une bêtise pareille? Et avec cette assurance tranquille? Et en plus à lui? Il cherche un argument pour convaincre Antoinette de son erreur. Va-t-il lui parler de l'angoisse qui l'étreint, le soir, dans son lit trop grand? de ses soliloques pitoyables devant la photo de sa femme? de ses errances interminables dans Paris pour fuir l'appartement vide? Non, elle ne comprendrait pas. Il faudrait d'abord lui expliquer. Qu'à cela ne tienne, il explique. Les liens invisibles qui se tissent entre un homme et une femme pendant trente-trois ans de vie commune. Les épreuves, les maladies, les projets, les espoirs, les vacances, les naissances, les déceptions, les mille et un événements partagés jour après jour par un couple. Bien sûr aussi — Maître Vanneau se veut objectif — les agacements, les mensonges, les silences, les escapades... Mais les retours. Mais l'indulgence. Mais la complicité. Trente-trois ans à s'endormir et à se réveiller dans la même chaleur. Trente-trois ans d'habitudes, de manies, de rites : « As-tu bien fermé le gaz? As-tu pris tes gouttes? Où as-tu mis les clefs? » Trente-trois ans d'osmose conjugale... On finit par se ressembler... Peut-être aussi parce qu'on subit en même temps les mêmes assauts de l'âge, les premières rides, les premières lunettes, les premiers cheveux blancs, les premières flétrissures du corps... Ce n'est pas sans beauté.

Antoinette ignore quelles images à ce moment précis s'imposent à l'esprit de Maître Vanneau et qui le touchent si visiblement. En tout cas, ce ne sont sûrement pas les mêmes que les siennes. Elle, elle voit la bedaine de Maître Vanneau débordant d'un pyjama mal fermé et les cuisses de sa femme que Catherine (qui a eu le loisir de les contempler sur une plage) compare à un voilage plissé. La brioche et le store vénitien : fable édifiante. Pas pour Antoinette. Elle trouve ça dégoûtant. Elle ne le dit pas mais sa moue est suffisamment explicite pour que Maître Vanneau insiste :

— Si, croyez-moi dit-il, c'est joli — ou du moins émouvant — un corps de femme que l'on a connu jeune et que l'on voit vieillir.

Dans le seul désir de convaincre, il se laisse aller à une confidence :

— Vous n'imaginez pas comme j'ai été attendri la première fois que ma femme a remis son soutien-gorge aussitôt après l'amour, pour me cacher certaines imperfections.

Certaines imperfections!... Tu parles! Deux besaces, les seins de la mère Vanneau. Catherine, qui avait des complexes de ce côté-là, avait passé — toujours sur la même plage — une matinée délicieuse à les regarder. Antoinette l'entendait encore jubiler : « Deux besaces... et vides encore! »

Et c'est ça qui attendrit Maître Vanneau! Du train où il va, dans deux minutes il parlera à Antoinette de la poésie des dentiers qui attendent l'un à côté de l'autre sur la table de toilette, et aussi de celle du petit pipi de cinq heures du matin. Pouah! Tout ça sent le chausson, le tilleul et la mauvaise haleine. Antoinette est au bord de la nausée. Il faut qu'elle parte. Vite! Vite! « Le Huit! » « Le Huit. » C'est propre, c'est clair. Ça sent bon. On y vieillit. Comme partout. Mais seul, on y cache ses misères, on y cache ses crèmes rafermissantes, ses revitaliseurs, ses pétrisseurs, ses déplisseurs, ses rabotteurs, tous ces trompe-temps dérisoires. On y garde pour soi ses yeux bouffis, ses bouches pâteuses, ses insomnies, ses sueurs et ses frissons. On y respecte les autres. On y fait thermomètre à part. On y reste ni par habitude, ni par devoir, ni par lâcheté. On y reste parce qu'on en a envie. On ne s'y trompe pas. On ne s'y ment pas. On s'y dit : « Fous-moi la paix » ou « J'ai besoin de toi ». Mais on le dit en face. Chez nous : au « Huit ». Eh oui! c'est ça qui est difficile à comprendre : au « Huit », on vit chacun chez soi, mais c'est quand même chez nous.

Ouf! Antoinette est arrivée. Elle pousse la lourde porte cochère. Sous le porche, sans plaisir, elle voit la moto de Christophe.

CHAPITRE IV

Antoinette glisse un regard de chat par l'entrebâillement des volets de sa chambre, puis les pousse joyeusement : le vent, la pluie, le froid. Un dimanche comme elle les aime, un dimanche avec toutes les excuses réunies pour rester chez soi. Elle se recouche et, les couvertures remontées jusqu'aux yeux, elle commence à se raconter sa journée. D'abord elle va prendre son petit déjeuner au lit et puis... Non, ça va trop vite, elle gâche le plaisir. Avant tout, il faut répondre à une question importante : Est-ce un dimanche-bouffe ou un dimanche-santé? Dans le premier cas, c'est le chocolat crémeux avec toasts beurrés et confitures variées. Dans le second, le café noir sans sucre et le yaourt sans matière grasse. Elle repense à la bedaine de Maître Vanneau et opte résolument pour la deuxième solution. Voilà. Ça sera un vrai dimanche de magazine féminin avec régime, pédalage, saut à la corde, bain chaud, douche froide et friction au gant de crin. Cette décision la ravit. D'abord parce qu'elle est une adepte inconditionnelle du *Mens sana in corpore sano*, ensuite parce qu'elle éprouve un réel plaisir — dont elle est redevable à Gilles — à éprouver sa volonté. Bien. L'affaire est réglée. Nous disions donc... Après le petit déjeuner : gymnastique tout de suite? ou un peu de lecture avant?

Réfléchissons... Merde!... on sonne... La robe de chambre, le lien pour les cheveux, la prudence.

— Qui est là?

— Christophe... l'ami de Pascal.

Antoinette ouvre la porte, déjà inquiète pour son fils.

— Que se passe-t-il?

— Rien! J'ai couché chez Pascal et il n'est pas rentré.

— Oui, je sais, il m'avait prévenu. Et alors?

— Alors, comme il n'y avait pas de pain chez lui, je suis allé m'acheter des croissants, et comme ils m'ont semblé sympathiques, je vous en ai ramené.

Il sourit comme un gosse heureux de faire une bonne surprise. Des gouttes de pluie tombent de ses boucles noires sur la moquette. Il essuie son front avec la manche de son blouson.

— Il y a aussi des brioches, ajoute-t-il en ouvrant son paquet sous le nez d'Antoinette. Ça sent bon, non?

Oui, ça sent bon. Oui, l'intention de Christophe est adorable, oui, Antoinette se rend compte qu'elle devrait être contente. Mais elle ne l'est pas. Pas du tout. Parce qu'elle avait décidé que ce serait un dimanche-santé et qu'à aucun prix elle ne reviendra là-dessus. Parce que pour ne pas vexer Christophe, elle va quand même prendre une brioche et un croissant qu'elle ne mangera, certes, que demain, mais qu'elle les aura là, à portée de sa convoitise toute la journée. Parce qu'elle aime bien les efforts de volonté, soit, mais pas inutilement teintés d'héroïsme. Enfin... il ne faut pas s'énerver pour si peu... mais, bon sang, que les gens gentils sont emmerdants!

Cette pensée, assez familière à Antoinette, accompagne sa main au moment où elle va la plonger à contrecœur dans le sac du pâtissier, et la seconde d'après, quand Christophe arrête son geste.

— Non! Non! Laissez. Ça sera meilleur si on les réchauffe un peu au four avant de les manger.

— Mais...

— La cuisine est par là, je suppose, comme là-haut?

Sans attendre la réponse, Christophe jette négligemment son blouson mouillé sur l'une des deux chauffeuses en velours gris perle de l'entrée et entre dans la cuisine en émettant *ex abrupto,* sous forme de grognement, une opinion désobligeante sur la couleur des murs.

Oh! Elle n'aime pas ça, Antoinette, qu'on envahisse son appartement et qu'on dispose de son temps sans lui demander son avis. Entre les gens du « Huit », c'est une règle d'or : jamais l'un ne se rend chez l'autre sans annoncer sa visite et sans s'inquiéter si elle importune ou non. Par mesure de sécurité et de commodité, chacun possède la clef de chaque appartement, mais jamais aucun d'eux ne s'en servirait à l'improviste. Jamais aucun d'eux ne se permettrait d'imposer sa présence sans autorisation. Et Dieu sait pourtant s'ils son intimes! Et lui, ce blanc-bec, qu'elle ne connaît que de la veille, se permet... Il est grand temps qu'Antoinette intervienne.

— Vous avez l'intention de déjeuner ici?

— Ben oui! Je suis tout seul. C'est pas marrant. Mais ne vous inquiétez pas, je m'occupe de tout. Qu'est-ce que vous voulez? Thé, café? chocolat?

Pour toute réponse, Antoinette débarrasse la chauffeuse du blouson de Christophe, non sans constater qu'il y a laissé des traces, et le lui tend. Mais Christophe, déjà la tête dans les placards, ne la voit pas et lui lance gaiement :

— Et puis non! Ne me dites rien. Je vais tâcher de deviner vos goûts. Je suis à peu près sûr de ne pas me tromper. Je vous appellerai quand ça sera prêt.

Antoinette s'appuie au chambranle de la porte, tenant précautionneusement le blouson de Christophe, du bout des doigts, à distance de sa robe de chambre. Elle attend qu'il veuille bien l'apercevoir et qu'il comprenne. Il l'aperçoit mais il ne comprend pas. Il lui prend le blouson des mains, le dépose sur le réfrigérateur et retourne à ses investigations sans plus s'occuper d'elle. Au point qu'il est tout surpris d'entendre sa voix :

— Christophe, je peux vous poser une question?

— Ouais.

— Il ne vous est pas venu à l'idée que vous pourriez me déranger?

— Moi?

Il tombe des nues, Christophe. Lui qui justement se trouvait vachement extra, lui qui a attendu qu'elle ouvre ses volets pour être sûr de ne pas la réveiller — même qu'il crevait de faim. Lui qui est sorti par ce temps de cochon pour lui acheter des croissants et des brioches. Lui qui lui évite le mal de préparer son petit déjeuner et l'ennui de le prendre seule... Ça, alors! L'incompréhension désolée de Christophe dissout l'agacement d'Antoinette au point que c'est contre elle maintenant qu'elle est agacée. Elle devient vraiment insociable.

— Excusez-moi, dit-elle, le matin je suis toujours un peu grognon.

Christophe la regarde en souriant. Le genre de sourire devant lequel les dames doivent fondre, qu'elles doivent qualifier pour leurs amies extasiées de désarmant : « Il n'y a pas d'autre mot, ma chère, désarmant. » Pour Antoinette, qui n'est ni fondante, ni désarmée, il y en a d'autres. Une expression de Catherine encore : un sourire tango-schluss. Moitié danseur mondain, moitié moniteur de ski. Cette pensée achève de rendre sa belle humeur à Antoinette.

— Allez, dit-elle, je vous laisse à vos fourneaux.

— Vous êtes chouette!

La sonnerie du téléphone arrive juste à point pour empêcher Antoinette de vitupérer contre le conformisme du langage stéréotypé des gens qui se croient anticonventionnels.

C'est Michel.

Il n'a pas dit « Allo ». Il n'a pas dit « Bonjour ». Il n'a pas dit « C'est moi ». Donc, c'est lui. Il a dit : « Tu es là, ce soir? » Donc, il rentre. Il ajoute : « Tu seras seule? » Donc il y a quelque chose qui ne va pas. Antoinette voudrait lui demander quoi, mais la porte de la cuisine est restée ouverte et elle déteste parler — à quiconque — devant un tiers. Elle essaye de tirer le fil du téléphone vers sa chambre, mais il est emmêlé et refuse, malgré ses efforts, de la mettre à l'abri de l'éventuelle indiscrétion de Christophe.

— Il y a quelqu'un chez toi? demande Michel.

— Oui. Mais pas pour longtemps.

— Tu es sûre?

— Absolument!

— C'est du genre masculin?

— Si on veut.

— Pédé?

— Non!

— Jeune?

— Oui! mais pas du tout ce que tu penses.

— Tant pis!

— Comment : tant pis?

— J'espérais que tu t'étais casée pendant mon absence.

— Hélas, non! Et toi?

— Moi, oui. Je vais me marier.

Antoinette sait que c'est faux, qu'il lui annonce périodiquement son mariage pour le seul paisir de l'entendre réagir avec désinvolture, certes, mais avec un tout petit peu de retard... avec une voix un tout petit peu altérée. Elle le sait et, à chaque fois, elle se laisse prendre. Là encore, il va les avoir, ces « tout petit peu » de sa jalousie amicale. Il fera semblant de n'avoir rien remarqué. Seulement sa voix à lui sera un tout petit peu plus gaie... et il parlera un tout petit peu plus vite.

— J'espère que l'élue est jolie, dit Antoinette.

— Belle serait plus juste.

— Riche, bien sûr?

— Dans la banque... suisse.

— C'est pour quand, la cérémonie?

— Le plus tard possible. Je la trouve encore un peu jeune.

Là encore, il y a un tout petit peu d'hésitation avant qu'Antoinette demande :

— Moins de vingt?

La réponse vient aussitôt.

— Non, dit-il, plus de quatre-vingts, mais je voudrais attendre qu'elle en ait au moins quatre-vingt-dix avant de m'engager définitivement.

Antoinette s'attendait à ce genre de conclusion. Parmi les « fiancées » de Michel, il y a déjà eu une femme-tronc égyptienne, une femme à barbe suédoise, une princesse turque fondatrice d'un harem masculin, une guenon du zoo de Hambourg, une religieuse même pas portugaise et une cannibale belge du Congo. A chacun de ses retours, Antoinette a droit à une nouvelle prétendante. Elle a l'habitude. Pourtant l'octogénaire helvétique — comme toutes les autres — lui apporte une petite sensation de soulagement.

Ici, je crois utile d'ouvrir une parenthèse, plus spécialement destinée à ceux qui, à l'endroit de ce récit, estiment que l'amitié d'Antoinette pour Michel est plus que suspecte, et que c'est tout bonnement l'amour qui commande — peut-être à son insu d'ailleurs — ses réactions. Ayant eu moi-même quelques doutes à ce sujet, je m'en suis ouverte à Antoinette. Elle n'en a été nullement étonnée, car elle aussi, pendant un moment, s'était interrogée sur la nature exacte de ses sentiments. Aujourd'hui, après avoir reçu maintes fois, sans la moindre arrière-pensée, les confidences des aventures amoureuses de Michel, en avoir été souvent le témoin réjoui et même parfois la complice amusée, elle peut se permettre d'être formelle : non, elle n'aime pas Michel. Si elle envisage son mariage avec un déplaisir certain, c'est qu'alors il quitterait « le Huit » ou — pire encore — tenterait d'y introduire quelqu'un. Elle réagirait de la même façon si Catherine ou Pascal faisait peser sur « le Huit » la même menace. C'est du « Huit » qu'elle est jalouse. Pas de Michel.

Maintenant que nous ne risquons plus de nous égarer sur une fausse piste, refermons la parenthèse et rejoignons Antoinette qui vient, à l'instant, de raccrocher le téléphone. Nous n'avons rien manqué d'essentiel, Michel tenant à réserver les détails de son voyage pour ce soir. Elle n'a pas insisté à cause de cet imbécile de Christophe qui n'arrête pas d'aller et venir entre la cuisine et le living et qui, maintenant, l'invite à apprécier le résultat de son agitation.

— Je crois que je n'ai rien oublié, dit-il triomphalement, en montrant le plateau du petit déjeuner, surchargé d'objets divers.

Le regard d'Antoinette fonctionne comme une véritable machine enregistreuse. Ding! La théière! Elle a horreur du thé. Ding! le miel! Elle n'aime que les confitures. Ding! le beurre extra-dur! Elle n'emploie que le facile à tartiner, du casier spécial. Vraiment une réussite!

— Ça vous va? questionne Christophe, sans la moindre inquiétude.

Il a l'air tellement content que là encore Antoinette éprouve quelque scrupule à le décevoir.

— Ça va, dit-elle, mais avec un tel manque de conviction que n'importe qui détecterait aussitôt le mensonge poli. N'importe qui. Mais pas Christophe.

— J'en étais sûr, s'écrie-t-il.

Résignée, Antoinette assoit le bout d'une fesse sur le bout d'un fauteuil pendant que Christophe s'installe par terre, le dos appuyé au canapé, d'où il fait glisser plusieurs coussins pour se caler les reins.

— Ils ne sont pas marrants!

— Qui?

— Vos coussins, vous ne trouvez pas?

— Je n'ai jamais pensé que des coussins puissent être une source d'hilarité!

Imperméable à l'humour, Christophe, sans broncher, recommande à Antoinette l'une de ses copines, marrante d'ailleurs, qui vend dans une boutique aux Halles des coussins qui ont des formes marrantes et des dessins marrants.

— En somme, dit Antoinette, de quoi donner le fou rire au derrière le plus morose.

Christophe ne bronche pas davantage et le plus sérieusement du monde lui promet — si elle est bien sage — des adresses fantastiques où elle pourrait se procurer des tapis marrants, des meubles marrants, des lampes marrantes, des cache-pots marrants. Bref de quoi transformer ce petit intérieur qui n'est manifestement pas à son goût. Antoinette écoute avec une extrême gentillesse. C'est-à-dire une extrême indifférence. Les gens du « Huit » ne s'y tromperaient pas. Ils connaissent bien ces moments où Antoinette apparemment présente, est en réalité derrière « sa muraille de Chine », ces moments où elle se met à projeter de temps en temps quelques phrases polies, comme la seiche projette un liquide opaque pour se dissimuler. Mais Christophe, lui, n'est pas au courant et continue à deviser allègrement, sans le savoir, avec la muraille de Chine.

— Moi, je vous verrais mieux dans un cadre moins léché. Moins bon genre.

— Vraiment?

— Pas vous?

— Non. Moi j'aime bien.

Hors muraille, Antoinette m'a expliqué qu'elle a choisi pour son appartement toute la gamme des roses et des gris parce que, pour elle, ce sont les couleurs de la vie. Elle en a longuement étudié les « harmonies compensatoires » : le gris sage s'encanaille d'un rose indien; la taupe sévère s'attendrit sous la pâleur de la dragée; la perle fragile se fortifie au contact de la groseille. Elle m'a expliqué aussi que pour elle toutes les contradictions de la nature humaine — ses contradictions — étaient dans ces deux couleurs, ainsi que les nuances si variées qui teintent une journée. Elle m'a montré le coussin qu'elle a peint pour illustrer cela : seize faisceaux représentant les heures du jour (celles réservées au sommeil ne comptent pas), chacun dans un ton de gris et de rose différent. Elle m'a confié que presque derrière chaque objet, chaque tableau, se cachait plus ou moins discrètement un symbole.

Mais, présentement, Antoinette est toujours cachée derrière sa muraille de banalités.

— Vous êtes dans la décoration?

— Non, mais il y a deux ans, j'ai travaillé chez un copain décorateur.

— Vous n'avez pas poursuivi?

— Non, j'ai préféré l'immobilier. C'est le tort que j'ai eu, d'ailleurs.

— Pourquoi? Ça ne marche pas?

— Si, mais j'ai dû abandonner. J'ai eu des problèmes avec mon employeur. Plus exactement avec mon employeuse... si vous voyez ce que je veux dire.

Antoinette ne voit pas exactement, mais comme ça ne l'intéresse pas plus que le reste, elle ne demande pas de précisions. Ce qui n'empêche nullement Christophe, d'ailleurs, de lui en donner sur-le-champ :

— On vivait ensemble depuis un an, dit-il. C'était fabuleux la vie avec elle. On s'aimait et on s'amusait comme des fous.

— Elle avait une grosse agence immobilière?

— Ah non! Elle avait simplement beaucoup d'immeubles dans Paris et moi je m'occupais de récupérer les loyers, d'enregistrer les plaintes des locataires, de gérer un peu tout ça quoi... avec elle, bien sûr, parce que c'était une vache de femme d'affaires.

— Ah! oui, je vois.

Soudain, Antoinette quitte sa muraille. Elle voit effectivement très bien : la vache de femme d'affaires avait eu des faiblesses pour le beau jeune homme et l'avait entretenu avec l'alibi d'une occupation rémunérée. Quand elle en avait eu assez, ou qu'il avait commencé à lui coûter trop cher, elle l'avait largué purement et simplement. Par une association d'idées qui échappe à Christophe, Antoinette s'enquiert de l'âge de la dame.

— La cinquantaine, répondit-il, mais comme un éclair d'ironie traverse le regard d'Antoinette, il ajoute vivement :

— En fait, elle était beaucoup plus jeune que la plupart des filles de vingt ans. Et puis alors un corps... Tenez! le même genre que vous.

Immédiatement, la méfiance d'Antoinette est en éveil.

— Je suis très flattée de cette ressemblance, dit-elle, mais malheureusement elle s'arrête là. Je n'ai ni les goûts de cette dame... ni son compte en banque.

Christophe la regarde avec les yeux effarés d'un angelot, qui, de son nuage, découvre, pour la première fois, les turpitudes humaines.

— Vous ne pensez quand même pas que je l'aimais pour son argent?

— Je pense surtout que vous ne l'aimiez pas.

L'angelot se rebiffe.

— Moi? j'en étais dingue. Jamais je ne l'aurais quittée! Depuis qu'elle n'est plus là, je suis complètement paumé, vidé, lessivé.

Quelle fougue, bon sang! Un instant, Antoinette en est ébranlée. Pour lui transmettre sa sincérité, pour la supplier de le croire, il lui prend la main avec force. Aussitôt Antoinette la lui retire. Et sa confiance par la même occasion.

— Pardonnez mon scepticisme, dit-elle, mais j'ai remarqué que dans la plupart des unions entre deux êtres de générations différentes, comme par hasard, il y en a toujours un dont la situation est très supérieure à celle de l'autre : le plus âgé. Ce n'est peut-être qu'une coïncidence... Vous avouerez qu'elle est troublante.

Christophe baisse la tête sous le poids de l'injustice qui l'accable. Il n'a rien à avouer, que la pureté de ses sentiments, que son désintéressement. Comme beaucoup de jeunes, il se fout du fric. Quand il en a, tant mieux, il le dépense. Quand il n'en a pas, il s'en passe très bien. Il mange chez un copain, dort chez un autre. C'est sans importance. Bien sûr, avec Barbara — c'est le prénom de la dame tant regrettée — il avait mené la grande vie : les bistrots, les boîtes, les week-ends dans les relais de campagne, les spectacles... mais parce que ça lui plaisait à elle. Lui, il aurait préféré un emploi du temps moins sophistiqué et des soirées plus intimes. Bien sûr, il avait adopté le cachemire, la soie, la flanelle et le daim; mais là encore parce qu'elle l'avait exigé, parce que les jeans et les T-shirts qu'il aime auraient été déplacés dans les endroits qu'ils fréquentaient. Bien sûr, il avait trouvé agréable d'habiter un appartement luxueux et pratique, d'être servi. Mais en vérité, il aurait préféré un cadre plus simple et préparer lui-même les repas...

Va-t-il ajouter « Comme ici... comme ce matin »? Antoinette ne veut surtout pas le savoir. Elle se lève brusquement, va arranger l'ordonnance de quelques tulipes dans un vase et change abruptement le cours de la conversation.

— Que comptez-vous faire maintenant?

Etonnée de ne pas recevoir de réponse, elle se retourne. Christophe la regarde, juste le temps d'ajuster son tir :

— L'amour, dit-il.

Puis il tire avec précision :

— Avec vous.

Le but est marqué. Prise à contre-pied, Antoinette reste interdite. Totalement décontenancée, elle n'a qu'un souci : ne pas le paraître. Mais comment? Prendre ça comme une bonne plaisanterie? C'est idiot! Il est évident que Christophe ne plaisante pas du tout. Se montrer offusquée? C'est ridicule! On n'est pas au temps de Balzac. Balayer ses paroles d'un haussement d'épaules et passer négligemment à un autre sujet? Oui. D'accord. Mais c'est sur le coup qu'il fallait avoir ce genre de réaction. Maintenant ça n'a plus de sens. Christophe se lève. Il vient vers elle. Vite, vite, il faut dire quelque chose. N'importe quoi :

— Vous partez?

Evidemment, ce n'est pas réussi. D'autant moins qu'elle a dit ça avec une voix blanche et un sourire abominablement crispé. Christophe éclate de rire.

— Vous avez quinze ans et demi.

— Justement! c'est beaucoup trop jeune pour vous. Il vaut mieux que vous vous en alliez.

Il rit encore, mais cette fois d'un petit rire contenu, indulgent, presque paternel. Il plonge son regard dans l'échancrure de la robe de chambre d'Antoinette. Elle la referme précipitamment. Dieu, qu'elle se sent bête! Il avance d'un pas. Elle recule. Vraiment, elle l'amuse.

Il allonge son bras et de son index lui presse le bout du nez comme un bouton de sonnette. C'est bien ça, paternel. C'était un geste de son père. C'est Christophe qui est la grande personne et elle, l'enfant. Dieu qu'elle se sent grotesque!

— Christophe, voyons!

Un sourire attendri, une petite caresse au menton et le voilà qui s'en va. Antoinette le suit des yeux, n'osant pas croire à cette chance. Elle a raison. Arrivé dans l'entrée, il bifurque sur la gauche.

— Où allez-vous?

— Prendre une douche.

— Mais....

Trop tard! Il a déjà fermé la porte de la salle de bains, allumé la lumière et ouvert les robinets. Perplexe, Antoinette débarrasse les vestiges du petit déjeuner et va s'enfermer dans la cuisine afin d'y mettre un peu d'ordre — ainsi que dans ses idées — et puis écouter les informations d'onze heures qui ne vont pas tarder. Elle est en train de se réjouir du bulletin météorologique qui ne prévoit aucune amélioration du temps pour la journée, quand Christophe ouvre la porte, torse nu, une serviette de bain nouée autour de ses reins.

— Il y a quelqu'un qui vous demande, dit-il.

— Où ça?

— Dans l'entrée. On a sonné. Comme vous n'aviez pas l'air d'entendre, je suis allé ouvrir.

Antoinette, un torchon à la main, sort de sa cuisine et tombe nez à nez avec Simone Buisson. Elle était seule. Sa fille était avec son mari, son fils avec sa « fiancée ». François-Achille était parti, bien entendu...

Alors, elle était passée au « Huit » pour bavarder un peu... Elle ne savait pas qu'Antoinette était occupée... Regard connaisseur sur Christophe qui salue modestement.

— Mais tu ne me déranges pas du tout, s'écrie Antoinette. Christophe allait partir. Il était venu prendre une douche. Il a couché chez Pascal et sa baignoire est bouchée.

— Ah! je comprends, dit Simone sans conviction.

Antoinette la pousse vers le living, tout en jetant derrière son dos un regard désespéré à Christophe, hilare.

— Tu veux prendre quelque chose?

Non, Simone ne veut rien, sinon parler à Antoinette. Elle ne l'a pas vue depuis si longtemps! c'est simple, depuis leur anniversaire de mariage... Elle était bien jolie, ce soir-là. Et cette écharpe violette avec des masques bariolés sur sa robe blanche était ravissante... Oh! à propos, elle voudrait bien en commander deux dans le même genre, une pour elle et une pour Yolande, mais à la seule condition de payer le prix client et non le prix ami. Elles aimeraient bien des couleurs pastel. C'est plus flatteur. Le violet à leur âge... il n'y a vraiment qu'Antoinette pour pouvoir le supporter. Comment fait-elle pour rester si jeune? Ah! bien sûr, elle est sportive, elle. Ah! bien sûr, elle est raisonnable, elle. Ah! bien sûr, elle dort bien, elle. Et puis, elle a eu la chance d'avoir hérité de sa mère la minceur des Asiatiques, et leurs pommettes hautes qui les préservent plus que d'autres des rides. Il est vrai que son père n'était pas gros non plus... Oh! à propos, elle a trouvé par hasard chez un bouquiniste un livre de Charles Audricourt, dédicacé à Paul Valéry. Elle l'a acheté pour Antoinette. Elle savait que ça lui ferait plaisir. Elle a essayé de le lire, mais en ce moment, elle ne peut fixer son attention sur aucune lecture. Elle est tellement malheureuse...

— Oh! à propos, j'ai un petit service à te demander.

Ah! nous y voilà! Antoinette va enfin savoir ce que cachaient ces amabilités.

— Pourrais-tu nous inviter à dîner, François-Achille et moi, le 5 mars?

— C'est quoi, le 5 mars?

— Un lundi. De demain en quinze.

Sans se faire prier, Simone raconte qu'elle a appris par la secrétaire de son mari (entre femmes, il faut se soutenir), elle a appris donc que François-Achille avait été convié du vendredi 2 mars au lundi 5 inclus, par un confrère allemand, à l'inauguration d'un centre de rajeunissement qu'il vient de monter, au week-end expérimental de détente qui suivra cette inauguration et, enfin, le lundi, à une réception à l'ambassade donnée en l'honneur du corps médical. Par la même occasion, la dévouée secrétaire (heureusement que je l'ai celle-là!) l'avait informée que c'était Florence qui allait accompagner son mari dans ce voyage. Et ça, elle ne pouvait le supporter. Les escapades ou les petites vacances dans des auberges anonymes, ça lui était égal... enfin, elle en avait l'habitude; mais un séjour quasiment officiel où Florence allait passer aux yeux de tous pour la femme de François-Achille, parader à sa place et peut-être même porter son nom, il n'en était pas question. Alors pour empêcher ce départ — dont il ne l'a pas encore prévenue — elle a décidé de lui organiser pendant les quatre jours de son absence quatre dîners qu'il sera dans l'impossibilité de refuser et qu'elle va lui annoncer dès ce soir, en bloc, avant qu'il n'ait le temps, lui, de lui annoncer son projet de voyage, afin qu'il ne puisse douter un instant que ces dîners perturbateurs sont bien l'œuvre du hasard et non son œuvre à elle. Elle en a déjà trois : le vendredi chez Yolande, dont le mari député présentera ce jour-là à François-Achille un personnage très bien placé pour lui obtenir la rosette qu'il convoite. Le samedi chez les Marioneau, où il rencontrera une richissime Américaine — cliente de Simone — désireuse de se faire tirer la peau dans tous les sens. Le dimanche, chez Maître Vanneau où se trouvera le juge appelé à statuer sur l'affaire épineuse qui oppose François-Achille à l'une de ses patientes défigurée — du moins elle le prétend — après être passée entre ses mains. Reste le lundi pour lequel elle compte sur Antoinette.

— Pourquoi, moi? Je serai bien en peine d'inviter qui que ce soit d'attractif pour ton mari.

— Chez toi, ce n'est pas pareil. Il y vient par plaisir. Il t'adore. Et ce n'est pas d'hier. J'ai toujours eu l'impression que si tu voulais...

Antoinette fronce le sourcil : Simone n'essaierait-elle pas de lui fourguer son mari, en pensant qu'elle — au contraire de Florence — ne présenterait aucun danger pour son ménage? Elle veut en avoir le cœur net et lance l'hameçon avec un frémissement d'épaules :

— Tu crois vraiment que j'aurais mes chances avec François-Achille?

Ce vilain poisson de Simone gobe le ver avec délice :

— Ça, j'en suis sûre. Il me le disait encore l'autre jour, car je suis restée sa confidente : « Antoinette est la seule de tes amies avec laquelle je coucherais volontiers. »

C'était bien ça! Antoinette ne s'était pas trompée. Elle a l'impression d'être avec une maquerelle qui arrange un coup. Pour peu que Simone insiste un tant soit peu, elle ne va pas couper au sirocco. A tout hasard, Antoinette enlève sa barrette. Ça ne sera pas pour rien. Simone commence à lui vanter la marchandise :

— Entre nous, dit-elle, tu ne perdrais pas dans l'affaire. François-Achille a...

Antoinette ne la laisse pas achever. Elle se lève et affronte Simone, de face.

— Tu sais pourquoi ton mari m'aime bien?

— Sans doute parce que...

— Parce que j'aime bien Florence, que je suis l'alliée de leur amour, que je les reçois ici souvent tous les deux afin qu'ils aient la joie de se croire, pendant quelques heures, un vrai couple, parce que je le libère, lui — du moins pour un moment —, des scrupules qu'il a à ton égard en lui démontant le mécanisme de tes roueries et de tes stratagèmes, parce que j'arrive à le convaincre qu'une femme en perdition comme tu prétends l'être n'échafauderait pas des plans avec autant de clairvoyance et surtout ne les mettrait pas à exécution avec autant de flegme.

Pâle de colère, Simone tente de trouver un refuge honorable dans la douleur offensée et plonge dans son sac à la recherche d'un mouchoir; mais Antoinette l'en empêche.

— Inutile, s'écrie-t-elle, les larmes, ça prend avec ton mari. Pas avec moi!

Simone, aussitôt, rengaine son mouchoir, sa haine et choisit alors pour sa sortie — avec une maîtrise époustouflante — la voie de la magnanimité :

— Je ne t'en veux pas, dit-elle. Tu ne peux pas comprendre. Tu es forte, toi.

Antoinette, vaccinée depuis longtemps contre ce compliment fallacieux qu'on lui ressort régulièrement, renonce, par lassitude, à son couplet favori sur la force des faibles — cent fois supérieure à celle des prétendus forts — et se demande bien pourquoi Simone a essayé à l'instant d'en user avec elle. Pourquoi a-t-elle voulu l'amadouer avec ce qu'elle croyait être une flatterie? Pourquoi n'a-t-elle pas définitivement brisé les ponts? La réponse lui est donnée dans l'entrée.

— Ne crains rien, lui dit Simone, en lui pressant la main avec effusion. Tout cela restera entre nous. Ce sera notre secret.

Un petit baiser sur la joue et sainte Simone ouvre la porte, rassérénée, sûre qu'Antoinette éblouie par son auréole de bonté, aura à cœur de s'en montrer digne en taisant à François-Achille sa démarche de ce matin. Juste au moment où elle franchit le seuil de la porte, elle entend Christophe siffloter « l'hymne à l'amour ».

— Ça aussi, ajoute-t-elle, ce sera notre secret.

Et elle s'en va, avec ses excuses, son bon souvenir aux gens du « Huit »... et un petit sourire goguenard qui déplaît souverainement à Antoinette.

C'est à peu près avec le même sourire — les jaquettes en moins, bien sûr — que Christophe, toujours en pagne, étendu sur le canapé du living, accueille Antoinette. Il joue avec sa barrette.

— Ça vous va bien les cheveux défaits!

— Rendez-moi cette barrette!

— Venez la chercher, dit-il, en la déposant sur son torse.

— Pas la peine, j'en ai une autre.

Effectivement, elle en sort une de la poche de sa robe de chambre et va l'ajuster devant la glace.

— C'est bête, dit Christophe, vous allez être obligée de la retirer dans cinq minutes.

— Pourquoi?

— Pour faire l'amour.

Ah non! pas deux fois! Là, elle a vu le coup partir, elle est prête à la parade. Elle s'accoude tranquillement à la cheminée, le regarde de haut et commence :

— Cher Christophe...

Mais c'est lui qui continue en caricaturant la voix d'Antoinette et son attitude de dame-comme-il-faut.

— « Cette histoire ne pourrait mener à rien. Je ne suis pas la femme des aventures passagères. Or avec vous, je ne peux prétendre à autre chose. Songez que vous pourriez être mon fils. Songez à ce qu'il penserait de moi, à ce que penseraient mes amis et mes relations. Je ne veux pas qu'on puisse croire — même si c'est faux — que j'entretiens un minet. Je tiens à ma respectabilité et à ma sérénité. Vous êtes assez grand pour le comprendre et comprendre aussi que vous feriez mieux de chercher au plus tôt une jeune fille douce et affectueuse qui vous apporterait tout le bonheur que vous méritez et même — avec un peu de chance — tout l'argent que vous souhaitez. »

Christophe s'arrête un instant, puis reprend sa voix naturelle :

— C'est ça que vous alliez me dire, n'est-ce pas?

— A peu près, avoue Antoinette en souriant. L'imitation était assez bonne.

— Eh bien, à votre tour maintenant. Imitez-moi en imaginant ma réaction après votre beau discours.

Antoinette, amusée, accepte le jeu. Elle va se vautrer dans un fauteuil, balance ses jambes par-dessus l'accoudoir, regarde au plafond, tortille une mêche de cheveux d'un doigt distrait et mâchonne un chewing-gum imaginaire pour parachever l'allure décontractée de Christophe qu'elle cherche à rendre. Elle va commencer à parler quand, tout à coup, Christophe se lève.

— Inutile de continuer, dit-il, vous êtes complètement dans l'erreur.

— Ah! bon, qu'est-ce que vous auriez fait alors?

Pour toute réponse, Antoinette reçoit le torse de Christophe sur sa poitrine, sa bouche dans son cou, ses mains sur ses bras et ses jambes autour des siennes. Encerclée par le bas, plaquée par le haut, écrasée sur toute la longueur, que peut faire Antoinette? Céder, bien sûr, mais ça, elle n'en a pas la moindre envie, ou alors gagner du temps avec des phrases stupides. Elle s'y résoud à contrecœur.

— Soyez raisonnable. C'est ridicule. Je ne veux pas, ça ne rime à rien. J'ai mal au bras. J'ai très mal,

Christophe. Je vous en prie. Il va se casser. Je ne plaisante pas.

Ça marche! Il soulève sa main, relâche son étreinte. Simultanément, Antoinette, combattant sur tous les fronts, donne des coups de reins, envoie des ruades avec ses jambes et griffe la cuisse de Christophe. L'instant d'après, il la replaque sous lui. Elle crie. Il la bâillonne avec les moyens du bord, en l'occurrence sa bouche. Elle suffoque. Elle a chaud. Cette fois, elle a vraiment mal. Il est trop fort pour elle, elle va abandonner.

Miracle! On sonne. Christophe n'a pas l'air d'entendre. On insiste. Il relève la tête.

— C'est Pascal, dit Antoinette qui a reconnu le coup de sonnette de Catherine.

En une seconde, elle est debout. Très maîtresse d'elle-même, elle rajuste sa robe de chambre, lisse ses cheveux, expédie Christophe complètement perturbé dans la salle de bains et va ouvrir. Elle accueille Catherine avec des exclamations de joie et des signes cabalistiques qui apprennent aussitôt à celle-ci qu'il est arrivé quelque chose. Catherine espère déjà que c'est quelqu'un. Depuis le temps que la vertu d'Antoinette lui pèse... Elle la ressent comme un reproche muet à ses débordements personnels et comme une faille à leur belle entente parce qu'elle ne la comprend pas.

— Qu'est-ce qu'il y a? demande-t-elle en entrant dans le living.

Succinctement, Antoinette la met au courant de la situation. Catherine, qui reconnaît volontiers que la fesse est son violon d'Ingres, est passionnée et meurt d'envie de voir le phénomène qui a réussi — même provisoirement — à altérer la surface lisse du lac Audricourt. Satisfaction lui est bientôt donnée : Christophe, enfin rhabillé, passe la tête par la porte.

— Je m'en vais, dit-il. Salut!

— Au revoir, répond sèchement Antoinette, sans même le regarder.

Clic! clac! En un coup d'œil, Catherine a photographié Christophe : les boucles brunes enfantines, l'œil sombre réversible : velours d'un côté, toile de bâche de l'autre, le nez fin mais accidenté, juste ce qu'il faut pour lui conférer une certaine personnalité; la bouche à biberon, légèrement proéminente. Qu'est-ce qu'Antoinette peut bien avoir à lui reprocher? le corps? ça l'étonnerait, mais il faut voir. Alors, elle va voir. Dans l'entrée, elle se présente :

— Je suis Catherine. L'amie d'Antoinette. J'habite au premier.

— Je sais, Pascal m'a beaucoup parlé de vous.

Déjà amicale, elle pose la main sur son bras. Diable! Quelle peau! Quels muscles!

— J'espère vous revoir bientôt ici, dit-elle en désignant le living.

Déjà complice, il reprend à voix basse :

— Il y a des chances... surtout si vous m'aidez.

Clic! Clac! Catherine prend une nouvelle photo de Christophe en train de grimper l'escalier quatre à quatre : les jambes longues, les dorsaux à fleur de T-shirt, les hanches étroites des militaires américains à la Libération. Son opinion est faite : Antoinette est complètement folle.

CHAPITRE V

— On s'engueule tout de suite ou on mange avant? demande Catherine en rejoignant Antoinette.

— Ni l'un ni l'autre. Je vais prendre un bain. Déjeune si tu veux, je n'ai pas faim.

Sans le savoir, chacune dans une pièce, les deux femmes se retrouvent devant une glace.

Dans le living, de face, de profil, Catherine passe la traditionnelle revue de détail. Au passif : les seins et les fesses un peu forts. D'accord. Mais elle les a toujours eus; alors, ça ne compte pas. Le cou qui se détend. D'accord, mais avec des foulards et des cols roulés, ça ne se voit pas. Les pattes d'oie et le rictus qui s'accentuent. D'accord, mais c'est la rançon de sa bonne humeur. A l'actif maintenant : des yeux rieurs, des dents éclatantes et un drôle de petit nez rond du bout. D'un naturel optimiste, Catherine s'estime satisfaite de l'ensemble et va s'étendre avec un magazine qu'elle a sorti de son sac de voyage.

Dans la salle de bains, Antoinette, en attendant que sa baignoire se remplisse, se livre à quelques exercices de gymnastique. Pas le grand programme des dimanches-santé. Mais le petit programme d'entretien quotidien. A l'encontre de Catherine, elle s'est interdit une fois pour toutes les éternelles interrogations de la femme devant un miroir, estimant que les réponses n'étaient jamais objectives; mais comme elle est devant le sien, elle est bien obligée de se regarder. Si elle en juge par ses photos de jeunesse, il est incontestable qu'elle est mieux maintenant. Grâce au sport, ses jambes et ses bras qui lui valurent, sur les plages de son enfance, d'être surnommée « l'araignée » se sont harmonieusement développés et ses épaules jadis maigrichonnes se sont arrondies. Oui, elle est mieux. Elle est mieux que n'importe quelle fille de vingt ans qui ne serait pas bien, mais elle est moins bien qu'une fille de vingt ans qui aurait pourtant exactement le même poids et les mêmes mensurations qu'elle. A quoi ça tient? Elle se palpe, perplexe. Pas de bourrelet révélateur, pas de cellulite sournoise, pas de défaillance mammaire. Elle s'observe à nouveau, cherchant à définir ce petit je ne sais quoi qui la différencie d'une adolescente. Ça y est, elle a trouvé : une imprécision générale dans le contour. Toute contente de sa formule, elle se plonge avec volupté dans l'eau très chaude de son bain. Ce qui compte parmi les joies de son existence.

Catherine, dans le living, repose son magazine. Elle vient d'y lire un article fort euphorisant sur la prolifération actuelle et la réussite des couples d'âges différents. Elle pense à Antoinette. Pourquoi a-t-elle repoussé Christophe? La peur du qu'en dira-t-on?

Sûrement pas. Antoinette est au courant de tous les ragots qui courent dans le quartier sur le ménage à quatre des gens du « Huit ». Elle s'en moque éperdument. Ça l'amuse plutôt. La peur de tomber dans le piège du dernier amour et d'y laisser des plumes? Pas davantage : elle a déjà prouvé à plusieurs occasions qu'elle n'avait pas une vocation de victime. La peur d'un ratage, d'un échec? La question de Catherine reste en suspens. L'image du petit Didier, s'escrimant en vain, ce matin, sur elle, vient soudain de s'imposer à son esprit. Pour excuser sa déficience, il lui a dit qu'en vérité il était plutôt homosexuel. Il y a six mois, un autre blondinet, dans les mêmes circonstances, lui a dit qu'il était traumatisé par la mort de son grand-père. Elle a fait semblant de les croire. Elle les a quittés simplement un peu plus tôt que prévu. Sur elle, ces incidents de parcours glissent sans laisser de trace. Sur Antoinette ils en laisseraient sans doute. Mais pourquoi les redouterait-elle, elle est encore si belle. Bien sûr, les années passent. Justement, il est temps de profiter de celles qui lui restent. Il est temps qu'elle se décide. Catherine se promet de le lui dire.

Antoinette presse l'éponge gorgée d'eau mousseuse sur sa nuque. Elle pense à Catherine et aux minets qu'elle collectionne depuis qu'elle est séparée de son mari. N'éprouve-t-elle jamais auprès d'eux aucune gêne dans un lit, aucun ennui en dehors? Prend-elle à ces toquades sans lendemain autant de plaisir et y attache-t-elle aussi peu d'importance qu'elle le prétend? Il semblerait. Elle n'en parle avec abondance que pour se moquer d'elle-même ou de ses jeunes partenaires qu'elle appelle gracieusement « ses petits pâtres ». Jusque-là, elle n'a jamais failli à sa devise : « Corps chaud, tête froide. » Mais n'y faillira-t-elle jamais? Elle jure que non, que le moment venu elle saura s'arrêter net. Comme pour les cigarettes. Seulement voilà, quand jugera-t-elle le moment venu? Apparemment pas dans l'immédiat. Pourtant il serait temps d'y penser. Il serait temps qu'elle se méfie. Antoinette se promet de le lui dire.

Les deux amies sont à présent dans la cuisine, muettes. Catherine bat des œufs dans un grand bol. Antoinette se prépare un cocktail de jus de pamplemousse et de citron. Elles s'observent du coin de l'œil, chacune à son tour, et puis tout à coup leurs regards se croisent et leur bouderie vole en éclat de rire. Catherine boit la moitié du breuvage d'Antoinette... avec quelque réticence. Antoinette partage l'appétissant repas de Catherine... avec quelque remords.

— Fous-moi la paix avec ta mauvaise conscience! s'écrie Catherine. La vie est fantastique. Tu croyais passer ta journée en tête à tête avec des agrumes et des haltères, moi je m'imaginais à cette heure précise devant un feu de bois, clouée sur une peau de bête par l'impétuosité d'un jouvenceau en rut. Total, on est là, toutes les deux dans ta cuisine, dévorant une somptueuse omelette au fromage, rigolant comme deux collégiennes et cent fois plus heureuses que si on avait réalisé nos prévisions. Alors, je t'en prie, relax, Mémé, relax!

Catherine a l'habitude d'affubler Antoinette de noms qui ne cadrent pas du tout avec sa personnalité. Tantôt c'est Ginette, Nénette, Totoche. Tantôt Pupuce, Bibiche, Nounouche. D'habitude Antoinette s'en amuse. Là, pas.

— Pourquoi « Mémé »? demande-t-elle.

— Parce que tu le deviens, ma chérie. Entre tes petites habitudes et tes grands principes, ton côté pinard-camembert est en train de virer sec au tilleul-bouillotte. Tu devrais te secouer un peu, sinon tu vas nous tomber en chute libre dans les charentaises et tu ne pourras plus en sortir.

— Et si je suis heureuse, moi, dans les charentaises?

— Tu ne penses pas que c'est quand même un peu prématuré?

— Ce n'est pas une question d'âge, mais de nature.

Dans le cas d'Antoinette, c'est vrai. Elle n'a jamais eu, même à vingt ans — Catherine devrait s'en souvenir — les goûts que l'on prête en général à la jeunesse. Elle n'a jamais aimé les surprises-parties, les nuits blanches, les joyeuses virées entre copains. Elle préférait lire ou dessiner dans sa chambre, pratiquer un sport quelconque ou aller au spectacle avec son père. Elle s'en félicite aujourd'hui, car elle échappe ainsi aux drames des gens qui, ayant dans leur jeunesse brûlé impunément la chandelle par les deux bouts, souffrent, l'âge venant, de devoir changer le rythme de leur vie. Elle, ne s'étant jamais sentie vraiment jeune, ne se sent pas vieillir. Elle vit comme elle a toujours vécu. Calmement. Sans jamais éprouver ce fameux sentiment de frustration dont présentement Catherine la menace, pour peu qu'elle continue à gâcher ses dernières belles années.

— Mais je ne les gâche pas, dit Antoinette. Je les savoure comme un gourmet. Je profite de chaque minute.

— En quoi faisant?

— Exactement tout ce qu'il me plaît, à l'heure qu'il me plaît, avec qui il me plaît. Que veux-tu de plus?

— Tu le sais très bien.

— Que je couche avec Christophe?

— Christophe ou un autre, ça m'est égal, mais que tu t'aères un peu.

« S'aérer! » Comme Catherine? La nuit dans des boîtes où la fumée vous empoisonne, où le bruit vous assourdit et où les lumières psychédéliques vous donnent des migraines? Le week-end, dans des auberges ou des fermettes aménagées pour y rencontrer des gens qui « s'aèrent » eux aussi, par principe et avec l'espoir que le feu de bois et la bouse de vache vont ranimer leurs ardeurs endormies? S'aérer dans des lits où, dans le meilleur des cas, quand on a fini de ne pas s'ennuyer, on s'emmerde copieusement? Faire l'amour à tout prix, même si vous n'en avez pas envie, sous prétexte que demain vous n'aurez peut-être plus l'occasion de le faire? Merci bien! C'est aussi ridicule que si on se gavait à tous les repas de mousse au chocolat en prévision du jour où le foie ne la supportera plus ou si on se mettait à vivre dans des pièces chauffées à 40°, en prévision des restrictions de chauffage.

— D'accord, dit Catherine, mais enfin, rien ne prouve que tu t'emmerderais!

— Si je n'en ai pas vraiment envie, oui. Il y a eu

des précédents. Tu t'en souviens aussi bien que moi.

Antoinette faisait là allusion à trois aventures dans lesquelles elle s'était lancée avec plus de bonne volonté que d'enthousiasme et qui toutes les trois s'étaient soldées par un fiasco total.

Comme Catherine n'a aucune raison de demander à Antoinette de les lui raconter, puisqu'elle les connaît et qu'à mon avis elles expliquent, en partie, l'attitude d'Antoinette, je crois utile de vous les rapporter ici succinctement.

La première aventure n'avait pas dépassé ce qu'Antoinette appelait « l'épreuve du caleçon ». C'est-à-dire le moment, jugé insolite par elle, où le monsieur en complet-veston devient subitement l'homme nu, moment de vérité propice à toutes les déceptions, à tous les ridicules. En l'occurrence, Antoinette avait découvert, à ce moment précis, sur le torse et les bras de son partenaire, une toison de poils noirs si fournie qu'elle avait cru, dans la pénombre de la chambre, que c'était un sous-pull. Instruite au premier contact de sa méprise, elle avait hésité un instant entre la politesse qui consistait à cacher bravement sa déconvenue, et la muflerie qui consistait — non moins bravement d'ailleurs — à l'avouer.

Finalement, elle avait opté pour la deuxième solution mais s'était résignée — en compensation — à écouter pendant deux heures interminables le récit de tous les ravages que ce système pileux avait provoqué chez des dames averties, elles, qu'il était l'apanage d'une puissante virilité.

La deuxième aventure avait duré à peine plus longtemps. Antoinette y avait été entraînée par la conviction d'un écrivain éloquent, doté — à ce qu'il disait — d'un sixième sens et qui avait « senti » dès leur première rencontre qu'entre eux ce serait la grande histoire et qu'ils étaient, de toute éternité, prédestinés l'un à l'autre. Personnellement, Antoinette n'avait rien senti, mais il était tellement sûr, qu'elle aurait été impardonnable de ne pas vérifier des prémonitions si alléchantes. Après une nuit de vérifications diverses — et diversement ennuyeuses — il s'était avéré d'une façon certaine que la grande histoire annoncée ne serait jamais qu'une petite anecdote et que, dans la catégorie des héros de légende, Tristan et Yseult n'avaient pas à craindre leur concurrence.

La troisième aventure s'était présentée sous les meilleurs auspices, une rencontre fortuite avec un ancien flirt de vacances qui, par bonheur, n'avait presque pas changé. En plus, sa femme venait de le quitter et il avait besoin de parler. Ça ne pouvait pas tomber mieux : Antoinette aimait beaucoup écouter. Et, en effet, pendant deux jours elle l'écouta, avec beaucoup de patience, parler de l'épouse envolée et partagea son ressentiment contre elle. Le troisième jour, elle commença à éprouver quelque indulgence pour l'infidèle. Le cinquième jour, elle comprit tout à fait pourquoi elle était partie. Le sixième jour, elle aurait tout donné pour qu'elle revienne. Alors le septième jour, c'est Antoinette qui s'était enfuie.

Connaissant à présent ces aventures — ou plus exactement ces mésaventures —, vous comprendrez mieux pourquoi Antoinette peut affirmer aussi péremptoirement à Catherine :

— Moi, dans un lit, quand je n'aime pas, je m'emmerde.

— Ce n'est pas normal, tu devrais consulter un médecin.

A la grande surprise de Catherine, Antoinette est d'accord. Elle avait justement l'intention de prendre rendez-vous avec Pauline Marioneau pour une consultation de routine. Elle en profitera pour l'interroger à ce sujet mais elle doute fort que leur copine gynécologue soit encline en ce moment à pousser qui que ce soit dans les bras de Cupidon : elle a trop d'ennuis dans son ménage. Catherine est au courant. Marc, qui est à la fois son patron et le mari de Pauline ne lui ménage pas ses confidences; et elle, ne lui ménage pas ses reproches.

— Je ne le comprends pas, dit-elle. Pauline a cent fois plus de qualités que sa pétasse sans envergure. Je me demande ce qu'il a dans les yeux.

— Un cul! répond placidement Antoinette, comme les copains.

— Tu as raison! A partir d'un certain âge, chez les hommes, c'est plus répandu que la cataracte, mais malheureusement ça ne s'opère pas.

— Il faut avouer qu'avec celui de la gamine, il a de quoi se mettre sous la rétine!

Catherine ratifie le jugement d'Antoinette mais récuse le terme de gamine appliqué à une femme qui vient d'avoir trente ans, ce qu'elle estime être le mauvais âge. Mauvais pour leurs compagnons, bien sûr!

— A vingt ans, dit Antoinette, elles croient qu'elles ont le temps, elles laissent courir, mais à trente, elles commencent à s'affoler et elles se cramponnent.

— Tu ne crois pas si bien dire. Elle fait à Marc le coup du gosse.

— Elle est enceinte?

— Oui, ma chère. A lui, le mari d'une gynécologue, elle a soutenu que sa santé lui interdisait la pilule, le diaphragme et, bien entendu, l'avortement.

— Et il a marché?

— Tête baissée dans le panneau.

— Décidément, plus ils sont intelligents, plus ils sont cons.

Après une courte incidence sur les constantes de l'âme humaine qui résistent à l'évolution du temps, et qui permettent aux femmes de 1980 d'employer avec le même succès les mêmes procédés que celles de 1900, les deux amies en reviennent aux déboires conjugaux des Marioneau. Et plus précisément à ceux de Pauline.

— Comment réagit-elle? demande Antoinette.

— Mal, très mal. Il faudrait d'urgence lui dénicher un bonhomme.

Pour Catherine, le bonhomme, c'est la panacée, le remède à tous les maux. Pour Antoinette, c'est au mieux un palliatif. Ça peut soulager un moment mais ça ne guérit pas. Ce qui guérit, c'est le travail, l'amitié et surtout le temps. C'est à cela, plus qu'à ses petits pâtres que Catherine doit d'avoir oublié Bertrand, et Antoinette, Gilles. C'est grâce à cela que Pauline oubliera Marc.

— Elle n'a pas le « Huit », elle, dit Catherine.

— Tout le monde peut s'en créer un.

— Il faudra le lui suggérer.

Catherine, à l'emballement prompt, est en train de trinquer avec Antoinette au « Huit bis », quand soudain Pascal, exsangue, fait irruption dans la cuisine. Contrairement aux règles en vigueur au sein de la petite communauté, il n'a pas annoncé sa visite, et ne s'est pas inquiété de savoir si elle dérangeait ou non. Quelque chose de grave — ou du moins d'important — s'est donc passé.

— Papa est mort, dit Pascal.

Il faut au cerveau un certain temps pour enregistrer la nouvelle d'une mort imprévue, un certain temps avant qu'elle pénètre en nous, qu'elle s'intègre à nous, que l'on respire et vive avec elle, comme avec les autres absences accumulées au fil des années, un certain temps d'incrédulité, de refus qui se traduit par des mots stupides : Antoinette demande : « Jean-Luc? » avec un énorme point d'interrogation, comme si Pascal pouvait avoir plusieurs pères. Catherine laisse échapper : « Tu plaisantes? »

Pascal ne s'en étonne pas. Il a eu une réaction similaire, à l'instant, quand sa grand-mère, par téléphone, lui a appris qu'une crise cardiaque venait d'emporter son père en quelques heures. Il répond consciencieusement à Antoinette que oui, c'est bien de son père qu'il s'agit, et à Catherine que non, hélas, il ne plaisante pas.

La mort de Jean-Luc Heller s'introduit peu à peu dans la tête des deux femmes, et de là gagne chaque parcelle de leur corps. C'est le temps de l'incompréhension, traduite encore par des mots bêtes. Antoinette dit : « Qui aurait pu supposer?... » Catherine balbutie : « Merde alors! »

Enfin, après quelques détails supplémentaires fournis par Pascal, la mort est là, en elles, définitivement installée. C'est le temps du réalisme. Antoinette s'interroge : « Qu'est-ce que je dois faire? » Catherine répond : « Rien. Ses parents ne t'aimaient pas et tu ne connais ni sa femme, ni sa fille. » Pascal dit : « En tout cas, moi, je pars tout de suite en voiture. J'emmène Christophe, il me relaiera au volant. »

Antoinette accompagne Pascal sur le seuil de la porte. Leurs regards se croisent, un peu gênés. Entre eux, l'ombre de Jean-Luc Heller. Il avait été le mari d'Antoinette, il y a très longtemps. Il était toujours le père de Pascal. Elle ne l'avait pratiquement pas revu depuis leur divorce. Pascal n'avait jamais manqué, soit en Suisse, soit en France, une occasion de le rencontrer. Antoinette s'appelle Audricourt. Pascal s'appelle Heller. C'est la première fois que pour eux cette différence de nom signifie quelque chose.

— Sois prudent, dit Antoinette.

Pascal ne peut s'empêcher de sourire et continue de lui-même la litanie traditionnelle des recommandations maternelles :

— « Tiens-toi droit et mets bien ton cache-nez. »

La mère et le fils s'embrassent.

L'ombre de Jean-Luc Heller a disparu.

CHAPITRE VI

« Le dieu n'est pas passé. » C'est, paraît-il, ce que disait Sarah Bernhardt, à l'issue de certaines représentations moins brillantes que d'autres, où elle n'avait pu donner toute la mesure de son talent.

C'est ce qu'Antoinette a aussi envie de dire à Michel depuis le début de leur soirée.

Pourtant ils s'étaient réjouis, chacun de son côté, à l'idée de se retrouver. Michel lui avait rapporté un pull en cachemire et une boîte de chocolats. Elle avait dressé pour lui une table de fête et enfilé une robe nouvelle. Ils avaient, l'un et l'autre, en une semaine d'absence, emmagasiné plein de choses à se raconter. Oui, mais voilà, le dieu n'était pas passé : le pull en cachemire était trop grand, la boîte de chocolats aussi. Michel n'avait pas faim et il n'avait pas aimé sa robe. En plus, il avait voulu absolument regarder le film à la télé, un film qui jadis l'avait enthousiasmé. C'était affreusement démodé et — même replacé à son époque — assez médiocre. Un autre jour, ils en auraient sûrement ri ensemble. Mais pas aujourd'hui. Aujourd'hui, il allume cigarette sur cigarette. Elle le lui reproche. Il la rabroue.

Elle va chercher une lime à ongles, et elle lime, elle lime... Ça agace Michel. Elle lui propose d'éteindre la télé. Il refuse. Il s'y décide quand même à la fin du générique.

— Ce que c'est con! dit-il en tournant le bouton.

— Oui, très, répond Antoinette.

Seulement lui parlait du film et elle de leur mauvaise humeur. Décidément, le dieu s'obstine à ne pas passer. Aussi obstinée que lui, Antoinette décide de lui frayer un passage à grands coups de serpe.

— Abats les cartes! dit-elle gentiment. Qu'est-ce qui ne va pas, Michel?

Michel se plante devant la glace, où tout à l'heure Catherine s'était regardée, et pointe un doigt sur son image.

— C'est ça qui ne va pas, dit-il.

— Mais encore?

— Je vais avoir cinquante-quatre ans le mois prochain.

— Ah! non! Ce n'est pas possible! Pas le bilan de la cinquantaine. Pas toi! Pas après tout ce qu'on s'en est dit.

Antoinette est effarée. Michel a-t-il vraiment oublié leur ironie sur les hommes de leur entourage qui changeaient brusquement d'attitude en changeant de décade : ceux qui essayaient de rattraper leur jeunesse en s'accrochant à celle d'une nouvelle compagne, en fabriquant des enfants, en s'achetant à prix d'adulte la panoplie de l'adolescence : la moto, le jean et les idées à la mode, en « repartant à zéro », comme ils aimaient à dire; et ceux au contraire qui allaient au-devant de la vieillesse en se laissant aller physiquement et moralement, en appelant leur femme « maman », en parlant de la retraite, « en raccrochant les gants » comme ils aimaient à dire. Michel a-t-il aussi oublié leur agacement quand le héros d'un film ou d'une pièce découvrait — toujours en se rasant — une ride de plus et quelques cheveux en moins et qu'il entreprenait alors ce fameux bilan de la cinquantaine, suivi immanquablement de tous les poncifs des voyages autour de soi-même : Ai-je raté ma vie? Ai-je trahi le jeune homme que je fus? Ai-je été utile à quelque chose? à quelqu'un?

— Michel, as-tu oublié?

— Non.

Michel se souvient et pourtant le voilà comme ceux qui l'agaçaient, comme ceux qui l'amusaient devant une glace, pris de doute et d'angoisse.

— Que s'est-il passé de nouveau dans ta vie, qui t'a conduit là? demande Antoinette.

— Rien de spécial. Une accumulation de petits faits.

— Lesquels?

— Des bêtises.

Antoinette mesure l'importance des « bêtises » en question à la difficulté qu'elle a à les lui arracher. Il lâche d'abord les avatars physiques : une récente somnolence après les repas; une moindre résistance à la fatigue, des trous de mémoire. Ensuite il lâche — mais déjà avec plus de réticence — son manque de goût au travail et sa perte de tonus pour convaincre un client. Enfin, poussé dans ses derniers retranchements, il lâche l'essentiel : son inappétence sexuelle... et une défaillance... ou deux... Mettons trois et n'en parlons plus.

Oh oui! Surtout, n'en parlons plus. Oublions tout cela... un petit somnifère en attendant demain.

Antoinette a horreur des somnifères. Horreur de ce qui insensibilise. Pour les plaies, du corps ou de l'âme, à la pommade elle préfère le jus de citron. Elle en envoie immédiatement une giclée en direction de Michel à l'endroit le plus sensible.

— Elles te plaisaient, les filles avec lesquelles tu n'as pas pu coucher?

Michel avoue qu'il n'a pas eu le temps de se le demander. La première, rencontrée chez Castel, la deuxième dans un cinéma, et la troisième au bar de son hôtel en Suisse lui avaient proposé leurs services avant qu'il n'ait songé à les en solliciter. Chacune d'elles l'avait entraîné dans une chambre presque sans un mot et là, à peine avait-il, lui, enlevé sa montre, qu'elles avaient, elles, déjà enlevé tout le reste et l'attendaient dans le lit. Enfin, il croyait se souvenir qu'elles étaient plutôt jolies et en tout cas, jeunes.

Antoinette poursuit la description :

— Et entreprenantes. Et pas causantes. Et sans pudeur. Et sans féminité. Et sans raffinement.

Michel acquiesce.

— Bref, tout ce que tu détestes, conclut Antoinette.

— Oui, reconnaît Michel.

— En somme tu n'as pas pu faire l'amour avec des filles dont tu n'avais pas envie. Et c'est ça qui t'inquiète?

— Oui, parce que, normalement, j'aurais dû en avoir envie étant donné leur physique et leur âge.

— J'en déduis que selon toi, la jeunesse et la beauté entraînent obligatoirement le désir.

— Evidemment!

— Alors je suis anormale.

D'étonnement, Michel renonce à la nouvelle cigarette qu'il allait fumer. Il ne l'allume qu'à la fin du récit d'Antoinette sur les assauts repoussés du beau et jeune Christophe. Preuve évidente d'intérêt. Antoinette croit un moment l'avoir rasséréné. Illusion passagère! Non seulement Michel se cramponne à son complexe de l'âge, mais encore il essaye d'y accrocher Antoinette. Il ne voit qu'une morale à tirer de son histoire, comme des siennes : ils vieillissent. Tous les deux. Sexuellement. Intellectuellement. Physiquement. Ils sont des vieux clous sans ressort, sans élan, sans enthousiasme. Des *Has been*. Irréversiblement. Et le pire c'est qu'ils n'en ont pas vraiment l'air. Oui, le pire. Tout compte fait, quand on est vieux, il vaut mieux le paraître. Ça évite les illusions. Les siennes et celles des autres. Eux, ils n'ont pas la gueule de leur emploi. Ils sont comme des comédiens qui, à l'âge de Don Diègue, postuleraient le rôle du Cid. Ils ne sont ni des « pas tout à fait vieux », ni des « pas tout à fait jeunes »; leur situation est hybride, inconfortable, désespérante.

— Alors, crève!

La voix d'Antoinette lui est parvenue dans son dos si nette, si incisive qu'il n'a pas besoin de se retourner pour savoir qu'elle a dénoué ses cheveux. Il attendait confusément le sirocco comme les petits enfants surexcités par la fatigue attendent, en se rendant de plus en plus insupportables, la gifle qui leur permettra de libérer leurs nerfs dans les larmes.

— Crève et fous-nous la paix! continue Antoinette.

Oui, on vieillit. Oui, le meilleur est derrière nous. Oui, ça ne peut aller qu'en empirant. Oui, les consolations du genre « Chaque âge a ses plaisirs » sont des foutaises, car aucun être sensé n'osera prétendre que les veillées au coin du feu sont plus exaltantes que les galipettes dans un bois et que la verveine-menthe c'est plus rigolo que le beaujolais. Oui, les années font office de picador et nos forces coulent de nous comme le sang du taureau, oui ce n'est pas drôle mais il n'y a qu'une alternative : c'est ça, ou mourir. Alors, le choix est simple : ou tu acceptes de vieillir avec tous les inconvénients que cela comporte en essayant toutefois de les pallier au maximum et tu n'emmerdes pas les autres, ou bien tu n'acceptes pas — ce qui est ton droit — et tu te flingues au plus vite.

Antoinette s'arrête, juste le temps de redresser les mèches de cheveux qui lui barrent le visage et reprend de plus belle :

— Je sais que les malheurs d'autrui n'enlèvent rien aux nôtres, mais il me semble quand même que tu pourrais en tirer ton profit. Au lieu de t'occuper exclusivement de ton nombril, regarde un peu autour de toi, ouvre le journal, écoute les informations. Là, tu l'auras ta ration de vrais drames : la famine, les tremblements de terre, des explosions, des accidents de voiture, des cancers, des infarctus, des *overdoses,* des agressions, des otages, partout des morts et encore des morts qui n'ont pas choisi de l'être... et des survivants anéantis. Après cela, tu auras peut-être assez de bon sens, assez de décence pour ne pas te lamenter parce que tu as les méninges en berne, la virilité en deuil et le teint moins frais.

Antoinette emprisonne à nouveau ses cheveux et sa colère dans sa barrette et pose affectueusement ses deux mains sur les épaules de Michel.

— Tu n'as pas le droit de te plaindre, dit-elle, complètement radoucie. Il y a trop de gens qui voudraient être à ta place : des vivants... et des morts.

Michel se penche en avant, vers la table basse où se trouve son paquet de cigarettes, mais au lieu d'en prendre une, il s'empare du briquet qui est à côté et se met à le tourner et à le retourner entre ses doigts.

— Tu penses à Jean-Luc? demanda-t-il.

La veille, Michel, lassé des quatre murs de sa chambre d'hôtel à Genève, était tout d'un coup parti pour Morges, voir la maison où Antoinette avait vécu avec son mari, son fils, ses beaux-parents, sa belle-sœur et dont elle lui avait si souvent parlé. Devant la grille du jardin, de loin, il avait aperçu deux hommes qui parlaient, l'un voûté, très vieux, très sec, très pâle, qui devait être le père de Jean-Luc; et l'autre plus jeune, avec une serviette noire à la main, qui devait être son médecin. Michel était descendu de sa voiture à quelques mètres d'eux, sous le couvert de vérifier l'état de ses pneus. Des bribes de conversation qu'il avait pu saisir, il avait déduit que Jean-Luc était gravement malade. Le lendemain, c'est-à-dire aujourd'hui, poussé par un obscur pressentiment, il avait pris la route de Morges avant celle de Paris. Il avait vu plusieurs personnes sortir de la maison, les yeux rougeoyants, le mouchoir à la main. C'est l'une d'elles qui lui avait appris que Jean-Luc venait de mourir.

Antoinette s'étonne que Michel ne lui ait pas raconté tout cela en arrivant.

— Je pensais que tu n'étais pas encore au courant, dit-il, et j'avoue qu'égoïstement, j'avais plus envie ce soir de te parler de mes problèmes que des tiens.

— Je n'ai pas de problème, moi. Tout va bien.

— Je suppose quand même que tu es affectée par la mort de Jean-Luc.

— Pas spécialement. Il est bien évident que je la regrette, que je la déplore, que je la trouve injuste, mais ni plus ni moins que la mort de n'importe quel être jeune — ou encore jeune — qui ne demandait qu'à vivre.

Comme Michel la regarde, un peu étonné par cette presque indifférence, elle croit bon de se justifier :

— Enfin, Michel, il faut regarder les choses en face...

Il sourit : il était sûr qu'elle allait dire ça. C'est une de ses expressions favorites et dont elle applique scrupuleusement les termes : elle regarde les choses en face, sans se regarder les regardant, sans verre déformant qui en grossirait ou en amenuiserait le contenu dramatique, en les tenant à distance des réactions conventionnelles où entre le plus souvent une part de comédie. Et, vue avec ces yeux-là, évidemment, la mort de Jean-Luc Heller n'est plus celle du premier homme qu'elle a aimé, plus celle du père de son enfant. C'est tout simplement la mort d'un étranger qu'elle n'a pas vu depuis vingt ans. Une mort qui la touche moins, elle n'a aucune gêne à l'affirmer, que ne la toucherait celle de la crémière qu'elle voit tous les jours, ou de l'épicier du coin.

— Oh! à propos, ajoute-t-elle sans transition et sur un ton enjoué, j'ai oublié de te dire, il a reçu le bouzy.

— Qui?

— Le père Thomas, notre épicier.

Et la voilà qui se met à raconter, allègrement, à la suite de quelles péripéties le bouzy, qui les avait enchantés un soir dans un restaurant du Marais, avait abouti dans la cave du dénommé Thomas.

Michel suit l'enthousiasme d'Antoinette, sautillant de verre en vigne, de vigne en cuve, de cuve en litre, d'abord avec effarement, puis avec amusement, enfin avec admiration. La vitalité et l'équilibre d'Antoinette ont sur lui un pouvoir souverain.

— Mon arbre! dit Michel en prenant les épaules d'Antoinette à pleines mains.

Elle est contente. Quand Michel l'appelle comme ça, c'est que ses problèmes se sont effrités sur la rudesse de son écorce, qu'elle lui a transmis un peu de son énergie, de sa sève, que « tout est en ordre » comme on dit dans cette Suisse bien propre qu'elle a toujours aimée, et qu'elle peut tourner la page. Elle la tourne le plus naturellement du monde.

— Si on le goûtait, ce bouzy, propose-t-elle.

— J'allais te le demander.

Ils se quittent vers deux heures du matin. Heureux de la vie et d'eux-mêmes : le dieu était passé.

CHAPITRE VII

Antoinette est radieuse. Bêtement. Et radieuse de l'être en sachant que c'est bêtement : elle a réussi son chignon torsadé qu'elle rate une fois sur deux. Le chemisier en soie vert amande, sur lequel elle a peint un dégradé de feuilles mortes, s'harmonise à merveille avec sa jupe châtaigne et la perspective de sa soirée l'enchante : elle va assister ce soir à la première représentation d'une pièce de théâtre où Olivier Marioneau, son filleul, le fils de Pauline et Marc, fait ses grands débuts de comédien. Tous les gens du « Huit » ont été invités à ce baptême des planches. Ce qui double son plaisir. Michel et Pascal ont refusé de dire qui ils emmèneraient à ce spectacle — ce qui pique sa curiosité — et elle, elle sera accompagnée par Catherine, sans minet depuis une quinzaine — ce qui la réjouit fort. Elle prend l'invitation pour la mettre dans son sac. Ses yeux tombent sur la date : 5 mars. Le jour où Simone Buisson lui avait demandé de l'inviter avec François-Achille. Avait-elle réussi à retenir son mari à Paris? ou à partir avec lui pour l'Allemagne? Depuis ce fameux dimanche, elle n'avait eu aucune nouvelle d'eux. Ni de Florence, d'ailleurs. Elle compose son numéro, espérant de tout son cœur que Florence ne répondra pas. Elle répond. François-Achille a annulé son voyage. Elle a rompu une fois de plus, et une fois de plus il la harcèle de coups de téléphone et de lettres. Elle espère tenir bon. Elle n'en est pas sûre. Elle excuse sa faiblesse. Ce n'est pas sa faute. Il fabrique des scrupules comme d'autres des calculs ou du cholestérol. Elle rappellera Antoinette, mais pour le moment, elle préfère être seule.

Quand Antoinette, quelques instants plus tard, entend le coup de sonnette de Catherine qui vient la chercher, son niveau d'euphorie a bien baissé. Il tombe à zéro quand, sur le palier, à la place de Catherine, elle découvre Christophe. Un Christophe en complet de flanelle grise, chemise bleu ciel et cravate en tricot bleu marine, qui lui annonce tout de go :

— C'est moi qui remplace Catherine, ce soir.

Par hasard — un hasard sur lequel immédiatement Antoinette a plus que des doutes — Christophe avait rencontré le midi même Catherine dans le bistrot, près des éditions Marioneau, où elle déjeunait avec une amie, Yolande Boulard. Il ne manquait plus que ça! L'inséparable de Simone Buisson.

— Et alors? demande Antoinette sans aménité.

— Alors, la dénommée Yolande souhaitait vivement voir le spectacle de ce soir. Catherine lui a proposé de l'emmener et m'a proposé, à moi, de vous accompagner à sa place.

— Et pourquoi pas le contraire : elle avec moi, comme prévu, et vous avec Mme Boulard?

— C'est délicat. Je ne connaissais pas du tout cette dame.

Tout cela était évidemment cousu de fil blanc, mais comme il était impossible à Antoinette de se décommander, et que le théâtre était situé dans une banlieue lointaine, ce n'était pas le moment de discuter.

— Vous savez conduire? demande Antoinette dans l'escalier.

— Assez bien, je crois. J'ai été chauffeur pendant quelques mois dans une boîte qui louait des voitures. J'en ai conduit de toutes les marques et sur toutes les routes.

— Alors, vous conduirez la mienne. La nuit, je n'y vois pas bien.

Elle lui tend ses clefs. Il lui ouvre la portière en soulevant une casquette imaginaire.

— Vous avez vraiment fait beaucoup de métiers, dit Antoinette.

— Comme tous ceux qui n'en connaissent aucun. J'en ai même un nouveau à mon actif depuis peu.

— Je sais.

En effet, il y a une semaine environ, Pascal lui avait appris incidemment qu'il avait recommandé Christophe pour des photos et des films publicitaires, non seulement dans la maison de publicité où il travaillait, lui, comme concepteur, mais aussi dans la maison concurrente où Michel dirigeait le service commercial. Etant donné son physique, Christophe avait trouvé rapidement à s'employer. Il avait aussi trouvé rapidement à se loger chez un ami parti pour le Mexique. C'était vrai, ce qu'il avait dit à Antoinette. L'argent n'était pas un problème pour lui.

— Vous êtes contente? demande Christophe.
— De quoi?
— Que je travaille?
— Oui... pour vous.
— Moi aussi, je suis content... pour vous.

Antoinette craint une nouvelle offensive. Mais non! Il démarre en douceur et pendant tout le trajet entretient la conversation en parfait chevalier servant. Suivant consciencieusement les directives données par Catherine, il la questionne sur son métier en particulier, sur la peinture en général, la part du don et celle du travail, le privilège du créateur, etc. Il lui parle aussi de Pascal avec beaucoup de chaleur et d'admiration. De ses qualités d'ami et de fils. Il rapporte quelques propos de lui, propres à combler l'affection et l'orgueil maternels. Peu à peu, Antoinette se détend, participe à la conversation avec gentillesse, puis avec intérêt. Elle va même, en fin de parcours, jusqu'à le féliciter sur sa façon de conduire — il est beaucoup plus prudent en voiture qu'en moto — et également sur son sens de l'orientation. Bien entendu, il passe sous silence que Catherine l'a prévenu de la panique qui s'empare d'Antoinette quand elle n'est que passagère dans une auto et qu'il a potassé longuement l'itinéraire sur le plan avant de venir. Il dit simplement :

— On ne peut pas avoir que des défauts!

Aussitôt qu'il a garé la voiture, avec maestria, dans un emplacement particulièrement restreint, il se précipite pour aller ouvrir la portière d'Antoinette et l'aider à descendre. Elle, qui ne prête d'habitude aucune attention à ce genre de prévenances, survivances illogiques d'un temps où les femmes ne se voulaient pas les égales des hommes, aujourd'hui l'apprécie. Un peu comme elle apprécierait l'effort d'un étranger pour parler français. Ici comme là, il s'agit d'effacer les frontières : celles des pays ou celles des générations... Avant d'arriver au théâtre, Christophe n'est plus pour Antoinette le pithécanthrope dont elle doutait qu'il pût avoir avec elle le moindre point commun. Dans le hall du théâtre, il le redevient subitement sous le regard ironique de Pauline Marioneau qui vient à lui, la main tendue :

— Quelle bonne surprise! dit-elle. Il y a longtemps qu'on ne s'est vu.

Marc, le mari de Pauline, les rejoint avec le même regard amusé sur Christophe, puis d'autres amis, pour la plupart des confrères de Pauline : les disciples d'Hypocrate sont venus tâter le pouls de Thalie. Tous connaissent Christophe. Enfin, une tornade blonde fonce sur le petit groupe : c'est une femme dont on ne saurait dire exactement si elle a une trentaine fatiguée ou une cinquantaine florissante, très élégante, beaucoup trop pour le lieu, et flanquée d'un long jeune homme très mince, distingué jusqu'au bout de son écharpe de soie blanche. La bouche pleine de « chérie » et de « mon chou », elle embrasse tout le monde. Y compris Christophe qui, en plus, a droit à une petite tape sur la joue. Seule Antoinette échappe à son étreinte, mais pas à son exubérance.

— Mélisande! s'écrie-t-elle en tombant en arrêt devant Antoinette, comme si elle retrouvait une vieille connaissance perdue de vue depuis longtemps. Absolument, Mélisande, insiste-t-elle, en mettant sa main en écran devant le bas du visage d'Antoinette pour n'en voir que les yeux. C'est extraordinaire comme ressemblance.

Elle se retourne vers la grande fleur fragile qui l'accompagne :

— Vous ne trouvez pas, Prince?

Prince confirme en écho, du bout des lèvres, que c'est tout à fait extraordinaire. Antoinette, qui n'aime guère les gens dont on dit qu'ils sont des « personnages » et qui s'ingénient par leur accoutrement à justifier cette réputation, laisse à un sourire glacial le soin d'exprimer sa pensée, à savoir : « Continue ton numéro, si tu veux, mais avec moi ça ne marche pas. » Privée de la réplique d'un faire-valoir, la tornade blonde, Auguste sans clown blanc, est obligée de jouer seule.

— Mélisande, c'est ma chatte, explique-t-elle. C'est votre portrait craché. Les moustaches en plus, évidemment!

Elle cherche à nouveau une approbation, mais cette fois du côté de Christophe.

— Vous ne trouvez pas, Chris?

Antoinette ne lui laisse pas le temps de répondre.

— Ça ne m'étonne pas, dit-elle, j'ai été chat dans une autre vie. Il m'en reste les griffes que je sors encore quelquefois.

La sonnette invitant les spectateurs à regagner leurs places vient à propos interrompre cet échange et disperser le petit groupe.

Quand Antoinette entre dans la salle, suivie de Christophe, celle-ci est déjà presque pleine, composée en majeure partie d'aficionados des théâtres de la périphérie, parmi lesquels les invités des Marioneau en complets-veston et en robes font figure d'intrus. Antoinette pense qu'un jour peut-être, on interdira dans ces théâtres — à l'inverse des casinos — le port de la cravate. Déjà, avec son chignon torsadé et son manteau fort simple mais bien coupé, elle se sent mal à l'aise et rejoint sa place, le nez sur ses chaussures.

Ce n'est qu'une fois assise qu'elle s'aperçoit que les bracelets de chez Cartier et le jean délavé qui sont à ses côtés appartiennent à la jeune personne qui accompagne Michel. Les présentations sont réduites aux prénoms : Antoinette — Nelly — Michel — Christophe. On est moderne ou on ne l'est pas. Ce voisinage n'amuse manifestement personne, chacun se rencogne dans son fauteuil. Christophe signale au rang devant, un peu à gauche, la présence de Catherine et de Yolande en grand bavardage, et toujours sur le même rang, mais à droite, celle de Pascal et d'une très jeune femme que des petites lunettes rondes de grand-mère et une tignasse de papou n'arrivent pas à enlaidir. Quant à la tornade blonde, elle se signale d'elle-même en parlant très fort avec ses voisins.

— Comment connaissez-vous cette dingue? demande Antoinette à Christophe.

— C'est Barbara, répond-il, mi-penaud, mi-amusé.

Sur le moment, ce prénom n'évoque rien pour Antoinette mais malheureusement le commentaire de Christophe lui rafraîchit la mémoire.

— Elle est devenue verte quand elle m'a vu avec vous, dit-il. D'autant plus que mon remplaçant est passablement ridicule, vis-à-vis des autres elle était vachement vexée.

C'est au tour d'Antoinette de devenir verte. Elle comprend tout maintenant; Barbara devait être une des bonnes clientes de Pauline qui, comme telle, l'avait introduite dans le cercle de ses amis médecins, et c'était donc par son ancienne protectrice que Christophe les connaissait tous.

— Moi, j'étais très fier, ajoute-t-il au moment où la lumière s'éteint.

Malgré tous ses efforts, Antoinette est incapable de se concentrer sur ce qui se passe sur la scène. Elle ne pense qu'à ces gens : Pauline, Marc et les autres, pour qui elle est la remplaçante de la dénommée Barbara, la nouvelle « michetonne » du beau Christophe, la dame qui paye « pour ça ». Elle répugnerait tout autant à être la dame qu'on paye pour ça. Pour elle, la notion d'argent dans l'amour est inacceptable et qu'on puisse la croire, elle, capable de l'accepter, la rend furieuse. A l'entracte, elle refuse de quitter sa place pour éviter de nouveaux affrontements. Peine perdue : c'est un défilé continuel devant elle, devant eux. Maître Vanneau arrive le premier, avec sa femme revenue enfin des sports d'hiver. Elle a encore maigri et le bronzage excessif accuse davantage ses rides. Ça ne l'empêche pas de papilloter du faux-cil en direction de Christophe et de crachoter quelques compliments sur son compte, dans l'oreille d'Antoinette, mais suffisamment fort pour qu'il les entende. Comble d'horreur, avant de s'en aller, elle les invite tous les deux à dîner le soir de leur choix.

— Oh oui, renchérit Maître Vanneau. Un petit dîner intime, à la bonne franquette. Juste nous quatre.

Christophe, ravi, remercie avec empressement. Antoinette promet qu'elle téléphonera.

C'est Catherine et Yolande qui prennent la suite des Vanneau. En embrassant Antoinette, Yolande lui glisse : « Veinarde! » En embrassant Catherine, Antoinette lui glisse : « Salope! » Et les deux nouvelles arrivantes se mettent à féliciter Antoinette, sur son chignon, sur sa bonne mine, sur la couleur de son chemisier qui avive celle de ses yeux. Les deux petites chéries ne savent pas à quoi c'est dû, mais il y a longtemps qu'elles n'ont pas vu Antoinette aussi en forme. Elles en prennent à témoin François-Achille et Simone Buisson venus les rejoindre. Simone approuve avec enthousiasme et n'hésite pas à en féliciter carrément Christophe qui prend des airs modestes, mais ne rejette pas du tout la responsabilité de cet éclat soi-disant nouveau. François-Achille, lui, ne participe pas à ce concert de compliments. Il ne dit rien. Il est ailleurs. Près de Florence. L'exubérance de sa femme rend sa tristesse encore plus pitoyable. Qu'il soit malheureux, elle s'en fout visiblement. L'essentiel est qu'il ne soit pas heureux avec une autre, c'est qu'il soit là. Il regarde fixement Antoinette. Mais c'est Florence qu'il voit à travers elle. Florence qui le repousse. Florence qui lui échappe. Florence qui le fuit. Les larmes lui montent aux yeux et il s'éclipse brusquement en sortant un paquet de cigarettes de sa poche.

Ces dames, elles, continuent à pépier joyeusement :

— Si on soupait tous ensemble après le spectacle, propose Simone.

Catherine accepte avec enthousiasme. Antoinette refuse catégoriquement. Catherine insiste. Antoinette riposte :

— Voyons, dit-elle, tu sais bien que « Mémé » a horreur de se coucher tard.

Catherine accuse le coup et se tait. Antoinette assure son avantage.

— Mais vas-y, toi, ajoute-t-elle, avec Christophe. Il a l'âge des veillées tardives, lui.

— Pas davantage, répond Christophe. Je déteste, moi aussi, vivre la nuit.

L'affaire est close. Pas pour longtemps. Dès qu'Antoinette et Christophe sont libérés de leurs visiteurs, la tornade blonde, qui n'attendait que cela, vient à son tour les inviter à la « party » qu'elle organise ce soir chez elle en l'honneur du petit Marioneau. Elle essuie le même refus — avec le même argument.

— Décidément, vous êtes bien assortis tous les deux, lance-t-elle en les quittant.

Tous les deux! Encore! Antoinette cache son agacement sous un nuage de poudre : par quelle aberration peut-on les associer, eux, si dissemblables? De quel droit se permet-on de les traiter en couple? Quel plaisir éprouve-t-on à officialiser une union qui n'est même pas officieuse? et, en plus, maintenant, comment Christophe ose-t-il avoir cet air satisfait?

Juste avant que la pièce recommence, il se penche vers elle :

— Je suis tellement content que vous ayez refusé

les invitations, dit-il. J'aime bien mieux souper en tête à tête avec vous.

Allons bon! Antoinette qui s'était promis d'être plus attentive à la deuxième partie du spectacle qu'à la première, s'évade à nouveau. La phrase de Christophe lui trotte dans la tête et aussi celles qu'elle va devoir lui dire pour mettre un terme définitif à cette histoire idiote. Quand les artistes saluent, son petit discours — gentil mais ferme — est fin prêt. En revanche, celui qu'elle adresse à son filleul dans les coulisses est nettement moins au point. Olivier doit se contenter de quelques mots de félicitations sans originalité, et de quelques réflexions d'ordre privé du genre : « Qui aurait supposé cela quand je t'ai offert ton premier ours en peluche? » Heureusement, Christophe est plus inspiré. Ni trop élogieux, ni trop critique, il trouve le ton juste et le mot pertinent pour parler de la pièce, des éclairages, de la mise en scène, du jeu des acteurs... Aucun détail ne lui a échappé. Le jeune Marioneau, sensible à tant d'intérêt, l'invite spontanément à revenir voir le spectacle, quand il sera mieux rodé.

— Avec Antoinette, évidemment, précise-t-il, en souriant à sa marraine.

— Evidemment, répond Christophe.

Cette innocente évidence retombe en fines gouttelettes de sueur sur les tempes d'Antoinette, et en sourire triomphant sur les lèvres de Christophe. Il l'a encore en sortant du théâtre.

— Où va-t-on? demande-t-il.

— Vous, chez vous, et moi, chez moi.

— Pourquoi?

Le moment est venu pour Antoinette de placer son petit discours — gentil mais ferme. Elle démarre en même temps que la voiture.

— Ecoutez, mon petit Christophe, il faut que vous vous mettiez une fois pour toutes dans la tête que je ne suis pas Barbara et que je ne le serai jamais.

— Je l'espère bien!

C'est mal parti. Christophe lui ôte l'argument de la bouche. Il s'est trompé sur le compte de Barbara. Plus ou moins consciemment. Parce que lui l'aimait vraiment, il a voulu croire qu'elle l'aimait aussi, qu'il était autre chose pour elle qu'un objet de luxe qui la flattait devant ses amis et qui la rassurait dans un lit. Mais maintenant, il le sait, il n'était que cela. Il n'a jamais été que cela. Depuis toujours. Pour tous ceux qui l'ont approché. Les femmes — et les hommes aussi —, les jeunes et les moins jeunes. Il en a marre d'être beau. Et c'est ça qui est merveilleux avec elle, Antoinette, c'est qu'elle n'a pas l'air de savoir qu'il l'est, qu'elle ne cherche ni à le montrer — au contraire — ni à coucher. C'est pourquoi il s'accroche à elle; c'est pourquoi il insiste tant ce soir pour rester avec elle. N'importe où. Dans un bistrot tranquille, où personne ne les connaîtra, ou bien chez elle, ou chez lui, ou même dans la voiture, si elle veut. Ça lui est égal. Pourvu qu'elle soit là, qu'elle lui parle.

Antoinette soupire. Ça lui coûte d'être désagréable avec ce garçon qui n'a d'autre tort que de ne pas lui plaire. Il est touchant sans doute, mais elle n'est pas touchée. Elle n'y peut rien.

— Je n'ai pas envie de vous parler, Christophe.

— Pourquoi?

— Parce que vous n'avez pas connu la libération de Paris.

C'est là un lambeau du petit discours — gentil mais ferme — qu'elle avait préparé à l'intention de Christophe et qu'elle n'est pas mécontente d'avoir réussi à caser en dépit de l'incompréhension qui l'accueille.

— Qu'est-ce que ça veut dire? demande Christophe.

— Que nous ne sommes pas de la même génération, que nous n'avons pas les mêmes souvenirs, que nous ne sommes pas issus des mêmes événements et que, de ce fait, nous ne pourrons jamais vraiment nous entendre — dans tous les sens du terme.

— Vous ne vous entendez pas avec Pascal?

— C'est mon fils. Nous avons des chromosomes communs et, en plus, depuis le temps que nous vivons ensemble, nous avons appris à nous comprendre, même si souvent nous ne sommes pas d'accord.

— J'apprendrai aussi.

— Pas moi, Christophe.

— Pourquoi?

Antoinette éprouve soudain une lassitude comparable à celle qu'elle éprouvait jadis quand Pascal la harcelait de questions à propos de phénomènes étonnants pour l'enfant qu'il était, et parfaitement normaux pour la grande personne qu'elle était : Pourquoi les oiseaux n'ont pas de bras? Pourquoi il y a des gens qui ont la peau noire? Pourquoi les chiens ne parlent pas? Elle répondait comme toutes les mères du monde ce qu'elle répond maintenant à Christophe :

— Parce que c'est comme ça.

Christophe est aussi buté que Pascal.

— Pourquoi c'est comme ça?

— Une évidence, ça ne s'explique pas.

— Pourquoi ça ne s'explique pas?

Elle a envie de lui dire : « Merde », comme à Pascal, mais elle se retient comme avec lui, et bat en retraite sur le même air :

— Je suis fatiguée, dit-elle. J'ai hâte de rentrer.

— Moi aussi. Avec vous.

— Non Christophe, soyez raisonnable.

— Même pas le temps de prendre un petit verre? Tout petit, petit?

Cette fois Antoinette est vraiment fatiguée. Lui vraiment attendrissant. Elle pare au plus pressé :

— Pas ce soir, Christophe.

Il saisit la balle au bond :

— Demain alors?

— Non, pas demain.

— Après-demain? C'est mercredi, le jour des enfants.

— Non, pas après-demain.

— Jeudi? Vendredi?...

De guerre lasse, elle accepte samedi. Il l'a eue à l'usure comme Pascal. Elle ne lui en veut pas davantage qu'à lui. C'est vraiment un enfant. Comme tel d'ailleurs, ayant obtenu gain de cause, il se montre d'une sagesse exemplaire. Il gare la voiture avec soin à quelques mètres du « Huit », raccompagne Antoinette jusqu'à la porte et s'incline respectueusement en lui souhaitant — à son corps défendant — la plus calme des nuits.

Il ose en s'éloignant un baiser de la main à la gente dame comme un preux chevalier, puis épuisé par tant d'effort, il enfourche la cavale chromée qui l'attendait sur le trottoir et démarre dans une débauche de décibels, comme un vulgaire loubard.

Catherine, qui vient de rentrer, et qui est déjà à l'affût derrière sa fenêtre, le regarde partir, déçue. Christophe n'a pas réussi à troubler les eaux profondes du lac Audricourt. En a-t-il au moins effleuré la surface? Catherine est tentée de téléphoner à Antoinette pour le savoir, mais elle y renonce, s'estimant suffisamment renseignée sur le principal. Le principal étant pour elle « l'union de deux de ces êtres si imparfaits et si affreux », chère à Musset, et qu'elle se plaît, elle, à appeler le turlututu-pampan-la riflette, ce qui est évidemment beaucoup moins poétique, mais qui revient dans son esprit — comme dans celui de beaucoup d'autres — exactement au même.

CHAPITRE VIII

Devant deux grands bols de café, l'un décoré d'une moustache, l'autre d'une bouche de femme, Antoinette et Catherine, dans la cuisine de celle-ci, tapissée d'un papier à petits cœurs rouges, dévorent d'un bel appétit toasts et reproches.

— Je trouve ridicule ton attitude vis-à-vis de Christophe, dit Catherine.

— Et moi déloyale la tienne vis-à-vis de moi, répond Antoinette. Je ne comprends pas que tu te sois permis de m'imposer sa présence hier soir sans me demander mon avis.

— Je ne vois pas où est le mal de t'avoir fait passer une soirée avec un garçon particulièrement bien de sa personne et, en plus, qui t'aime.

Antoinette en avale son café de travers.

En attendant qu'elle reprenne une respiration normale, Catherine, sûre de ne pas être interrompue, vide son sac : c'était la quatrième fois hier que Christophe venait la voir aux éditions Marioneau pour la supplier d'organiser une rencontre entre Antoinette et lui. Elle avait fini par se laisser attendrir par son insistance et aussi par tous les efforts qu'il accomplissait afin de plaire à Antoinette — ou de moins lui déplaire avec l'espoir qu'elle, Catherine, lui répéterait. Il avait troqué ses jeans et ses baskets contre des complets stricts et des chaussures italiennes. Il s'était démené pour trouver rapidement un logement et du travail pour qu'Antoinette ne puisse pas l'accuser de profiter de l'hospitalité de son fils ou le soupçonner de vouloir vivre à ses crochets à elle. C'était son obsession : prouver à Antoinette qu'il n'était pas un gigolo. Encore ce matin il lui avait téléphoné aux aurores pour lui apprendre — au comble de la surexcitation — qu'Antoinette avait accepté de le revoir samedi et s'enquérir de ses fleurs préférées. Si ce n'était pas de l'amour, qu'est-ce que c'était?

— Un entêtement de gosse habitué à ce qu'on lui cède tout, et tout de suite, répond Antoinette.

— Mais bon sang, que faut-il pour te convaincre?

Antoinette élude la question.

— De toute façon, répond-elle, c'est sans importance : même si j'étais persuadée qu'il m'aime, ce n'est pas pour ça que moi je l'aimerais.

Catherine tire sur sa frange avec nervosité : qu'on puisse croire à la sincérité des sentiments tendres, fougueux et désintéressés d'un garçon aussi séduisant que Christophe et y rester néanmoins insensible dépasse son entendement. Antoinette a beau lui répéter sur tous les tons qu'on ne sait jamais pourquoi on est attiré par un être, ou pourquoi on ne l'est pas et que le non-amour ne s'explique pas davantage que l'amour, elle, il lui faut une explication. Alors, elle la cherche. Par élimination. Ce n'est pas le physique, ce n'est pas l'intelligence, ce n'est pas la vulgarité. Ce n'est pas la voix... Ah! elle est peut-être sur une piste :

— Franchement, Antoinette, est-ce sa jeunesse qui te retient?

Par souci d'honnêteté, Antoinette prend le temps de cerner la vérité au plus près.

— Si je l'aimais, dit-elle enfin, je passerais outre facilement; mais il est certain que ce n'est pas pour moi un élément positif.

Catherine ne retient que la seconde partie de la phrase, celle qui lui fournit une explication idiote, bien sûr, mais contre laquelle au moins, elle se sent particulièrement apte à lutter. Il y a longtemps qu'elle a fourbi ses armes, à son propre usage.

— Si la différence d'âge était évidente, je te comprendrais. Un barbon ventripotent et une jeune sylphide, une rombière et un jouvenceau, c'est grotesque et gênant, mais ce n'est pas le cas. Tu es avec Christophe l'illustration parfaite d'un des phénomènes de notre époque : les vieux restent jeunes beaucoup plus longtemps et les jeunes deviennent mûrs beaucoup plus tôt.

Pour mieux en convaincre Antoinette, Catherine l'entraîne dans sa chambre. Elle y enfile un jean que, dans la grande tradition juvénile, elle ne peut fermer qu'en s'allongeant par terre, un chemisier en coton délavé et un gilet de cow-boy. Elle complète l'ensemble en nouant à la gavroche un petit foulard autour de son cou, en passant des bagues à tous ses doigts et en posant une énorme paire de lunettes fumées au-dessus de sa grosse frange blonde, qui cache ses rides au front et met en valeur ses yeux bleus habilement maquillés. Elle se retourne rayonnante vers Antoinette et lui demande :

— Honnêtement, ai-je les cinquante ans de nos mères?

Antoinette reconnaît volontiers que non et rend hommage au charme un peu canaille de Catherine que les années n'ont altéré en rien, et aussi à son espèce de crânerie, de vaillance. Malheureusement, Catherine, qui s'était accroupie devant son placard à la recherche d'un sac, se relève avec quelques difficultés et quelques craquements articulaires. Antoinette ne peut s'empêcher de sourire.

— C'est peut-être les pantalons de nos filles, mais c'est quand même les rotules de leurs mères!

Devant cette plaisante évidence, Catherine, nullement découragée, décide de poursuivre la mission dont elle s'est investie en s'appuyant cette fois sur l'évangile des dames : le jugement d'une de leurs congénères, impartiale, puisque hors du coup, et de surcroît dotée d'une solide réputation de vipère, en l'occurrence Yolande. Or celle-ci, interrogée par Catherine, hier soir, avait été catégorique : Antoinette formait avec Christophe un couple parfaitement harmonieux et personne ne pouvait se choquer des quelques années qui les séparaient. Elle s'était même étonnée de la question de Catherine car qui, de nos jours, se choquait encore ou se souciait de quoi que ce soit? A une époque où le potentiel d'émotivité des gens, tant dans l'horreur que dans l'émerveillement était complètement émoussé par les catastrophes et les miracles dont ils étaient quotidiennement les témoins; alors qu'en voyant deux hommes se serrer la main dans l'espace, ou en apprenant que dans certains pays des êtres humains s'accouplent publiquement avec des bêtes, ils disent simplement : « Ah? » ou « Oh! » et retournent à leurs petites occupations, comment pouvait-on imaginer qu'une femme, prenant un amant plus jeune qu'elle, puisse soulever d'autre réaction que l'envie, si l'amant est beau? Yolande avait même ajouté avec une belle impudeur que les liaisons notoires de son mari avec des jeunes gens et les siennes avec des dames n'avaient jamais provoqué qu'une indifférence souriante, et ne les avaient jamais empêché d'être reçus dans la meilleure société.

— Alors, tu vois? conclut Catherine.

Ce qu'elle voit, Antoinette, c'est Catherine et Yolande en train de clabauder sur son compte, de supputer, de supposer, de commenter et elle préfère changer de paysage au plus vite.

— A propos, dit-elle, avec qui sont-ils en ce moment ces charmants Boulard?

— Lui avec un jeune comédien dont il est complètement dingue. Elle, avec personne.

— La pauvre chérie!

— Ne blague pas, elle est en pleine déprime.

— Elle avait pourtant l'air assez gaie, hier soir!

— Elle prétend que je suis la seule personne qui arrive à la distraire en ce moment. Je dois d'ailleurs la revoir un de ces quatre.

Catherine plonge la tête dans une espèce de gibecière en peau extra-souple, inconnue d'Antoinette, et où elle enfourne pêle-mêle les accessoires d'un autre sac.

— Elle te plaît? demande-t-elle.

— Yolande? Pas du tout.

— Je te parlais de la gibecière.

Antoinette laisse traîner un doigt sans indulgence sur la bandoulière dont les coutures — cousues machine — sont déjà prêtes à s'effilocher.

— C'est amusant, dit-elle, mais ce n'est pas très soigné comme travail.

— C'est un gadget.

Antoinette pense : « Comme Christophe », mais elle se garde bien de le dire pour ne pas relancer la conversation à son sujet. Elle se contente d'avouer qu'elle n'aime pas beaucoup les matières qu'on emploie maintenant dans la mode, sans tenue, tout de suite avachies et qui symbolisent pour elle le laisser-aller de l'époque. Catherine, qui s'apprêtait à quitter la chambre, se retourne sur Antoinette avec un air de commisération.

— Que veux-tu, Mémé, il faut t'habituer, on n'est plus sous Fallières.

Un bisou sur le nez d'Antoinette, pour amortir le choc, un dernier coup d'œil dans la glace de l'entrée, un petit coup de balai dans la frange, et voilà Catherine sautillant dans l'escalier sur ses bottes trop hautes. A quelques marches de distance, Antoinette la suit dans ses mocassins de cuir, façon sellier, d'un pas soudainement alourdi : elle a Fallières dans ses semelles. Elle le traîne toute la matinée et c'est avec un véritable soulagement qu'elle voit, vers midi, débarquer Michel dans son atelier. Michel avec sa tête des bons jours. D'une poigne ferme, il dégage une chaise encastrée sous la grande table en bois où Antoinette travaille, la soulève à bout de bras jusqu'à la verticale, avant de la reposer le plus lentement possible, au prix d'un effort de biceps appréciable, même sous le pull. Antoinette n'est pas en général une inconditionnelle des numéros de muscles de Michel, mais comme ils s'assortissent toujours d'un moral euphorique, elle s'en voudrait de l'entamer par une remarque ironique et applaudit donc la performance sans restriction. Il arrête ce bel enthousiasme du geste des artistes de music-hall qui ont des tours encore plus forts dans leurs manches et souhaitent que le public se réserve pour eux.

— Ce matin, annonce-t-il triomphalement, j'ai couru au Bois de Boulogne au moins pendant une heure.

— Formidable!

— Et à l'instant, je viens d'accrocher des gros clients qui tergiversaient depuis des mois.

— Fantastique!

De nouveau, le geste de l'artiste qui a gardé le meilleur pour la fin. Antoinette est impatiente et le presse :

— Raconte! quoi d'autre encore?

Il prépare son effet, passe sa main dans ses cheveux grisonnants et la langue sur ses lèvres comme une vamp 1930 :

— On m'aime, dit-il enfin.

— Qui?

— La fille d'hier soir.

Antoinette est navrée de ne pas l'avoir même regardée. Michel, lui, en est ravi. Ça lui permet de brosser à gros traits un tableau fort allègre de la jeune Nelly. Elle y apparaît avec un visage plus charmant que vraiment irréprochable, et un esprit plus rigolo que vraiment profond. L'ensemble, sur un fond d'accent zurichois, est plutôt plaisant, en tout cas beaucoup plus que Michel ne l'avait cru à leur première rencontre.

— Où l'as-tu connue? demande Antoinette.

— En Suisse. C'est la fille qui m'avait dragué, il y a quinze jours dans le bar de mon hôtel.

— Celle que tu n'as pas...

— Elle-même! Elle s'est imputée fort gentiment toute la responsabilité de cet échec et elle est venue me relancer ici pour me supplier de lui donner une nouvelle chance.

— Et tu la lui as donnée?

— Pas plus tard qu'hier soir.

A la façon dont l'artiste salue, on peut supposer facilement que l'exploit fut tout à fait réussi. Antoinette, bon public, ne lui cache pas sa satisfaction. Reconnaissant, l'artiste lui offre un petit supplément au programme :

— Et, en plus, elle est riche! Son père a une immense fortune et lui refile tout l'argent qu'elle veut.

Michel montre fièrement son pull et sa ceinture :

— C'est elle qui me les a offerts.

En un clin d'œil, Antoinette évalue le cachemire double maille, qualité supérieure, et le croco-écailles fines — boucle de grande marque. L'addition lui arrache une exclamation :

— Elle est folle!

— D'être amoureuse de moi?

Antoinette tarde à expulser une espèce de borborygme qui résume assez précisément sa perplexité. Michel a le bon goût de s'en amuser.

— Nelly et moi nous n'avons guère que trente ans de différence, dit-il. Selon elle, c'est l'idéal.

— Et selon toi?

Au contact d'Antoinette, Michel a pris l'habitude de débusquer la vérité du plus profond de lui-même, et réfléchit un moment avant de répondre :

— Non, absolument pas. Je suis sensible à l'amour de cette fille, parce qu'il me rassure et qu'il me flatte mais, honnêtement, il ne m'intéresse pas vraiment.

— Et tu y crois, à cet amour?

— J'ai du mal; mais j'avoue qu'elle a pour m'en convaincre des arguments qui m'ébranlent un peu.

— Quels arguments?

— D'abord un de taille : en dehors de l'amour, aucun autre mobile ne peut justifier son attitude envers moi. Elle ne cherche ni mari, ni argent, ni promotion sociale.

— Evidemment!

— Ensuite, elle prétend que je pèche par trop de modestie, que je lui apporte, par mon expérience et mes souvenirs, beaucoup plus que n'importe quel garçon de son âge.

Bien sûr, Antoinette ne peut s'empêcher d'assimiler le cas de Nelly à celui de Christophe, et bien sûr, sa curiosité en est accrue, au point d'outrepasser sa discrétion coutumière :

— Mais... physiquement? demande-t-elle.

Michel éclate de rire. Antoinette craint un instant qu'il ait compris qu'elle l'interrogeait pour son propre compte, mais elle est vite rassurée par son explication :

— Nelly m'avait apporté hier soir un de ces affreux cendriers où sont inscrits des maximes ou des proverbes un peu égrillards. Sur le sien, il y avait : « C'est dans les vieux pots qu'on fait les meilleures soupes! »

C'est visiblement par ce dernier argument que Michel a été le plus touché. Pas Antoinette, qui réplique avec véhémence :

— Enfin quand même... il y en a bien qui doivent préférer des plats surgelés dans des casseroles neuves!

— Il y en a sûrement. Mais pas elle...

— Non! pas elle.

— Et elle n'est pas la seule.

— Non! elle n'est pas la seule.

Pas besoin de sous-titre : Antoinette ne veut pas parler de Christophe, et c'est vraiment pour la forme que Michel pousse un peu plus avant le bouchon.

— Si je comprends bien, toi, tu n'as rien à me raconter sur ta soirée?

— Strictement rien.

— Dommage!

Il plaque son regret de la main sur la cuisse d'Antoinette qu'il palpe sans équivoque comme un masseur.

— Vraiment dommage, répète-t-il.

— Merci du compliment. Tu es fort galant.

Michel reconnaît là aussitôt la politesse exquise de la muraille de Chine et s'apprête à se retirer sur un soupir déçu quand, soudain, la muraille lui consent une brèche :

— Dis-moi, Michel, sincèrement, tu trouves que je suis un peu « mémé »?

Il examine tour à tour les cheveux d'Antoinette, soigneusement lissés de chaque côté d'une raie bien droite, son chemisier blanc, bien net, fermé sous le cou par la clef en or, reproduction de celle du « Huit », qu'il lui a offert et qu'elle ne quitte pratiquement jamais, son pantalon en gabardine au pli impeccable, ses doigts longs, aux ongles courts, sans vernis et sans bagues.

— Tu es toi, dit-il.

Toute l'indulgence du monde est passée dans sa voix. Mais Antoinette n'est pas pour autant satisfaite de sa réponse. Elle sait que quelqu'un d'indulgent, c'est quelqu'un qui excuse... et donc quelqu'un qui estime qu'il y a faute.

— Tu penses, n'est-ce pas, comme Catherine, que je devrais un peu me... me moderniser?

Il se lève et va enfiler son imperméable.

— Tu peux toujours essayer, dit-il.

Son regard désabusé renseigne amplement Antoinette sur le peu de résultat qu'il escompte de l'entreprise, et son départ précipité sur le peu d'aide qu'elle doit attendre de lui. Elle le raccompagne à la porte, désappointée, dans la peau d'une malade incurable abandonnée par son médecin. Pourtant, dix minutes plus tard, il rentre dans l'atelier, portant un paquet qu'il dépose en souriant sur la table d'Antoinette.

— Qu'est-ce que c'est? demande-t-elle.

— Une casserole neuve!

Avant qu'elle ne soit revenue de sa surprise, il est déjà reparti.

Antoinette déballe le paquet : dans le fond de la casserole rutilante, une petite étiquette publicitaire affirme qu' « « elle n'attache pas ». Juste au-dessous, Michel a écrit : « Pas sûr! »

Antoinette rêvasse un long moment puis se décide à

reprendre son pinceau pour achever le motif qu'elle a commencé le matin : une calèche dans un parc où se promènent des dames en tournure, des messieurs en redingote et des enfants en vareuse. Merde! Fallières! Il la poursuit! A moins — ce qui serait plus grave — que ne ce soit elle qui le poursuive. Catherine n'a peut-être pas tort. C'est vrai que ces derniers temps, sa muse l'entraîne plus volontiers sur les chemins du passé que sur les autoroutes de l'avenir. Elle peut toujours changer ça. Ça ne doit pas être difficile. Elle enlève la soie à moitié peinte du cadre qui la tend et la remplace par une soie vierge. Voyons! quel sujet va-t-elle choisir pour sa nouvelle manière : des motos? des voitures de course? des jets? Ah oui! c'est ça! des jets... enfin un jet — et puis à côté... à côté, ce serait charmant, un petit aéroplane de Bréguet. Bon sang! Elle n'en sortira donc jamais! De rage, elle jette son pinceau et ouvre son transistor, histoire de respirer l'air du temps. Elle en prend tout de suite une grande bouffée : une femme est en train d'exposer, d'une voix mal assurée et avec des phrases embarrassées, le problème sexuel qui la tourmente. L'animatrice de l'émission vient à son secours et traduit son trouble en termes clairs et précis :

— Bref, dit-elle d'un ton éminemment distingué, quand vous pratiquez le coït, vous ne pouvez atteindre l'orgasme que dans une seule position : celle où vous êtes à croupetons au-dessus de l'homme allongé sur le dos. C'est bien ça?

— Tout à fait, répond l'auditrice, aussi émerveillée que M. Jourdain apprenant qu'il fait de la prose sans le savoir.

— Bien! Et avez-vous cherché à analyser pourquoi l'impact du phallus dans votre vagin était plus agréable dans cette position-là que dans une autre?

— Ah! non, avoue humblement la dame.

— Eh bien, c'est le tort que vous avez eu. La prochaine fois, pensez-y. Sinon, comment voulez-vous que je vous aide?

L'étourdie, culpabilisée par le ton de reproche de son interlocutrice, promet à l'avenir d'être plus attentive et Antoinette se divertit fort à imaginer cette pauvre femme passant le temps de ses futurs ébats en observations et essais techniques. A gauche, à droite, en avant, en arrière — au risque de compromettre l'aboutissement habituel. Ce qui créera un deuxième problème nécessitant une nouvelle consultation radiophonique.

Mais n'anticipons pas. Pour le moment, l'auditrice en est encore au premier et pour essayer de le résoudre fournit sur son intimité tous les renseignements qu'on lui demande. Encouragée par la décontraction de la psychologue en chambre, elle donne à présent des précisions sur la verge de son mari et sur ses éjaculations avec le zèle des néophytes.

Antoinette, qui n'a pas un tempérament de voyeuse ni « d'entendeuse », change de poste et tombe alors sur un monsieur qui, lui, avoue sans ambage qu'il ne peut jouir que par masturbation.

— Quoi!

C'est à Antoinette, bien entendu, que cette exclamation a échappé. Pas au sexologue de service, qui lui, réagit au contraire avec un flegme tout scientifique.

— Avez-vous remarqué, demande-t-il, si l'éjaculation est plus rapide quand la masturbation est pratiquée par vous-même ou par une autre personne?

Le monsieur, soucieux de ne pas induire la Faculté en erreur, bat le rappel de ses souvenirs, mais sa mémoire doit le trahir car il sollicite précisément celle de « l'autre personne », en l'occurrence particulièrement compétente et intéressée puisqu'il s'agit de sa propre épouse, présente à ses côtés dans le studio pour discuter, à la bonne franquette, de ces petites préoccupations familiales. Sa réponse est formelle :

— A quelque chose près... c'est pareil, dit la dame.

Pendant quelques minutes encore, Antoinette écoute ce couple étaler devant un micro — c'est-à-dire devant des millions d'oreilles plus ou moins innocentes — ses ovules frustrés et ses spermatozoïdes récalcitrants et le technocrate du sexe exalter d'une voix monocorde les vertus thérapeutiques d'une pénétration bien comprise. En voilà au moins qui se fichent pas mal de Fallières!

Antoinette ferme le transistor. Ce n'est plus le courrier du cœur, c'est le courrier du cul. Les sentiments se portent bas de nos jours. A leur place habituelle, on les ignore, au moins à la radio. On ne fait plus l'amour voluptueusement ou passionnément, on copule scientifiquement. Mais qui « on »? Pas Pascal, pas Catherine, pas Michel, pas Thomas, l'épicier folklorique, pas Mme Henri, l'accorte crémière, pas toutes les Dolorès et les Paulette du quartier qui roucoulent dans les chambres de service, pas tous ceux qui ont pleuré en foule sur *Love Story,* pas les amoureux qui s'embrassent sous les portes cochères et qui s'offrent des fleurs à la Saint-Valentin. Ce marketing que l'on fait à présent avec les corps pour en obtenir le meilleur rendement est-il vraiment utile et profitable? Des couples ont-ils été sauvés de cette façon? Certains hommes sont-ils devenus, grâce à cela, des amants plus patients, plus attentifs et certaines femmes des maîtresses plus détendues, plus audacieuses? Ce déballage des organes génitaux correspond-il vraiment à un besoin du public? L'après-midi se passe sans qu'Antoinette réussisse à se répondre. Pour elle, c'est déjà un changement sensible. Avant, elle aurait rejeté tout en bloc. Mieux, avant elle n'aurait même pas eu l'idée de s'interroger. Avant? mais avant quoi? Avant le « Fallières » de cette imbécile de Catherine? Non! le mot n'a que polarisé son attention. C'est tout. Alors? Avant qu'elle ne subisse comme chacun à son insu l'influence de son époque, par l'intermédiaire des journaux, des spectacles, des mass media, des événements, des conversations. Mais c'est là un phénomène diffus, progressif, qu'on ne peut délimiter dans le temps. Oh, bien sûr, Antoinette a peut-être été, moins que d'autres, perméable à cette influence, mais quand même elle n'y a pas échappé. La preuve : sa perplexité à l'instant — et non son mépris ou sa colère — après ce qu'elle a entendu à la radio. Autres preuves : son vocabulaire nettement plus relâché. Elle emploie des mots qu'elle n'aurait jamais prononcés autrefois... avant. Et aussi son acceptation sereine de certains films, de certaines pièces, de certains livres qui l'auraient choquée... avant. Et encore plein de petits détails : des habitudes, des jugements, des réactions qui ont changé. Non, vraiment, Catherine exagère; elle ne vit pas sous Fallières! Voilà Antoinette rassurée sur son cas et c'est toute contente qu'en quittant son atelier vers sept heures, elle rencontre Pascal qui sort de son agence de publicité. Il est si fatigué qu'il a la flemme de grimper jusqu'à son pigeonnier et s'arrête en passant chez sa mère. A peine arrivé, il s'affale sur le canapé du living. Ce n'est nettement pas la forme.

— Tu veux un whisky? lui demande Antoinette.

— Surtout pas!

Il étend péniblement un bras jusqu'au téléphone et compose successivement deux numéros qu'il n'obtient pas.

— Tu ne sais pas où est Catherine? ça ne répond ni à son bureau ni chez elle.

— Elle doit être en route. Tu cherchais à la joindre?

— Oui, on devait sortir ce soir ensemble, mais je suis tellement mal fichu que je voulais me décommander.

— Ne t'inquiète pas, elle a dû oublier. Elle ne m'en a pas parlé ce matin.

— Elle n'a peut-être pas osé!

— Pas osé? Pourquoi?

— Je lui avais promis de l'emmener voir un film porno. Elle n'en a jamais vu et ça la gênait d'y aller seule ou avec un de ses minets.

— Et avec toi, ça ne la gêne pas?

— Ben non!

— C'est curieux...

— Pourquoi?

— Parce que tu es un peu comme son fils et que,

moi, il ne me serait jamais venu à l'idée de te demander de m'accompagner à ce genre de spectacles.

— J'espère bien! D'ailleurs, j'aurais refusé.

Cette réponse, pour laquelle il est sorti un instant de sa torpeur, enchante Antoinette. C'est bien son fils! Il a lui aussi son petit côté Fallières!... Enfin, par moments. Il faut savoir se contenter de ces moments-là, et les prolonger si possible. C'est ce qu'elle essaye en lui demandant :

— Et Catherine, elle, tu as accepté de l'accompagner?

— Ce n'est pas ma mère. Pour moi, c'est une femme. Pas toi.

Le cher petit! il faut qu'elle l'embrasse. Un petit baiser plein de reconnaissance sur le front de ce grand garçon si bien élevé... et si affectueux qu'il vient de lui prendre la main pour la retenir près de lui.

— Ce qui ne m'empêche pas de comprendre fort bien que tu sois une femme pour les autres... ajoute-t-il, et même de regretter que tu ne le sois pas davantage quelquefois.

La main d'Antoinette devient plus molle dans celle de son fils.

— Avec Christophe, par exemple, précise-t-il.

Elle lâche la main de Pascal.

— Tu regrettes?

— Ben oui! Pour toi et pour lui. Je suis sûre que vous pourriez être très heureux ensemble.

— Mais il a ton âge, Pascal!

— Sur sa carte d'identité, oui. Mais dans sa tête, il a le tien. Et c'est la seule chose qui compte. Le reste n'est que poncifs stupides et fariboles de littérateur.

— Voire!

— C'est tout vu! Je lui ai présenté des tas de filles, jeunes et ravissantes. Aucune ne lui a plu. Avec aucune, il ne s'est senti la moindre affinité. En revanche, dès que je lui parlais de toi, de tes goûts, de tes opinions, de tes conceptions, il avait les mêmes. Les mêmes préjugés aussi.

— Comment ça?

— Un jour, il m'a dit : « C'est dommage que ce soit ta mère, sinon, je lui aurais volontiers fait la cour. » Il pensait que cette idée me choquerait. Il a fallu que j'insiste vachement pour le persuader du contraire et le pousser à tenter sa chance.

Ainsi c'était son propre fils qui avait jeté Christophe dans les bras d'Antoinette. Mieux! il le lui avoue avec une autosatisfaction évidente. C'est lui qui avait choisi pour leur première rencontre ce week-end où Michel et Catherine n'étaient pas au « Huit » et où lui-même s'était débrouillé pour ne pas y être, afin de leur laisser le champ libre. C'était lui qui avait garni son réfrigérateur en prévision d'un souper fin, susceptible de conditionner favorablement Antoinette qui malheureusement, retenue par Vanneau, n'avait pas eu loisir de l'apprécier. C'est lui enfin qui, le lendemain, déçu d'apprendre l'échec de Christophe, l'avait vivement encouragé à persévérer, ce qui n'avait pas été difficile car Christophe, déjà un peu amoureux d'Antoinette avant même de la connaître, en était complètement dingue depuis qu'il l'avait approchée. C'était lui aussi, peut-être — ça, il ne le dit pas, mais sa mère en est convaincue — qui avait proposé à Christophe d'intercéder en sa faveur, et de faire en quelque sorte la morale à Antoinette.

Si l'ombre de Fallières n'avait encore rôdé désagréablement dans sa tête, le sirocco serait déjà sans doute parti, mais l'ombre est là, et pousse Antoinette à battre en retraite dans la cuisine à la recherche d'un verre d'eau.

— Ramène aussi de l'aspirine, lui dit Pascal. J'ai une de ces migraines!

Quand elle revient, il est en train de se presser les tempes avec ses deux mains.

— Qu'est-ce que tu as fabriqué hier soir? lui demande Antoinette. Je ne t'ai pas vu après le spectacle, dans la loge d'Olivier.

— Je lui ai téléphoné cet après-midi pour m'excuser. J'étais crevé.

— C'est la jeune femme qui t'accompagnait qui te fatigue à ce point?

Pascal s'étire et bâille.

— Oui, dit-il. Elle est intelligente et je n'ai pas l'habitude.

— J'ai eu l'impression de connaître son visage.

— C'est possible.

— C'est un bain moussant ou une caisse d'épargne?

Pour comprendre la question d'Antoinette, il faut savoir que Pascal recrute la plupart de ses conquêtes parmi les demoiselles — cover-girls ou comédiennes sans emploi — qui, sur des affiches ou dans des films, étayent les campagnes publicitaires qu'il est chargé de concevoir pour l'agence, et qu'il appelle ces jeunes personnes par le nom du produit qu'elles sont, elles, chargées de promouvoir.

C'est ainsi que les gens du « Huit » ont eu successivement l'occasion de rencontrer une « lessive » charmante mais d'une distinction discutable, deux « dentifrices » au sourire éblouissant, deux « déodorants » resplendissants de fraîcheur, une « laque » un peu trop sophistiquée, une « assurance-vie » qui n'a pas tenu la semaine et bon nombre de « bains moussants », les préférées de Pascal pour la raison qu'on devine. Mais ce n'était pas l'une de ces dernières, contrairement à ce que pensait Antoinette, qui mettait son fils dans ce piteux état. Ni une caisse d'épargne.

— Une « eau de toilette », alors? demande-t-elle.

— Non, répond Pascal en riant, une « serviette hygiénique ».

— Pascal!

— Ben quoi?

Oui, quoi? pense rapidement Antoinette. Selon une habitude dont elle est la première en général à s'amuser, Pascal a assimilé une fille au produit dont elle vante les mérites. Rien d'autre. Ce n'est pas sa faute à lui si, aujourd'hui, ce produit est une serviette hygiénique et s'il est d'une époque où l'on parle ouvertement à la télévision de ce qu'autrefois on évoquait qu'allusivement dans la pénombre des alcôves, et jamais entre mère et fils. Elle ne peut décemment pas lui en vouloir. Pourtant — elle s'en souvient —, sa grand-mère à elle lui en a voulu parce qu'elle manœuvrait les boutons électriques dans la plus grande indifférence, « comme si c'était naturel ». La vieille dame ayant, elle, grandi dans sa campagne, parmi les lampes pigeons et les suspensions au pétrole, s'extasiait devant le miracle tout nouveau pour elle de l'électricité et n'admettait pas que sa petite fille ne s'en extasiât pas. Ce qui est extraordinaire, impensable, pour une génération, ne l'est plus pour celle qui suit. Antoinette se promet de ne pas l'oublier. Et de ne pas oublier non plus qu'elle avait trouvé sa grand-mère idiote. Pas question que Pascal ait d'elle la même opinion.

A cent lieues du combat énergique que sa mère livre à l'hydre du passé, Pascal en livre un, beaucoup plus mollement, au sommeil qui l'envahit. Entre deux bâillements il grommelle :

— Elle est vraiment très absorbante.

— Qui?

— Ma serviette.

Le mauvais goût de cette plaisanterie autant que l'air satisfait de son auteur empourprent les joues d'Antoinette. Et c'est vraiment de justesse qu'elle parvient à tenir ses résolutions.

— Ecoute, Pascal, dit-elle, c'est un mot que je ne suis pas accoutumée d'entendre et qui me gêne. Alors à l'avenir si tu dois me reparler de cette personne, j'aimerais mieux que tu l'appelles par un autre nom.

Pascal, compréhensif, propose « Eglantine » et précise :

— C'est le nom de la marque des...

Antoinette lui sait gré de ne pas terminer sa phrase mais pas au point d'accueillir sa suggestion avec enthousiasme.

— Tu ne peux pas trouver autre chose? demande-t-elle. Quel est son vrai nom?

— Marie.

Ah, ça non! on ne va pas mêler — même de loin — le nom de la Vierge à une histoire de garniture périodique. Antoinette préfère encore Eglantine. Pascal s'extirpe péniblement du canapé, mû par le seul désir de rejoindre une couche plus confortable. Il a le teint blafard, les yeux cernés, le pas traînant.

A peine est-il parti que déjà Antoinette éprouve une profonde antipathie pour cette Eglantine.

CHAPITRE IX

Tous les matins de la semaine Christophe a téléphoné à Antoinette pour lui raconter le rêve qu'il avait fait la nuit et dont comme par hasard elle était le centre. Tous les matins... sauf ce matin où justement elle avait quelque chose à lui dire de toute urgence. Quelque chose de court et de pas très gentil, mais enfin quelque chose. Sa première idée avait été de lui envoyer un télégramme. Elle en avait même rédigé le texte : « Suis désolée. Stop. A la suite d'un contretemps ne pourrai dîner avec vous ce soir comme promis. Stop. Amitiés. » Successivement, elle avait rayé « comme promis », puis « suis désolée », puis « Amitiés ». Réduit ainsi à l'essentiel le télégramme lui avait semblé un peu trop cavalier et elle s'était résignée à appeler Christophe. Malheureusement, il était absent. Alors elle avait pensé lui porter un mot à son nouveau domicile, près de la Porte de Vincennes; mais en ce samedi maussade sa courtoisie naturelle n'avait pas eu le courage d'aller jusque-là. Tant pis! Il trouverait porte close... avec quand même dessus une petite lettre d'excuses. Elle est en train de la rédiger quand elle entend frapper. Ça ne peut pas être Christophe : il aurait sonné, et puis il n'est que sept heures et leur rendez-vous était fixé à huit... Non vraiment ça ne peut pas être lui. Eh si! Il n'a pas sonné parce qu'il a les bras chargés de fleurs en pot et en bouquet. Il est en avance d'une heure parce qu'il a retenu une table dans une auberge de la vallée de Chevreuse et que le temps de s'y rendre... Antoinette est très sincèrement navrée. Navrée d'être dans son tort. Navrée d'avoir la veille au soir accepté spontanément l'invitation de Florence qui l'appelait au secours. Navrée de casser si brutalement les lampions de la fête dont Christophe se réjouissait tant. Navrée en plus de sa compréhension, de son indulgence. Si seulement il se plaignait, s'il protestait, s'il l'engueulait... Mais non! Il cache sa déception sous une grande volubilité dont les fleurs sont l'objet : l'hortensia réclame beaucoup d'eau; les tulipes réclament un regard admiratif : elles se penchent si joliment pour le recevoir; la rose flamboyante réclame le soliflore en cristal; quant à la poignée d'anémones, elle est destinée au vase en forme de main qui est dans la chambre d'Antoinette, à côté des photos de son père et de Pascal. Chaque tache de couleur est à la place que Christophe avait imaginée et produit l'effet qu'il avait espéré. Il est content. Antoinette est à présent carrément honteuse. Si elle pouvait, elle se décommanderait. Mais elle ne peut pas : Florence, d'habitude si énergique, était hier soir désemparée. Elle traverse une mauvaise passe : un des grands libraires avec qui elle traite vient encore d'ajourner le règlement d'un important courtage qu'il lui doit depuis six mois; sa mère, avec qui elle vit, perd de plus en plus sa lucidité et devient de plus en plus acariâtre; Violette, la bien nommée, qui lui a jusqu'ici prodigué ses soins avec autant d'efficacité que de patience, commence à manifester des signes alarmants de fatigue; l'appartement où Florence habite depuis son enfance et dont les vastes dimensions garantissent son indépendance aurait besoin d'un sérieux coup de peinture que ni l'état des vieilles dames ni celui de ses finances ne lui permet d'envisager pour l'instant. Bien sûr, si François-Achille était là, elle affronterait tout cela sans trop de difficultés. Mais il n'est pas là, alors, forcément Antoinette, elle, doit y être.

Christophe est d'accord. Pour lui aussi les amis c'est sacré. Et les amis de nos amis.

— Si vous m'emmeniez avec vous, propose-t-il. Je n'ai pas mon pareil pour remonter le moral des gens.

— Ce ne serait pas très distrayant.

— Du moment que vous êtes là, ça m'est bien égal.

— Mais elle, Florence, ça peut la gêner.

— Demandez-le lui.

Au bout du fil, Florence répond à Antoinette une octave au-dessus du ton de la veille et sur un tempo deux fois plus rapide. La venue d'un nouvel invité l'enchante. Le dîner sera plus animé et l'équilibre de la table bien meilleur avec deux hommes et trois femmes. Le deuxième homme? François-Achille évidemment, avec lequel elle a renoué le matin même. La troisième femme? Une surprise. Un cas qui va beaucoup intéresser Antoinette.

Quand celle-ci, suivie de Christophe, entre dans le salon vieillot de Florence, « la surprise » est déjà là.

C'est une femme d'une trentaine d'années, aux cheveux châtains, aux traits passe-partout, ni belle ni laide, ni grosse ni maigre, habillée ni bien ni mal. Mis à part qu'elle s'appelle Aurore alors qu'elle évoque plus volontiers le crépuscule et que sa caractéristique la plus frappante est précisément de n'en point avoir, elle n'a vraiment rien de surprenant, elle se tient recroquevillée sur une chaise, le dos voûté, les jambes repliées sous son siège, les bras étroitement serrés le long de son corps, les mains croisées sur ses genoux, comme si son objectif était d'occuper le moins de place possible. Elle garde cette attitude effacée pendant la plus grande partie du dîner, levant à peine le nez de son assiette ou des miettes de pain qu'elle pousse dans un sens puis dans un autre sur la nappe, ne participant à la conversation que par monosyllabes — et encore quand elle en est directement sollicitée par l'un des convives. Pourtant les sujets abordés jusqu'ici n'ont réclamé ni connaissances spéciales ni subtilités excessives et ont été suffisamment variés pour que l'un d'eux au moins suscite un intérêt quelconque. Mais ni la télévision, sur laquelle pourtant chacun en général a une opinion à formuler, ni le sport, ni la politique, ni la pollution, ni la nervosité des gens, ni même ce-temps-anormal-vous-m'avouerez-pour-la-saison n'ont réussi à provoquer la moindre réflexion, la moindre anecdote de la part d'Aurore et l'aquavit qui a arrosé copieusement l'assiette norvégienne n'a pas provoqué le moindre sourire.

Antoinette n'a pas attendu le dessert pour se demander pourquoi cet éteignoir était parmi eux et comment

Florence avait pu estimer que son cas l'intéresserait. Mais jusque-là elle a patienté, guettant la phrase qui allait la mettre enfin sur une piste. Bredouille encore à l'arrivée de la tarte au citron, elle se décide à enquêter elle-même à la source.

— Que faites-vous dans la vie Aurore?

— J'essaie de ne pas me suicider.

Indifférente à la surprise qu'elle vient enfin de créer, et sans aucune intention d'en renforcer l'effet, elle ajoute de la même voix monocorde :

— Et je n'y arrive pas toujours.

— Vous voulez dire que...

— Je me suis ratée il y a deux mois avec des barbituriques.

La mort abandonne toujours un peu de son mystère à ceux qui l'ont fréquentée. Effleurée par son aile macabre, l'insignifiance d'Aurore s'estompe. Un peu plus encore peut-être aux yeux d'Antoinette qui, amoureuse passionnée de la vie et fascinée par ceux qui veulent y renoncer, souhaite depuis longtemps rencontrer un rescapé du suicide afin de tenter une approche de ce phénomène qui lui échappe totalement. Antoinette tient enfin son explication : elle se souvient très bien d'une conversation qu'elle avait eue à ce sujet avec Florence le jour même où celle-ci, bouleversée, venait d'apprendre qu'une de ses cousines, jeune femme promise à un brillant avenir, s'était défenestrée à la suite d'un chagrin d'amour — ce qui ne constituait pas à ses yeux une raison valable, la seule qu'elle jugeait telle étant une maladie douloureuse et incurable.

Dans ces conditions, rien d'étonnant à ce qu'Antoinette, avant d'entamer la discussion, s'enquière prudemment de la santé d'Aurore. Elle est bonne. Même trop. Il y a des moments où Aurore voudrait être malade pour rester dans le fond de son lit, avoir de la fièvre pour ne plus penser, souffrir rien que pour espérer ne plus souffrir, rien que pour attendre une amélioration, un apaisement, rien que pour pouvoir se dire : « Le jour où j'irai mieux... » Là, elle ne peut pas, puisqu'elle va bien.

La raison valable éliminée, Antoinette s'attaque aux autres et obtient des réponses similaires. Aurore n'a pas de soucis d'argent. Pas assez peut-être. Si elle était obligée de se creuser les méninges pour colmater les trous de son budget ou se battre avec des créanciers, cela la distrairait. Au moins elle aurait des insomnies pour quelque chose. Seulement voilà, d'une part, elle a hérité de ses parents une maison à Etretat qu'elle loue à l'année à des Parisiens en manque d'air marin; d'autre part, fonctionnaire bien notée dans une grande administration, elle est assurée d'une promotion régulière et plus tard d'une retraite tout à fait convenable.

Elle n'a pas non plus de soucis familiaux. Ça aussi, elle le regrette : un parent dont il faut s'occuper, des querelles qu'il faut apaiser, des hostilités qu'il faut vaincre, ça occupe. Malheureusement, elle n'a plus de famille depuis que son père et sa mère ont été fauchés par un camion fou sur le bord d'une route alors qu'ils venaient de prendre leur retraite.

— Vous aviez quel âge?

— Vingt-deux ans. J'étais mariée depuis trois mois.

A l'annonce du mariage, Antoinette imagine tout de

suite la déception sentimentale, l'abcès de fixation que faute de pouvoir cicatriser on insensibilise avec des calmants. Mais non! Ce n'est pas encore ça. Aurore s'était mariée sans véritable amour, poussée par ses parents, avec un de leurs voisins d'Etretat, propriétaire d'un salon de coiffure. Elle n'avait pas vraiment souffert de ses nombreuses infidélités. Du moment qu'il revenait... Du moment qu'elle n'était pas seule... Il avait fallu qu'il quitte définitivement le domicile conjugal pour qu'elle se résigne au divorce. Alors là, oui. Elle avait été malheureuse. Pas parce qu'il était parti. Parce qu'il n'était plus là. Pour fuir la solitude qui la terrorisait elle avait eu l'idée de venir à Paris. Ses dix millions d'habitants la fascinaient. Dix millions! Il y en aurait bien un pour s'intéresser à elle... Ben non! Il n'y en avait pas eu un... sur dix millions! depuis cinq ans!

Autour de la table le sexe fort se récrie. Pas le sexe faible. De ce côté-là on connaît les statistiques : deux femmes pour un homme. C'est mathématique : la moitié est soit sur la touche, comme Aurore, soit acculée au partage, comme Florence. Dieu soit loué, il y a encore des hommes qui ne sont pas au courant.

— Vous n'avez pas dû beaucoup chercher, dit François-Achille.

Aurore rougit. Si, justement elle a cherché. En désespoir de cause elle s'est même adressée à une agence matrimoniale. On lui a présenté quatre candidats. Après un ou deux rendez-vous ils n'ont pas donné suite. C'est normal. Déjà qu'elle n'a pas grand-chose à dire en temps ordinaire... alors là, gênée comme elle l'était par la situation, elle n'avait pas pu aligner deux phrases. La dernière fois elle avait bu un peu, comme aujourd'hui, pour se délier la langue mais elle avait un peu trop forcé la dose et le type — un veuf avec trois enfants — l'avait prise pour une alcoolique. C'était à l'issue de ce quatrième échec qu'elle avait voulu en finir.

Christophe prend le relais de François-Achille.

— Je comprends très bien que ce genre de rencontre organisée vous ait paralysée mais vous avez dû en faire d'autres quand même, ne serait-ce que dans le bureau où vous travaillez?

— Les hommes sont tous mariés, ou comme si.

— Et dans votre immeuble? Votre quartier?

— On se croise mais on ne se parle pas. Moi j'ai toujours le temps; les autres, jamais.

— Et en vacances? Vous y allez quelquefois?

— Tous les ans. Un mois sur une plage dans une pension.

— Vous n'avez jamais essayé de vous mêler à un groupe, de lier connaissance avec des gens de votre hôtel?

— Comment voulez-vous? Une femme seule, je n'ose pas.

— Vous n'avez pas une amie un peu moins timide que vous qui vous entraînerait?

— Non, je ne connais personne.

— Enfin... ce n'est pas possible!

Pour Christophe, Aurore est un personnage de science-fiction. Lui qui n'a qu'à pointer le bout de son nez quelque part pour qu'immédiatement toutes les libellules du coin viennent battre des ailes de son côté, lui dont le carnet d'adresses est surchargé de noms de tous âges, de tous sexes, de tous pays, lui l'enfant de la décontraction, de la permissivité, du dialogue, comment supposerait-il qu'un être sain de corps et d'esprit, en plein Paris, ne connaît personne? Et pourtant, le fait est là. Florence le lui confirme. Avant qu'Aurore ne la rencontre, il y a une semaine, elle ne connaissait personne. D'ailleurs elle l'a rencontrée dans un lieu exclusivement fréquenté par des gens qui ne connaissent personne. Christophe n'en revient pas! Aurore n'est même pas un cas unique.

— Mais quel est ce lieu? demande-t-il.

— Un centre d'accueil pour solitaires. Il y en a plus de quatre cents en France et à peu près une demi-douzaine dans Paris. On y reçoit les isolés, les déracinés, les malades de la solitude. On les écoute. C'est surtout de cela qu'ils ont besoin. On essaie aussi de les aider, de les réconforter.

Florence précise, pour dissiper l'inquiétude qu'elle sent poindre entre les sourcils froncés d'Antoinette, qu'elle est allée dans ce centre non pas pour solliciter des services mais au contraire pour proposer les siens.

— J'étais un peu mélancolique ce jour-là, explique-t-elle en jetant un coup d'œil vers le coupable, François-Achille. (Il implore son pardon d'un regard de chien battu. Il l'obtient d'une main tendre qui vient se poser sur la sienne.)

— Alors, reprend Florence, j'ai pensé comme Verlaine que rien n'était meilleur à l'âme que de faire une âme moins triste et j'ai téléphoné à une de mes clientes qui est accueillante bénévole dans ce centre. Elle m'y a emmenée. J'en suis ressortie avec Aurore qui était venue ce jour-là pour la première fois.

Et depuis une semaine Florence essayait de faire à Aurore une âme moins triste, apparemment sans grand résultat. Aurore, de son propre aveu, en dehors des heures où Florence la remorquait, continuait à se morfondre dans son administration, où les autres avaient des histoires à raconter sur les autres, dans l'autobus qui conduisait les autres vers les autres, dans son appartement où elle entendait à travers la cloison le bruit des autres qui ne l'entendaient pas. Les autres : la peuplade ennemie et enviée; la terre inaccessible et convoitée. Aurore avait mal aux autres et n'envisageait même plus l'éventualité de guérir. Seulement celle, dans ses meilleurs jours, de supporter.

— Il n'y a pas de remède contre la solitude, dit-elle.

Halte-là! Antoinette ne peut pas laisser passer ça. Un petit verre d'aquavit pour stimuler le soldat qui va monter à l'assaut et la voilà qui enfourche son dada favori.

— Il ne faut plus jamais, Aurore, employer ces mots-là : remède contre la solitude, guérir de la solitude, sauver de la solitude. Jamais plus, vous m'entendez!

Aurore est pétrifiée.

— Pourquoi? arrive-t-elle à balbutier.

— Parce qu'ils sous-entendent que la solitude est une maladie, un mal redoutable, parce qu'ils la réduisent à cela, parce qu'ils vous enfoncent dans le crâne qu'il faut à tout prix s'en débarrasser.

— Mais c'est vrai.

— Non! pas quand on a votre âge. Pas quand on est bien portant. Ces mots, à force de les entendre, de les lire un peu partout depuis votre enfance, vous ont influencée. Si vous aviez grandi avec d'autres mots, si on vous avait parlé avec gourmandise « des bienfaits de la solitude », « de la chance des solitaires » et « des moyens d'accéder à leur bonheur », vous vous réjouiriez de votre sort au lieu de le haïr.

Florence apporte de l'eau au moulin d'Antoinette en rappelant que Sacha Guitry, par une démarche d'esprit analogue, pensait que si l'on apprenait aux enfants dès leur plus jeune âge que la récréation est une punition et le travail une récompense ils seraient beaucoup plus enclins à y prendre goût.

François-Achille n'est pas d'accord. Ce n'est pas le mot qui crée l'état d'âme, mais l'état d'âme qui crée les mots.

— Si tu aimes la solitude, dit-il à Antoinette, c'est parce que c'est dans ta nature, ce n'est pas parce que l'on t'en a vanté les mérites.

Antoinette s'inscrit en faux. Elle a été élevée par un père farouchement indépendant qui n'a jamais toléré qu'entre dans sa maison, même quand il s'est marié, un lit à deux places; un père qui annonçait périodiquement à ses amis de faux départs en voyage pour qu'ils ne le dérangent pas; un père qui enviait Victor Hugo moins pour son génie que pour son exil et qui se détournait dans la rue quand il voyait un vieux couple silencieux ou une famille nombreuse trop bruyante, « par peur, disait-il, de la contagion »; un père enfin qui n'imaginait le paradis que sous la forme d'une myriade d'îles désertes, une par élu. Tout cela l'a sûrement marquée. Si on lui avait inculqué comme à tant d'autres, comme à Aurore, que la solitude était la pire des misères et qu'il valait mieux un mauvais compagnonnage que pas de compagnonnage du tout, elle aussi peut-être serait pendue maintenant à n'importe quelle basque masculine ou désespérée de ne pas y être.

Christophe se sent visé indirectement.

— Il peut y avoir de bons compagnonnages quand même, dit-il.

— Bien sûr, et c'est merveilleux quand on a la chance de le trouver mais si on ne le trouve pas, il ne faut pas dramatiser. On peut très bien vivre sans. La preuve! conclut Antoinette en désignant sa mine réjouie à l'attention de Christophe.

— Oui mais vous... c'est différent.

Antoinette approuve de la tête avec ironie. Elle la connaît, cette chanson. C'est une démarcation de celle entonnée — entre autres — par Simone Buisson : « Oui mais toi... tu es forte. » Ça doit rassurer les gens, les déculpabiliser de leurs faiblesses ou de leur apathie de croire que tout lui est facile. Elle, c'est un Goliath de la volonté, un monstre d'équilibre, un ordinateur qui n'a qu'à appuyer sur un bouton pour obtenir d'elle tout ce qu'elle en espère. Elle ne se botte jamais les fesses, ne se met jamais de garde-fou, ne s'adresse jamais de semonce. Elle n'a jamais de problème, ni de vague à l'âme, ni envie de ne pas se lever le matin. C'est flatteur, dans le fond, cette impression qu'elle donne de ne faire aucun effort. Impression comparable à celle qu'on éprouve devant la virtuosité des grands danseurs en oubliant les huit heures de barre quotidienne qu'elle leur a coûté. C'est flatteur, mais ça l'agace. De temps en temps elle aimerait bien qu'on lui reconnaisse quelque mérite, qu'on ne croie pas que tous les bienfaits lui tombent ou lui sont tombés miraculeusement du ciel.

— Je suis comme n'importe qui, responsable en grande partie de ma vie, et n'importe qui peut, comme moi, être heureux sans l'apport d'une ou d'un partenaire, toujours sujet à disparition d'une quelconque manière. Il y a d'autres joies dans l'existence que celles, fort contestables, de la cohabitation.

— Mais lesquelles? demande Aurore.

Antoinette pense que les zones d'intérêt affectif ou intellectuel d'un individu, à l'instar de ses zones érogènes, ne peuvent être délimitées que par lui-même et que ce serait à Aurore de se livrer à cette besogne de repérage, mais il y a une telle supplication dans le regard de celle-ci qu'Antoinette consent à l'aider. Elle commence donc à dresser une liste de joies possibles, en haut de laquelle elle met le travail qui occupe le tiers des journées et qu'il est si important, de ce fait, d'accomplir avec plaisir, sinon sans déplaisir. Bien sûr elle reconnaît que celui qui consiste à trier des paperasses ne doit pas être très exaltant, mais puisque Aurore n'est pressée par aucune charge de famille et qu'elle est encore jeune, pourquoi n'essaierait-elle pas d'en changer?

— Il n'y a pas un métier qui vous tenterait?

Pour la première fois le visage d'Aurore s'éclaire.

— Oh si! répond-elle sans hésitation, la coiffure!

Du temps de mon mari je l'aidais quelquefois au salon pour les shampooings, les teintures, ça me plaisait bien.

— Dans ces conditions, pourquoi ne pas vous inscrire à des cours du soir et apprendre à fond ce métier qui vous plaît?

— Oh non! je n'ai pas envie de changer. D'ailleurs mon travail, ce n'est pas ce qui me pèse le plus.

— Alors qu'est-ce que c'est?

— Tout le reste, quand je rentre chez moi.

Voilà pour Antoinette l'occasion d'aborder le second point de sa liste : le chez-soi. Il est primordial de s'y plaire et tellement amusant de s'en occuper, de l'améliorer, de le transformer. Amusant? Oui, Aurore est d'accord. « Du temps de son mari », elle avait bien arrangé leur maison et y consacrait tous ses soins. Mais là, non. Pourtant il a tout pour être agréable, son petit deux-pièces près de la place de la Répblique. Tout... sauf une âme. La sienne. Un jour elle a bien acheté des pots de peinture orange pour repeindre sa cuisine. Elle avait lu dans un magazine que c'était une couleur euphorisante; mais elle n'a jamais ouvert les pots. Elle avait aussi acheté de la cretonne blanche à petites fleurs orange, toujours pour la même raison. Elle était destinée à des rideaux et au couvre-lit de sa chambre. Finalement elle a gardé les vieux, d'un vilain marron triste. Régulièrement elle regarde les revues de décoration. Elle découpe les photos, note les adresses. Des mois plus tard elle retrouve le tout dans un fond de tiroir et le jette.

— Pour moi toute seule... à quoi bon?

Antoinette explose.

— Bon à vivre mieux, bon à être heureuse de pousser

votre porte, bon à ne pas s'emmerder, comme tout ce que je peux vous proposer. Mais si vous n'avez pas envie d'essayer ou si vous ne vous forcez pas à en avoir envie, ce n'est pas la peine que je continue.

Ah! mais si, c'est la peine! Aurore est si contente qu'on s'occupe d'elle, qu'on s'intéresse à elle, même si c'est un peu rudement qu'elle se sent soudain prête à tous les efforts : le désordre, la poussière, la peinture, la cretonne, les revues de décoration, elle va s'attaquer à tout cela dès demain, c'est promis.

— Mais en dehors de ça, qu'est-ce que je peux faire d'autre?

Touchée par cette bonne volonté, Antoinette reprend sa prospection méthodique parmi les goûts d'Aurore. S'intéresse-t-elle à la littérature? A la musique? A la peinture? A l'histoire? Aux religions? A la géographie? A un pays en particulier? A la science-fiction? Aux voyages? Au cinéma? Au théâtre? Aux sports? A la poterie? Au tissage? A la tapisserie? A la broderie? Au jardinage? A la couture? A la cuisine? Aux animaux? Aux plantes?

A chaque interrogation, Aurore répond par une moue plus ou moins prononcée mais à tout coup négative. Antoinette est sur le point de se décourager quand successivement Florence et François-Achille réussissent enfin à éveiller l'intérêt d'Aurore. La première pour l'étude d'une langue étrangère, de préférence l'espagnol parce qu'Aurore l'avait déjà appris à l'école, et que « du temps de son mari » elle s'y était remise à l'occasion de leurs vacances sur la Costa Brava. Le second pour la photographie parce que « du temps de son mari », comme il prenait des photos tout le temps, elle avait fini par en prendre aussi. Même qu'il était furieux à la fin parce que les photos d'Aurore étaient meilleures que les siennes. Bien sûr, elle avait abandonné depuis. Toute seule, à quoi bon?

Il est maintenant clair qu'Aurore fait partie de ces êtres qui se laissent aller à la dérive si quelqu'un n'est pas continuellement derrière leur dos pour leur indiquer la direction à suivre et les y maintenir. C'est ce rôle de guide, de propulseur que Florence a essayé de jouer auprès d'elle depuis une semaine. Elle s'y est consacrée avec énergie, sûrement même avec plaisir tant que François-Achille a été absent de sa vie; mais maintenant qu'il y a repris sa place, va-t-elle encore avoir le temps et le goût de l'assumer? Antoinette craint que non et soupçonne Florence de le craindre déjà aussi. Il faudrait l'aider, la seconder dans cette prise en charge. Mais Antoinette ne s'en sent pas le courage et limite prudemment sa participation à la fourniture de tout un lot de livres d'espagnol ayant appartenu à Pascal et qu'elle avait gardé au cas où un jour elle aurait le temps de s'y plonger... Mais jamais elle n'a eu le temps.

Entraîné par son exemple, François-Achille, lui, met à la disposition d'Aurore un appareil japonais pratiquement neuf, quelques manuels qui lui apprendront tous les secrets de l'art photographique et un écran pour les projections de diapositives. Il avait acheté le tout lui aussi pour le jour où il aurait le temps... mais quand il l'aurait, c'est que ses mains trembleraient trop pour tenir un bistouri... et donc aussi un appareil photo.

Christophe, lui, n'a rien à offrir, que son temps. Alors

il l'offre avec spontanéité : il donnera un coup de main à Aurore pour la peinture et puis il l'emmènera chez des brocanteurs qu'il connaît où elle pourra dénicher pour son appartement des trucs « marrants ». C'est vraiment sa marotte, la décoration comique. Aurore en rit d'avance. Oui, elle rit. Elle en a si peu l'habitude qu'elle éprouve le besoin de s'en excuser comme d'une incongruité.

— Je dois avoir un peu trop bu, dit-elle. Il vaudrait mieux que je rentre.

Personne ne la contredit : François-Achille et Florence sont impatients de fêter un peu plus intimement leurs retrouvailles; Christophe est impatient de se retrouver seul avec Antoinette et Antoinette est impatiente de regagner le « Huit ».

Aurore est déjà de trop.

En la déposant devant son immeuble, ombre grise à peine visible sur le mur gris, Antoinette a la désagréable impression que Florence s'est fourrée dans un guêpier.

CHAPITRE X

Il a fallu à Christophe à peine plus d'un mois pour devenir un familier du « Huit ». C'est ce que constate avec un certain étonnement Antoinette en arrosant la plante verte qu'il lui a offerte hier, 24 avril, pour la Saint-Fidèle. « Une plante très résistante », avait-il précisé. Elle n'avait pas relevé cette allusion. Pas plus que les autres du même acabit qui lui échappaient régulièrement. Depuis leur première rencontre, Christophe n'avait plus jamais risqué la moindre provocation verbale et a fortiori le moindre geste déplacé. Elle ne pouvait vraiment pas l'accuser d'avoir forcé sa porte à coups de boutoir. Non. La porte s'était ouverte d'elle-même devant lui. Tout naturellement. Antoinette serait incapable de dire le jour exact où cela s'était passé pour la bonne raison qu'il n'y avait pas eu de jour exact. C'était arrivé peu à peu. Mais comment? Antoinette s'amuse à remonter tout le chemin que Christophe a parcouru.

Au point de départ elle trouve Aurore. Au lendemain de la soirée chez Florence, après s'être annoncé par téléphone, Christophe était venu chercher dans l'après-midi les livres d'espagnol qu'Antoinette lui avait promis. Le soir il était revenu comme ils en étaient convenus ensemble pour donner des nouvelles de la protégée de Florence. Pas très bonnes au demeurant : Aurore était retombée dans son apathie et Christophe avait dû dépenser des trésors de patience pour l'en sortir; ça l'avait encore plus fatigué que le lessivage de la cuisine! Antoinette lui avait offert un whisky : c'était bien la moindre des choses. Au bout d'une heure il était reparti.

Depuis, à chaque fois qu'il allait chez Aurore, un ou deux jours par semaine, le lendemain il passait, soit chez Antoinette, soit à son atelier pour lui rendre compte de sa visite. Tantôt optimiste, tantôt pessimiste sur le sort d'Aurore, Christophe n'avait à aucun moment eu la tentation de l'abandonner. Tant de dévouement méritait bien qu'on en suivît les résultats avec quelque intérêt, c'est ce que fit Antoinette. Elle écouta. Rien d'autre : c'était aussi la moindre des choses.

La cuisine était maintenant entièrement repeinte. Tous les rideaux avaient été changés ainsi que le couvre-lit. La couleur orange avait rempli son office d'euphorisant mais insuffisamment et Christophe essayait d'en compléter l'effet par l'apport d'objets et d'éclairages bien entendu « marrants ». Dernièrement il avait rapporté un vieux clairon tout terni avec l'intention de le transformer en lampe. Antoinette lui avait apporté son produit pour les cuivres. Il avait vidé le bidon avec allégresse et briqué avec conscience. Au bout de trois heures, le clairon flamboyait autant que son visage. Antoinette avait fourni l'abat-jour puis, par la suite, deux autres, puis des coussins, puis un tableau : ça aussi c'était bien la moindre des choses.

Bien sûr, Catherine, mise au courant de cette opération de sauvetage et bien sûr enthousiasmée, avait donné, elle, un de ses gros poufs informes dont elle s'était entichée au temps où le *design* les avait lancés sur le marché et que, depuis qu'elle s'en extrayait avec difficulté, elle avait pris en grippe; elle avait donné également quelques vieilles gravures arrachées à son mari au moment de leur divorce uniquement parce qu'il y tenait, mais qui en vérité lui « sortaient par les yeux »; un tourne-disques en parfait état mais dont elle ne se servait plus depuis que Marc Marioneau, son cher patron et ami, lui en avait offert un plus perfectionné pour Noël.

Pascal et Michel avaient apporté aussi leur contribution, l'un sous la forme de disques qu'il n'écoutait plus, l'autre sous la forme d'un meuble pour les ranger, devenu trop petit pour contenir les siens.

La transformation de l'appartement d'Aurore était en voie d'achèvement. Dès que Christophe y aurait mis la dernière touche, Antoinette et Catherine avaient promis d'aller sur place apprécier son travail. Là encore, c'était bien la moindre des choses.

Oui, c'était évident maintenant pour Antoinette : plus ou moins consciemment — ce point seul restait obscur —, Christophe s'était servi d'Aurore pour franchir sa porte. Celles de Pascal et de Catherine lui étant ouvertes, il ne lui restait plus qu'à ouvrir celle de Michel. Il le fit très facilement... avec une raquette. Un samedi qu'il revenait de la rue Notre-Dame-de-

Nazareth, vidé des forces qu'il avait essayé de transmettre à Aurore, il avait rencontré chez Antoinette Michel qui, lui, revenait d'une partie de tennis interminable... qu'il s'était mis à lui raconter interminablement. Christophe, compétent dans ce domaine comme dans beaucoup d'autres, n'avait eu aucun mal à éblouir Michel par ses connaissances. Née entre un coup droit de Borg et un service-canon de Connors, leur sympathie grandit devant le valpolicella et les spaghettis au pistou d'un restaurant italien voisin, puis se mua carrément en amitié, le samedi suivant, quand Michel ayant entraîné Christophe dans son club parvint à le battre, non sans difficulté, à l'issue d'un match âprement discuté — par lui en tout cas.

Une fois dans la place, Christophe y avait fortifié sa position en rendant de menus services aux uns et aux autres. Il était tellement gentil et tellement adroit. Catherine qui, elle, était la maladresse même, le mobilisait pour des petits travaux de bricolage; Michel, seul au « Huit » à aimer les cartes, le réquisitionnait pour un gin-rami; Pascal pour lui lire en grand secret un nouveau roman qu'il avait commencé et dont l'héroïne ressemblait comme deux gouttes d'eau à Eglantine. Même Antoinette qui avait pour principe de ne jamais déranger qui que ce soit pour quoi que ce soit lui avait demandé par deux fois d'aller porter quelques-unes de ses soies peintes à fixer. C'était à la Porte Saint-Denis et elle détestait ce quartier. Alors forcément en échange on invitait Christophe aux quatre étages. Tout seul ou avec l'un des habitants du « Huit ». Ou avec tous : c'était bien la moindre des choses.

Avec chacun il semblait prendre un égal plaisir. Bien sûr ce n'était qu'une apparence. Chacun savait qu'il préférait Antoinette et que sans elle il serait moins assidu. Mais comme il ne le montrait pas, on ne lui montrait pas non plus que l'on savait. Le « Huit » était une famille. Il était devenu l'ami de la famille. Comme tel on lui avait assigné depuis peu — privilège rarissime au « Huit » — un coup de sonnette particulier grâce auquel on pouvait le reconnaître. Sésame dont Christophe était tout fier de se servir.

Deux coups courts, un coup long, on ne pouvait pas s'y tromper : c'était lui.

Antoinette ne risquait pas aujourd'hui d'entendre ce signal. Christophe l'avait prévenue qu'il tournait pendant deux jours un film publicitaire dans une propriété des Yvelines.

Pourtant vers six heures le signal retentit.

Christophe s'encadre dans la porte, comme au premier jour, dégoulinant de pluie : le scénario prévoyait un soleil radieux et comme la météo ne prévoit, elle, aucune éclaircie pour la journée, on l'a renvoyé dans ses foyers, en attendant le bon vouloir de l'anticyclone des Açores. Comme au premier jour aussi, il a un paquet dans les bras, mais beaucoup plus volumineux.

— Ce n'est pas pour vous, dit-il.

Puis il se reprend :

— Enfin si quand même, indirectement c'est pour vous.

Antoinette ouvre le paquet qu'il lui a tendu et découvre cinq livres ayant tous les cinq le même sujet : la libération de Paris. Antoinette ne comprend pas sur le moment en quoi ça peut la concerner, même indirectement.

— Vous ne vous souvenez pas?

— Quoi?

— Le soir où vous m'avez dit que vous n'aviez pas envie de me parler parce que je n'avais pas connu la libération de Paris.

Antoinette lui sourit avec attendrissement. Comme elle avait dû le marquer, cette phrase, pour qu'il s'en souvienne avec autant de précision et pour qu'il ait décidé de l'effacer à l'aide de ces bouquins! Comme c'est important quelquefois les mots! Malheureusement on ne sait jamais lesquels : ceux que l'on plante dans un crâne avec le plus de soin peuvent n'y laisser aucune trace; ceux qu'on y jette un peu par hasard peuvent y germer pendant des mois et donner naissance selon le cas à des mauvaises herbes ou à des roses.

Dans le cas de Christophe il s'agirait plutôt de roses : ça ne peut pas lui nuire d'avoir quelques notions d'histoire contemporaine. Il en a déjà depuis cet après-midi. Il vient de lire pendant deux heures dans le salon de Florence.

— Je l'ai rencontrée hier, explique-t-il, chez Aurore et je l'ai questionnée sur les livres ayant trait à cette époque-là. Elle en avait quelques-uns dans sa bibliothèque qu'elle m'a gentiment proposés. Comme j'étais libre aujourd'hui, je suis allé les chercher et en ai commencé un sur place.

— Elle ne s'est pas étonnée de l'intérêt que vous portiez à la libération de Paris?

— Non et je le regrette.

— Pourquoi?

— D'abord parce que je ne lui aurais pas donné la vraie raison et qu'ainsi vous auriez eu l'occasion d'apprécier ma discrétion.

Ça, c'est l'allusion d'aujourd'hui, le petit signe pour montrer qu'il n'a pas changé d'idée. Antoinette non plus. Comme d'habitude, elle esquive.

— Et ensuite? demande-t-elle.

— Parce que si Florence m'avait posé ce genre de question, c'est qu'elle n'aurait pas été préoccupée par d'autres plus graves.

— Concernant Aurore?

— Non, elle.

— A propos de François-Achille?

— Bien entendu.

— A cause des vacances?

— Comment avez-vous deviné?

Ce n'était pas bien compliqué : Florence avait téléphoné une semaine auparavant à Antoinette pour lui annoncer, au comble du bonheur, que cette fois, ça y était! François-Achille avait décidé de partir avec elle pendant tout le mois d'août. Très loin, à Bali et à Ceylan, pour que sa femme, séjournant dans leur maison de Bretagne avec leurs enfants — sa fille et son gendre, son fils et sa presque bru — ne risquent pas de les rattraper. C'était une grande victoire puisque jusque-là, François-Achille avait partagé, à peu près par moitié, entre sa famille et elle, son temps de vacances. Florence voyait dans cette séparation prolongée et nouvelle les prémices d'une séparation définitive : quand François-Achille constaterait que sa femme survit fort bien à son absence, peut-être enfin serait-il libéré des scrupules qui le retiennent près d'elle et qu'elle entretient avec tant d'habileté.

Antoinette n'avait pas voulu refroidir son bel enthousiasme mais elle était persuadée que Simone Buisson, avertie comme d'habitude par la dévouée secrétaire de son mari de ce voyage, feindrait de l'ignorer et trouverait, comme d'habitude, la parade. Effectivement, elle l'avait trouvée et la parade était de taille : le fils Buisson, après quatre ans d'une liaison tumultueuse se mariait... le 11 août. Que vouliez-vous répliquer à cela? Qu'il aurait pu choisir une autre date? Le 30 juillet ou le 2 septembre et pas justement celle où son père serait à l'autre bout du monde? Bien sûr, mais malheureusement l'astrologue de la fiancée avait été formel : le 11 août était le jour où Jupiter et Vénus daignaient s'associer pour son bonheur futur et elle voulait absolument bénéficier de cette exceptionnelle conjoncture. Simone Buisson, bien entendu, estimait que cet entêtement était puéril mais ne comprenait pas, l'innocente, pourquoi cette date avait l'air de contrarier si fort son mari : après tout, ce mariage ne lui prendrait pas beaucoup de temps. Une journée tout au plus. Une journée ce n'était pas le diable. Eh si! Quand cette journée s'incluait dans un circuit touristique, dont la destination véritable était l'oubli, c'était le diable. C'était le rappel, au milieu d'un rêve, des réalités, des liens familiaux, des obstacles qui les séparaient. C'était le poison qui allait s'infiltrer dans leurs pensées bien des jours avant et qu'ils n'arriveraient à éliminer que bien des jours après. Il ne s'agissait pas d'alourdir leur course légère d'un petit handicap de vingt-quatre heures mais d'un handicap de vingt-cinq ans. C'était là le calcul fort judicieux de Simone Buisson. Antoinette n'en doute pas; mais Christophe — bien que Florence lui ait tenu le même raisonnement — reste sceptique.

— Ce n'est pas possible! Si, comme vous le croyez, c'est un plan concerté de la part de Simone, il lui a fallu la complicité de sa belle-fille pour le réaliser.

— Jeu d'enfant pour elle! Elle passe son temps à se chercher des alliés et à les maintenir sous pression à coups de cadeaux afin de les pousser dans la bataille le jour où elle en a besoin. Au même titre que son fils, sa fille, son gendre et en général tous les membres de la famille et les amis de François-Achille susceptibles d'avoir sur lui une quelconque influence; sa future belle-fille fait partie de ces petits soldats. Devant le danger menaçant, elle aura mobilisé et arrêté avec son accord la date de mariage la plus dérangeante pour François-Achille.

— Il n'y a pas un moyen de savoir si vous avez raison?

— Non, aucun! Ses complices n'ont aucun intérêt à la trahir et le feraient-ils que ça ne changerait rien : Simone s'arrangerait pour présenter à son mari son machiavélisme comme une preuve d'attachement. Le genre : faut-il que je t'aime pour me donner autant de mal pour te garder! Avec ce système-là, elle joue sur du velours. Sa position est inattaquable.

— Mais alors, pour Florence, c'est sans espoir?

— Je le crains. Quand un cœur s'oppose à une

tête, c'est hélas! la tête qui gagne le plus souvent.

Il est tout désappointé, Christophe. D'abord en ce moment il préférerait entendre des histoires où le cœur triomphe, et puis, il aime bien Florence. C'est un torrent clair, impétueux, parfois même trop. Cet après-midi, pendant qu'elle déversait sur lui le trop-plein de sa peine, il avait pensé au titre d'un film : *On s'est trompé d'histoire d'amour*. Ça lui semblait s'appliquer tout à fait au cas de Florence. Elle s'est trompée : elle est faite pour marcher ou plutôt pour courir sur une route droite, sans embûches, en pleine lumière, pas pour se faufiler à travers des sentiers tortueux et remplis d'ombres trompeuses. Il faut qu'elle reconnaisse son erreur et qu'elle ait le courage d'y renoncer :

— A sa place, dit-il, moi, j'abandonnerais.

— Moi aussi. Mais c'est Florence qui est à sa place. Pas nous. C'est elle qui aime le docteur Buisson. Pas nous. Personne ne peut se mettre à la place de personne. On est toujours seul devant une décision.

Elle ajoute pour elle-même sur un ton léger en parfait contraste avec la gravité de son propos :

— On est d'ailleurs seul partout.

Christophe la regarde, médusé, comme si elle venait de perdre subitement la raison.

— Vous ne le pensez pas vraiment?

— Si, bien sûr!

— Pas quand quelqu'un vous aime.

— C'est même là qu'on mesure à quel point on l'est.

C'est à l'exemple de son père qu'Antoinette pense. Elle l'a vu pendant des mois se tordre sous des douleurs qu'à la fin la morphine n'arrivait même plus à apaiser;

elle l'a entendu geindre des journées entières, lui qui ne se plaignait jamais. Elle était plus proche de lui que de n'importe quel autre être au monde. Elle est revenue de Suisse pour le soigner, pour qu'il ne soit plus seul, justement. Mais il l'a été. Jusqu'au bout. Bien sûr qu'elle souffrait de le voir souffrir. N'empêche que c'était lui qui avait mal, lui qui geignait. Lui tout seul. N'empêche aussi qu'à bout de forces, lorsqu'elle l'abandonnait pour prendre quelque repos, elle en éprouvait, honteuse, un sentiment de délivrance et que lui continuait d'avoir mal et de geindre. N'empêche qu'aux ultimes instants, quand elle a vu passer l'angoisse dans les yeux de son père, si déchirée qu'elle ait pu en être, c'était quand même son angoisse à lui. Elle n'en a été que le témoin éploré. Il lui a apporté lui-même la confirmation douloureuse en murmurant juste avant de s'éteindre : « Vous... les vivants. » C'était clair : d'un côté il y avait lui qui mourait, de l'autre il y avait tous ceux — tous, y compris sa fille unique et son unique passion — qui allaient vivre.

Peu après, des amis très chers, très sincères, comme Michel, Catherine, Pauline et d'autres sont venus pour la soutenir et partager, comme on dit, son chagrin. Affectueuse illusion! Il n'y a guère qu'un frère ou une sœur qui aurait pu à la rigueur le partager. Mais elle n'en avait pas et elle demeurait au milieu des autres avec son vide au cœur et ses larmes à elle. Toute seule.

Christophe a l'air si bouleversé par cette confidence qu'Antoinette éprouve le besoin de le rasséréner... A sa façon à elle, toujours un peu rude :

— Ce qui est triste, ce n'est pas d'être seul en sachant

qu'on l'est, c'est d'être seul en croyant qu'on ne l'est pas.

Faute de pouvoir prendre Antoinette dans ses bras, de lui crier qu'il ressent ce pessimisme souriant comme une insulte personnelle, qu'elle n'est pas seule puisqu'il est là, qu'il finira par la convaincre, Christophe lui dit :

— Si on allait au cinéma?

— Non, j'attends Pascal pour dîner d'une minute à l'autre. Il y a longtemps que je ne l'ai pas vu.

— Je peux l'attendre avec vous? Je partirai quand il arrivera.

Ils l'attendent en regardant les informations à la télévision et Antoinette de temps en temps sa montre. A huit heures et demie elle a un mouvement d'impatience :

— Il sait pourtant que j'ai horreur qu'on soit en retard.

Christophe l'invite à l'indulgence... un contretemps au bureau... un embouteillage... peut-être même un accrochage.

A neuf heures, Antoinette commence à s'inquiéter.

— Ce n'est pas normal! Il aurait dû téléphoner.

Christophe essaie de l'apaiser : ce n'est pas toujours commode... S'il est avec son patron... ou avec un client... ou avec une fille.

A dix heures, fatiguée de tourner en rond comme une lionne dans une cage, Antoinette cherche qui elle pourrait appeler : Michel est à l'Opéra avec Nelly; Catherine est sortie avec Yolande.

Plus par besoin de faire quelque chose qu'avec l'espoir d'obtenir un renseignement, elle téléphone successivement à Florence qui n'est pas chez elle puis à Pauline Marioneau. Celle-ci la réconforte de son mieux et lui suggère de compulser le carnet d'adresses de Pascal. Quelques instants plus tard, Antoinette le feuillette fébrilement à la recherche du nom d'Eglantine. Mais en vain. Alors, elle se met à composer systématiquement les numéros correspondant aux noms de filles et de garçons qu'elle a ces derniers temps le plus entendus dans la bouche de Pascal. Au dixième numéro elle obtient au bout du fil un ami de son fils qui ignore où celui-ci peut se trouver mais qui en revanche connaît l'adresse d'Eglantine ou, plus exactement, d'une fille qui ressemble à la description que lui en a fait Antoinette. Elle s'appelle Marie Piasson-Liget (oui, oui, comme le grand chirurgien. C'est sa fille). Elle habite 3, rue des Abbesses et n'a pas le téléphone.

— J'y vais, dit Antoinette en raccrochant.

— Non. C'est moi qui vais y aller. Il vaut mieux que vous restiez ici au cas où Pascal rentrerait; ou bien s'il téléphonait; ou encore si quelqu'un d'autre...

Inutile de le préciser, il y a assez longtemps qu'Antoinette redoute l'appel de ce quelqu'un d'autre. D'un commissariat ou d'un hôpital.

— Vous avez raison. Allez-y.

— Ce n'est pas loin. Avec ma moto j'en ai pour cinq minutes au plus.

En attendant Christophe, Antoinette écoute sur son transistor les informations d'onze heures, prête déjà à entendre l'annonce d'un accident de voiture, d'une rixe, d'une agression, d'une explosion où un jeune homme de vingt-huit ans, châtain aux yeux verts, travaillant dans une agence de publicité, a trouvé stupidement la... non, non, même dans sa tête Antoinette ne veut pas prononcer le mot. Elle est suspendue aux lèvres du journaliste de service. La terre a tremblé en Argentine. Il y aurait deux cents morts. Une famille anglaise a été exterminée sauvagement par un dément qui s'était évadé de son asile. De l'Ouganda... d'Irlande... Antoinette s'en fout. Si Pascal est vivant, la terre peut être à feu et à sang. Elle s'en occupera demain, de la terre, mais ce soir, qu'elle tourne ou qu'elle s'arrête sans elle. D'Allemagne... d'Italie... Ah! il s'en est passé des choses dans le monde aujourd'hui... La voix du journaliste devient enfin plus allègre : « Pour terminer, notre rubrique sportive... » Ouf! Elle n'a jamais été aussi heureuse d'écouter les résultats du tiercé. Mais soudain on annonce une nouvelle de dernière minute. Antoinette retient son souffle. Une dépêche de l'A.F.P. qui vient de tomber. Oh mon Dieu! « Ce soir à vingt et une heures... » Antoinette est exsangue. « Valéry Giscard d'Estaing... » Quel con!... Pardon, monsieur le Président, mais Pascal n'a pas l'honneur de vous connaître... alors, ce que vous avez pu faire à vingt et une heures ce soir c'était forcément sans lui et ça n'a aucun intérêt.

Antoinette éteint sa radio. On n'a pas idée de flanquer des peurs pareilles aux honnêtes gens!

Il y a dix minutes maintenant que Christophe est parti. Antoinette va se poster derrière la fenêtre, attentive au moindre bruit de moteur. Il n'y en a guère à cette heure. Elle préférerait qu'il y en eût davantage. Même si ce n'était pas celui de la moto de Christophe. Le temps de l'espérer, le temps de le croire, le temps d'être déçue, ça l'occuperait. Tandis que ce silence allonge désespérément les minutes : vingt-trois, à présent, qu'elle attend. C'est peut-être bon signe. C'est peut-être que Christophe a trouvé Eglantine, qu'elle l'a mis sur une piste et qu'ils cherchent ensemble. Non, c'est idiot : il l'aurait prévenue. Trente minutes! Pourvu que Christophe n'ait pas eu d'accident avec ce sol mouillé... Ce serait un comble! Trente-cinq minutes... Un vrombissement... Des appels de phares... un motocycliste casqué : l'image du film de Cocteau surgit devant les yeux d'Antoinette. L'ange de la... En même temps que la moto s'arrête devant le « Huit », Antoinette ouvre la fenêtre. Elle n'a même pas besoin de signaler sa présence à Christophe. Tout de suite, il lève les yeux vers le troisième étage. Il savait qu'elle était là. Il crie :

— Pascal va bien!

C'est tout ce qu'elle rêvait d'entendre. Le reste est sans importance... pour le moment. Elle ferme la fenêtre et se rue dans l'escalier. Sur le palier du deuxième étage elle le voit arriver essoufflé, le visage luisant de sueur. La seconde d'après, elle s'écroule sur son épaule. Un sanglot (moins de violon que de contrebasse) monte du plus profond d'elle-même et éclate avec la soudaineté d'une pluie d'orage. Le lac Audricourt se transforme en torrent. D'un seul mot, Christophe parvient à l'endiguer. Il n'a eu qu'à murmurer : « Chérie » pour qu'Antoinette se détache de lui. Elle regarde la trace humide que sa joue a laissée sur le blouson de Christophe :

— Heureusement que c'est imperméable, dit-elle.

« La boutade, le produit miracle qui efface la gêne. »

C'était Pascal, obsédé par les slogans publicitaires, qui avait inventé celui-là à l'intention de sa mère, dont la pudeur se réfugiait souvent dans la plaisanterie.

Antoinette remonte à son appartement. Un kleenex... un peu d'eau sur le visage... deux aspirines... et revoilà Antoinette telle qu'en elle-même...

— Où est Pascal?

— Chez Eglantine, avec un couple d'amis à elle.

— Pourquoi n'est-il pas venu dîner?

— Il a oublié.

— Je lui ai rappelé ce matin avant qu'il parte.

— J'ai l'impression qu'ils ont beaucoup bu.

— Qu'est-ce qu'il a dit en vous voyant?

— Rien... il dormait.

— Vous ne l'avez pas réveillé?

— J'ai essayé. Mais je n'ai pu en tirer que des grognements. Il était complètement sonné.

— Et elle?

— Elle était à peine plus brillante.

Une bouffée de haine soulève Antoinette de son siège.

— Je vais aller lui dire deux mots à celle-là!

— Il ne faut pas, Antoinette. Croyez-moi!

Antoinette est étonnée par la fermeté avec laquelle Christophe lui a déconseillé cette démarche. Quand, ayant décidé de l'entreprendre quand même, il lui barre le chemin, elle est carrément inquiète.

— Je suis sûre que vous me cachez quelque chose.

La dénégation de Christophe est molle. Ses arguments pour l'empêcher de rencontrer Eglantine, peu convaincants, ne font que renforcer ses soupçons.

— Je vous préviens, dit-elle, si vous m'avez menti, je ne vous le pardonnerai pas et jamais je ne vous reverrai.

Devant cette menace dont il ne doute pas qu'elle la mettrait à exécution, Christophe capitule : Pascal n'était pas soûl mais surexcité. Il avait fumé. Les autres aussi. Christophe voudrait s'en tenir là mais Antoinette le harcèle et lui arrache la vérité morceau par morceau : Oui, c'était de la marijuana. Non, rien de plus grave. Oui, c'est Eglantine qui l'y a poussé. Non, ce n'était pas la première fois.

Christophe espère endormir la curiosité d'Antoinette par des commentaires apaisants :

— Il ne faut pas dramatiser... commence-t-il.

Antoinette l'interrompt aussitôt :

— Je suis assez grande pour savoir ce qu'il faut penser de la situation.

— Bien sûr! Mais il y a là peut-être un problème de génération que je...

Elle l'interrompt à nouveau encore plus sèchement que la première fois.

— La suite?

Christophe se souvient qu'Antoinette lui a dit un jour : « J'aime mieux souffrir à cause d'une vérité que d'être heureuse grâce à un mensonge », et se lance alors, tête baissée, sur le chemin des aveux : Eglantine présente le cas classique de la fille de famille en révolte contre son milieu. Elle hait tout ce qui peut de près ou de loin le lui rappeler : l'ordre, le confort, le travail, l'argent. Elle hait la bourgeoisie et sa façon à elle de la combattre c'est de séduire les garçons qui en sont issus, comme Pascal, et de les amener peu à peu, par un habile prosélytisme, à la rejeter. Dès qu'elle les sent à sa merci elle exige d'eux des gages de non-conformisme dont elle gradue l'importance et leur ferme sa porte et surtout son lit, tant qu'ils ne les lui ont pas donnés. La marijuana a été l'un des gages de Pascal. Le port des jeans à son bureau en a été un autre. Celui de ce soir c'était de fausser compagnie à sa mère sans la prévenir. Le prochain ce sera son départ du « Huit ». Il y en aura sûrement d'autres, car Eglantine ne lâche ses proies qu'enfoncées, comme elle, dans la marginalité, et incapables d'en sortir.

Antoinette a écouté Christophe jusqu'au bout sans broncher, droite, livide, les poings crispés, comme un condamné innocent, soucieux de ne pas donner en plus à son bourreau la joie de son effondrement. Au dernier mot de la sentence, elle se précipite dans la salle de bains et y vomit sa colère et sa haine. Elle en revient, décomposée, se frottant les tempes avec un tampon d'eau de cologne.

— Vous avez raison, dit-elle à Christophe, il vaut mieux que je reste ici. Je la tuerais.

Presque aussitôt elle entend Catherine rentrer et l'appelle. Un peu plus tard, Michel les rejoint. Jusqu'à quatre heures du matin, le « Huit » tient un conseil à l'issue duquel Michel est chargé de la difficile mission de ramener la brebis égarée dans le droit chemin.

Christophe a participé aux débats, souhaitant de tout son cœur, comme Catherine, comme Michel, « partager » les craintes et les ressentiments d'Antoinette. Mais quand, le dernier, il la quitte, il lit avec tristesse dans son regard l'inanité de ce souhait. Elle avait raison tout à l'heure. D'un côté il y a eux, leur amitié, leur affection, leur tendresse... et de l'autre, elle : seule à être la mère de Pascal.

CHAPITRE XI

C'est le lendemain à trois heures que Michel appelle Antoinette pour lui rendre compte de sa mission. Il vient de déjeuner avec Pascal qui, loin de se soustraire à son invitation, comme il le craignait, l'avait acceptée avec un empressement plutôt encourageant. Bien sûr, rien n'est gagné mais rien n'est perdu non plus. Pour le moment Pascal est entre deux rives. Parfois tenté de rejoindre celle d'où lui parviennent par la voix d'Eglantine, sirène redoutable, les chants ô combien attirants de la liberté, de l'évasion, de l'aventure; parfois pris de panique et résolu à regagner la rive calme et rassurante du « Huit ». Il avait avoué à Michel qu'à l'heure précise où il lui parlait il était plus proche de cette rive-ci que de l'autre. Sans doute le fait de le voir, de sentir à travers ses regards inquiets et ses paroles compréhensives, entachées d'aucun reproche, toute la chaleur du « Huit »... Et puis aussi, la soirée de la veille et l'angoisse que sa mère avait dû en ressentir lui avaient laissé un mauvais souvenir. Mais il n'avait pas caché la précarité de cette tendance d'esprit. Il savait qu'il lui suffisait au cours de la journée de subir l'agressivité d'un passant, la médiocrité d'un collègue, la mesquinerie d'un directeur ou un des quelconques effets de l'agitation vaine et absurde du monde où l'on vivait pour que tout à coup il éprouve la sensation d'étouffer et le besoin de respirer l'air du grand large... Il suffirait surtout qu'Eglantine lui en parle; et elle ne manquerait pas de lui en parler. C'était sa dernière trouvaille. Sans doute la plus dangereuse. Instruite de la précédente fugue de Pascal dans la marine et donc de son goût pour la mer, elle avait lancé l'idée, fort à la mode actuellement, d'un tour du monde en navigateur solitaire... Relativement solitaire puisque son projet était de partir avec le couple de copains qui se trouvait chez elle la veille au soir et qui présentait un triple avantage : ils étaient aussi « libérés » qu'elle; ils avaient déjà l'expérience de ce genre de voyage; enfin ils possédaient un vieux rafiot en cale dans un port, qui une fois retapé par eux quatre serait tout à fait capable de reprendre du service. Les économies de Pascal ne pouvant couvrir à elles seules les frais de cette remise en état, Eglantine et ses deux acolytes s'étaient résignés à travailler provisoirement : elle dans la publicité, eux dans les films porno, lavant leur conscience de cette honteuse compromission par la pensée réconfortante que l'argent de la société de consommation tant honnie allait servir à la fuir définitivement. En attendant le jour du grand départ, qui ne devait plus être très lointain, ils passaient leurs loisirs à soutenir le moral de Pascal en promenant ses rêves sur tous les espaces bleus des cartes du monde.

Les fluctuations de son fils font fluctuer Antoinette entre l'inquiétude et l'espoir. Elle est hésitante sur l'attitude qu'elle doit adopter mais Michel lui ôte très vite tout problème de choix.

— Pascal m'a promis de revenir ce soir au « Huit », dit-il, à la seule condition que personne ne prononce le nom d'Eglantine et que personne n'évoque son problème — même par allusion. J'ai donné ma parole d'honneur au nom de tous.

— Tu as bien fait. Je vais passer la consigne à Catherine.

— Et à Christophe.

— Oui, et à Christophe.

— Pascal vient dîner ce soir chez moi. Nelly sera là. Elle n'est évidemment au courant de rien et elle a la gaieté très communicative.

— Tant mieux! Ça facilitera les choses.

— Descends pour le café. Je préviendrai Pascal. Il est préférable, je pense, que vous vous retrouviez devant des tiers.

L'idée se révéla très bonne. La rencontre entre la mère et le fils s'effectua sans la moindre gêne, sans la moindre réticence. Le lendemain et les jours suivants Pascal se montra avec chacun au « Huit » aussi gentil que par le passé, au point qu'Antoinette pensa qu'il avait cessé de voir Eglantine. Pour en avoir la confirmation, un soir elle envoya Christophe en reconnaissance dans le quartier de celle-ci; malheureusement il y repéra très vite la voiture de Pascal. Il la voyait donc toujours. Alors? Avait-elle vraiment perdu toute influence sur lui comme le prétendait Michel? Etait-ce elle qui, le sentant éloigné, avait baissé pavillon comme le suggérait Catherine, toujours portée à l'optimisme?

Leur jouait-il la comédie comme elle, Antoinette, ne pouvait s'empêcher de le craindre? Toujours est-il que l'attitude de Pascal, à l'intérieur du « Huit », était en tous points rassurante et qu'au bout de trois semaines, même Antoinette reprit confiance et simultanément goût à la vie.

Par voie de conséquence elle décida de s'occuper de sa santé quelque peu ébranlée par cette épreuve et prit enfin avec Pauline Marioneau le rendez-vous qu'elle remettait depuis si longtemps. C'est là qu'elle se rend à pied en cette fin d'après-midi d'un mois de mai qui a le pénible privilège d'être « le plus froid qu'on ait connu depuis cent ans », comme ne manqueront pas de l'annoncer les informateurs sur toutes les ondes ce soir avec un ton désolé. Ça l'agace, Antoinette, cette manie qu'on a maintenant de donner une telle importance au temps comme si le bonheur des gens dépendait d'un baromètre. D'accord, ce serait plus agréable si la température était plus clémente et les pluies moins fréquentes mais enfin, ce n'est pas un drame. On vulnérabilise les gens à force de les apitoyer sur leurs frissons dans le dos et sur l'humidité de leurs pieds. Au-dessous de dix-huit degrés... ou au-dessus, ils s'étiolent. Ils deviennent aussi fragiles que des enfants trop couvés. D'ailleurs on n'arrête pas de les traiter comme des enfants. Pour leur rappeler leurs responsabilités d'adultes, on remplace les képis de la gendarmerie par les plumes de Bison Futé... Et pour stimuler leur sens civique on leur propose la chasse au vilain Gaspi : c'est vraiment l'époque de la dévirilisation.

Antoinette s'amuse elle-même de son mouvement

d'indignation. Que c'est bon de s'énerver pour ce genre de choses!

Sur le perron de l'hôtel particulier à Neuilly où Pauline Marioneau vit et exerce son métier, Antoinette entend un rire qu'elle connaît bien, celui de Simone Buisson. Elle attend quelques instants avant de sonner. Il lui parvient quelques glapissements joyeux et le nom de Yolande prononcé avec différents accents. Incapable d'en savoir davantage à travers la porte, Antoinette se décide à la passer. La toute ronde et toute blanche Mme Vionnet, la secrétaire de Pauline, l'accueille avec le visage encore rayonnant de bonne humeur.

— Ah! vous tombez bien! dit-elle, Mme Buisson était en train de me faire un numéro...

A voir la tête de Simone, il est facile de comprendre qu'à l'encontre de Mme Vionnet elle ne pense pas, elle, qu'Antoinette tombe si bien que ça. Forcément, quand on joue les désespérées devant son mari, il est toujours ennuyeux d'être prise en flagrant délit de rigolade par une de ses amies qui risque de le lui répéter. Antoinette s'empresse de ne pas la rassurer.

— Le moral est bon, à ce que je vois.

— Oh tu sais, soupire Simone qui s'est recomposée à toute vitesse un visage de martyre, il ne faut pas se fier aux apparences!

Oui, justement Antoinette sait : pendant trois semaines, à cause de Pascal, elle a eu le cœur en croix et pendant trois semaines, pas une fois elle n'a eu envie de rire ou le goût de plaisanter; et pourtant elle s'y est journellement efforcée pour donner le change à son fils, mais la douleur est plus facile à feindre que la joie.

N'importe quel comédien pourrait le confirmer. C'est Mme Vionnet qui s'en charge avec une belle innocence.

— Eh bien voyez-vous, madame Buisson, dit-elle, après vingt ans d'expérience dans ce cabinet, je crois que les apparences ne sont pas aussi trompeuses que ça. Quand une cliente arrive, rien qu'à la façon dont elle me dit bonjour, rien qu'à des petits détails dans son comportement, dans sa démarche, dans son habillement, je vois tout de suite si elle va ou si elle ne va pas.

Simone décroche son parapluie de la patère, espérant mettre un terme aux déductions psychologiques de Mme Vionnet; mais celle-ci tient absolument à aller au bout de sa démonstration.

— Ainsi vous, reprend-elle, dès que vous avez franchi la porte, j'ai pensé que vous aviez la forme. Il est vrai qu'avec vous je n'ai pas de mérite, vous l'avez toujours.

— Vous êtes gentille, répond Simone sur le ton faux que l'on emploie avec les déficients mentaux. Puis elle lui tourne le dos, lève les yeux au ciel en direction d'Antoinette pour bien lui préciser, au cas où elle n'aurait pas encore compris, que cette pauvre Mme Vionnet devient véritablement gâteuse et prend congé dans un flot d'affectueuses paroles destinées, d'une part, aux gens du « Huit » si chers à son cœur, d'autre part, à l'entourage si pittoresque de Mme Vionnet : sa vieille maman sourde, son chien borgne, son matou châtré et son mainate muet.

Mme Vionnet salue la sortie de Simone avec admiration.

— Quel phénomène, s'exclama-t-elle, j'aurais voulu que vous la voyiez tout à l'heure!

— Que faisait-elle?

Mme Vionnet regarde sa montre : il est sept heures quinze. Son service est terminé. Antoinette a pris le dernier rendez-vous de la journée pour pouvoir bavarder tranquillement avec Pauline. Mme Vionnet pourrait partir. Elle devrait, même, car sa drôle de famille l'attend, mais elle ne résiste pas au plaisir de parler, surtout de choses aussi amusantes : elle n'a pas tellement l'occasion. Elle entraîne Antoinette vers son bureau situé dans le fond du hall.

— Ça va vous distraire un peu. Vous en avez besoin, vous, aujourd'hui.

Antoinette lui sourit : pas si folle que ça, la petite mère Vionnet.

— Alors, racontez-moi.

Mme Vionnet rapproche sa chaise de celle d'Antoinette et prend un air de conspirateur.

— Vous connaissez Mme Boulard, l'amie de Mme Buisson?

— Oui, la femme du député, la belle Yolande.

Belle, Mme Vionnet n'est pas d'accord. Cette espèce de grande bringue, plate comme un haricot, avec sa gourmette en or de soldat de luxe et son bracelet à la cheville ne lui plairait pas du tout si elle était un homme. Si elle était une femme non plus, ajoute-t-elle en rougissant sous ses cheveux blancs. Enfin belle ou pas, c'est bien d'elle qu'il s'agit.

— Et alors? demande Antoinette.

— Elle va ouvrir un restaurant sur la Côte cet été.

— Vous plaisantez?

L'incrédulité d'Antoinette enchante Mme Vionnet

qui, sûre d'avoir un auditoire attentif, se met à égréner allégrement son chapelet de renseignements : le restaurant se situe entre Grimaud et Ramatuelle. C'est bien sûr le mari de Yolande qui le lui a acheté. Un cadeau de rupture. Son élection presque certaine au Parlement européen en est le prétexte! Il va devoir s'absenter si souvent que la vie conjugale n'aurait vraiment plus de sens! Ça, c'est la version officielle. La vérité est que la dernière liaison de M. Boulard prend de plus en plus de place dans sa vie. Non seulement dans sa vie privée — ce qui arrangerait plutôt Yolande —, mais aussi dans sa vie publique, ce qui l'agace au plus haut point. On voit partout, inséparables, le député et le jeune comédien sans emploi, promu secrétaire à l'Assemblée, dans les dîners en ville et les réceptions officielles. Ce petit pédé ambitieux est en train de la supplanter. Pire : de la dépouiller; car son mari le couvre de cadeaux et commence sérieusement à lui compter à elle l'argent du ménage. Il est temps de sauver les meubles. A la rigueur Yolande veut bien, elle aussi, être une « veuve sans mort » comme son amie Simone mais en aucun cas sans argent. Alors, impuissante à retenir un mari moins culpabilisé que François-Achille, elle a décidé de négocier financièrement sa liberté avec lui. Elle s'en est fort bien tirée : en plus du restaurant elle a obtenu une somme assez rondelette destinée à sa décoration, à la publicité de lancement et à la mise en route. Ça s'appellera : « *Les bonnes femmes!* » Tout un programme dont les remugles, selon la naïve Mme Vionnet, ne manqueront pas d'attirer « les déboussolés de la Côte ».

C'étaient précisément ces déboussolés, les futurs clients de l'aubergiste novice que Simone Buisson était en train d'imiter pour la plus grande joie de Mme Vionnet quand Antoinette était arrivée. Simone avait successivement caricaturé la touriste anglaise qui craint le soleil en se couvrant le visage de son foulard, le gros potentat allemand en glissant un coussin sous son imperméable, la starlette à la recherche d'un photographe en retroussant ses jupes jusqu'aux fesses, le hippy démodé en ôtant ses chaussures et en se mettant les pétunias d'un vase derrière l'oreille; et le plus beau de tout... un roi nègre en prenant la plume d'oie du bureau de Mme Vionnet et en la plaçant vous devinez où. Bref, Simone s'était livrée à ce genre de facétie que seuls peuvent se permettre ceux qui ont une fantaisie naturelle, un manque de pudeur certain et le cœur léger.

— Vous savez qu'elle a raté sa vocation, conclut Mme Vionnet, elle aurait dû être comédienne.

C'était bien l'avis d'Antoinette.

Pauline Marioneau qui vient de l'introduire dans son cabinet a aussi le même, mais nuancé d'indulgence.

— Si j'avais eu le temps, comme Simone, dit-elle, j'aurais peut-être agi comme elle pour retenir Marc.

— Pas pour les mêmes raisons en tout cas : ton mari ne t'est utile à toi ni socialement ni matériellement.

— Ni physiquement puisque depuis des années nous n'avons plus aucun rapport; ni même affectivement : maintenant il m'a trop déçue.

— Alors, pourquoi aurais-tu voulu le garder?

Pauline s'amuse à prendre la pose de l'enfant qui

craint d'être battu, le cou dans les épaules, les bras en pare-coups devant le front.

— Par peur d'être seule.

— Ah non! pas toi.

Pauline ne peut s'empêcher de sourire. Elle était tellement sûre de cette réaction.

— Eh si, moi, dit-elle, moi avec un fils que j'adore, un métier qui m'absorbe, des amis que j'aime bien et des curiosités dans pas mal de domaines, j'ai paniqué devant la solitude. Plus exactement devant l'idée que je m'en étais faite à travers mes clientes. J'en ai entendu tant et tant m'expliquer en long et en large leur besoin vital de la présence d'un homme. Simplement sa présence.

— Mais bon sang! ça dépend quelle présence! Si c'est celle d'un type qui rêve à chaque instant de te voir claquer, c'est cent fois pire qu'une absence. Il faut ne rien avoir dans le ventre pour s'accrocher à ça! Et tu ne vas pas me dire que toi...

— Je ne te le dis pas. Je te dis ce qu'elles me disent et qui avait fini par m'influencer.

— Et mon exemple à moi, ça ne t'a pas influencée?

— D'abord tu étais presque seule de ton bord — du moins parmi les femmes de notre génération —, celles de la génération montante s'assument beaucoup plus volontiers elles-mêmes; et puis tu avais pris, jeune, l'habitude d'une vie solitaire. Alors j'ai pensé que ton cas était un peu spécial.

— Et maintenant?

— Je regrette de ne pas t'avoir crue plus tôt.

— C'est vrai?

— Depuis deux mois que Marc ne vit plus ici, j'ai l'impression de revivre.

Antoinette est heureuse pour Pauline, mais aussi pour elle-même. Enfin quelqu'un — en dehors du « Huit » — qui la comprend, qui ne la considère pas comme un être à part, qui ne va plus lui dire : « Oui mais toi... » Enfin une nouvelle recrue pour chanter avec elle les gaietés du célibat. Pauline entonne sur-le-champ le premier couplet : plus d'attente, plus de faux espoirs, plus de fausse bonne humeur, plus de faux-semblants, plus de doutes, plus d'espionnage médiocre, plus de mensonges, plus de colères rentrées ou explosives... Quelle économie de fatigue et de tension nerveuse!

Antoinette se réserve le deuxième couplet : les nuits. Elle y frôle le lyrisme. Ah! dieux du ciel! Les nuits où l'on peut allumer et éteindre la lumière quand on veut, autant de fois qu'on veut, même pour le plaisir, rien que pour se dire qu'on peut; les nuits où l'on peut remuer tout son soûl, lire, écouter la radio, faire une descente dans le réfrigérateur; où l'on ne craint pas de gêner l'autre, où l'on ne craint pas davantage que l'autre vous gêne par égoïsme ou excès de sollicitude. Se coucher dans une chambre à la température qui vous convient, fenêtre ouverte ou fermée, comme vous le désirez. Se glisser voluptueusement dans un lit avec le nombre de couvertures qui vous agrée ou au contraire y sauter à pieds joints si vous avez l'humeur badine; s'y étaler, s'y étirer, s'y répandre sans limites...

Les deux amies se partagent le troisième couplet : le temps qu'on gagne... et qu'on peut consacrer à des activités que l'on négligerait autrement.

— Si j'étais restée avec mon mari, dit Antoinette, jamais sans doute je n'aurais lu tant de livres, ni visité tant de musées.

— Dimanche dernier, reprend Simone, le matin j'ai commencé les *Essais* de Montaigne qu'à ma grande honte et à mon grand regret je ne connaissais pas; l'après-midi je suis allée à l'Orangerie voir une exposition Manet; le soir, à un concert écouter du Mozart. En revenant chez moi j'ai pensé que, Marc présent, j'aurais passé ma journée entre la cuisine pour préparer les repas auxquels il n'aurait pas manqué de convier quelques amis et le living pour apporter des boissons sur les tables de bridge où il les aurait retenus pour éviter le tête-à-tête. Cela aurait été bien évidemment beaucoup moins enrichissant.

— De toute façon, si intelligent qu'il soit, quel est l'être — homme ou femme — dont la compagnie peut rivaliser avec celle de Montaigne, de Manet, de Mozart, pour ne citer que ceux-là? Nous avons des génies qui ne demandent qu'à nous offrir leurs trésors et nous les délaissons trop souvent pour entendre des propos d'affairistes, des récits de fanfarons ou des potins de salonards.

— Ça nécessite moins d'efforts et puis, vois-tu, l'inconvénient, c'est que Montaigne et consorts ne peuvent pas prendre notre main ou nous proposer leur épaule pour regarder la télévision dans les moments de lassitude.

— Marc le faisait?

— Plus depuis longtemps.

— Alors...

— Alors... vive Montaigne... et le golf!
— Quoi, le golf?
— Je m'y suis mise.
— Encore une chose à porter à l'actif de Marc... Enfin, de son absence.
— Et je te parie un dîner que tu ne devineras jamais qui j'ai entraîné avec moi.

Pari gagné! Antoinette a prononcé une douzaine de noms mais le bon, celui de Vanneau, ne lui a même pas effleuré l'esprit. Comment aurait-elle pu imaginer le basset artésien avec sa bedaine en train de taper dans une balle? Comment est-il possible que ce prototype de sédentaire encroûté se soit décidé à quitter son bureau pour les greens de Saint-Nom-la-Bretèche? La réponse paraît évidente à Pauline.

— Parce qu'il est seul, dit-elle.
— Alice est repartie?
— Oui, mais dans une triste direction : elle est à l'hôpital de Villejuif et n'en sortira pas.
— Comment réagit-il?
— Incroyablement bien.

Incroyablement, c'est le mot. Ce brave Albert, si perturbé par les allées et venues de sa femme, s'est senti soulagé par son départ définitif. Il pataugeait dans l'expectative, il s'organise dans la certitude. D'une part, il a entrepris un régime draconien qu'il observe scrupuleusement. Il a déjà perdu trois kilos. D'autre part, il a considérablement allégé ses horaires de travail afin de réserver plus de temps aux loisirs — dont le golf — et à ses amis — dont Pauline, qu'il voit très régulièrement. C'est lui qui s'occupe de son divorce. C'est avec lui qu'elle va au concert et à Saint-Nom-la-Bretèche et quelquefois aussi dans les restaurants diététiques. C'est triste à dire, mais il n'a jamais été aussi gai. Ils échangent des anecdotes et des impressions sur leurs clients respectifs ou même plaisantent sur leurs anciens démêlés conjugaux; tant il est vrai que les mauvais moments font les meilleurs souvenirs.

A écouter parler Pauline aussi complaisamment de Maître Vanneau, Antoinette est prise d'un doute : la main et l'épaule que Pauline évoquait tout à l'heure avec une certaine nostalgie ne sont-elles pas celles de son avocat? N'aurait-elle pas employé le remède préconisé par Catherine : le bonhomme? C'est un remède qu'Antoinette n'apprécie pas beaucoup, qu'il se présente sous la forme d'un jeune chiot ou celle d'un vieux basset artésien.

— Ce n'est qu'un ami pour toi? demande-t-elle timidement à Pauline.

Celle-ci éclate d'un rire rassurant.

— Bien sûr, un ami! Aussi proche et aussi fraternel que peut l'être Michel pour toi.

Voilà Antoinette tranquillisée de ce côté-là. Voyons d'un autre :

— En dehors de lui il n'y a personne dans ta vie?

Les soupçons d'Antoinette amusent Pauline qui les entretient à plaisir en répondant évasivement après un temps d'hésitation :

— Non, pas exactement quelqu'un... plutôt quelque chose.

— Quoi?

— Je te le dirai plus tard...

— Quand?

— Après les vacances, peut-être. N'insiste pas.

Pauline profite de l'occasion pour inviter Antoinette comme tous les ans à passer en août le temps qu'elle voudra, avec qui elle voudra, dans sa maison de Port-Grimaud. Elle la partage avec Marc mais lui n'y viendra qu'en juillet et encore, si l'état de « la petite », qui sera alors enceinte de sept mois, le lui permet. La petite... comme c'est drôle! Il n'y a pas si longtemps que Pauline appelait la maîtresse de son mari « cette foutue garce »... C'est vraiment la détente.

— Et toi? demande-t-elle brusquement à Antoinette.

— Je viens de traverser une très mauvaise passe.

— J'ai vu ça à ta mine.

— Et encore, ça va mieux.

— A cause de Pascal?

— Tu es au courant?

— Non, mais c'est facile à deviner. Pascal, c'est ton talon d'Achille.

Antoinette n'a pas très envie de parler de l'histoire de son fils, de déterrer les souvenirs qu'elle s'efforce d'enfouir au fond de sa mémoire. A moins que...

— Tu connais le professeur Piasson-Liget?

— Bien sûr, répond Pauline, l'un de ses fils a fréquenté la même école qu'Olivier et Marc a publié le livre qu'il a écrit sur son métier de chirurgien.

Alors Antoinette ouvre les vannes avec l'espoir d'apprendre quelque chose sur Eglantine, d'approcher ses parents, d'unir ses forces aux leurs pour... Pauline ne tarde pas à la décevoir. Marie Piasson-Liget a quitté le domicile familial le jour de ses dix-huit ans sans laisser d'adresse et n'y est jamais revenue. Ses parents ont retrouvé sa trace une première fois au Mexique. Leurs lettres leur ont été retournées sans avoir été ouvertes; puis une deuxième fois à Toulon un an plus tard où ils sont allés la voir. La rencontre fut telle qu'à leur retour ils décidèrent, en accord avec leurs trois fils, qui eux, leur donnent toute satisfaction, de ne plus jamais parler d'elle, de ne plus jamais tenter la moindre démarche, de la supprimer complètement de leur vie. Pour eux, elle n'existe plus et ceux qui se sont avisés de leur rappeler son existence d'une façon ou d'une autre ont été immédiatement éconduits. Pauline est formelle : il n'y a aucun secours à attendre de ce côté-là; mais elle est non moins formelle : Pascal ne s'en ira pas.

— Ce sont des mots, Pauline. Tu ne peux pas le savoir vraiment. Pas plus que moi et même peut-être pas plus que lui à l'heure actuelle. Un choix est souvent l'affaire d'un instant, l'instant où tu avales un peu trop de barbituriques, où tu appuies sur la gâchette d'un revolver, où tu claques une porte.

Pauline chausse ses lunettes, prend son stylo et écrit sur une feuille d'ordonnance : « Pascal s'en ira peut-être, mais il reviendra sûrement. » Elle signe et passe le papier à Antoinette en lui disant :

— Ce ne sont que des mots, d'accord. Mais ce sont ceux-là que je te conseille vivement, en tant que médecin, de te répéter tous les jours, et pas d'autres.

Pauline regarde Antoinette par-dessus ses lunettes en demi-lune et insiste :

— Compris?

— Oui. Tu as raison.

— Alors, au boulot, pour compléter le traitement.

Les deux femmes se lèvent et, bras dessus bras dessous, vont dans la petite pièce voisine destinée aux examens gynécologiques. Pauline a l'habitude de choisir ce moment-là, toujours un peu délicat, pour aborder un sujet de conversation particulièrement frivole et distrayant; elle n'y faillit pas :

— Et avec Christophe? demande-t-elle gaiement, toujours rien?

— Toujours et définitivement rien.

— Oh ça... définitivement... tu n'en sais rien, ma chérie. Rappelle-toi : le choix est l'affaire d'un instant, le doigt qui appuie sur la gâchette... le corps qui se renverse sur un lit : un instant.

— Oh oui, évidemment... mais vraiment ça m'étonnerait.

— Eh bien moi, vois-tu, toujours en tant que médecin, je te le prescrirais volontiers à petites doses une ou deux fois par semaine.

— Je refuse, docteur!

— Tu as tort. C'est un garçon très sensible et très droit qui s'accommode mal des rudesses de l'époque. D'où son attirance pour les femmes plus âgées que lui, qui sont, en principe, plus conformes à ses goûts que les filles de sa génération.

— Pourquoi en principe?

— Parce qu'avec Barbara par exemple, ce n'était pas le cas. Il était en fin de compte beaucoup plus vieux qu'elle. Elle n'arrêtait pas de le lui reprocher et l'a d'ailleurs quitté à cause de cela.

— Il te plairait, à toi?

— Moi, c'est différent. A force de m'occuper des fesses des autres, j'ai perdu toute envie de m'occuper des miennes. Mais ça ne m'empêche pas de reconnaître que Christophe est très attractif.

— C'est curieux! Moi, il ne m'attire pas du tout.

— Ça... les goûts et les couleurs.

— Catherine prétend que je suis anormale.

— Ça ne m'étonne pas.

— Que je sois anormale?

— Non, qu'elle te le dise.

— Pourquoi?

— Parce qu'il règne actuellement un véritable terrorisme de l'orgasme et que Catherine, comme beaucoup d'autres femmes — et comme beaucoup d'hommes aussi d'ailleurs — en est la victime. C'est la nouvelle marotte des magazines : il faut jouir à tout prix. Ce n'est plus un droit. C'est une obligation.

Pauline est visiblement agacée par cet « ostracisme du polochon » dont elle constate tous les jours les ravages dans son cabinet : certaines clientes se plaignent que leur mari ne leur fait plus l'amour qu'une ou deux fois par mois. Elles avouent qu'en vérité ça leur suffit amplement parce qu'elles n'ont jamais beaucoup aimé ça, mais comme elles ont lu que d'autres bénéficiaient d'un rythme plus fréquent, elles se sentent tout à coup frustrées. D'autres se lancent dans des expériences érotiques compliquées, sans la moindre envie ou contre leur goût, uniquement pour suivre la mode; elles en ressortent en général complètement écœurées. D'autres encore, parmi les plus âgées, ayant renoncé depuis longtemps et sans difficulté aux ébats amoureux, ont soudain la révélation grâce aux statistiques qu'elles n'ont pas eu leur ration réglementaire de coïts et reprennent, affolées, du service auprès de jeunes amants, à grand renfort d'aphrodisiaques. Pauline achève son tour d'horizon des « terrorisées » en évoquant les tièdes et les pas-exigeantes qui, contrairement aux précédentes, se refusent à forcer la nature mais en éprouvent un indicible complexe de culpabilité.

— Elles ont l'impression de commettre un crime de lèse-cul, dit-elle.

L'examen se termine en même temps que la diatribe. Pauline se lève et va tapoter les genoux d'Antoinette.

— Tu peux te rhabiller. Tout va bien.

Quand Antoinette la rejoint dans son bureau, Pauline finit de rédiger une lettre, destinée à l'un de ses confrères, spécialiste des mammographies. Elle donne quelques succinctes explications sur cette radiographie des seins, sur sa valeur de dépistage et sur la simple mesure de prudence qu'elle représente dans le cas actuel.

— Ce n'est pas urgent, dit-elle en tendant la lettre à Antoinette, mais j'aimerais bien quand même avoir les résultats avant les vacances.

Antoinette glisse la lettre dans son sac et propose à Pauline de lui offrir tout de suite le dîner qu'elle lui doit puisqu'elle a perdu son pari au sujet de Vanneau. Mais Pauline décline son invitation : elle attend une visite.

— A cette heure-là?

— Ce n'est pas une cliente, répond Pauline, soudain peu encline à la confidence.

Antoinette s'en va, intriguée par les cachotteries de son amie : ce rendez-vous mystérieux et ce « quelque chose » qu'elle ne lui dira qu'après les vacances.

Quand elle sort de l'hôtel particulier, un taxi s'arrête juste devant. Antoinette se précipite pour le prendre. Un homme en sort... la regarde... et lui tombe dans les bras. C'est l'ex-mari de Catherine, Bertrand Cauvert, l'architecte du « Huit ». Le temps de se dire qu'ils n'ont pas changé, qu'ils vont bien, que c'est bête de s'être perdus de vue, qu'ils vont se téléphoner... le chauffeur du taxi s'impatiente. Ils se séparent. Antoinette s'engouffre dans la voiture. Au moment où celle-ci démarre, elle voit Bertrand entrer chez Pauline.

CHAPITRE XII

Antoinette a bien regretté la curiosité qui l'a poussée à téléphoner à Bertrand le lendemain. D'abord il lui a appris que Pauline l'avait convoqué tout bêtement pour moderniser son cabinet et sa salle d'attente. Ce qui n'avait aucun intérêt. Sauf celui, bien minime, d'enlever à sa visite le caractère mystérieux qu'Antoinette lui avait un peu hâtivement prêté. Ensuite l'architecte l'avait invitée chez lui à une « petite bouffe sympa » qui s'était soldée finalement par un dîner fort ennuyeux. La nouvelle Mme Cauvert s'était appliquée à montrer à Antoinette à quel point son mari et elle formaient un couple exceptionnel, à quel point elle le rendait heureux, à quel point il la gâtait... Bref à quel point il ne regrettait pas « l'autre », la précédente, son amie Catherine. Tout cela bien entendu avec l'espoir que ça serait répété à l'intéressée. Ce le fut, dans les détails.

Catherine, à la faveur du rapport circonstancié d'Antoinette sur le bonheur conjugal de son ex-époux, constata que celui-ci lui était devenu aussi indifférent que sa première permanente... et encore! Disons plutôt aussi indifférent que Marc à Pauline, que Jean-Luc à

Antoinette. Elles avaient longuement discuté ensemble de la faculté d'oubli des êtres humains en général et des femmes en particulier dans le domaine du sentiment. Antoinette jugeait cette faculté à la fois merveilleuse et démoralisante : merveilleuse car elle était génératrice d'espoir pour ceux ou celles qu'un chagrin accablait : démoralisante, car en les limitant dans le temps, elle ôtait beaucoup de crédit aux élans du cœur et aux passions éternelles.

Catherine, à présent bénéficiaire de cette faculté d'oubli la jugeait, elle, uniquement merveilleuse.

Antoinette qui, par peur de peiner Catherine ou simplement de l'agacer, avait hésité un moment à lui raconter la réussite évidente du nouveau couple Cauvert, s'était félicitée une fois de plus, à l'issue de leur conversation, d'avoir respecté le vieux principe de franchise absolue qui régissait ses relations avec Catherine depuis toujours. Oui, depuis toujours, elles se sont tout avoué, jusqu'à leurs pensées les plus intimes. Enfants, elles amorçaient leurs confidences les plus difficiles par cette phrase d'excuse : « Puisqu'on se dit tout... »; c'était devenu peu à peu le leitmotiv de leur amitié.

Seule dans sa chambre, finissant de boutonner une robe que Catherine n'a pas craint de qualifier naguère « d'immonde », Antoinette se répète à elle-même : « Puisqu'on se dit tout... » Elle grimace : Catherine ne disait plus tout depuis quelque temps. Pour être plus précis, depuis qu'elle fréquentait Yolande assez assidûment. Elle ne parlait de leurs sorties que très succinctement et une fois sur deux. L'autre fois, celle qu'elle passait sous silence, Antoinette la repérait aux effluves du parfum de Yolande qui traînait le lendemain dans l'escalier du « Huit ». Catherine ne mentait pas par parole mais par omission; et ces omissions lancinaient Antoinette à la façon d'une écharde incrustée sous la peau.

Les cloches toutes proches de Notre-Dame-de-Lorette carillonnent pour l'Ascension. Il est midi. Dans une demi-heure Antoinette a rendez-vous avec Florence et Catherine chez cette dernière, pour aller pendre la crémaillère de la nouvelle installation d'Aurore en compagnie de Christophe.

Une demi-heure! C'est plus qu'il n'en faut pour enlever une écharde. En un temps record, Antoinette prend son manteau, son sac, le cadeau destiné à Aurore et descend les deux étages qui la séparent de Catherine. Celle-ci, encore en robe de chambre, lui ouvre la porte d'un seul doigt, lcs neuf autres étant enduits de fond de teint.

— Tu es en avance ou je suis en retard?

— Les deux, répond Antoinette en suivant Catherine dans sa salle de bains.

— De toute façon, je suis ravie que tu sois arrivée avant Florence. J'ai plein de choses à te raconter.

— Sur elle?

— Non, sur Yolande. Mais comme elle m'a recommandé d'être discrète...

— Si tu préfères l'être aussi avec moi...

Catherine interrompt le trait d'eye-liner qu'elle est en train de se dessiner au-dessus de la paupière droite, preuve évidente d'une vive émotion.

— Tu es bête! Avec toi, ce n'est pas pareil. Tu sais bien qu'on se dit tout.

Catherine a prononcé leur petite phrase d'avant, sur le ton d'avant, gentil, léger, complice. Mais Antoinette la reçoit aujourd'hui sur son épiderme sensibilisé par l'écharde et en éprouve plus de gêne que de satisfaction.

— Alors quoi, Yolande?

— Elle va se séparer de son mari et tenir sur la côte un restaurant qu'il lui a acheté.

— Oui, je sais. Par Mme Vionnet. Via Simone Buisson. Depuis quinze jours.

Nouvelle interruption dans le trait d'eye-liner, cette fois sur la paupière gauche, le plus délicat à réussir : l'émotion de Catherine est vraiment très vive.

— Pourquoi tu ne me l'as pas dit?

— Et toi?

— Parce que Yolande me l'avait interdit sous prétexte que la nouvelle devait absolument rester secrète jusqu'à l'élection de son mari.

— Merci pour ta confiance.

— Merci pour la tienne.

— C'est quand même moi qui ai parlé la première.

— Et on peut savoir pourquoi tu t'y es décidée subitement?

— Parce que moi, j'en ai marre de te cacher quelque chose.

— Et moi, je suis descendue parce que j'en avais marre de te cacher que j'en avais marre aussi.

Les yeux bleus de Catherine deviennent tout roses et tout humides. Antoinette se précipite sur les kleenex et lui en tend un.

— Ne pleure pas avec ton rimmel, dit-elle, on n'a pas le temps.

L'émotion de Catherine accouche d'un sourire tout tendre. L'écharde d'Antoinette est prête à disparaître. Le rimmel tient. Catherine soupire d'aise. Que c'est bon, la franchise! C'est si bon qu'elle s'en repaye une petite giclée :

— Pendant qu'on y est, dit-elle, je vais te raconter la suite.

— Parce qu'il y a une suite?

— Oui, Yolande m'a engagée comme attachée de presse pour son restaurant à des conditions défiant toute concurrence.

— Tu vas quitter la maison d'édition de Marc?

— Non, je me suis arrangée avec lui. Il me laisse partir une petite semaine à la Pentecôte dans le midi pour que je puisse établir les premiers contacts avec la radio et les journaux locaux. Ensuite je ne repartirai que début juillet pour le cocktail d'inauguration qui aura lieu le 5 et que j'aurai organisé de Paris.

— Et après ce cocktail, tu reviendras ici?

— Ah non! Je reste là-bas. Je m'occuperai conjointement du restaurant et des éditions. A cette époque-là, il y a sur la Côte beaucoup d'auteurs en quête de publicité et de journalistes en quête d'articles. Ils ne demanderont pas mieux que de parler littérature autour de la bouillabaisse de Yolande. Je pense que cette réunion des nourritures terrestres et spirituelles peut donner des résultats intéressants pour chacun. En tout cas, Marc est enchanté de cette idée et Yolande aussi.

— Tu prendras tes vacances en août comme d'habitude?

— Oh! tu sais, pour moi, travailler sur les bords de la Méditerranée, c'est déjà des vacances.

La voix trop enjouée de Catherine renfonce l'écharde d'Antoinette.

— Ce qui veut dire que tu comptes poursuivre tes activités là-bas jusqu'en septembre?

— Ça dépendra.

— De quoi?

— De l'ambiance, de Yolande, de la façon dont son affaire démarre, de ma fatigue ou d'un de mes petits pâtres qui passera par là... je ne veux vraiment pas prévoir.

Catherine range sa sacoche à maquillage et jette un regard interrogateur à son miroir qui doit sûrement lui répondre quelque chose de grave car elle a soudain l'air morose et ressort précipitamment sa sacoche. Elle en retire un tube de brillant à lèvres qu'elle étale d'une commissure à l'autre, avec autant de soin que s'il n'était pas invisible; puis, satisfaite, elle quitte la salle de bains, trop pressée pour penser que « c'est tellement plus beau lorsque c'est inutile ».

— Et toi? demande-t-elle à Antoinette en cherchant une tenue adéquate dans son placard, tu as prévu quelque chose pour les vacances?

— Non, je ne prendrai pas de décision avant de connaître les projets de Pascal. Si par hasard il restait à Paris, j'y resterais aussi. S'il part, je ne sais pas. J'irai peut-être à Port-Grimaud, chez Pauline.

— Toute seule?

— Avec qui veux-tu? Florence sera avec François-Achille, et Michel avec Nelly.

— Et Christophe?

Cette suggestion paraît si saugrenue à Antoinette qu'elle ne juge utile d'y répondre que par un haussement d'épaules et revient sans transition à l'objet premier de sa visite.

— Pendant qu'on y est, comme tu dis, tu n'as plus rien à m'apprendre à propos de Yolande?

— Si! qu'elle m'a offert ça, répond Catherine en désignant l'ensemble qu'elle vient d'enfiler : zouave par le bas et cosaque par le haut.

Antoinette tâte le tissu.

— Ça ne m'étonne pas, dit-elle. Ça lui ressemble : tape-à-l'œil et mauvaise qualité.

Des yeux, de la bouche, de la voix d'Antoinette, il pleut un tel mépris sur Yolande qu'il est impossible à Catherine de ne pas en être éclaboussée. Elle vient s'agenouiller au pied du fauteuil d'Antoinette à la recherche d'un abri.

— Je n'ai guère plus de sympathie que toi pour Yolande. Seulement elle me refile un fric fou pour travailler dans un pays que j'adore et puis elle a des relations qui peuvent m'être utiles dans mon métier... Alors, je la ménage et je sors avec elle.

— Plus souvent que tu ne me le dis.

L'innocence écarquille les yeux de Catherine.

— Pourquoi me dis-tu ça?

— Son parfum t'a trahie.

Après un temps de réflexion, le visage de Catherine s'illumine comme celui d'un commissaire de police qui vient de résoudre une énigme; elle bondit dans sa salle de bains et en revient, triomphante, avec un gros flacon aux trois quarts plein.

— Pauvre idiote! s'écrie-t-elle, ce que tu crois être son parfum, c'est le mien, maintenant. Elle m'a donné ce flacon.

Antoinette est bien contente de s'être trompée mais elle rejette catégoriquement la responsabilité de ce que Catherine appelle « son erreur judiciaire ».

— C'est ta faute. Si tu ne m'avais pas dissimulé certaines choses, je ne t'aurais pas soupçonnée de m'en dissimuler d'autres.

Catherine accepte le rôle de coupable. Un peu trop facilement, pense Antoinette, en s'en voulant de le penser : l'écharde laisse des traces.

— Je ne recommencerai plus, dit Catherine.

— J'espère.

— Tu n'en es pas sûre?

— Pardonne-moi, mais la confiance, ça ne se commande pas.

Devant la mine désolée de Catherine, elle ajoute :

— Ça ne m'empêchera pas quand même d'essayer.

Les deux femmes accueillent le coup de sonnette de Florence avec le même soulagement.

— Ça va? demande Florence en entrant.

— Très bien! répondent Catherine et Antoinette d'une même voix, dans le même registre joyeux.

Cette note fausse à l'unisson dépose un sourire commun sur leurs lèvres : allons! Tant qu'elles mentiront si bien ensemble, leur amitié ne sera pas vraiment en péril.

— Eh bien, moi, annonce Florence, j'ai sur l'estomac cent kilos de dynamite qui n'ont pas éclaté.

Le délestage a lieu dans sa voiture où ne se trouve pas François-Achille et où il aurait normalement dû se trouver. Il lui avait promis de passer ce week-end prolongé de l'Ascension avec elle. Seulement voilà, il avait oublié que le vendredi c'était l'anniversaire de sa fille, et que le dimanche c'était la fête des Mères. Sa femme qui, elle, vivait le calendrier à la main en quête d'une date familiale à commémorer, avait prévu de commémorer ces deux-là justement dans leur propriété de Bretagne dont une des clôtures, endommagée par une tempête récente, réclamait d'urgence que le maître des lieux — et lui seul — statuât sur son sort... Et François-Achille était parti, malheureux comme les pierres, mais la conscience tranquille : ce n'était vraiment pas sa faute si sa fille était née un 25 mai, si la fête des Mères tombait le 27 et si le vent avait soufflé trop fort du côté de Concarneau...

Florence avait feint pour une fois de l'approuver. De reconnaissance, il lui avait proposé de lui consacrer le week-end de la Pentecôte, en échange. A la façon dont Florence répète « en échange », on sent que sur les cent kilos qui pèsent sur son estomac il y en a au moins quatre-vingts qui sont à mettre sur le compte de ces deux petits mots-là. Ce marchandage lui avait semblé tellement médiocre qu'elle avait failli refuser. La pensée que Simone Buisson serait la seule bénéficiaire de ce bel élan de dignité l'avait retenue.

— Et puis, dit-elle, j'ai décidé de patienter jusqu'à la fin des vacances. Je suis sans illusion sur le résultat final, mais je veux m'offrir ce dernier mois d'amour; mettre des souvenirs en conserve pour mes hivers. Ce sera comme un baroud d'honneur.

— Où aura-t-il lieu finalement? demande Catherine.

— En Corse, dans l'hôtel qui a abrité notre première escapade. Comme ça, le mariage de son fils ne nous privera que d'une seule journée.

A une heure précise, les trois amies, l'une derrière l'autre, entrent chez Aurore, chacune avec son petit cadeau pour l'appartement rénové. Christophe, le responsable en chef de cette rénovation, reçoit avec un évident plaisir les félicitations de ces dames. Tout les enchante : les cages en osier qui descendent du plafond et d'où s'échappent des bouquets de fleurs séchées; les objets d'autrefois transformés en lampes : le clairon si vaillamment astiqué au « Huit », un fer à repasser de lingère, un moulin à café de grand-mère, un téléphone en cuivre, un siphon; les meubles sans style devenus pimpants sous leur maquillage de laque blanche ou bleu marine; la guirlande de cartes postales qui court sur les murs de la chambre, faisant alterner joliment les vues en sépia du Paris d'hier avec celles vivement colorées du Paris d'aujourd'hui... L'enthousiasme est unanime et sincère. C'est vrai que l'ensemble est jeune, chaleureux, « marrant », beaucoup plus à l'image de Christophe qu'à celle d'Aurore; on a l'impression qu'il est chez lui. D'ailleurs, il agit en véritable maître de maison : il sert l'apéritif, donne des ordres à une Aurore ébaubie par l'agitation inhabituelle qui règne autour d'elle, et déballe les cadeaux qu'elle a gardés dans ses bras.

Curieusement, ces cadeaux, que les trois invitées ont choisis sans se concerter, s'ils sont de couleurs et de matières différentes, ont tous un point commun : ils sont en forme de cœur. Le plateau en bois laqué orange d'Antoinette; la bonbonnière en faïence bleue de Catherine; le cadre en bambou blanc de Florence. Tout le monde s'amuse de cette coïncidence qui trahit « l'exquise sentimentalité féminine ». Tout le monde... sauf Aurore qui précipitamment va ranger ces cadeaux dans sa chambre comme si l'étalage de ces cœurs dans le logis d'une solitaire malgré elle lui paraissait dérisoire, voire inconvenant.

Pourtant, quand elle revient elle est à nouveau très gaie. Elle mange de bon appétit l'osso bucco préparé par Christophe; apprécie visiblement le bouzy qu'il a acheté chez le père Thomas sur les recommandations d'Antoinette; elle l'écoute, en souriant, se moquer des difficultés qu'elle a avec l'accent tonique en espagnol, de la lenteur qu'elle met à cadrer une photo, et même de la force d'inertie qu'elle lui oppose quand il veut bousculer ses habitudes. Elle lui rend hommage en avouant, toute rougissante, qu'il en a bousculé certaines. Pas beaucoup, mais quand même... Maintenant, il lui arrive parfois d'aller toute seule au cinéma et aussi dans des magasins autres que ceux de son quartier. Elle montre son chemisier rose à rayures blanches, dont le col claudine est fermé par un nœud aux pans flottants : la dernière mode.

— Ça, dit-elle fièrement, je l'ai acheté chez une amie de Christophe qui tient une boutique rue de Rennes.

C'est touchant! Saint-Germain, dans sa bouche, vous prend tout de suite un petit air de bout du monde.

Enhardie par les compliments de l'assemblée, Aurore continue l'inventaire des changements qui lui ont demandé à elle tant d'efforts, à Christophe tant de ténacité et dont ils semblent aussi contents l'un que l'autre. Il y a le rimmel, les chaussures à talons et, ultime concession consentie à la volonté de Christophe, les mèches plus claires dans les cheveux. Elles datent juste d'hier et sont si discrètes que personne jusque-là ne les avait remarquées.

— C'est très bien, dit Florence, mais il en faudrait un peu plus.

— Beaucoup plus, renchérit Christophe.

Aurore n'est pas d'accord du tout. Christophe hausse les épaules. Aurore admet que peut-être quelques mèches en plus... Christophe appuie sa lassitude sur ses deux coudes... Aurore promet qu'elle retournera chez le coiffeur avant les vacances.

A trois autres occasions, dans l'après-midi, l'ascendant que Christophe a pris sur Aurore se confirmera. La première fois, c'est au moment du café; elle s'apprête à s'en verser une tasse quand Christophe intervient sèchement :

— Vous tenez vraiment à entrer de nouveau dans le circuit café-calmant-excitant-somnifères?

Aurore, penaude, repose la cafetière et quand Catherine accuse Christophe d'être un tyran, c'est elle-même qui prend aussitôt sa défense :

— Non, non, il a raison : je suis beaucoup moins nerveuse depuis que je n'en prends plus.

La deuxième fois, c'est quand Florence demande innocemment à Aurore si elle compte passer son mois de congé au même endroit que d'habitude. Christophe répond à sa place :

— Non. Cette année, Aurore va faire un voyage organisé à travers l'Espagne. Elle a déjà sa réservation en poche.

Aurore baisse la tête. Christophe la lui relève d'un doigt.

— Si toutefois elle est allée à l'agence hier comme elle me l'avait juré.

Aurore n'essaie même pas de mentir.

— J'irai demain, dit-elle.

— C'est ça! Ou lundi ou dans quinze jours ou dans un mois quand vous serez sûre qu'il n'y a plus de place.

Non seulement Aurore ne se rebiffe pas mais elle sourit sous le persiflage.

— J'irai demain, répète-t-elle.

Ce numéro de dressage en douceur gêne beaucoup plus les trois femmes qui en sont les témoins que celle qui en est l'objet et qui s'y prête avec une évidente complaisance. Son comportement n'est pas sans évoquer celui de ces chiens qui viennent apporter eux-mêmes à leur maître le collier qui va entraver leur liberté. Quant au maître, il a l'air totalement inconscient du véritable sentiment qui anime le chien et le rend si obéissant. Mais l'est-il vraiment?

Catherine ne cesse de se poser la question jusqu'à l'heure du départ. Ensuite elle la pose à ses deux amies pendant que la voiture de Florence, précédée de la moto de Christophe, roule vers le « Huit ». Enfin elle la pose à l'intéressé lui-même dès qu'ils se retrouvent tous les quatre dans son appartement.

— Dites-moi, Christophe, vous êtes-vous rendu compte qu'Aurore était complètement dingue de vous?

Il regarde Catherine en se demandant si elle plaisante, puis Antoinette et Florence dont les visages graves le renseignent sur le sérieux de la question. Alors il la répète sous une autre forme, comme pour avoir la certitude qu'il a bien compris.

— Aurore... amoureuse de moi?

Trois réponses viennent coup sur coup pulvériser ses doutes. Celle d'Antoinette : « C'est aussi évident que votre étonnement à la minute présente. »

Celle de Florence : « Il n'y a vraiment que vous pour ne pas vous en être aperçu. »

Celle de Catherine : « A croire que vous êtes sourd et aveugle. »

Si c'est avec lenteur que l'idée a pénétré dans le crâne de Christophe, c'est à toute vitesse qu'il en entrevoit les conséquences et d'un seul mot qu'il les résume :

— Merde!

Craignant une confusion, il précise :

— C'est à Aurore que je pense.

— Nous aussi, répond Antoinette.

Pas plus sur ce point que sur d'autres il n'y a de malentendu entre eux : Christophe n'est pas fautif. Il n'a agi que par pitié, par solidarité humaine. Il n'a jamais prononcé une phrase, ni fait un geste qui puisse prêter à équivoque. Il ne s'est pas pris au jeu du pygmalionisme et elle ne lui a jamais permis de constater qu'elle s'y était laissé prendre. Il s'est réjoui des résultats obtenus, pour elle et non pour lui. Il a eu cent fois la tentation de l'abandonner, mais il a estimé que son devoir était de poursuivre la tâche qu'il avait entreprise.

— Et maintenant? demande-t-il, où il est, mon devoir?

Là encore, les opinions des trois femmes concordent : Christophe ne peut pas continuer à entretenir chez Aurore un sentiment sans espoir, ni la lâcher brusquement du jour au lendemain. Il doit progressivement, sous prétexte de travail, espacer ses visites et les écourter. Florence, responsable au premier chef de cette situation, se propose de reprendre auprès d'Aurore le rôle dont elle s'était un peu trop déchargée sur lui — surtout les derniers temps.

— Espérons que les vacances arrangeront les choses, dit-elle.

Fidèle à ses conceptions, Catherine ajoute :

— Le rêve serait que pendant son voyage elle nous dégote un touriste en déprime ou un Espagnol en déroute!

— Si elle part, dit Antoinette.

— Oui, répond en écho Christophe, si elle part!

— Il faut qu'elle parte, répond Florence. Demain, je la traînerai de force dans son agence.

On approuve. On se rassure. On se détend. On digère la journée. On manque d'entrain. On n'a pas envie de se séparer. On va au cinéma voir le film dont tout le monde parle : *Voyage au bout de l'enfer.* On assiste, la gorge nouée, aux diverses scènes où la roulette russe tient la vedette. On sort de là, terrassé. Sur le trottoir, Catherine dit :

— Ce n'est pas un film pour Aurore.

Les trois autres font semblant de ne pas l'avoir entendue.

CHAPITRE XIII

Dans l'église Saint-Philippe-du-Roule, pleine aux deux tiers de gens parfaitement au courant de la vie peu édifiante d'Alice Vanneau, le prêtre prononce l'éloge funèbre de la défunte.

Figurante anonyme de ce qu'elle ne peut s'empêcher de considérer comme un spectacle, Antoinette en observe tout à loisir les acteurs principaux. Au premier rang, la vedette : le veuf, entouré de ses deux fils et de quelques membres de la famille éloignée, ceux qu'on ne voit que dans les enterrements. Antoinette lui sait gré de sa sobriété. Il est là, posé droit sur sa chaise, absolument immobile, absolument impassible. Attitude, pense-t-elle, qui permettra des interprétations diverses, tout à l'heure, sur le parvis : certains diront qu'il était complètement indifférent, d'autres, surtout parmi ses confrères, que le choc a ébranlé quelque peu ses facultés mentales, d'autres enfin, qu'il était prostré par la douleur; thèse renforcée par l'amaigrissement, maintenant très visible, de l'avocat, et qu'il est plus convenable en cet endroit d'attribuer à son deuil qu'à la suppression des hydrates de carbone dans son alimentation.

Juste derrière, les seconds rôles, inconsolables de n'être que les seconds : les amis les plus proches ou ceux qui veulent le faire croire. Parmi eux, Simone Buisson, flanquée de son mari, et Yolande, sans le sien. Toutes deux de noir vêtues, les lunettes fumées cachant leurs yeux censément rougis, le mouchoir sous le nez, le foulard noué sous le cou. Ah là là! on se fiche pas mal de la coquetterie dans des moments pareils! Et on le montre! Leur composition d'intimes éplorées est vraiment très poussée : l'une après l'autre, elles se mouchent bruyamment, se mordent les lèvres et posent une main réconfortante sur l'épaule de Vanneau qui n'a pas l'air de s'en apercevoir. Peu importe! le principal, c'est que les autres s'en aperçoivent, c'est que les autres disent : « Comme elles ont de la peine! Comme elles sont sensibles! Comme elles ont du cœur! » Ce cabotinage devant un cercueil est insupportable à Antoinette. Son regard s'en détourne et va se poser sur les bas-côtés. Il y a là les vieilles habituées des enterrements qui réchauffent leur reste de vie au contact des morts; les concierges du quartier qui comptent les couronnes; la fidèle servante des Vanneau qui égrène son chapelet pour cette pauvre Madame; et quelques femmes contemporaines d'Alice dont Antoinette imagine qu'elles sont ses anciennes camarades de théâtre, du temps où elle était comédienne, et qui sont venues dire un petit adieu revanchard à la copine qui avait mieux réussi qu'elles; et puis, parmi ces modestes figurantes, blottie contre un pilier, Pauline Marioneau qui doit se livrer au même travail d'observation qu'Antoinette car sa tête bouge dans tous les sens. Dommage qu'elles ne soient pas ensemble : elles auraient pu échanger leurs impressions sur l'assistance et sur ce candide curé qui n'en finit pas de célébrer les vertus d'Alice Vanneau.

— Pour l'éternité, cette épouse exemplaire...

Apparemment personne n'a l'air de penser qu'il aurait pu se renseigner avant. Sans doute que personne n'écoute très attentivement. L'éternité d'accord, mais il y a d'abord le quotidien : le rendez-vous qu'on a manqué ou qu'on risque de manquer si la cérémonie se prolonge; la voiture qu'il faut donner à réviser avant les vacances; le solde des impôts qu'on a reçu avant la date prévue; les examens des enfants. Les pensées sont ailleurs : dans une rue, dans un magasin, dans un bureau, peut-être même dans une chambre. Celles d'Antoinette sont présentement dans un vieux cinéma de quartier où elle est allée jadis avec Gilles. Elle a oublié le titre du film et l'histoire. Elle ne se souvient que d'un court dialogue qui était situé dans une loge de théâtre : deux personnages parlaient d'un troisième récemment disparu. L'un disait : « C'est un salaud! » L'autre, choqué, répondait sur un ton réprobateur : « Il est mort. » A quoi le premier rétorquait, imperturbable : « Et alors? C'est un salaud mort! »

Le prêtre entonne enfin sa péroraison.

— Prions, mes frères, pour que Dieu reçoive dans son royaume cette femme généreuse et loyale...

C'est alors qu'Antoinette entend quelqu'un derrière elle lui glisser dans l'oreille : « C'était une salope! »

Antoinette n'a pas besoin de se retourner. Elle sait qui est dans son dos. Elle se retourne quand même.

Gilles, qu'elle n'a pas vu depuis deux ans, lui fait un petit salut de la tête comme s'il l'avait quittée la veille et comme si elle l'avait quitté la veille elle lui demande à voix basse :

— C'était quoi, le film?

— *Le Rideau rouge* d'Anouilh et Barsacq avec Pierre Brasseur et Michel Simon.

Depuis qu'ils se sont séparés, il y a dix ans maintenant, les hasards de la vie les ont mis en présence une demi-douzaine de fois environ. A chacune de ces rencontres fortuites ils ont repris le dialogue sans la moindre difficulté et ont retrouvé, au premier regard échangé, leur ancienne complicité. A chaque fois, ils se sont promis de se revoir au retour de Gilles car, à chaque fois, coïncidence vérifiée par Antoinette, Gilles partait le lendemain de leur rencontre. A chaque fois, le temps passait et l'un comme l'autre oubliaient leurs promesses.

Ils se rejoignent sur le parvis de l'église.

— Tu pars demain, je suppose? demande-t-elle en souriant.

Il confirme la fatalité d'un rictus ironique.

— Pour le Koweit. Pendant un an.

Au cas où elle ne le croirait pas, il sort son billet d'avion : 7 juin 1979. Vol 318. Départ : 8 h 15.

— Tu me téléphoneras au retour comme d'habitude?

— A moins que tu ne partes avec moi.

— Tu plaisantes?

— Je ne me permettrais pas.

Du regard, Gilles lui désigne le cercueil d'Alice Vanneau qui sort de l'église, porté par quatre croque-morts qui ressemblent à des acteurs qui joueraient des croque-morts. Dans le petit groupe qui le suit, Simone et Yolande sont les seules à pleurer. Pauline Marioneau, elle, est déjà devant le fourgon mortuaire. Elle parle avec l'ordonnateur des pompes funèbres. Antoinette saura plus tard que c'est elle qui s'est occupée de toutes les formalités. Elle est bientôt rejointe par la famille dont elle répartit les membres dans les voitures qui vont accompagner le corbillard jusqu'au cimetière. Elle s'engouffre dans l'une d'elles où Yolande vient de la précéder. Celle-ci, à travers la vitre, invite les Buisson, encore sur le trottoir, à prendre les deux places qui restent mais Simone refuse : elle doit estimer que la fréquentation des dames que leurs maris ont plaquées n'est pas saine pour François-Achille.

Quand le convoi funéraire s'ébranle, Gilles prend le bras d'Antoinette.

— Bien que ce ne soit pas d'un goût exquis, je pense le moment assez bien choisi pour te souhaiter un bon anniversaire.

— Très bien choisi : il est plus facile de vieillir devant un cercueil que devant un berceau.

— Comment vas-tu fêter l'événement?

— Quel événement?

— Ton changement de décade.

— En vivant. Comme d'habitude. C'est un jour comme les autres. Il n'y a aucune différence entre hier, aujourd'hui et demain. L'importance qu'on se croit obligé de donner à la date de sa naissance a toujours relevé pour moi du domaine littéraire, tu devrais t'en souvenir.

Gilles s'en souvient. Le jour de ses cinquante ans, il s'était enfermé dans une chambre d'un hôtel de New York, tout seul avec une bouteille de whisky. Verre après verre il n'avait cessé de penser : « Si Antoinette était là, elle dirait que je fais un accès de littérature. » Il avait vidé la bouteille jusqu'à la dernière goutte, en guise de protestation. Il la désavouait. Elle se trompait : c'est la vie qui déteint sur la littérature et non le contraire. Il ne jouait pas les héros de roman. Il était vraiment un homme angoissé par la fuite du temps. Un homme curieux de voir comment elle, la fortiche, elle allait réagir en passant le cap du demi-siècle.

— Eh bien, tu le vois, dit Antoinette.

— Oui je vois. J'apprécie et en même temps je regrette.

— Tu aurais préféré me surprendre en proie aux tourments de l'âge?

— Au moins, j'aurais eu des chances ainsi de t'emmener au Koweit.

— Reviens pour mes soixante-dix ans. Je m'offrirai peut-être à cette occasion un accès de littérature.

— A défaut de Koweit, je t'emmènerais bien au restaurant ce soir, uniquement pour commémorer le débarquement des Alliés, bien sûr...

— Ce serait avec plaisir mais je dois dîner avec Michel.

— Ah! tu vois que tu vas fêter ton anniversaire!

— Mais non, c'est un dîner comme ça, sans motif spécial. On n'a guère le culte des dates, au « Huit ».

— Alors, tu peux décommander.

— Après tout...

— Je viens te chercher à huit heures.

— J'habite au troisième.

— Ah! c'est vrai que...

— La maison a beaucoup changé.

— Ce n'est pas comme nous.

— Mais si, bien sûr, nous avons changé, comme tout le monde.

— Je ne parlais pas du physique.

Gilles s'incline légèrement et salue d'un feutre imaginaire.

— Sur ce, madame Audricourt, je vous prie d'agréer l'expression de ma très haute estime et de me croire votre intermittent mais néanmoins très proche ami.

Lui, en tout cas, est bien le même! Toujours cette manie de terminer ses conversations comme des lettres et de vous planter là, sans au revoir, en sifflotant. Toujours ce besoin d'étonner, de bousculer. Toujours cette assurance, cette désinvolture. Toujours ce goût des départs, de l'imprévu. Toujours ce charme de l'oiseau de passage. Antoinette se demande comment elle a réussi à l'apprivoiser pendant sept ans. Peut-être parce que, aussi indépendants l'un que l'autre, il n'était pas plus sûr d'elle qu'elle n'était sûre de lui et que l'insécurité galvanise souvent l'amour? Peut-être parce que l'oiseau n'a jamais aperçu près de lui l'ombre d'une cage? Ou qu'il avait besoin à ce moment-là de sentir sous ses pattes vagabondes la solidité de « l'arbre »... Des raisons, on peut toujours en trouver, après coup. La seule valable, Antoinette le sait bien, c'est qu'ils s'aimaient.

De retour chez elle, Antoinette appelle Michel à son bureau. Il est en rendez-vous à l'extérieur mais il avait justement chargé sa secrétaire de lui téléphoner : un contretemps d'ordre professionnel l'oblige à annuler leur dîner de ce soir.

Antoinette est ravie : elle n'avait pas envie de lui dire qu'elle se décommandait à cause de Gilles. Pas envie davantage de parler tout de suite de leur rencontre à Catherine et Pascal qui passent chez elle en coup de vent vers sept heures trente. Pascal s'acquitte ce soir de la promesse qu'il avait faite à Catherine, il y a deux mois, de l'emmener dans un cinéma porno... après, ils iront dans une boîte de strip-tease.

— C'est la grande virée sexuelle, dit Catherine.

Cette perspective les enchante tellement qu'ils en oublient de demander à Antoinette pour qui clle est en train de se maquiller et pourquoi leur emploi du temps, loin de l'agacer, la réjouit si fort. Leur indifférence ne peut pas mieux tomber. Elle les regarde partir bras dessus, bras dessous, avec satisfaction : son fils ce soir ne sera pas avec Eglantine et elle va pouvoir, elle, ferrailler avec Gilles, l'esprit libre, pendant tout leur dîner.

A huit heures, il téléphone.

— J'ai un petit contretemps, dit-il.

— Tu ne peux pas venir?

— Non.

— Ah bon.

— Ça t'ennuie?

— Ce qui m'ennuie, c'est d'avoir décommandé Michel pour rien.

Un grand éclat de rire résonne dans l'appareil.

— Qu'y a-t-il de si drôle?

— Je t'expliquerai.

— Quand tu reviendras du Koweit?

— Non, tout à l'heure en dînant.

— Tu m'as dit que tu ne pouvais pas venir.

— Je ne peux pas venir te chercher parce que ma voiture est en panne et que je ne trouve pas de taxi, mais notre dîner tient toujours.

Antoinette est furieuse contre elle, furieuse de s'être laissé avoir, furieuse d'avoir été déçue et surtout de ne pas l'avoir très bien caché, furieuse aussi de s'entendre répondre un peu trop sèchement :

— Autrement dit, tu veux que ce soit moi qui vienne te chercher?

— Ce n'est pas la peine. Je suis à deux pas du restaurant où j'ai retenu. Viens m'y rejoindre, c'est plus simple.

Il lui donne l'adresse de *La Tante Camille,* un nouveau bistrot dans le Marais qu'elle ne connaît pas et conclut comme d'habitude par une formule épistolaire.

— Je vous prie, cher Madame, d'accepter mes excuses les plus sincères et de me croire, en dépit des apparences, votre très dévoué serviteur.

Une demi-heure plus tard, elle découvre sans surprise les vieilles poutres, les bougies et la vaste cheminée d'un bistrot parisien aux ambitions campagnardes. Elle découvre presque en même temps, avec beaucoup plus de surprise, que toutes les tables sont occupées mais qu'aucune ne l'est par Gilles.

Un homme poupin, à la cinquantaine frétillante et

bien arrosée, tout de jasmin parfumé, tout de bleu ciel vêtu, tout de bijoux paré, probablement Camille, la patronne des lieux, ondule vers elle et s'enquiert de ce qu'elle cherche.

— Vous n'avez pas une table réservée au nom de M. Wickers?

Camille la regarde d'un air soupçonneux.

— Vous n'êtes pas Mme Audricourt?

— Si!

— Antoinette Audricourt?

— Oui.

— Ah ben ça! je n'aurais pas cru. C'est bien des coups de mon Gilles!

Camille pouffe dans sa main baguée et s'en va en priant Antoinette de l'attendre une toute petite seconde. Elle attend près de cinq longues minutes, pendant lesquelles deux points d'interrogation lui tiennent compagnie : pourquoi Gilles a-t-il donné son nom au dénommé Camille? et pourquoi celui-ci a-t-il été surpris que ce soit elle qui le porte?

Enfin, la main baguée vient prendre familièrement la sienne et l'entraîne jusqu'au fond du restaurant. Là, elle lui désigne tout en haut d'un escalier en colimaçon une porte en bois sculpté ravissante.

— Je vous ai installés dans la salle du haut : Gilles l'adore.

— Ah bon!

— Je vous laisse monter toute seule, mon chou! J'ai des clients qui me réclament.

Inutile de répondre, Camille est déjà parti dans un grand mouvement de gazelle affolée. Un troisième point d'interrogation accompagne Antoinette pendant qu'elle gravit les marches particulièrement hautes de l'escalier : pourquoi les choses les plus normales, comme un dîner au restaurant, ne se passent jamais avec Gilles d'une façon tout à fait normale?

Quand elle pousse la porte et pénètre dans la salle du haut, les points d'interrogation se désagrègent dans la tête d'Antoinette en une myriade de points d'exclamation. Dans le même temps s'impose à ses oreilles un chœur tonitruant qui chante « happy birth day to you » et à ses yeux les flammes de cinquante bougies décrivant un cercle parfait et qui seules éclairent la pièce. A leur lueur, peu à peu, Antoinette reconnaît ceux qui les portent à bout de bras dans des plats longs. Ceux qui lui font face, d'abord : Christophe, Pauline, François-Achille, Florence, Gilles. Et puis ceux qui lui tournent le dos mais qu'elle devine sans peine : les gens du « Huit », Catherine entre Michel et Pascal. Enfin, à côté de Michel, Nelly : sa vie en neuf personnages.

Sur la dernière note du chœur, la lumière se rallume. Antoinette est là, figée par l'émotion, des larmes plein les yeux. Au premier mot, au premier geste, elle sait qu'elles vont tomber. Elle tend les mains, elle murmure : « Merci. » Les larmes tombent tout doucement, puis en déluge sur l'épaule de Pascal, le premier à s'être précipité pour l'embrasser. Elles se sèchent sur la joue de Michel qui s'efforce de plaisanter :

— Je suis désolé pour notre petit dîner intime mais au dernier moment j'ai été piégé par une vieille fille qui fête ce soir son anniversaire.

Catherine vient s'agglutiner à eux et en profite pour prendre une revanche affectueuse sur Antoinette.

— Toi non plus, tu ne me dis pas tout... cachottière!

— Je te l'aurais dit demain.

— Je veux bien te croire; mais confiance contre confiance. D'accord?

L'accord est scellé par une accolade prolongée.

Les autres s'impatientent et réclament leur tour. Aucun n'a la voix très assurée, ni l'œil très sec : ils n'ont, pour la plupart, jamais vu Antoinette aussi fragile, aussi désarmée. Gilles arrive en dernier devant elle. Il met ses deux mains sur ses épaules et lui adresse, enveloppée dans un sourire transparent, une petite phrase qu'elle connaît bien :

— Rendez-vous au point d'orgue.

C'était la formule qu'il avait employée quand, à son cœur et à son corps défendant, Antoinette l'avait quitté. Rendez-vous indéterminé dans l'espace et dans le temps, mais rendez-vous entre eux, inéluctable pour lui, inconcevable pour elle et que de temps en temps, des quatre coins du monde, il lui rappelait sur une carte postale.

Camille, à point nommé, vient faire diversion en apportant le champagne avec deux chérubins de sa brigade. L'émotion se dilue dans la mousse qui déborde généreusement des coupes. Les dames se repoudrent le nez et s'extasient sur la décoration de cette grande pièce, tapissée de velours rouge, qui, avec ses canapés capitonnés, ses appliques en verroterie et ses rideaux à pompons, évoque irrésistiblement les cabinets particuliers du début du siècle.

Les messieurs, eux, parlent des internationaux de Roland Garros. Sauf Gilles qui parle avec Camille d'Antoinette, suffisament haut pour que celle-ci entende. Elle se rapproche d'eux.

— Pourquoi avez-vous été étonné en me voyant? demande-t-elle à Camille.

— Ben mon chou, on m'avait annoncé une mémé, pas une gamine!

— Vous avez un très bon éclairage.

Camille pose gaillardement sa main sur la hanche d'Antoinette moulée dans un pantalon de satin noir.

— Et ça, ce n'est quand même pas l'éclairage, non?

Hôte parfait, joignant la galanterie à la discrétion, Camille laisse Antoinette et Gilles en tête à tête pour aller papillonner parmi le groupe des dames.

— Comment t'est venue l'idée de cette fête? demande Antoinette.

— Par hasard, il y a une quinzaine de jours, en achetant un camembert chez ton fromager attitré. J'ai entendu derrière moi quelqu'un qui demandait : « A cœur, mais pas trop fort, comme pour Mme Audricourt. » Je me suis retourné. C'était Michel. Sur le moment, j'ai cru qu'il m'avait remplacé. Je n'ai pas beaucoup aimé. Il a dû s'en apercevoir : il m'a présenté la fille qui l'attendait dehors dans sa voiture, Nelly. On est allé prendre un verre. On a parlé de toi. Enfin... Il m'a parlé de toi... de la pérennité de « l'arbre ». J'ai eu envie de vérifier, comme le jour de mes cinquante ans devant ma bouteille de whisky. Voilà.

— Et c'est toi qui as tout organisé?

— Avec Nelly.

— Nelly?

— Elle t'aime beaucoup. C'est elle qui a pensé pour ton anniversaire à réunir tous les gens qui comptaient dans ta vie. Elle a téléphoné à ceux qu'elle connaissait et moi aux autres. On a reçu un accueil enthousiaste. Sans la moindre hésitation, le docteur Buisson a reporté des rendez-vous pour ne pas être en retard; Pauline a abandonné Maître Vanneau. (Il n'aurait pas fallu beaucoup insister pour qu'il vienne, celui-là.) Florence a annulé un dîner et Catherine aussi. Tu es vraiment très bien entourée.

— Je suis très touchée par ce complot de l'amitié.

— Je l'espérais bien, mais je t'avoue que ce matin, devant ton mépris souverain pour le culte des dates, j'ai eu peur soudain que tu ne m'en veuilles de célébrer celle-ci avec éclat.

— Non, je ne t'en veux même pas d'avoir ri tout à l'heure au téléphone quand je t'ai dit qu'à cause de toi, j'avais décommandé Michel.

— Tu as raison. Ce gros mensonge m'a beaucoup attendri.

Camille frappe dans ses mains et s'adresse aux invités comme à des enfants :

— Allons, les petits, un peu de silence! soyez sages! On va servir la soupe!

— Ah! s'exclament d'une même voix dix gamins poussés en graine.

— Comme vous pouvez le constater, reprend Camille, il n'y a sur la table qui va vous accueillir aucun carton indiquant la place qui vous est réservée. C'est exprès! Vous êtes tous ici des amis et il ne saurait être question entre vous de préférence ou de préséance. C'est pourquoi votre petit camarade Gilles a souhaité que ce soit le hasard qui décide du plan de table.

Tout le monde applaudit. Camille prend deux chapeaux qui étaient à côté de lui sur une chaise.

— A cet effet, poursuit-il, nous avons mis dans ce canotier les noms des dames et dans ce haut-de-forme les noms des messieurs. Ils vont être tirés au sort par une main innocente. A vous de désigner laquelle.

Antoinette obtient tous les suffrages.

— Bon! la personne dont le nom sera appelé en premier ira s'asseoir à n'importe quelle place, puisque la table est ronde. La deuxième s'installera à côté et ainsi de suite jusqu'au dernier. D'accord, les petits?

— D'accord!

— Vous êtes prêts?

— Oui!

— On commence par une dame?

— Oui!

C'est Guignol, en plus gai : il n'y a que les grandes personnes pour s'amuser d'être des enfants. Chaque nom tiré du chapeau est salué par des exclamations de joie. Chaque convive se félicite de ses voisins.

Le dîner sera à l'image de ces préliminaires : détendu et chaleureux. Seul François-Achille, que le hasard a placé à la gauche d'Antoinette, a de temps en temps de courts moments d'absence, dont il sort à chaque fois en vidant son verre. Au dessert, Antoinette le lui enlève des mains gentiment.

— Quels soucis espères-tu noyer?

François-Achille ne se fait pas beaucoup prier pour avouer qu'il a eu avant de venir une scène pénible avec sa femme à propos de leur fils : celui-ci n'a plus très envie, paraît-il, de se marier et ce, bien entendu, à cause de son père; il prétend que son exemple lui ôte pour l'instant et peut-être définitivement le goût du conjungo. Si c'est pour en arriver avec sa femme là où François-Achille en est arrivé avec la sienne au bout de vingt-cinq ans, il préfère s'abstenir... Et voilà le pauvre François-Achille à nouveau culpabilisé. Sa vulnérabilité qui, si souvent, agace Antoinette, ce soir, dans ce climat d'euphorie, l'apitoie.

— Dis-moi, toubib, si demain tu étais libre, tu épouserais Florence?

— Tout de suite, tu le sais bien.

— L'échec de ton précédent mariage ne te retiendrait pas?

— Pas une seconde.

— Parce que tu aimes Florence?

— Evidemment!

— Eh bien, si ton fils aimait vraiment sa fiancée, il l'épouserait sans se poser de questions, comme toi Florence.

Antoinette, encouragée par la moue perplexe de François-Achille, poursuit son opération de nettoyage.

— En plus, crois-tu vraiment que ton fils, à son âge, t'a attendu pour se rendre compte que la vie conjugale n'était pas semée que de roses? Crois-tu vraiment qu'il ne connaisse pas d'autres couples naufragés comme le vôtre?

— Non, bien sûr.

— Alors, tu ne trouves pas bizarre que ce soit votre exemple — et seulement le vôtre — qui le panique tout d'un coup au pied de l'autel... si toutefois il est paniqué?

— Tu ne penses pas qu'il le soit?

— Honnêtement, non! A mon avis, c'est une invention de ta femme. En accord avec votre fils.

— Ça m'étonnerait, quand même.

— A-t-elle eu l'air de déplorer les hésitations de son fils et t'a-t-elle dit avoir pris ta défense auprès de lui?

— Oui.

Une fois de plus Antoinette est tombée juste et une fois de plus l'aveuglement de François-Achille lui prête un don de voyance qui n'est autre, en fait, qu'un certain sens de la psychologie féminine.

— Ce n'est pas possible, dit François-Achille, tu as un radar!

— Non, je connais simplement le style de ta femme. Elle emploie toujours le même procédé : te transformer en vilain coupable et elle en victime magnanime. Elle a voulu empoisonner ta soirée. C'est tout. Crois-moi, tu peux en profiter sans scrupules.

François-Achille n'y manque pas et s'il part le premier avec Florence sous le prétexte d'une opération matinale, ce n'est que pour en profiter ailleurs d'une façon sinon plus joyeuse, du moins plus intime.

Les autres se lèvent pour prendre les liqueurs et les alcools. A la faveur de ce déplacement, on change de voisin. Nelly quitte Michel pour rejoindre Antoinette. Elle a un corps d'éphèbe et une tête de dessin animé : les yeux ronds de Betty Boop, un museau de lapin et des cheveux de caniche blond. Elle est sans détour, sans mystère, lisse comme la peau de ses joues qu'elle frotte maintenant contre les genoux d'Antoinette, car bien entendu, comme tous ceux de sa génération, elle s'est assise par terre.

— C'était fantastique, dit-elle.

— Je sais que vous y êtes pour beaucoup, répond Antoinette, et j'en suis très touchée.

— J'étais si contente de m'occuper de cette fête. J'avais un peu l'impression de pénétrer enfin dans la forteresse.

— La forteresse?

— Le « Huit », c'est une forteresse! Ça m'impressionne beaucoup. Surtout vous. Au début, vous me terrorisiez.

— Plus maintenant j'espère?

— Moins, depuis que je vous ai vue pleurer. Mais j'ai encore un petit peu peur que vous m'en vouliez.

— De quoi?

— De trop accaparer Michel.

— En voilà une idée! Au « Huit », chacun est libre.

— Alors, si je vous l'enlève pendant les deux mois de vacances, ça vous serait égal?

— Comment ça, deux mois? Michel prend deux mois de vacances, cette année?

— Non! Pas Michel, moi. Enfin c'est une façon de parler puisque je ne fais rien... Disons que je vais aller ne rien faire ailleurs que dans mes ports d'attache habituels : Paris et Zurich.

— Et où comptez-vous aller?

— Au mois de juillet, chez des amis qui ont une propriété près de la forêt de Rambouillet avec une demi-douzaine de chevaux. Je les adore. Mes amis... et les chevaux. Comme ce n'est pas loin de Paris, Michel pourrait très bien venir m'y rejoindre après le bureau, tous les jours... ou tous les deux jours, si ça vous embête.

— Mais enfin, d'où sortez-vous que ça puisse m'embêter?

— C'est Michel qui m'a dit ça tout à l'heure pendant le dîner.

Antoinette retient la vérité qu'elle pressent : Michel, probablement peu alléché par la proposition de Nelly et cédant à la lâcheté, si familière à son sexe, a dû se défiler en alléguant que son absence prolongée contrarierait Antoinette. Il s'est déjà souvent servi d'elle comme bouclier. Par deux fois même pour se débarrasser de liaisons encombrantes, il l'a transformée en épouse odieusement jalouse, capable des pires sévices sur la personne de ses prétendues rivales. D'habitude, ce rôle de garde-liberté l'amuse plutôt, mais là, vis-à-vis de Nelly qui est si gentille et si franche, ça l'ennuie de passer pour un cerbère despotique qui régit les allées et venues des gens du « Huit ». D'un autre côté, ça l'ennuie tout autant de désavouer Michel, de dévoiler ses trucs, leurs trucs. Ne sachant quel parti prendre, d'un clin d'œil impératif, Antoinette appelle Michel à la rescousse. Il était en train de bavarder avec Christophe et vient avec lui rejoindre les deux femmes. Tout naturellement il s'assied sur le canapé à côté d'Antoinette et Christophe à l'étage au-dessous, par terre à côté de Nelly. Par bonheur, la différence de niveaux favorise la séparation des conversations. En bas, on se branche tout de suite sur l'équitation. Bien entendu, inépuisable touche-à-tout, Christophe est un excellent cavalier. En haut, on abat les cartes. Le jeu de Michel était bien celui imaginé par Antoinette : la perspective de Rambouillet ne lui déplaisait pas vraiment mais il craignait d'une part que les amis de Nelly ne soient un peu trop turbulents pour lui et d'autre part que la chlorophylle de la forêt toute proche ne compense pas la fatigue des voyages pour s'y rendre et pour en repartir. Mais ça, il n'avait pas voulu le dire à Nelly de peur de lui paraître un « vieux machin » soucieux de sa tranquillité et soucieux aussi de ménager sa monture. En fait, il n'était pas sûr, il se méfiait simplement; alors, il s'était laissé une porte de sortie avec en faction Antoinette derrière. Si le séjour champêtre s'avérait agréable, Antoinette supporterait son absence, dans le cas contraire elle ne la supporterait pas et serait chargée de le rappeler au « Huit » par un coup de téléphone désolé.

— En somme, dit-elle, je n'ai qu'une chance sur deux de passer pour une emmerdeuse?

— Exactement!

— C'est déjà mieux que d'habitude!

— Et pour le moment tu n'es que l'amie compréhensive qui se réjouit de me voir prendre un bol d'air quotidien en charmante compagnie.

— Et en août, pendant qu'on y est, qu'est-ce que je devrai être?

— En principe la même chose, l'amie compréhensive. Nous devons descendre dans un hôtel au Grau-du-Roi. Je ne pense pas avoir envie d'en partir, donc avoir besoin de toi.

— Je t'enverrai quand même mon adresse si par hasard je quittais le « Huit ». On ne sait jamais... Un bâillement est si vite arrivé.

Michel la prend par les épaules affectueusement.

— Bien entendu, dit-il, à charge de revanche, si tu as besoin de moi.

— Pour me débarrasser de quelqu'un?

— Pour n'importe quoi.

— J'espère que non.

Le ton de leur dialogue s'est en une seconde alourdi; bien qu'ils n'aient pas prononcé son nom, l'un et l'autre ont pensé à Pascal. Leur inquiétude tacitement muette rapproche leurs deux têtes. Le regard de Nelly surprend ce moment d'attendrissement avec un brin de jalousie :

— Eh bien, on ne s'embête pas, derrière notre dos, s'écrie-t-elle.

Antoinette et Michel se détachent avec une lenteur rassurante : ce n'est pas là l'attitude de gens pris en faute. Quand même... Nelly s'empare de la main de Michel en propriétaire.

— Alors, demande-t-elle, qu'est-ce que vous avez décidé pour juillet?

Ce « vous » chatouille désagréablement les oreilles de Michel.

— J'ai décidé, répond-il, que j'irai à Rambouillet les soirs où j'en aurai envie et les soirs où je n'en aurai pas envie...

— ... c'est moi qui viendrai à Paris.

— Crampon!

Michel a dit ça avec gentillesse en secouant la tête de

Nelly par sa touffe de cheveux frisés. Il est visiblement flatté qu'une fille aussi jeune le poursuive sans pudeur de ses assiduités et lui permette de jouer à son âge le rôle de l'amant de cœur, détaché du sentiment qu'il inspire.

Convaincue d'avoir obtenu ce qu'elle voulait grâce à Antoinette, Nelly lui manifeste aussitôt sa reconnaissance.

— Vous pouvez venir pour les week-ends, si vous vous ennuyez.

— Merci. Mais il y a longtemps que je me suis promis de les passer avec Giovanni Giacomo. Michel peut vous le confirmer.

Michel confirme avec un sourire imperceptible.

— Ça fait exactement six ans que tu as rendez-vous avec lui.

Antoinette a le même sourire pour répondre :

— Ah oui, tu as raison, exactement six ans aujourd'hui.

C'était en effet il y a six ans pour son anniversaire que Michel lui avait offert les six volumes des *Mémoires* de Casanova : six ans qu'elle était toujours sur le point de les commencer et six ans que, par manque de temps, elle y renonçait pour des lectures moins copieuses. Michel s'amusait à prétendre que c'était un refus psychologique et que Mme Audricourt voulait être, en réalité, la seule femme qui ait repoussé le célèbre bourreau des cœurs. Cette plaisanterie, bien anodine, appartenait, comme beaucoup d'autres, au patrimoine du « Huit », et il n'était bien entendu pas question de le dilapider devant les étrangers.

— Qui est ce Giovanni Giacomo? demande Nelly.

— Un vieil ami italien qui a eu une vie très riche en aventures de toutes sortes, répond Antoinette.

— Et qui, en plus, a une très bonne mémoire... et de l'imagination à revendre, ajoute Michel.

Nelly sent avec un certain dépit que quelque chose lui échappe. Quelque chose qui est caché dans leur sale forteresse du « Huit » et, instinctivement, elle se retourne vers Christophe, pièce rapportée comme elle.

— Vous aussi, vous pouvez venir à Rambouillet si vous voulez. La maison de mes amis est grande.

Christophe décline l'invitation : il va tourner début juillet quelques films publicitaires au Maroc et ne sait quand au juste il rentrera. En tout cas, avant le mois d'août, précise-t-il en regardant Antoinette, comme si elle était directement concernée par la date de ce retour. Nelly, en toute innocence, s'y trompe.

— Vous partez avec Antoinette en août? lui demande-t-elle.

— Ah non! ce n'est pas possible, Antoinette part demain avec moi pour le Koweit.

C'est Gilles, arrêté depuis quelques instants devant leur petit groupe, un verre à la main, qui vient ainsi de sauter à pieds joints dans leur conversation, en éclaboussant chacun d'étonnement; même Antoinette et Michel qui pourtant connaissent par cœur son goût pour les effets de surprise. Quant aux deux autres, la stupéfaction leur ouvre la bouche autant que les yeux.

— C'est vrai? finissent-ils par demander en même temps.

En même temps aussi, Antoinette et Gilles répondent :

Elle : « Mais non! »

Lui : « Bien sûr! »

Nelly et Christophe les regardent l'un après l'autre en quête de la vérité et la découvrent sans peine dans les yeux honnêtes d'Antoinette.

— N'écoutez pas Gilles, dit-elle, il est fou!

Gilles rectifie :

— Rêveur, tout au plus.

Un nuage passe sur le visage de Christophe. Bienveillante, Antoinette souffle dessus.

— C'est lui seul, Gilles, qui part pendant un an pour le Koweit, demain à la première heure.

Demain... seul... pendant un an... le nuage est loin.

— Vous y allez en touriste? demande Christophe.

— Non, en travailleur.

— Qu'est-ce que vous faites?

— Je suis plombier.

Christophe ne bronche pas. Michel et Antoinette non plus. Mais eux, ils s'attendaient à la réponse. Quant à Nelly, elle éclate de rire, comme Antoinette la première fois où elle avait entendu Gilles dire ça au cours d'une soirée chez des amis où, habillé par Londres, chaussé par Rome et cravaté par Paris, il affichait la même élégance raffinée qu'aujourd'hui. Elle s'amuse à imaginer ce Brummel en train de fourrager dans des tuyaux.

— Oh, mais attention! dit Gilles en prenant le ton efféminé de Camille, sur les chantiers je suis en salopette. Un modèle de Courrèges : une petite merveille! avec ça je porte un gros sac à outils piqué sellier. C'est d'un chic...

En fait, Gilles avait hérité de son père une importante

entreprise de sanitaire à laquelle il avait adjoint une usine où l'on fabriquait des robinetteries de luxe. Là encore, c'est Antoinette qui rétablit la vérité à l'intention de Christophe, peu sensible — comme beaucoup d'ailleurs — à l'humour de Gilles. Elle n'aime pas qu'il soit antipathique. Elle n'a jamais aimé. Pendant les sept ans de leur union, elle n'a cessé de gommer la mauvaise impression qu'il produisait sur certains ou du moins d'essayer, comme à l'instant. Le vieux réflexe est revenu de lui-même.

C'est Pauline Marioneau qui donne le signal du départ. Elle doit se lever tôt pour aller à l'hôpital. Gilles aussi, pour aller à l'aéroport. Catherine et Pascal ont laissé leurs dernières forces dans une bouteille de marc. Antoinette et Michel ont toujours eu horreur de se coucher tard. Quant à Nelly et Christophe, ils espèrent — à tort — que si la soirée ne s'achève pas trop tard au restaurant, on leur proposera de la prolonger un peu au « Huit ». Donc personne n'insiste pour rester.

Sur le trottoir on se remercie, on se congratule, on s'embrasse. On n'est pas très frais mais on est heureux.

Gilles s'en va le premier.

— A l'année prochaine, dit-il à chacun. *Si Dios quiere,* ajoute-t-il pour Antoinette.

A travers la portière de sa voiture, il agite un mouchoir au bout de son bras, puis il démarre en trombe... comme s'il fuyait.

Ensuite, c'est au tour de Pauline.

— Je peux reconduire quelqu'un? demande-t-elle.

— Oh oui! s'écrie Michel. Raccompagne donc Nelly.

Elle habite à côté de chez toi à Neuilly et je n'ai presque plus d'essence.

Il n'a surtout pas à cette heure-là, Michel, un tigre dans son moteur personnel. Mais ça non plus, il ne veut pas le dire. Nelly le sait bien et, finaude, cache sa déception.

Christophe n'a pas plus de chance qu'elle : Antoinette lui fausse compagnie dans un grand bâillement fort explicite et s'engouffre dans la voiture de Catherine, pendant que les deux hommes du « Huit » montent dans celle de Michel.

Sur sa moto, Christophe les regarde partir, un peu triste mais rasséréné : il est seul, d'accord, mais Gilles, rebaptisé « l'autre con », est parti : c'est le principal.

Un à un le « Huit » reprend ses habitants.

Une à une se referment les portes.

Une à une s'éteignent les lumières.

Bientôt il n'y a plus d'allumée que celle de la chambre d'Antoinette : elle n'a pas sommeil. En allant boire un verre d'eau à la cuisine, elle entend quelqu'un qui gratte à sa porte. Il serait très exagéré de prétendre qu'elle est étonnée.

CHAPITRE XIV

— C'est le plombier!

Eh oui, bien sûr, que c'est lui. Avec Gilles, l'imprévu est toujours prévisible. Antoinette ferme la porte derrière lui avec précaution et l'invite à entrer. Il ne bouge pas.

— Ce n'est peut-être pas la peine, dit-il. Je suis simplement venu te demander si par hasard je n'avais pas oublié de t'embrasser.

Bon! Ils ne sont plus des gamins. Il n'y a pas à tergiverser. Il n'y a pas à faire semblant de ne pas comprendre. Il n'y a pas à poser de question. Il y a à dire oui et prendre immédiatement la direction de la chambre; ou bien il y a à dire non et lui rouvrir la porte. L'esprit d'Antoinette tourne à trois mille tours. Elle dit oui.

Antoinette qui, vous le savez maintenant, est la pudeur même, ne m'a pas raconté la scène qui a suivi. Elle m'a simplement dit qu'ils avaient fait l'amour comme s'ils s'étaient quittés la veille, avec en plus l'ardeur un peu désespérée que l'on met à cet acte quand on pense qu'on ne le refera plus ensemble avant longtemps ou peut-être jamais. C'est là l'essentiel. Le reste, honnêtement, n'a pas grande importance. A quoi ça nous avancerait de savoir s'ils se sont mordu les fesses, suçoté les seins ou titillé la plante des pieds? Comment ils se sont pris? A quel rythme? Combien de temps ça a duré? S'ils se sont dit des cochonneries ou des tendresses? S'ils ont crié : « Oh! Oh! Oh! » ou « Ah! Ah! Ah! ». Bien sûr, le cinéma nous a habitués à entrer — si je peux me permettre — dans les détails et les artistes acceptent maintenant de se montrer dans n'importe quelle posture sous prétexte que c'est pour l'art et que c'est utile à l'action. Personnellement, bien que je n'aie pas une imagination spécialement développée, il me suffirait de voir deux personnes se regarder d'une certaine manière, à proximité d'un lit, pour deviner ce que va être l'action sans que l'on me la montre. Que dis-je, ça me suffirait? Ça m'a suffi, à moi et à des milliers d'autres pendant des années et des années. Et puisqu'on a le temps pendant que Gilles et Antoinette s'ébattent sans nous dans la chambre voisine, je vous avouerai que j'aurais préféré qu'on ne montre jamais ce que font les gens qui s'aiment dans un lit. Non pas tant par pruderie mais parce que j'aurais préféré continuer à croire que je ne faisais pas la même chose que les autres dans ces moments-là, que moi, j'inventais. Espérons qu'il y en aura quelques-uns dans mon cas. Au moins ceux-là se réjouiront d'aller rejoindre discrètement Gilles et Antoinette à l'instant où, allongés l'un contre l'autre, ils savourent, à petits soupirs, le calme d'après les tempêtes en s'émerveillant d'avoir retrouvé sur leurs corps avec autant d'aisance les chemins d'autrefois.

— Eh oui, dit Gilles, c'est comme la bicyclette, ça ne s'oublie pas!

Antoinette s'attendait à quelque chose comme ça. Il n'a jamais été très porté sur le lyrisme. Elle croit bien qu'il ne lui a jamais dit : « Je t'aime. » Tout juste, dans ses grands moments d'attendrissement : « Tu ne m'es pas foncièrement antipathique. » Ou encore — suprême galanterie : « Il y en a des plus moches que toi. » Il fallait savoir traduire. Antoinette savait. Contrairement à beaucoup de femmes qui sont sensibles au beau parleur, elle était sensible au « bon agisseur ». Et Gilles en était un. Il ne parlait pas de ses sentiments. Il les prouvait. Encore là, à sa place, d'autres se lanceraient dans un grand discours du genre : « Je ne t'ai jamais oubliée; depuis notre séparation je n'ai jamais eu qu'un seul rêve : te retrouver. Aujourd'hui je n'ai qu'un seul désir : repartir à zéro avec toi et pour toujours. » Lui, non. Il se penche simplement hors du lit, ramasse par terre son veston et sort d'une poche intérieure un billet d'avion.

— Tu me l'as déjà montré ce matin, dit Antoinette.

— Pas celui-là. Celui-là, c'est le tien. Je l'ai pris cet après-midi.

Il sort un autre billet d'une autre poche.

— Voici le mien.

Antoinette prend les deux billets dans ses mains. Elle a vraiment besoin de voir pour y croire. Cette fois il est quand même parvenu à la surprendre.

— Enfin, Gilles, me connaissant comme tu me connais, tu n'as pas pu croire que j'allais tout plaquer du jour au lendemain pour te suivre au Koweit?

— C'est précisément parce que je te connais — peut-être mieux que toi-même — que j'y ai cru. Tu es une fausse raisonnable, une fausse froide, une fausse calme, mais une vraie teignarde avec une vraie volonté. Sinon tu serais la femme des coups de tête. Tu l'as déjà prouvé, non?

Eh oui! C'est sur un coup de tête qu'elle avait quitté Jean-Luc Heller, son premier mari, pour les beaux yeux d'un Italien... qu'elle avait quitté à son tour sur un coup de tête. Et sa rupture avec Gilles, ne l'avait-elle pas décidée aussi sur un coup de tête? Oui, d'accord! Mais après tout, trois coups de tête en cinquante ans...

— On ne peut décemment pas me classer dans la catégorie des impulsives.

— Ah bon? Tu penses vraiment que c'est une femme réfléchie qui m'a ouvert son lit ce soir avec autant de spontanéité?

Antoinette ne répond pas. Gilles enchaîne.

— Et qui hésite encore à l'instant présent à partir avec moi?

— Ce n'est pas vrai, Gilles, je n'hésite pas.

D'un doigt sous le menton, il lui tourne la tête de son côté.

— Ose me jurer en face que tu n'es pas du tout tentée.

Elle se dégage son visage.

— Si! Je suis tentée.

— Alors, bon sang, qu'est-ce que tu attends? Fais tes valises!

— Je ne peux pas.

— Pourquoi?

Antoinette lui raconte l'histoire de Pascal et d'Eglantine, l'épée de Damoclès qui est suspendue au-dessus de sa tête, son inquiétude latente et qui serait insupportable à des milliers de kilomètres de distance. Sa présence est sans doute inutile, mais s'il n'y a qu'une chance sur cent pour qu'elle ne le soit pas, pour cette chance-là elle doit rester, elle veut rester.

Gilles s'incline. Il s'est toujours incliné quand il s'agissait de Pascal; quand autrefois son amour exigeant le privait d'Antoinette; quand sa jalousie d'enfant jetait une ombre entre eux. Gilles, le sans-famille, a le plus grand respect pour les liens familiaux.

— Je comprends, dit-il, et je n'insiste pas, mais je voudrais quand même te poser une question.

— Oui?

Gilles fixe un point du plafond, passe et repasse son pouce sur ses lèvres : sa façon à lui de tourner sa langue dans sa bouche avant de parler. Enfin il se lance. Un plongeon au ralenti.

— Si dans deux mois... ou plus... ou moins... tu es, comme je le souhaite, libérée de tout souci au sujet de Pascal.... viendras-tu me rejoindre?

— Franchement, je ne sais pas. C'est une question de moment.

— Oui. Tu as raison. Je pense qu'aujourd'hui, que ce soir, ç'aurait pu être le bon moment. Mais évidemment, demain ou plus tard ça peut ne plus l'être.

— Ni pour moi... ni pour toi.

— Oh! pour moi...

A peine Antoinette a-t-elle le temps de se demander si Gilles va pour la première fois se laisser aller à une déclaration que déjà il change de position et de regard : il vire sur le côté, enfonce son coude dans l'oreiller, appuie sa joue sur son poing et dévisage Antoinette avec l'œil d'un maquignon en train d'estimer du bétail.

— De toute façon, dit-il, il n'y a rien à regretter : on s'est offert une sacrée parenthèse!

— C'est exactement ça, une parenthèse.

— J'espère que ce ne sera pas la dernière.

— Moi aussi, mais il n'y a pas intérêt à attendre trop longtemps pour la prochaine.

— Pourquoi?

— Je ne pense pas que tu aies très envie de coucher avec une vieille dame.

— Il y a encore le temps.

— Pas tellement.

— Tu cherches un compliment ou quoi?

— Non. Déjà, tout à l'heure, j'ai eu peur qu'en me redécouvrant, tu t'aperçoives...

Il interrompt sa phrase en zébrant de l'index l'intérieur de son bras, de l'aisselle à la saignée du coude.

— Sois rassurée. Je me suis aperçu... que tu n'avais pas vingt ans, ni trente. Comme toi-même tu as pu t'apercevoir que je ne les avais pas non plus. Tu as vu le résultat : plutôt encourageant, non?

Antoinette, ça n'a pas l'air de l'encourager. Elle a un regard de chien affolé.

— On est encore présentable quand même, pour nos âges?

— Beaucoup plus que d'autres, même plus jeunes. Mais si on l'était moins, ça ne changerait rien.

— Ah si! pour moi, ça changerait. Il y a un certain degré dans l'inesthétisme que je ne pourrais pas franchir.

— Tu n'en sais rien.

— Si, parce que lorsque j'ai été trop visiblement enceinte de Pascal, je ne supportais pas d'imposer à mon mari la vue de mon gros ventre, pas plus que je n'aurais supporté, le cas échéant, qu'il m'impose la vue du sien.

— En somme, d'après toi, il n'y a que les êtres beaux qui ont le droit de s'accoupler.

— D'abord, pas spécialement beaux. Nous ne le sommes ni l'un ni l'autre. Mais pas laids, pas informes, pas avachis. Ensuite, ce n'est pas une question de droit. C'est une question de possibilité. Moi, je te le répète, je ne pourrais pas. Mais que les autres puissent, je m'en réjouis pour eux.

— Mais tu ne comprends pas?

Non, Antoinette le regrette, mais elle ne comprend pas : quand elle voit dans un café, dans un cinéma, dans la rue, des couples étreindre fébrilement un morceau ou un autre de leur anatomie sans grâce; quand elle voit à la vitrine des photographes, saisis le jour de leur mariage, les regards enamourés échangés par des matrones couronnées d'oranger et des gringalets aux cheveux tristes; quand elle voit dans les cimetières, gravés dans le marbre, les regrets éternels d'époux inconsolables et juste à côté, pieusement conservé dans un médaillon, le visage des défuntes qui — paix à leurs cendres — ne ressemblent pas précisément à la Joconde; quand elle voit dans les journaux les héros et les héroïnes des crimes passionnels dont les corps ont beaucoup plus que des imprécisions dans le contour... Non, elle ne comprend pas. Et ça l'agace que Gilles, lui, ait l'air de comprendre.

Oh! Bien sûr, elle sait que les qualités morales et intellectuelles sont plus importantes, plus méritoires que les qualités physiques. Elle sait que derrière « le pas beau » peut se cacher le sensible qui vous touche, le gentil qui vous rend meilleur, le généreux qui vous comble, le courageux qui vous stimule, l'optimiste qui vous remonte le moral, le spirituel qui vous distrait, le gentil qui vous rend meilleur, le généreux qui vous éblouit; elle sait qu'on peut être séduit par le charme de l'éloquence ou celui d'une voix... Mais n'empêche... Il y a quand même un moment où les sensibles, les gentils, les généreux, les courageux, les optimistes, les spirituels, les érudits et les éloquents se déshabillent et ne sont plus que des ventres et que des fesses! Et si ces ventres et ces fesses ont de trop nettes tendances à l'écroulement, Antoinette ne comprend pas que le désir ne s'écroule pas en même temps.

— C'est pourquoi, conclut-elle, quand les miens s'écrouleront, je m'abstiendrai.

— Comme ce n'est pas encore le cas, et que ce n'est pas celui de Christophe, pourquoi t'abstiens-tu avec lui?

— Je n'ai jamais été attirée par les jeunes.

— Je te comprends, moi non plus. Ce sont des placements à trop court terme.

— C'est curieux!

— Qu'on soit pareils?

— Ça, non.

— Alors quoi?

— Tu es le seul à ne pas m'encourager à cette

aventure, à ne pas me conseiller de profiter de cette occasion inespérée.

Sur les joues de Gilles se creusent deux fossettes qu'Antoinette appelait autrefois « ses virgules d'ironie ».

— Oui, c'est vraiment étrange... heureusement que tu as un an devant toi pour résoudre ce mystère.

Il s'assoit, les pieds hors du lit, et commence à se rhabiller.

— Il faut que je m'en aille. Mes bagages ne sont pas prêts. Je dois être à Orly à sept heures trente et il en est déjà presque cinq.

— Ce n'est pas possible!

— Eh si!

— Je n'ai même pas sommeil, moi qui d'habitude à partir de minuit suis complètement dans les vaps.

— C'est encore un mystère qu'il va te falloir éclaircir. Si tu trouves la solution, tu peux toujours me l'écrire. Je t'enverrai mon adresse de là-bas.

— Tu oublieras comme d'habitude.

— Qu'est-ce que tu paries?

— Un dîner.

— Oh non! Ce n'est pas suffisant pour stimuler ma mémoire.

— Et une autre parenthèse à ton retour?

— Ça, d'accord.

— A condition que tu ne prennes pas vingt kilos d'ici là.

— Toi non plus.

— Ah si, moi je peux, puisque tu m'as dit tout à l'heure que ça ne changerait rien.

— Oui, mais j'ai menti.

— Pourquoi?

— Pour voir si ça t'agaçait autant qu'avant que nous réagissions différemment.

Antoinette hoche la tête en souriant : elle s'est encore laissé avoir, mais cette fois elle n'en est pas mécontente.

— Alors, tu as vu. Tu es satisfait?

— Très.

Gilles est prêt à partir. Elle veut se lever pour le raccompagner mais il l'en empêche. Sa voix est sourde, presque suppliante.

— Non, reste! je préfère emporter cette image-là.

Il s'attarde près de la porte. Il imprègne ses yeux de chaque parcelle du corps d'Antoinette. Il n'arrive pas à s'en détacher.

Oh! bon sang! c'est redoutable un oiseau qui soudain a les ailes plombées, un désinvolte qui vous envoie subitement en pleine figure une grande bouffée de sérieux. Antoinette sent une horrible boule dans sa gorge. Vite! qu'il s'envole ou vite qu'il plaisante. Elle ne va pas tenir le coup. Il lui reste juste assez de force pour murmurer :

— Va-t'en.

Il ouvre la porte.

— Je vous prie de me croire, chère madame Audricourt, très identiquement vôtre.

C'est fini! la parenthèse est fermée. Point à la ligne. Oui, mais Gilles caracole dans la tête d'Antoinette dès le début du paragraphe suivant : il descend l'escalier. Il claque la porte de sa voiture. Il rentre à son hôtel. Il fait ses valises. Il prend un taxi. Il est à Orly. Il achète des magazines. Il monte dans l'avion. A huit heures quinze, le téléphone sonne... juste au moment où il va décoller. Antoinette se précipite. C'est Catherine :

— Je te réveille?

— Non, je n'ai pas dormi du tout.

— Tu es malade?

— Non!

— Qu'est-ce que tu as?

— Ecoute, Catherine, je serais mal venue de te cacher quelque chose maintenant, mais...

La diplômée ès sentiments ne la laisse pas achever.

— C'est Gilles?

— Oui. On a passé une partie de la nuit ensemble.

Catherine lui épargne tout commentaire, toute question, tout conseil. Elle a l'instinct de ces choses-là. Elle dit simplement :

— Moi non plus, ça ne va pas fort, ce matin. J'ai une de ces gueules de bois... tu veux venir prendre un café? Ça nous changera les idées.

— Je veux bien.

Antoinette descend. Le café est bon. Catherine discrète et chaleureuse. Mais ça ne lui change pas tellement les idées. A neuf heures, remontée chez elle, Antoinette écoute les informations : désolé madame Audricourt, les aiguilleurs du ciel ne sont pas en grève.

CHAPITRE XV

Cette fois, c'est décidé : aujourd'hui, lundi 2 juillet, Antoinette va s'attaquer aux *Mémoires* de Casanova. Pendant le week-end, elle a fini les deux livres qu'elle avait commencés, rangé son appartement de fond en comble, mis son courrier à jour et rapporté du supermarché de quoi soutenir un siège. Les problèmes d'intendance sont réglés. La transhumance estivale raréfie, comme chaque année, les commandes. Catherine, depuis deux jours, a pris son poste aux côtés de Yolande dans le Midi. Michel s'est installé « à l'essai » à Rambouillet. Pascal n'est que sporadiquement présent, très absorbé, prétend-il, par son travail à l'agence et par le roman qu'il écrit. Sans doute aussi par Eglantine, mais ça, il n'en parle toujours pas. Christophe, comme prévu, part demain pour le Maroc. Quant à Gilles, il n'a pas écrit du Koweit et son souvenir s'estompe chaque jour davantage. Rien ne risque donc de troubler à présent le tête-à-tête d'Antoinette avec Casanova. Elle sort le premier volume de sa bibliothèque, en caresse voluptueusement la reliure et va se pelotonner comme un chat au fond de son canapé : à nous deux, Giovanni Giacomo!

A la fin de la première page, des coups de sonnette intempestifs, ne correspondant pas à ceux des habitués du « Huit », interrompent sa lecture.

— Décidément! maugrée-t-elle, déjà furieuse contre l'importun qui va encore retarder ce rendez-vous remis tant de fois depuis six ans.

Sa mauvaise humeur tombe aussitôt devant le visage décomposé de Michel.

— J'ai une mauvaise nouvelle.

— Pascal?

— Il est parti.

En une seconde, Antoinette n'est plus qu'un tremblement des pieds à la tête. Livide, suffoquant de sanglots secs, elle grelotte littéralement de désespoir. Michel la soutient jusqu'à son lit. Il va chercher de l'eau de Cologne dans la salle de bains, lui en tamponne le front et les tempes, sort de sa poche un tube de tranquillisant qu'il a pris chez lui au passage et lui en donne un comprimé avec de l'eau. Elle qui a une sainte horreur de ce genre de drogue l'absorbe aujourd'hui avec avidité. Il faut qu'elle se calme. Il faut qu'elle retrouve l'usage de la parole et de ses membres. Les mains de Michel s'agrippent aux siennes comme si elles la maintenaient au-dessus d'un gouffre. C'est lui qui est l'arbre aujourd'hui; elle n'est qu'un pauvre roseau qui ploie sous la bourrasque. Peu à peu, le médicament produit son effet. Le rythme de la respiration d'Antoinette redevient normal. Son corps se détend. Ses mâchoires se décrispent.

— Ça va, dit-elle. Raconte.

— Il y avait ce matin dans mon courrier au

bureau une lettre de Pascal postée vendredi soir.

— Vendredi soir? J'ai dîné avec lui ici après avoir conduit Catherine à la gare.

— Il t'a paru normal?

— Oui...

Antoinette s'efforce de se rappeler leur conversation avec exactitude. C'est facile : elle avait presque exclusivement roulé sur les tribulations qu'elle venait de traverser avec Catherine. Elle les lui avait racontées et Pascal avait ri. Oui. Il avait ri. Elle en était sûre. Pourtant, maintenant qu'elle y réfléchit, ce n'était pas si drôle : leur départ du « Huit » dans la vieille Coccinelle de Catherine, surchargée des innombrables valises et mallettes qu'elles y avaient entassées; la contravention qu'elles avaient récoltée pour n'avoir pas vu l'agent qui était à côté d'un feu rouge; le temps qu'elles avaient perdu à parlementer et ensuite à demander leur chemin à des gens qui n'étaient jamais du quartier ou qui les renseignaient mal; l'énervement qui les avait gagnées au fur et à mesure que le temps passait; leur arrivée enfin à la gare du train-auto cinq minutes après l'heure limite d'embarquement; leurs démêlés avec l'employé goguenard qui voulait les refouler; leur volubilité excessive en attendant le départ du train; leur émotion quand elles s'étaient séparées. Non, rien de tout cela n'était vraiment drôle. Les rires de Pascal dont Antoinette s'était réjouie n'étaient vraisemblablement destinés qu'à endormir sa méfiance. Ils avaient bien rempli leur mission : à aucun moment Antoinette n'avait soupçonné que cette soirée était peut-être la dernière qu'elle partageait avec son fils. Il l'avait quittée de bonne heure car le lendemain, avait-il dit, il devait aller pour le week-end en Bourgogne afin d'y repérer des lieux et des paysages qu'il avait l'intention de décrire dans son roman, l'action se situant partiellement dans cette région. Cela n'avait nullement étonné Antoinette puisque Charles Audricourt en était originaire et que Pascal y passait chaque fois qu'il se rendait en Suisse chez son père.

— Comment a-t-il pu me jouer une telle comédie?

— Tiens, dit Michel en lui tendant la lettre de Pascal, ça t'aidera à comprendre.

C'est une page arrachée à un cahier d'écolier, couverte d'une écriture mal affirmée. Plus celle d'un enfant que celle d'un adulte. Elle remarque tout de suite l'absence d'en-tête. « Comme moi », pense-t-elle, puis elle commence à lire :

« Je pars, Michel.

« Je ne peux pas ne pas partir.

« Je pourrais te donner plusieurs explications : un métier que je méprise au regard de celui de créateur (si ç'en est un) qui est pour moi le seul digne d'intérêt, mais pour lequel il semble, hélas! que je ne sois pas doué; un monde dont la médiocrité me pèse; un avenir incertain qui charge quotidiennement le présent « d'à quoi bon? » débilitants; et puis, découlant du reste, la tentation de l'aventure, la quête d'un ailleurs idéal et sans doute idéalisé. Mais si toutes ces raisons sont vraies, je ne peux te cacher, pas plus qu'à moi-même, qu'il y en a une seule valable, impérative : je ne peux pas me passer de Marie. J'ai essayé plusieurs fois. Je ne peux pas. Avec elle, j'ai découvert la passion avec tout ce qu'elle a d'exaltant et de douloureux, avec tout ce qu'elle comporte d'exigences et d'abdications. Il me reste juste assez de lucidité pour me rendre compte des abîmes vers lesquels elle risque de m'entraîner. Plus assez pour y renoncer. Il faut que j'aille jusqu'au bout.

« Je viens de prendre mon dernier repas au " Huit ", mon dernier repas avec maman. Contrairement à ce que je redoutais, je n'ai eu aucune difficulté à feindre une certaine gaieté et à lui mentir. J'étais déjà parti. J'étais déjà un autre.

« Surtout, qu'elle n'ait aucun regret de n'avoir au cours de cette soirée rien deviné, rien pressenti. Tout ce qu'elle aurait pu me dire, je me le suis dit. Tout ce qu'elle a pensé pendant ces derniers mois, tout ce qu'elle a éprouvé, tout ce qu'elle va souffrir, tout ce qu'elle va espérer, je le sais. Rien, ni personne ne pouvait me retenir.

« Je sais aussi — rassure-la à ce sujet qui va la tourmenter —, je sais que si par hasard je revenais, son indulgence me serait acquise et que, pas plus que par le passé, je n'aurais à craindre le moindre reproche de sa part.

« Bien que cela ne me regarde plus, j'aimerais que tu lui conseilles de louer mon appartement à Christophe : il fait déjà partie du " Huit " et je crois que sa présence pourrait lui être utile.

« Néanmoins, Michel, c'est à toi bien sûr que je la confie. Prends soin d'elle. Aime-la bien. Aime-la un peu pour moi.

« Je t'embrasse. Pascal.

« P.-S. Les deux amis avec lesquels nous nous

embarquons, Marie et moi, sont sur les lieux du départ depuis un certain temps. Le bateau est prêt. Quand tu liras cette lettre, nous aurons déjà levé l'ancre. »

Antoinette replie la lettre posément et la range avec soin dans le tiroir de sa table de chevet. Pas un commentaire. Pas un mot de révolte ou de plainte. Pas une larme. Un visage lisse. Un regard atone. Michel allume une cigarette, tourne son briquet entre ses doigts. Le calme d'Antoinette l'impressionne.

— Je ne sais pas quoi te dire, avoue-t-il, désolé.

Elle lui sourit avec douceur et pose affectueusement sa main sur son genou comme si c'était lui qui était à consoler. Sous l'effet du médicament, elle parle lentement :

— Il n'y a rien à dire, rien à faire. Il va falloir apprendre à vivre avec... ou plutôt à vivre sans... Il va falloir à la fois espérer et ne plus attendre. Mais avant, il va falloir attendre de ne plus attendre. Ça sera long. Il va falloir meubler les heures, gagner des minutes d'oubli, chercher un nouvel équilibre. Je connais le programme. Je l'ai déjà suivi, il y a dix ans, presque jour pour jour.

— Je sais, mais cette fois tu ne le suivras pas seule. Tu vas venir t'installer à Rambouillet.

— Pas question!

— Pourquoi? Nelly est une fille très tonique et ses amis, plus de notre âge que du sien, sont charmants et très hospitaliers.

— Je n'en suis pas encore au stade où l'on n'attend pas. Je ne veux pas quitter le « Huit », Michel. Je ne veux pas davantage que tu y restes à cause de moi.

— Tu n'imagines quand même pas que je vais te laisser seule ici?

— Je te le demande. Je t'en prie.

— Ecoute, ne discutons pas de cela maintenant. On verra dans une semaine où tu en seras.

— Non! Ce n'est pas la peine.

Pour toute réponse, Michel prend le téléphone et commence à composer un numéro.

— Qui appelles-tu?

— Ma secrétaire, pour qu'elle décommande un déjeuner. Je vais t'emmener à mon club de tennis.

Antoinette retire l'appareil des mains de Michel et le raccroche.

— C'est inutile : je vais déjeuner avec Pauline.

— C'était prévu?

— Non... mais elle a sa consultation ce matin à l'hôpital. Je vais aller la chercher.

— Très bien! J'irai te conduire.

— Ah non! Tu ne vas pas te mettre à me couver comme une malade et à trembler au moindre de mes gestes. Je ne suis pas une poupée de porcelaine.

Elle est tellement le contraire en ce moment précis où, rassemblant toute son énergie, elle se dresse devant Michel, qu'il ne peut s'empêcher de sourire.

— Non! Tu es plutôt une mule taillée dans du roc.

— Eh bien alors? Fais-moi confiance et retourne à tes affaires.

Michel ne peut s'y résoudre. Il a l'impression de faillir à la mission dont Pascal l'a investi et cherche désespérément à se rendre utile.

— Et si j'appelais Catherine dans le Midi? Je suis sûr qu'elle reviendrait tout de suite.

— Mais je ne veux pas qu'elle revienne! Je ne veux même pas que tu lui dises quoi que ce soit.

— Tu ne veux pas la prévenir?

— Sûrement pas. Je ne tiens pas à ce que ça se sache. Je n'ai pas envie qu'on me plaigne. Et c'est parce que Pauline est la seule personne qui ne me plaindra pas qu'elle sera la seule aussi, en dehors de toi, à être au courant.

— Tu ne comptes pas en parler à Christophe?

— Surtout pas. D'abord, il part demain pour le Maroc.

— Alors tu ne comptes pas non plus lui proposer l'appartement de Pascal?

— Ni à lui, ni à personne d'autre L'appartement restera libre. Pour le moment.

— Pourtant...

— Pour un long moment.

Inutile d'insister. D'autant plus inutile qu'Antoinette n'est plus là. Elle est à côté dans la salle de bains en train de se préparer. Michel entend le remue-ménage rassurant des flacons, des pots, des brosses et puis tout à coup la voix presque légère d'Antoinette :

— Quelle heure est-il?

— Un peu plus d'onze heures.

— C'est très bien.

— Ah, c'est très bien? Pourquoi c'est très bien?

— Parce qu'en marchant d'un bon pas, je devrais pouvoir être à la Salpêtrière vers midi et demi.

— Tu as l'intention d'y aller à pied?

— Evidemment!

— Tu vas être crevée!

— J'espère bien. C'est pour ça que je le fais. C'est meilleur que tes saloperies de calmants.

— Je te laisse quand même la boîte.

— Inutile!

Antoinette revient dans la chambre soigneusement coiffée, maquillée, habillée, met dans sa poche la lettre de Pascal et dans celle de Michel le tube de médicaments.

— Pas de calmants... pas de mouchoir.

Antoinette jette sur le lit celui qu'elle avait dans la main en ajoutant :

— C'est interdit dans le programme.

A la rapidité avec laquelle elle lui tourne le dos, Michel sent toute la fragilité qui se cache derrière cette force trop volontairement tranquille. Une pichenette et le masque fondrait en pluie. Il se garde bien de la donner : l'orgueil est à l'heure actuelle le meilleur compagnon que puisse avoir Antoinette. Pour le ménager, il la quitte devant le « Huit », comme si c'était un jour ordinaire, sans regard compatissant, sans étreinte affectueuse, sans un mot d'encouragement. Elle s'éloigne à grandes enjambées. Il la rejoint avec sa voiture au coin de la rue, presque à la hauteur de l'épicerie du père Thomas. Il lui lance par la portière avec désinvolture :

— J'ai oublié de te dire : si tu avais par hasard envie de prendre un verre, tu peux toujours m'appeler. A n'importe quelle heure du jour et de la nuit.

Il redémarre sans lui laisser le temps de répondre.

Elle lui en est reconnaissante. Elle n'est pas très sûre de pouvoir articuler un son. Mais si! Quelle blague! On peut toujours. La preuve :

— Bonjour, monsieur Thomas.

— Bonjour madame Audricourt.

— Vous aviez raison pour le melon. Il était très bon.

— Ah! Je vous l'avais dit. Je ne mens jamais.

— Eh bien, continuez!

— Bonne journée.

— Bonne journée, monsieur Thomas.

Voilà! Pendant dix secondes, Antoinette n'a pas été la mère dont le fils... elle a été une gentille cliente qui apprécie les bons produits, qui est toujours bien polie et toujours de bonne humeur.

Les autres ont une image de nous et nous forcent à y ressembler. Gilles exploitait beaucoup ce principe. Il prêtait aux gens des qualités qu'ils n'avaient pas. Il disait par exemple au radin : « Toi qui es si généreux » ou à l'hypocrite : « Toi qui es incapable de mentir. » Il prétendait que, flattés par cette fallacieuse opinion et soucieux de l'entretenir, du moins avec lui, le radin ouvrait sa bourse et l'hypocrite était plus franc.

A Antoinette, il avait dit : « Toi qui as une volonté de fer. » En avait-elle tant que ça avant de le connaître? Ce n'est pas certain. Bien sûr, ce n'était pas une chiffe molle, mais pas non plus le contraire. Une honnête moyenne, quoi, pas davantage. Seulement, à force de s'entendre répéter avec admiration qu'elle était un bulldozer inébranlable, elle avait eu à cœur de mériter cette réputation et avait fini par donner raison à Gilles. Quand ils s'étaient séparés, le pli était pris. Elle était devenue « l'arbre du " Huit " » sans difficulté. Il était important qu'elle le reste car cette image d'elle-même que les autres lui renvoyaient lui plaisait bien et il était important, surtout en ce moment, qu'elle se plaise bien. Quand parfois on lui reprochait cette auto-satisfaction, elle en était toujours étonnée et répliquait ainsi aux critiques : « Si je vivais avec quelqu'un, je chercherais à plaire à ce quelqu'un; je vis avec moi-même, il est donc logique que je cherche à me plaire. Comment voulez-vous que je me supporte vingt-quatre heures sur vingt-quatre en me méprisant, en me détestant, en me désapprouvant? Je tiens à faire bon ménage avec moi. C'est plus qu'un souhait, c'est une obligation. Je ne peux pas m'intenter une instance de divorce. »

En ce moment, Antoinette fait bon ménage avec elle. Pourquoi se le cacher? Elle lui plaît bien, cette femme qu'elle ne cesse d'observer du coin de l'œil; cette femme qui vient d'être blessée par ce qu'elle a de plus cher au monde, cette femme qui pourrait être en train de pleurer sur une épaule amie et qui marche sur les quais, qui marche bien droite ou plutôt redressée, malgré le poids de son chagrin et maintenant de sa fatigue et qui trouve que Paris est beau, que « cette foule insigne qui dans l'eau fait des ronds et qui pêche à la ligne » est réconfortante dans sa pérennité, et que la vie, en dépit de tout, n'est pas si moche que ça. Pour elle en tout cas. C'est la rectification qu'elle apporte à sa pensée dès qu'elle franchit les grilles de la Salpêtrière. Pour ceux qu'elle croise dans des fauteuils roulants ou dans des civières; pour ceux qu'elle devine derrière les portes luttant contre la mort, l'angoisse ou la souffrance; pour ceux qui ne pourront plus marcher, voir, s'émerveiller et comprendre, c'est différent. Antoinette pose la main sur la petite croix qui est suspendue à son cou : Dieu merci! Elle n'est pas de ceux-là. Pour le moment. Ni ceux du « Huit ».

Il est une heure quand Pauline sort de la salle de consultation et aperçoit Antoinette avec un étonnement teinté d'inquiétude.

— Qu'es-ce que tu fais là? Tu viens de la mammographie?

— Non, pas du tout! Je n'ai pas encore pris rendez-vous.

— C'est le tort que tu as eu. Ils sont surchargés.

— Je vais m'en occuper la semaine prochaine.

— Pourquoi pas aujourd'hui?

Antoinette retire de la poche de sa veste la lettre de Pascal et la donne à Pauline. A la première ligne, celle-ci grimace. Puis peu à peu son visage se détend. Elle opine de la tête comme si elle lisait les résultats d'analyses qui confirmeraient son diagnostic. D'ailleurs, dès qu'elle a achevé sa lecture, c'est en termes professionnels qu'elle s'adresse à Antoinette :

— Je renouvelle ma précédente ordonnance. Tu t'en souviens?

— Oui. Répéter tous les jours : « Pascal s'en ira peut-être mais il reviendra sûrement. »

— Exact! Seulement maintenant, tu ne gardes que : « Il reviendra. » Tu peux ajouter, si ça te rassure : « Pauline n'a aucun doute à ce sujet. »

— Tu n'en as vraiment pas?

— Non, vraiment. Quand on a l'idée d'un départ définitif on n'écrit pas : « Si par hasard je revenais. » Les candidats au suicide n'écrivent pas : « Si par hasard je me ratais. » Pascal traverse une crise. Ça passera.

— Selon toi, ça dure combien de temps, une passion?

— Impossible de répondre. Mais, à mon avis, ça doit être comme les maladies infectieuses : plus c'est violent, moins ça dure.

— Espérons.

— A part ça, tu as besoin que je complète ton ordonnance ou tu connais le traitement?

— Je connais.

— Parfait! Alors, on va bouffer?

— Je t'accompagne, mais je n'ai pas très faim.

— Eh bien, tu te forceras.

— D'accord, docteur.

Les deux femmes s'attablent dans l'arrière-salle d'un bistrot proche de l'hôpital où le patron, fils de bonapartiste et bonapartiste lui-même, se prénomme Napoléon. Il voue au docteur Marioneau une sympathie quasi fraternelle depuis qu'il a appris qu'elle s'appelait Pauline. Celle-ci lui commande d'autorité deux pavés Malmaison, deux salades Wagram, et une demi-bouteille de « réserve de l'Empereur ». Il en apporte une entière.

— Pour fêter l'anniversaire d'Austerlitz, dit-il.

Antoinette attend qu'il soit reparti pour rassurer sa mémoire auprès de Pauline.

— Ce n'était pas un 2 juillet, Austerlitz?

— Non, un 2 décembre, mais tous les 2 du mois, c'est pareil. Ça fait partie du folklore maison.

Antoinette sourit et lève son verre.

— Alors... à nos soleils d'Austerlitz.

Le vin n'est qu'un vulgaire gros rouge. Mais il est frais... mais l'ambiance est pittoresque... mais Pauline l'a apaisée. Alors, le vin est bon. Antoinette regarde sa montre.

— Tu es pressée? demande Pauline.

— Non! Simple curiosité. Il y a trois heures exactement j'étais prostrée sur mon lit, complètement K.-O., et me voilà, renaissant de mes cendres, presque bien...

Napoléon apporte les pavés Malmaison qui ressemblent à s'y méprendre à d'honnêtes steaks garnis.

— Ayant presque de l'appétit, ajoute Antoinette en piquant un frite dans son assiette.

— Eh oui! On ne devrait jamais oublier ça et on l'oublie toujours : la vie n'est pas une ligne continue. C'est une succession de moments.

Antoinette a envie de demander à Pauline si dans un état passionnel cela se passe de la même manière, autrement dit si Pascal peut connaître lui aussi des changements d'humeur; mais elle se retient : il ne faut pas ennuyer les autres avec ses obsessions. Il ne faut pas être égoïste.

— Et comment va ton fils à toi?

— Il déconne autant que le tien. Seulement sa Marie à lui c'est un Jean-Pierre.

Antoinette reste bouche ouverte devant le morceau de viande qu'elle s'apprêtait à y introduire.

— Tu ne veux pas dire qu'Olivier est devenu...

Pauline pas plus qu'Antoinette n'a envie de précisions.

— En tout cas, le Jean-Pierre en question, lui, l'est.

— Tu le connais?

— C'est le metteur en scène de la pièce que tu as vue cet hiver. C'est un esbrouffeur sûrement intelligent, qui jouit d'une réputation flatteuse dans le milieu théâtral et exerce une espèce de fascination auprès des jeunes comédiens qui suivent ses cours comme une messe. Tout ce qu'il dit est parole d'évangile. C'est le gourou. Olivier est tombé sous sa coupe : il ne voit plus et ne pense plus que par lui. Il vient de refuser un très joli rôle dans un film, qu'une de mes clientes productrice avait eu la gentillesse de lui proposer, en invoquant comme prétexte que c'était du cinéma bourgeois. Et pourtant, je te jure que le rôle était loin d'être déshonorant. Moins, de toute façon, que sa navrante interprétation du Malade imaginaire au cours de la dernière audition publique des élèves du Maître : Pantalon sur les pieds et chemise retroussée, face à la salle, penché en avant, il présentait ses fesses à Toinette pour qu'elle les lui torche. Eh bien, je t'avouerai que j'ai beau en voir à longueur de journée, des fesses, celles de mon fils sous les regards amusés, admiratifs ou pétrifiés d'une centaine de spectateurs, je ne suis pas près de les oublier.

— De la part d'Olivier, c'est incroyable!

— Ce qui l'est encore plus, c'est qu'après, il s'est offusqué que je lui demande s'il n'était pas un peu gêné. Il m'a traitée « d'encroûtée irrécupérable » qui ne comprenait rien à l'Art et rien à lui non plus.

— Comment a-t-il pu? Toi qui as toujours été une mère tellement compréhensive...

— Erreur! Le seul qui l'ait compris, c'est Jean-Pierre. La chance qu'il a eue, c'est de le rencontrer; c'est qu'il s'intéresse à lui; c'est qu'il le sorte de sa « gangue familiale »; c'est qu'il le force à se dépasser.

— Qu'est-ce que tu lui as répondu?

— Que pour le moment, il avait surtout dépassé le mur de la connerie.

— Tu as bien fait.

— Non, je n'aurais pas dû, mais ça a été plus fort que moi. Depuis, il y a huit jours de cela, je ne l'ai pas revu. Je lui ai téléphoné plusieurs fois, sans résultat, à son studio. J'ai appris par un ami qu'il avait été admis avec quelques autres disciples privilégiés à suivre le Maître dans son ermitage des Essonnes.

— Eh ben dis donc...

— Ouais...

Leurs points de suspension partent en direction de ces fils qui leur échappent. C'est Antoinette qui, la première, avec une certaine nervosité, rompt leur long silence :

— Et dire qu'on les fabrique en rêvant qu'on va se retrouver en eux, qu'ils vont nous prolonger!

— Ça, ma chérie, c'est le tort que nous avons. On a souvent parlé de la glorieuse incertitude du sort, mais on devrait parler davantage de la glorieuse incertitude des chromosomes. Ce n'est pas d'aujourd'hui que d'honnêtes gens donnent naissance à des assassins, et des génies à des imbéciles. Et vice-versa. Les enfants, ce sont des billets de loterie. Tu peux gagner, perdre ou retrouver ta mise. Et souvent, les mêmes parents, dans le même contexte familial, tirent successivement un bon et un mauvais numéro. En ce qui nous concerne l'une et l'autre, j'estime qu'on n'a pas trop à se plaindre.

— Comment? Mais on n'a même pas du tout à se plaindre. Au contraire. On a pu se féliciter pendant des années et des années d'avoir tiré deux numéros gagnants. Et c'est ça qui me révolte : de penser qu'il a suffi que deux tarés, ou deux mauvais anges, si tu préfères, passent par là pour fausser le jeu et changer nos numéros gagnants en numéros perdants.

— Les rencontres aussi, Antoinette, sont une loterie. Le hasard met sur la route de certains des Pasteur, des Hugo, des Rockefeller. Sur la route de beaucoup d'autres, des Dupont, des Durand, des Marioneau... Et quelquefois même, comme il est très facétieux, le hasard, il place à un carrefour un manant qui va devenir un prince et un prince qui va devenir manant. On choisit le prince et on se retrouve avec un manant : ça, c'est la glorieuse incertitude de la vie. Sur la route de nos fils le hasard a mis Jean-Pierre et Marie. A priori, bien sûr, il ne semble pas les avoir gâtés — et nous non plus, par la même occasion —, mais qui sait? Peut-être que plus tard, ces rencontres s'avéreront bénéfiques.

— Alors là, vraiment, je ne vois pas comment.

— Moi non plus, je ne vois pas pour le moment. Mais je ne désespère pas de voir. C'est tout.

Napoléon vient desservir leur table et leur proposer un dessert qu'elles refusent. Antoinette lui réclame l'addition.

— C'est le repas que je te dois depuis mon pari perdu.

— Ah oui, c'est vrai... A cause de Vanneau.

— A propos, comment va-t-il?

— Très bien. J'étais au golf hier avec lui. Tiens, j'allais oublier : on a croisé Florence; juste quand on sortait, elle arrivait.

— Avec Buisson?

— Non, avec une Porsche immatriculée en Hollande et un chauve très sympathique qui venait de la draguer sur la route.

— La draguer?

— C'est lui qui a dit ça et Florence n'a pas démenti.

— C'est curieux.

— Et tu sais comment il s'appelle, le chauve?

— Non.

— M. Le Hasard!

— Ça, alors!

Pauline rit de la crédulité d'Antoinette.

— Ce n'est pas vrai, dit-elle aussitôt, toute contente de sa plaisanterie. Il s'appelle Rodolphe je ne sais plus comment; mais je pense que l'autre nom lui irait très bien.

Les deux femmes se lèvent et partent très vite au grand regret de M. Napoléon qui, après le coup de feu du déjeuner, et quelques coups de l'étrier, aurait volontiers la galanterie impériale.

— Tu peux me déposer sur les Champs-Elysées? demande Antoinette. Je suis venue à pied.

Après un sifflement admiratif, Pauline lui ouvre la porte de sa voiture dans le fond de laquelle traînent des liasses d'échantillons de tissus.

— Je fais retapisser mon cabinet et la salle d'attente.

— Oui, je sais. J'ai rencontré Bertrand devant chez toi la dernière fois que j'y suis venue.

— Ah, c'est vrai. Il me l'a dit.

— Je me demande pourquoi tu t'es adressée à lui : il est beaucoup plus architecte que décorateur.

— Je le connais. C'est plus simple.

Pauline tourne le bouton de la radio, signifiant par là qu'elle n'a plus envie de parler. Ça tombe bien, Antoinette non plus! Elles ont dû boire un peu trop de vin, et puis la fatigue de la matinée commence à se faire sentir, et puis le ciel bleu de tout à l'heure est devenu gris, et puis cette longue après-midi dont on ne voit pas le bout, et puis c'est comme ça : un autre moment qui passe. Un autre éclairage.

Elles se séparent au rond-point sans avoir prononcé un mot de tout le trajet, sur un petit baiser rapide. Au moment de redémarrer, Pauline baisse sa vitre et rappelle Antoinette qui se retourne.

— Pense à ta mammographie.

— Promis!

Antoinette entre dans un cinéma et en ressort deux heures plus tard en ayant beaucoup plus regardé des images, fort jolies d'ailleurs, que vu véritablement un film. Après une courte hésitation elle prend l'autobus plutôt qu'un taxi : elle verra du monde et elle sera un peu plus tard au « Huit ». Pour une fois elle n'est pas pressée de s'y réfugier. Elle ne monte à son appartement que vers huit heures après avoir, dans son atelier, terminé un motif décoratif sur un foulard. Dans sa cuisine, elle grignote un petit reste de n'importe quoi avec un petit fond de pas grand-chose. Dans la salle de bains elle se déshabille, elle se démaquille avec des gestes lents. Dans la chambre, elle s'attarde devant la photo de Pascal. Elle a la tentation de sortir le gros album aux coins dorés où soigneusement elle a collé celles de sa naissance, de son enfance, de son adolescence. Elle n'y succombe pas. Elle passe dans le living — le vivoir, comme il disait. Elle aperçoit sur le canapé le premier volume des *Mémoires* de Casanova, maintenu ouvert par ses lunettes à la première page. Elle le referme : elle sent qu'elle ne pourrait pas lire. Elle arrose ses plantes vertes, remet un tableau droit, change l'ordonnance de ses coussins. Soudain, un bruit de moto. Elle se précipite vers la fenêtre et l'ouvre. C'est Christophe avec Florence, à califourchon derrière lui. Christophe a pris les habitudes de la maison : comme il n'a pas téléponé pour s'annoncer, il crie en direction du troisième étage :

— On peut monter? On ne vous dérange pas?

— Non.

— On ne restera pas longtemps, précise Florence.

Antoinette pense « Dommage! ». Leur présence lui est précieuse. Ce soir, avec eux qui ne savent rien, comme avec le père Thomas, ce matin, elle pourra faire semblant d'être la même que d'habitude. Elle l'est déjà, en se recoiffant strictement pour les accueillir. Ils reviennent de chez Aurore. Depuis le déjeuner de la crémaillère, Christophe n'y est jamais allé sans Florence, et beaucoup moins qu'avant, comme ils en étaient convenus, pour éviter que les sentiments d'Aurore à son égard ne s'aggravent. Ils avouent que cette manœuvre de dissuasion n'a pas donné pour l'instant de résultat très satisfaisant.

— A chaque fois que je vais la voir seule, dit Florence, elle ne me parle que de Christophe. Elle s'inquiète de son changement d'attitude. Je lui explique qu'il est très occupé, mais elle ne me croit pas. Elle cherche indéfiniment ce qui a pu le contrarier, lui déplaire et de quelle façon elle devrait s'y prendre pour qu'il redevienne comme avant.

— C'est affreux, soupire Christophe, maintenant elle a des mèches complètement décolorées sur toute la tête et des jeans ultra-collants. Ça ne lui va pas du tout. C'est bouleversant à force de ridicule.

— La pauvre!

— Oui, la pauvre! Et ça, ce n'est rien. Si vous l'aviez vue quand je lui ai annoncé — d'accord avec Florence — que je ne rentrerais pas à Paris avant septembre, ç'a a été horrible : elle est devenue blafarde et s'est mise à pleurer tout doucement, sans bouger.

— Horrible! confirme Florence.

— C'est simple, reprend Christophe, si elle n'était pas partie dans sa chambre pour prendre un mouchoir et sans doute un calmant, je pense que je n'aurais pas tenu le coup et que je me serais rétracté. Je me demande d'ailleurs si je n'aurais pas dû.

Il se tourne vers Antoinette en quête d'un apaisement qu'elle lui donne aussitôt.

— Ce n'était pas la bonne solution, Christophe. Il faut qu'Aurore vous oublie et pour cela il faut que vous vous éloigniez d'elle. Il faut qu'elle renonce à ses illusions et pour cela il ne faut pas les entretenir avec de la pitié qu'elle s'empresserait de prendre pour de l'affection.

— Et puis en plus, dit Florence, Aurore doit absolument apprendre à s'assumer elle-même. Ni vous ni moi ne pouvons passer notre vie à la soutenir à bout de bras. Or, dès qu'on a le dos tourné, il est évident qu'elle retombe dans son apathie. A la longue, c'est décourageant... et fatigant.

— Je vais être plus libre ce mois-ci, dit Antoinette, je pourrai t'aider, si tu veux.

— Je ne refuse pas.

Antoinette propose un verre à ses visiteurs, espérant les retenir encore un peu. Mais Florence est pressée. Elle a rendez-vous chez elle avec François-Achille. Christophe s'attarderait volontiers, mais il doit la raccompagner.

— Ma voiture m'a lâchée hier, explique Florence.

C'est encore le désir de prolonger la conversation beaucoup plus que la curiosité qui pousse Antoinette à feindre l'ignorance.

— Ah bon? Où ça? demande-t-elle.

— Sur la route de Saint-Nom-la-Bretèche.

— Qu'est-ce que tu faisais par là?

— Je fêtais la Saint-Thierry.

— La Saint-Thierry?

— Premier juillet : la Saint-Buisson Junior.

— La diligente Simone avait organisé un déjeuner de famille?

— Bien entendu, et bien entendu aussi ce cher Buibui ne m'en a avertie que le matin, pour ne pas gâcher notre soirée de la veille, ni celles des jours précédents. Alors, je n'ai rien dit mais après son coup de téléphone, je suis partie au hasard avec ma voiture pour passer ma rogne.

C'est la première fois, devant Antoinette du moins, que Florence désigne François-Achille sous ce diminutif qu'elle déteste parce que c'est une invention de sa femme; la première fois aussi qu'elle a l'air de lui en vouloir, moins à elle qu'à lui.

— Bien m'en a pris, poursuit Florence, ça m'a permis de rencontrer un type très sympa : un Hollandais avec la boule à zéro mais bronzée. Rigolo comme tout. Il s'est arrêté pour me dépanner. Et finalement, n'ayant trouvé ni la panne, ni un garage ouvert, il m'a emmenée déjeuner au golf de Saint-Nom. Il m'a raconté tous ses malheurs. Moi, les miens. On s'est amusés comme des fous.

— Je suis ravie.

— Moi aussi.

— Tu dois le revoir?

— Oh non! Penses-tu! Il n'était que de passage. Il repartait le soir même pour Amsterdam.

Florence précipite le départ. Elle tire Christophe par la manche. Elle est vraiment en retard : ça aussi, c'est la première fois que ça lui arrive avec François-Achille. C'est à peine si elle laisse à Christophe le temps de dire à Antoinette qu'il lui écrira du Maroc. C'est mieux comme ça. Pas de regard triste... Pas d'allusion discrète... Juste un petit signe de la main en s'engageant dans l'escalier, toujours traîné par Florence.

Sur le palier du premier étage, ils croisent Michel.

— Antoinette est là?

— On la quitte à l'instant.

— Ah! Tant mieux!

De peur qu'il n'en dise davantage, Antoinette, penchée sur la rampe, manifeste sa présence. Un peu plus tard, dans le living, elle reproche la sienne à Michel.

— Je t'avais dit de ne pas rentrer.

— Tu es drôle, toi! Je quitte mon bureau à l'instant. Il est beaucoup trop tard pour aller à Rambouillet.

Il ment. Il mentira toute la semaine. Chaque soir il reviendra au « Huit » parler un moment avec elle — beaucoup de sa journée à lui, très peu de sa journée à elle — comme aujourd'hui, puis il attendra, comme aujourd'hui, que le sommeil embrume un peu ses yeux pour la laisser.

Antoinette vient de se coucher quand le téléphone sonne. Elle sursaute, décroche, le cœur en chamade, craignant tout. Espérant tout.

— Allô, Antoinette? C'est Christophe. J'arrive!

— Vous êtes fou! Pourquoi?

— Je viens de trouver chez moi un mot de Pascal.

— De quand?

— Vendredi soir, juste avant son départ.

— Ah... Il vous a prévenu?

— Pourquoi ne m'avez-vous rien dit?

— Je ne veux pas en parler. A personne.

— Je vais annuler mon voyage.

— Je vous l'interdis, Christophe. Vous m'entendez, je vous l'interdis.

Le ton est si comminatoire qu'il n'ose pas insister. Il bredouille quelques banalités... qu'il est désolé... qu'il aurait tant voulu... qu'il s'en va puisque tel est le désir d'Antoinette, mais qu'il lui déléguera son ange gardien, pour veiller sur elle à sa place.

C'est gentil. Pas très viril, mais gentil.

Le lendemain matin, quand elle sort de chez elle, Antoinette découvre sur son palier un panier en osier. A l'intérieur, une petite boule de poils gris, accompagnée d'une carte de visite sur laquelle elle lit : « Je suis un chat de garde et je m'appelle Ange. »

C'est très gentil.

Tout compte fait, ce n'est pas si puéril que ça.

CHAPITRE XVI

— Vous n'avez pas de nouvelles de Christophe?

Aurore n'a pas attendu trois minutes pour poser cette question à Antoinette et Florence venues passer le 14 juillet avec elle. Depuis que Christophe est parti pour le Maroc, elle la leur a posée à chaque fois qu'elles lui ont rendu visite ensemble ou séparément; mais d'habitude elle attend au moins que la conversation tombe sur lui et la glisse furtivement comme s'il s'agissait d'une simple marque de politesse. Là, non, la question est venue à propos de rien, propulsée sur ses lèvres par une impatience trop longtemps retenue.

— Non, toujours pas de nouvelles, répond Florence.

— Moi non plus, renchérit Antoinette.

Elles mentent toutes les deux : la première a reçu deux cartes postales de Christophe; la seconde, douze, une tous les jours, plus trois coups de téléphone : un le soir même de son arrivée, l'autre dimanche dernier, et le troisième ce matin pour lui annoncer son retour le 17. Sans parler du petit chat qui a rempli avec grâce et drôlerie ses fonctions d'agent de liaison. Heureusement que la pauvre Aurore ignore tout cela; elle dont les efforts sont si visibles pour cacher sa déception sous une fausse inquiétude :

— J'espère qu'il ne lui est rien arrivé.

— Bien sûr que non! répond Antoinette, mais le soleil incite toujours un peu à la paresse et puis il doit être très occupé par son travail.

— Ou par son harem, lance Florence, histoire de détendre l'atmosphère.

Fichue idée! Aurore pâlit comme une épouse outragée.

— Ah ça, sûrement pas! dit-elle. Pas Christophe!

— Il n'y aurait pas de mal à ça : il est jeune... il est libre.. ce serait normal qu'il en profite.

— Pas comme ça!

— Et de quelle façon voulez-vous?

— Pas comme ça! répète Aurore, le front buté.

D'un coup de coude vigoureux, Antoinette invite Florence à arrêter là ses investigations et suggère à Aurore de troquer son peignoir contre une robe.

— Pour quoi faire?

— Du lèche-vitrines, ou une promenade au bois, ou pour prendre des photos de Paris en fête, ou pour aller au cinéma.

Aurore repousse chaque proposition d'une moue désabusée. Malgré cela et malgré les soupirs découragés de Florence, Antoinette ne désarme pas.

— Vous préférez que l'on reste ici à regarder vos livres d'espagnol?

Même refus muet de la part d'Aurore mais encore plus catégorique. L'Espagne n'a nettement pas la cote : peut-être avait-elle rêvé de s'y rendre avec Christophe?

Florence se lève, effleure un meuble d'un doigt inquisiteur que, couvert de poussière, elle montre de loin à Antoinette. Celle-ci n'en est nullement étonnée et continue à questionner Aurore, tandis que Florence, elle, continue à inspecter les lieux.

— Enfin, Aurore, de quoi avez-vous envie?

— De dormir.

Florence revient de la cuisine, écœurée.

— C'est dégueulasse, là-dedans, s'écrie-t-elle. Il y a au moins huit jours de vaisselle.

— Pardonnez-moi, dit Aurore, je suis fatiguée.

Florence la voit si démunie, si vulnérable qu'elle regrette immédiatement son mouvement d'humeur.

— Ce n'est pas grave. On va mettre un peu d'ordre dans tout cela avec Antoinette. Pendant ce temps, vous allez vous reposer un peu dans votre chambre. Après, ça ira mieux et on sortira.Vous êtes d'accord?

Aurore n'a pas le courage de ne pas l'être. Elle se laisse soulever de son fauteuil par Antoinette et va docilement s'étendre sur son lit.

— Pardonnez-moi, répète-t-elle avant qu'Antoinette ne referme la porte.

Dans la cuisine, Florence, les poings sur les hanches, contemple l'ampleur du désastre, et mesure, au désordre qui règne dans cet endroit naguère si pimpant, celui qui règne dans la tête et le cœur d'Aurore.

— Elle est revenue au point de départ.

— Si ce n'est pire! dit Antoinette en désignant à Florence trois bouteilles de whisky vides couchées derrière la poubelle pleine.

— Manquait plus que ça!

Elles se mettent à l'ouvrage. Deux heures plus tard, la cuisine et la pièce de séjour sont rangées, nettoyées, briquées. Sur la pointe des pieds, elles entrent dans la chambre d'Aurore. Celle-ci n'a pas dormi mais prétend s'être bien reposée.

— On a fini, dit Florence. Venez voir comme c'est beau.

Aurore se lève, effectivement moins dolente que tout à l'heure. Elle les remercie d'avoir si bien travaillé. Elle est confuse de ne même pas les avoir aidées, de s'être laissée aller de la sorte. Elle promet que cela ne se renouvellera plus. Elle se sent tout à fait en forme à présent.

— Alors, habillez-vous, dit Antoinette, et on vous emmène.

— J'y vais... Est-ce que ça vous ennuierait de me conduire au métro Opéra?

— Non, bien sûr, pourquoi?

— J'ai rendez-vous avec une collègue de bureau.

— Ah bon?

— Oui, là, maintenant. J'avais oublié.

Aurore disparaît dans sa chambre sans cesser de parler :

— On doit dîner ensemble et peut-être après aller au bal. Elle a un frère qui est chauffeur de taxi. S'il fait beau demain, il nous conduira à Ermenonville voir la mer de sable. Il paraît que c'est intéressant.

Antoinette et Florence échangent des regards soupçonneux.

— C'est drôle que vous ne nous ayez jamais parlé de cette amie.

— Elle vient juste d'être engagée pour les vacances. Je la connais depuis une semaine, mais on a tout de suite sympathisé. Elle est très gentille et puis elle est seule comme moi, c'est une vraie chance.

Aurore revient, souriant, avec une jupe à fleurs et un chemisier blanc, portant en plus de son sac ceux de Florence et d'Antoinette qu'elle leur tend.

— Excusez-moi de vous presser, leur dit-elle, mais je ne voudrais pas être en retard : elle est très ponctuelle.

Dans la voiture de Florence, Aurore donne d'autres détails sur sa nouvelle compagne, sur son physique, son caractère, sa famille, avec une précision qui ne permet vraiment plus de douter de la réalité de son existence.

A l'Opéra, au moment de prendre congé d'Antoinette et de Florence, elle leur demande la permission de les embrasser. Ses baisers claquent fort et franc sur leurs joues. Elle n'a jamais été aussi démonstrative, aussi gaie.

— Nous reviendrons dans la semaine, dit Antoinette.

— Quand vous voudrez. Vous êtes toujours les bienvenues.

— Bonne soirée, Aurore, et bon dimanche!

— Ça ne manquera pas.

Antoinette et Florence la regardent descendre les marches du métro, presque en sautillant... Elles cherchent une explication à cet entrain si soudain et si imprévisible. Antoinette voit là une illustration frappante de la théorie « des moments » dont elle a parlé l'autre jour avec Pauline et qu'elle vérifie, encore plus souvent que d'habitude, depuis le départ de Pascal.

Tout d'un coup, la vie reçoit un coup de projecteur rose, puis, tout à coup aussi, le projecteur s'éteint et la vie redevient grise. Pourquoi le projecteur est-il orienté dans un sens ou dans un autre? Antoinette n'a jamais réussi à le définir. Elle sait seulement que le mécanisme est très fragile; qu'un rien suffit à le dérégler. C'est ce qui a dû se produire avec Aurore. Mais quel est ce rien qui l'a fait passer si spectaculairement du gris au rose?

— Le whisky, propose Florence. Soit qu'elle en ait pris un peu trop avant notre arrivée et que sa sieste ait dissipé les brumes grises dans lesquelles il l'avait enveloppée; soit qu'elle en ait pris en douce dans sa chambre, juste assez pour être nimbée de vapeur rose.

— Oui, ça doit être quelque chose comme ça.

Elles reviennent au « Huit » dont le seul habitant, Ange, s'est réfugié sous le lit d'Antoinette dès qu'il les a aperçues. Allongée sur la moquette, elle essaie de le récupérer avec tout un assortiment de mots tendres, de flatteries, de promesses, de minauderies tout à fait insolites dans sa bouche. Enfin, au bout d'un quart d'heure de pourparlers, sa majesté le chat daigne avancer une patte prudente que sa sujette reconnaissante s'empresse de saisir au mépris de ses griffes. Pour fêter ces laborieuses retrouvailles, Antoinette offre à la gourmandise du chaton une rasade de « bon lolo tout frais »; à son espièglerie une pelote de laine — la rouge, sa préférée — et enfin à sa volupté, un gratouillis sous le cou auquel elle a l'air de prendre autant de plaisir que le bénéficiaire. Florence la considère avec un étonnement amusé :

— Tu es complètement gâteuse.

— J'adore les chats et je trouve celui-ci particulièrement attachant.

— A l'image de celui qui te l'a offert?

— Aucune comparaison : Ange est beaucoup plus sauvage, plus indépendant. Lui, il faut l'apprivoiser, le conquérir.

— Comme Gilles, en quelque sorte.

— En quelque sorte, oui.

— A propos...

— Aucune nouvelle!

— Moi non plus, aucune de mon Hollandais.

Antoinette souligne cette association d'idées d'un sourire qui échappe à Florence, occupée à suivre, à travers les volutes de fumée de sa cigarette, des pensées apparemment peu réjouissantes. Le ronronnement d'Ange semble être le seul témoignage de vie dans cette maison vide, dans ce quartier désert. Il rend le silence pesant, même à Antoinette qui pourtant y est habituée.

— Où en est ton projecteur? finit-elle par demander.

— En pleine purée de pois!

— Tu peux détecter la cause de la panne?

— Il y en a plusieurs : pour commencer, Aurore...

— Oui, malheureusement je ne me sens pas très capable de réparer de ce côté-là. Moi aussi, elle m'a laissé une mauvaise impression.

— Alors on passe.

— Quoi d'autre?

— Buisson. Mais on passe aussi. C'est la panne à répétition. On connaît par cœur.

— C'est tout?

— Non, il y a ma mère.

La place qu'avait tenue sa mère dans la vie de Florence était aussi importante que celle tenue par son père dans la vie d'Antoinette. Elle avait été une femme brillante jusqu'à il y a cinq ans où une congestion cérébrale l'avait terrassée et diminuée tant physiquement qu'intellectuellement. Grâce au dévouement de Violette, depuis toujours au service de sa famille, Florence avait pu garder sa mère près d'elle. Les deux vieilles dames occupaient deux chambres contiguës au bout d'un long couloir et les visiteurs ne les voyaient jamais. Quelques rares intimes étaient au courant de leur présence, mais savaient que Florence préférait qu'on ne lui en parlât pas. Comme Antoinette, ses plaies, elle les cachait. Il lui faut vraiment qu'elles soient particulièrement cuisantes pour qu'elle renonce à sa discrétion.

— Depuis trois mois, l'état de ma mère avait encore empiré. Violette ne tenait plus le coup et comme je suis avec ma mère sa seule famille, il n'était pas question de la laisser tomber. Heureusement, sur les recommandations de François-Achille, on a bien voulu me les prendre toutes les deux dans une maison de repos aux environs de Paris où elles disposent d'une grande chambre. Il y a un parc, des médecins à demeure et des infirmières très gentilles. Violette est heureuse. Ma mère ne s'est même pas aperçue du changement.

— C'était la meilleure solution, pour elles comme pour toi.

— Oui, sûrement, mais ça me crée des problèmes :

d'une part, ce genre d'établissement, tu t'en doutes, est très cher. D'autre part, le loyer et les charges de l'appartement ont considérablement augmenté.

— Il faut déménager. De toute façon, c'est trop vaste maintenant pour toi.

— Bien sûr! Mais s'il te fallait quitter du jour au lendemain le « Huit », tu verrais que ce n'est pas si facile que ça.

— C'est certain.

— Et puis, c'est curieux, ma mère et Violette n'étaient pas pour moi une compagnie très gaie, mais elles étaient là. Depuis leur départ, je suis un peu perdue. Oh, ça passera, je sais bien, mais pour le moment, je ne tourne pas très rond.

— Peut-être qu'à ton retour de Corse, les choses auront changé.

— Oui, je serai bronzée. A part ça...

— Tu n'as vraiment pas d'espoir du côté de François-Achille?

Florence en a si peu qu'elle a donné son congé pour le terme du 15 octobre et qu'elle a déjà visité une douzaine d'appartements dont aucun d'ailleurs ne lui a plu. Antoinette hésite à lui proposer celui de Pascal. Depuis longtemps, elle pense que Florence serait une bonne recrue pour le « Huit ». Elle pense aussi que même si Pascal revenait, ce retour ne serait que provisoire et qu'un jour ou l'autre il irait ailleurs fonder un foyer. Oui, mais... si comme son grand-père, comme sa mère, il était de la race des solitaires? Oui, mais... si contre toute attente, brusquement, il débarquait, comme la dernière fois, le baluchon sur l'épaule, en répétant ce qu'il a dit un jour pas si lointain : « Dans la famille, on est célibataire de père en fils. »

Non, décidément, l'espoir est encore trop fort. A la rentrée, peut-être.

— En septembre, dit Antoinette, préviens-moi. Il y aura peut-être ici un appartement de libre.

Florence ne manifeste pas la moindre surprise.

— Egoïstement, j'en serais ravie, mais amicalement je ne le souhaite pas.

— Tu es au courant?

— Oui, Christophe m'a prévenue du départ de Pascal et de ton désir, bien compréhensible, de le garder secret.

— C'est pourquoi je t'ai vue si souvent ces derniers temps?

— Un peu, mais pas uniquement. Moi aussi j'avais besoin de toi.

— Tu m'as été très utile.

— Toi aussi.

— Aujourd'hui, en revanche, on manque nettement d'efficacité.

Florence approuve d'un bâillement, qui en déclenche un d'Antoinette. Elles sont toutes les deux affalées sur le canapé les pieds sur la table basse, aussi molles que des poupées de son. Leurs têtes appuyées sur des coussins se tournent l'une vers l'autre. Chacune y découvre sa propre lassitude et sa propre vacuité. C'est comme si elles se regardaient dans une glace. L'image qu'elles se renvoient leur paraît si affligeante qu'aussitôt elles se redressent.

— Il faut qu'on se secoue, dit Florence

— Tu as raison. On va sortir.

Un grand verre d'eau fraîche dans la cuisine; un petit coup de poudre dans la salle de bains; une dernière caresse à Ange et elles sortent.

— Où va-t-on?

— Au hasard.

Pas bien inspiré avec elles ce soir, le hasard. Il les conduit d'abord dans un bistrot de Montmartre, surchargé de touristes bruyants qui rendent toute conversation impossible; puis au cœur des réjouissances, à la Bastille, où elles prennent un bain de foule parfumé à la sueur, suivi d'une douche froide administrée par une bande de joyeux drilles, armés de siphons; enfin près de la Seine d'où elles assistent au feu d'artifice parmi des bambins somnolents ou hurlant de peur, et qui, juchés sur les épaules paternelles, doivent bien se demander — pour peu qu'ils aient deux sous de réflexion — pourquoi leurs parents s'extasient sur les retombées minables de « la belle bleue » ou de « la belle verte », alors que demain, à la télé, ils regarderont avec indifférence des fusées s'élever dans l'espace.

Vers onze heures, Florence dépose Antoinette devant le « Huit » :

— Demain, je suis avec François-Achille.

— Moi, avec Michel et Nelly à Rambouillet.

— On se téléphone lundi.

— D'accord. On se racontera notre dimanche.

Le lendemain, installée dans une chaise longue en face de la balancelle où Michel et Nelly disputent mollement une partie de gin-rami entrecoupée de pauses-béatitude et de clins d'œil complices, Antoinette est en train de se demander pourquoi Michel a tant insisté pour qu'elle passe ce dimanche et tous ceux de juillet en leur compagnie. C'est même à la seule condition qu'elle accepte, que lui avait accepté, sur sa demande réitérée, de ne plus chercher de fallacieux prétexte pour rentrer chaque soir au « Huit ». Et si depuis une semaine il n'y avait pas mis les pieds, tous les jours il avait téléphoné à Antoinette et lui avait rappelé leur rendez-vous d'aujourd'hui. Si c'était uniquement pour qu'elle le voie, avec ses jeans ridiculement serrés et ses boots aux talons ridiculement hauts, échanger des regards de merlan frit avec Nelly, ce n'était vraiment pas la peine. Il faut qu'elle attende quatre heures pour comprendre que Michel avait d'autres raisons.

Après un regard à sa montre, il se penche vers Nelly et lui picore le bout des lèvres.

— Tu ne dois pas aller au manège cet après-midi?

— Ah, si! Je suis même en retard.

Cousu de fil blanc ce départ! Michel a quelque chose à dire à Antoinette en tête à tête et elle est prête à parier que ce n'est pas quelque chose de très agréable. Il allume une cigarette, la première depuis qu'elle est là, et suit des yeux la silhouette gracile de Nelly qui s'éloigne en courant.

— Elle est vraiment adorable, cette gosse, dit-il.

— En tout cas vous avez l'air de filer le parfait amour.

— On s'entend très bien. J'avoue que j'ai beaucoup de plaisir à la retrouver tous les soirs et quelquefois, je me demande...

Il tire sur sa cigarette. Une bouffée.

— Je me demande...

Une autre bouffée.

— Tu te demandes quoi?

— Oh! bien sûr, c'est prématuré de t'en parler... Tu ne peux pas répondre maintenant... Il faudrait d'abord savoir...

— Il faudrait d'abord savoir quelle question tu veux me poser.

Il écrase sa cigarette.

— Oui, tu as raison... mais comment te dire?

— N'importe comment, mais dis-le.

— Oui... voilà... Si par hasard, Pascal ne revenait pas au quatrième, est-ce que ça t'ennuierait que Nelly s'y installe?

— Tu sais très bien que pour le moment...

— Pour le moment oui, mais à la rentrée par exemple?

— La dernière fois, Pascal est revenu au bout de deux ans, pas au bout de deux mois.

— Tu n'as donc pas l'intention de disposer de son appartement?

— Non.

— Je ne te cacherai pas que ça m'embête beaucoup. C'était pour moi la solution idéale : je restais au « Huit » auquel je suis très attaché et je gardais Nelly sous la main, sans l'avoir continuellement sur le dos.

— Je comprends, mais tu n'as qu'à lui louer un studio dans le quartier.

— Elle ne veut pas. Elle voudrait déjà que l'on vive ensemble. Dans le même immeuble à deux étages différents, c'est la seule concession que j'ai pu obtenir et encore avec beaucoup de difficulté. Elle déteste la solitude.

— Si elle tient vraiment à toi, elle cédera.

— Non, elle me laissera tomber, et ça, je ne le souhaite pas.

— De toute façon, tu te doutes bien que c'est ce qui arrivera un jour ou l'autre. Alors, un peu plus tôt ou un peu plus tard...

Michel se lève, allume une nouvelle cigarette. La moutarde au citron avec laquelle Antoinette vient d'assaisonner ses perspectives sentimentales lui reste sur l'estomac : d'abord elle ignore, tout le monde ignore le cheminement des cœurs. On n'en finirait pas de citer des exemples de couples promis théoriquement à l'échec et qui sont finalement très heureux; ni des exemples contraires de couples qui avaient tout pour être heureux et qui finalement se déchirent à longueur de journée. Ce fut son cas avec Judith, sa première femme. Pourquoi ne connaîtrait-il pas le contraire avec Nelly? Ensuite, même si la logique était respectée, si la petite se lassait, le trompait avec un garçon de son âge et finissait par le quitter, au moins il aurait connu auparavant quelques années de bonheur. Quelques années... n'est-ce pas le lot de la majorité des couples les mieux assortis? Après, c'est la routine, quand on peut s'en contenter, ou la rupture, quand on est plus exigeant. Alors, si c'est pour aboutir au même résultat, il n'y a aucune raison de se priver de ces quelques années-là. Et puis enfin, à une époque où l'avenir est incertain, voire problématique, il faut profiter du présent : entre la bombe atomique et la pollution, les menaces de guerre et de révolution, nous sommes tous, plus que jamais, des morts en sursis; et les survivants que nous sommes n'ont pas le temps de s'offrir le luxe d'un regret.

Antoinette l'écoute en pensant à ce qu'elle va lui répondre. Lui dira-t-elle que ses propos, elle les a déjà entendus dans la bouche de Pascal? Que lui, a dû les entendre dans celle de Nelly? Qu'il badigeonne aux couleurs d'aujourd'hui le bon vieux *carpe diem* qui n'est pas d'hier? Qu'il lui remet en mémoire une expression qu'elle a découverte un jour dans un journal de turfiste à propos d'une jument : « actuellement sous l'influence de son sexe »? A quoi bon? Michel est en crise lui aussi. Il faut lui laisser le temps d'élargir ses jeans et de baisser ses talons.

— Conclusion? dit Antoinette.

Michel va se rasseoir sur la balancelle et se plonge dans une occupation absorbante : le démêlage de la frange de coton blanc d'un des coussins.

— Conclusion... dit-il enfin, en septembre, si tu n'as pas changé d'idée, ni moi non plus, je quitterai mon appartement du « Huit » pour un plus grand, de préférence en duplex, et de préférence dans le quartier.

— Bien!

— Sois sûre que j'en serai désolé.

— Il n'y a plus qu'à attendre septembre.

— Tu sais, Antoinette...

— Mais oui, je sais. Tu sais. Nous savons. Il n'y a rien à ajouter.

Elle est venue derrière lui et lui tape affectueusement sur l'épaule : il arrive souvent qu'on éprouve le besoin de consoler ceux qui nous blessent du mal qu'ils nous font, par souci sans doute de garder le beau rôle; et le beau rôle, c'est Auguste, ce n'est pas Cinna. Il n'y a qu'à voir la tête désolée que Michel tourne vers Antoinette pour s'en persuader.

— Tu veux qu'on aille se promener un peu dans la forêt? demande-t-il.

— Non, je préfère rentrer tout de suite, avant la cohue des retours de week-end.

Il la raccompagne jusqu'à sa voiture.

— Tu reviens dimanche prochain?

— Je ne crois pas.

— Ce sera le dernier. Celui d'après nous serons déjà sur la route des grandes vacances.

— Avant de partir tu passeras bien au « Huit », ne serait-ce que pour préparer tes bagages?

— Evidemment!

— Alors, j'aime mieux te dire au revoir là-bas.

Antoinette monte dans sa voiture. Michel réclame un chiffon pour en nettoyer le pare-brise, qui n'est pas sale. Il lui signale un raccourci qu'elle ne prendra pas; une église du XVe siècle qu'elle ne visitera pas; une pompe à essence où elle ne s'arrêtera pas. Dieu, qu'il veut être présent, le futur absent du « Huit »!

Au moment où Antoinette va tourner la clé de contact, Nelly apparaît au bout de l'allée, gesticulant comme un sémaphore. Elle vient s'accrocher au cou de Michel qui a un mouvement de recul et une petite grimace douloureuse. Tiens! pense Antoinette, sa névrite dans l'épaule est revenue!

— Mon bon souvenir à Alkapan, dit Antoinette en souriant.

Alkapan, c'était le nom d'une pommade miracle, aussi malodorante qu'efficace, que l'on ne trouvait qu'en Suisse. Les habitants des trois premiers étages du « Huit » l'employaient couramment pour calmer leurs douleurs et s'en frictionnaient parfois mutuellement, au cours de mémorables parties de rigolade, quand par bonheur, ils souffraient tous les trois en même temps, Michel de son épaule, Catherine de ses cervicales, Antoinette de sa cinquième lombaire.

— Qui c'est ça, Alkapan? demande Nelly.

— Encore un de nos vieux amis communs, répond Antoinette.

— Comme votre aventurier italien, Giovanni je ne sais plus quoi?

— Un peu, dit Michel, mais lui, il est suisse et il ne sent pas bon.

Le sourire d'Antoinette s'élargit autant que celui de Michel. Celui de Nelly se pince. Elle est vexée comme les enfants qui croient jouer « pour de bon » avec des grandes personnes et qui s'aperçoivent tout d'un coup qu'on les compte « pour du beurre ». Vexée et furieuse : elle n'y creusera donc jamais une brèche, dans la forteresse de ces deux vieux imbéciles!

Antoinette démarre. Dans son rétroviseur, elle voit une image réconfortante : le vilain museau de lapin renfrogné de Nelly et la bonne trogne de chien content de Michel. Si elle se regardait, elle, elle verrait qu'elle a la tête chafouine d'un raminagrobis, à l'affût devant un trou de souris.

CHAPITRE XVII

Deux coups courts, un coup long.

— Christophe! annonce Antoinette.

— Oh! Tant mieux! dit Florence, on va l'emmener avec nous. Il nous donnera son avis.

Les deux amies venaient de finir leur café d'après déjeuner et s'apprêtaient à aller visiter, à une centaine de mètres du « Huit », un deux-pièces susceptible de convenir à Florence.

— Attends, dit celle-ci, on va l'accueillir avec Ange, ce sera gentil.

Deux coups courts, un coup long.

— Une seconde, on arrive! crie Antoinette en attrapant le chaton.

Elle lui lisse le poil. Florence redresse l'énorme choupette rose qu'elle s'était amusée à lui nouer sur son petit collier.

Deux coups courts, un coup long.

— Ah ben dis donc, c'est la grande impatience!

Elles se précipitent dans l'entrée et accueillent le voyageur avec des grands sourires qui se figent devant le visage bouleversé de Christophe.

— Aurore s'est suicidée.

— Mais...

— Cette fois, elle ne s'est pas ratée.

Cette mort est beaucoup plus vite assimilée qu'il y a quelques mois celle de Jean-Luc Heller. Sans se l'avouer, Antoinette et Florence, depuis leur dernière visite à Aurore, vivaient avec son éventualité. Leur première réaction est de se culpabiliser, non de s'étonner. Les révélations de Christophe ne contribuent pas à apaiser leur conscience : en débarquant d'Orly ce matin, il avait trouvé une lettre d'Aurore sous sa porte, datée de samedi soir. Elle lui apprenait sa fatale décision et les raisons qui l'avaient amenée à la prendre.

— D'abord, dit-il gêné, elle a mal supporté mon éloignement, puis mon absence : elle a bien pensé qu'elle était volontaire et définitive, mais comme elle n'en était pas sûre, elle espérait quand même.

— Elle espérait quoi, au juste? demande Antoinette.

Christophe baisse la tête.

— Me « reconquérir ». C'est le mot qu'elle a employé.

— Elle a donc cru que vous l'aimiez?

— Je ne veux pas vous montrer sa lettre : ce ne serait pas bien de ma part. Pendant dix pages, elle m'y décrit « notre » amour; elle y interprète de travers la moindre de mes phrases, le moindre de mes gestes, le moindre de mes silences. Quelqu'un de non averti serait persuadé que nous avons vécu ensemble une passion exceptionnelle! C'est hallucinant! Je n'arrive pas à comprendre ce qui a pu se passer dans sa pauvre cervelle.

— Oh! c'est simple, dit Florence, elle a projeté sur vous tous ses rêves de pauvre fille solitaire et tous ses fantasmes.

Christophe secoue les feuillets de la lettre.

— Si au moins elle m'avait dit tout cela, j'aurais pu la détromper.

— C'était précisément ce qu'elle ne voulait pas. Comme tous les mythomanes elle fuyait plus ou moins consciemment la vérité.

— Elle avait besoin de ses illusions pour vivre, renchérit Antoinette.

— C'est tellement vrai qu'elle est morte de les avoir perdues.

— Mais pourquoi spécialement ce jour-là? On ne sait pas?

Christophe détourne son regard d'Antoinette.

— Pendant que vous remettiez en ordre son appartement avec Florence le 14 juillet, elle a fouillé dans votre sac et...

Antoinette verdit et ferme les yeux devant la vérité qui vient de lui apparaître.

— Oh, mon Dieu! s'écrie-t-elle.

— Qu'est-ce qu'il y a? demande Florence.

— C'est horrible!

— Mais quoi?

— Dans mon sac, il y avait une carte postale de Christophe que j'avais reçue la veille au soir. Il y précisait que c'était la douzième et la dernière avant son retour.

— Oh, merde!

Antoinette se lève et revient presque aussitôt avec la

carte maudite qu'elle relit aux côtés de Christophe.

— Evidemment, dit-il, après avoir lu ça, elle ne pouvait plus guère avoir d'illusions sur mes sentiments à son égard.

Antoinette se frappe le front de ses poings et se met à arpenter la pièce de long en large.

— Mais pourquoi? Pourquoi, bon sang, ai-je emporté cette carte?

Elle ôte sa barrette. C'est un véritable sirocco qu'elle déchaîne contre elle-même.

— On n'a pas idée d'être aussi bête! Et le pire de tout, c'est que j'ai failli la laisser ici, cette fichue carte! Elle était sur la console de l'entrée. J'avais déjà ouvert la porte. Je me suis retournée pour voir si Ange ne m'avait pas suivie. J'ai vu la carte et je l'ai prise en pensant, je m'en souviens très bien, « s'il y a des voleurs, ma vie privée ne les regarde pas ». Non, mais vous vous rendez compte de la connerie et de l'absurdité de tout ça?

— Calme-toi, dit Florence. Si tu vas par là, moi aussi je peux me poser des tas de questions : pourquoi j'ai éprouvé le besoin, ce 14 juillet, de faire son ménage et sa vaisselle? Pourquoi je lui ai proposé d'aller se reposer dans sa chambre pendant ce temps-là? Pourquoi, elle, elle a ouvert ton sac? Et si tu veux remonter à l'origine des choses, pourquoi j'ai eu la fâcheuse idée, un jour de cafard, d'aller dans ce club de solitaires où je l'ai rencontrée? Pourquoi j'ai tenu à te la présenter? Pourquoi tu es venue chez moi avec Christophe que tu connaissais à peine et que moi je ne connaissais pas? Et l'on pourrait aller beaucoup plus loin : pourquoi nous trois, les plus directement responsables de la mort d'Aurore, sommes-nous nés? Tu vois qu'on pourrait comme ça remonter jusqu'à la nuit des temps. Mais pour nous en tenir à des limites raisonnables, voici les réponses aux questions qui concernent nos rencontres avec Aurore : je l'aie connue, moi, parce que j'étais en pleine déprime à cause de François-Achille. Tu l'as connue, toi, parce qu'un an auparavant tu m'avais confié à propos d'une de mes cousines qui s'était défenestrée que tu étais fascinée par le problème du suicide. Et Christophe l'a connue, lui, parce qu'à travers les confidences de ton fils, il était tombé amoureux de toi. Dans ces conditions, on pourrait très bien considérer que Buisson, ma cousine et ton fils sont responsables de la mort d'Aurore.

Le raisonnement de Florence, même s'il n'a pas convaincu complètement Antoinette, l'a calmée. Elle rattache ses cheveux.

— Il y a quand même une responsabilité immédiate que nous sommes trois à partager et dont j'ai la plus grande part puisque c'est moi qui ai provoqué si bêtement le fait déclenchant.

— Tous les jours, à chaque instant, nous faisons des gestes, nous prononçons des mots absolument anodins, ou que nous croyons tels parce que nous en ignorons les répercussions en chaîne et l'aboutissement final. Lequel aboutissement est d'ailleurs faussement final puisqu'il sera à l'origine de nouvelles répercussions, qui à leur tour... et ainsi de suite : au volant de ta voiture tu donnes un coup de frein un peu trop sec, l'automobiliste derrière toi t'emboutit. Constat. Pare-chocs emmêlés, ce que tu veux. Un quart d'heure perdu. Le type allait prendre un avion. Il le rate. L'avion s'écrase. Tu lui as sauvé la vie. Sur le même point de départ tu peux aussi imaginer qu'il prend l'avion suivant et que c'est celui-là qui s'écrase. Et c'est toi qui l'as tué. Sa pauvre mère peut très bien en mourir de chagrin. Quant à sa femme elle va peut-être se remarier et avoir, pourquoi pas, des jumeaux. Et te voilà pour un simple coup de frein, toi, responsable, au bas mot de deux vies et de deux morts.

— Je me demande comment tu peux avoir le cœur de plaisanter.

— Mais je ne plaisante pas. Dis-toi bien qu'à chaque fois qu'à cause de nous, quelqu'un gagne ou perd une minute, parfois même une seconde, nous ne savons pas le poids de cette minute ou de cette seconde dans son existence.

Ce qu'elle sait, Antoinette, c'est qu'elle donnerait n'importe quoi pour pouvoir effacer de sa vie cette seconde où elle a tendu la main vers la console de son entrée pour prendre la carte de Christophe et la mettre dans son sac.

— Oui, mais tu ne peux rien effacer, ni Christophe, ni moi. Tu es la première d'habitude à reprocher aux gens de répéter devant leurs erreurs : « Si j'avais su... » C'est inutile, on ne peut pas savoir. On ne peut jamais rien prévoir. Cette impuissance participe à l'intérêt et à la grandeur de la vie. Les regrets ne servent strictement à rien. Ni à personne.

Bien sûr, tout cela est vrai. Et aussi qu'Aurore ne les avait pas attendus pour vouloir en finir, que tôt ou tard elle en serait arrivée là; qu'elle n'avait pas reçu en partage le don du bonheur; que c'est injuste comme tous les manques, les tares et les infirmités qui pèsent sur les berceaux; et que là encore nous n'y pouvons rien.

Bien sûr... mais dans la tête d'Antoinette, tous ces arguments se heurtent à la dernière phrase murmurée par son père agonisant : « Vous... les vivants. »

Comme en écho à cette pensée, soudain l'estomac de Christophe rappelle intempestivement son existence.

— Vous avez faim? demande Florence.

Christophe avoue... comme si c'était une faute et plaide aussitôt les circonstances atténuantes :

— Je n'ai rien mangé depuis hier soir.

— Venez dans la cuisine, dit Antoinette, on va voir ce qu'il y a.

— Oh non! je ne vais pas déjeuner maintenant.

— Mais si, voyons! Votre appétit n'est pas une insulte à la mémoire d'Aurore : on mange aussi après les enterrements.

Les scrupules de Christophe capitulent devant cette évidence, puis devant le reste de rôti froid, bien saignant, bien onctueux sous sa sauce à peine figée, et le plateau de fromage bien garni toujours chez Antoinette, qui est devant son nez.

— Je vous laisse, dit Florence. Je vais visiter l'appartement d'à côté et je reviens tout de suite.

— Tu veux que je t'accompagne?

— Ce n'est pas la peine. Si j'ai un doute, on y retournera ensemble ce soir.

Pendant qu'Antoinette lui raconte succinctement les projets de déménagement de Florence et leur cause,

Christophe dévore, engloutit la viande, les cornichons, le pain qu'il badigeonne de moutarde, des tomates crues, le fromage, tous les fromages... A la dernière bouchée du dernier morceau, il relève enfin la tête.

— C'était bon, dit-il. J'ai un peu honte, mais c'était bon.

— C'était bon aussi de vous voir.

— Vraiment?

— Oui... c'était la vie.

Reconnaissant de cette absolution, il pose sa main bronzée sur celle d'Antoinette. C'est le bruit de la clé dans la serrure qui les sépare.

— C'est moi, crie Florence. L'appartement venait d'être retenu.

Elle passe sa tête par la porte de la cuisine.

— Il y a exactement une demi-heure, précise-t-elle. Autrement dit à l'heure où nous aurions dû nous y trouver.

— Il ne t'aurait peut-être pas convenu?

— Si, justement! J'ai eu la curiosité d'aller le visiter. C'est tout à fait ce que je cherche... et à côté de chez toi : le rêve!

— C'est bête!

Florence hausse les épaules avec résignation.

— Ça devait être comme ça.

Comme elle juge indécent de s'attarder sur cette contrariété mineure, elle en revient aussitôt à leurs préoccupations communes et s'inquiète des démarches qu'il va leur falloir accomplir et des dispositions qu'il va leur falloir prendre.

Ils se rendent d'abord au commissariat où Christophe,

qui ce matin a tout de suite alerté la police, a été prié de passer pour signer sa déposition. Lecture leur en est faite par un commissaire courtelinesque qui ensoleille le descriptif sinistre d'un accent toulousain extrêmement prononcé. C'est par le truchement de cette voix joviale qu'Antoinette et Florence apprennent qu'on n'a relevé aucune trace d'effraction ni de lutte ni de désordre dans l'appartement d'Aurore, mis à part trois objets qui traînaient sur le carrelage de la cuisine : un plateau orange, une bonbonnière bleue et un cadre blanc; elles apprennent aussi qu'on a découvert Aurore dans la cuve de la douche, les poignets tranchés par une lame de rasoir, baignant dans son sang, à proximité d'un tube de barbiturique et d'une bouteille de whisky également vides. Le commissaire s'éponge le front.

— Eh ben dites donc, celle-là, elle ne risquait pas de se louper!

Antoinette et Florence apprennent enfin que, suivant l'usage, le médecin légiste pratiquera une autopsie sur le corps d'Aurore, transportée à la morgue, et délivrera le permis d'inhumer, sûrement tout de suite, étant donné les circonstances.

— Quand peut-on envisager l'enterrement? demande Florence.

— Vendredi... ça me paraît correct.

Le commissaire, très serviable, leur donne l'adresse d'une maison de pompes funèbres dans le quartier.

— Vous pouvez y aller de ma part. Je leur ai déjà envoyé plusieurs clients. Ils ont toujours été très contents.

Quand ils sont à nouveau tous les trois installés dans

la voiture de Florence, Christophe sort de sa poche une enveloppe assez épaisse et pliée en deux.

— Il y avait ça aussi dans ma boîte aux lettres.

— Qu'est-ce que c'est? demande Antoinette.

— Les économies d'Aurore, je suppose. C'est en tout cas ce qu'elle m'annonçait dans sa lettre, en post-scriptum.

Antoinette prend l'enveloppe qu'il lui tend.

— Vous ne l'avez pas ouverte?

— Non. J'ai préféré que vous soyez là.

Antoinette dégage de l'enveloppe une liasse assez importante de billets de cinq cents francs entourée d'une feuille de papier en haut de laquelle est inscrit à l'encre rouge, en capitales d'imprimerie : « Mes dernières volontés. »

— Lisez, dit Christophe.

Antoinette s'exécute.

— « Premièrement, je souhaite reposer au cimetière Montmartre où ma place est retenue. »

— C'est vrai, dit Florence, Aurore m'avait confié un jour que c'était une des premières choses dont elle s'était préoccupée en arrivant à Paris.

Antoinette reprend sa lecture.

— « Deuxièmement, je souhaite que mon enterrement et ma sépulture soient les plus simples possible, afin qu'une partie seulement de l'argent ci-joint en couvre les frais, et que l'autre partie revienne à M. Christophe Larchet. »

— Il n'en est pas question! s'écrie Christophe.

Florence les invite, lui à se taire, Antoinette à poursuivre sa lecture.

— « Troisièmement, je souhaite que M. Christophe Larchet considère comme siens tous les meubles et objets qui se trouvent dans mon appartement et qu'il en dispose comme il l'entend. Je souhaite qu'il agisse de même avec la maison dont je suis propriétaire à l'adresse suivante... »

Christophe ne la laisse pas achever. Il ne veut pas entendre parler de cette maison et encore moins du notaire d'Etretat qu'Aurore dit avoir mis au courant de ces dispositions par le même courrier. Il ne veut pas un sou de cette malheureuse.

Antoinette et Florence comprennent sa réaction mais néanmoins, soucieuses de respecter les volontés d'une morte, lui conseillent, puisqu'elle l'autorise à disposer de ses biens à sa convenance, de les vendre et de remettre le produit de ces ventes à une ou plusieurs œuvres. Christophe approuve avec enthousiasme et décide sur-le-champ que les associations bénévoles qui viennent en aide aux solitaires seront les bénéficiaires de cette opération.

Maintenant que l'argent d'Aurore est destiné à d'autres qu'à lui, il en devient économe, pour ne pas dire avare. C'est tout juste, dans le magasin des pompes funèbres, s'il ne reproche pas à ses deux amies de ne pas choisir pour l'enterrement la dernière classe, mais celle au-dessus, qualifiée par le directeur compassé de « simple, mais décente ». Tout juste aussi si, un peu plus tard, il ne marchande pas avec le marbrier. En tout cas il déplore avec celui-ci que « ça coûte presque aussi cher de mourir que de vivre ».

De retour chez Antoinette, Christophe est déçu de

constater que finalement il ne restera presque rien des économies d'Aurore et suppute déjà ce qu'il pourra tirer de la maison de campagne et des meubles de l'appartement.

Au grand soulagement d'Antoinette qui, depuis un moment déjà, aimerait bien que l'on parle d'autre chose, la sonnerie du téléphone vient interrompre Christophe dans ses comptes. A l'autre bout du fil, la voix de Pauline est anormalement surexcitée.

— Qu'est-ce que tu fous? Je t'ai appelée tout l'après-midi.

— Pourquoi? Qu'est-ce qu'il y a?

— Comment? Tu n'es pas au courant? C'est dans tous les journaux! L'explosion au gaz... Cette nuit, boulevard Berthier, dans l'immeuble où Olivier a son studio.

— C'est grave?

— Tu parles! Tous les appartements sont dévastés et leurs occupants morts ou dans un état grave. Heureusement, il y avait beaucoup d'absents à cause des vacances.

— Mais... Olivier?

— Ben... il n'était pas là! Tu sais bien qu'il habite chez son gourou, à la campagne, dans les Essonnes.

— En somme, c'est lui qui lui a sauvé la vie.

— Eh oui! c'est pour ça que je te téléphone. Je pensais que ça t'amuserait après notre conversation de l'autre jour.

— A propos du hasard des rencontres?

— Mais oui! Tu te rends compte : ce type, ce Jean-Pierre, que je considérais comme le mauvais génie d'Olivier, s'est révélé finalement son bon ange. Hier, je le maudissais; aujourd'hui, je le bénis. Je te dis, on ne peut jamais rien savoir. Peut-être que toi aussi, un jour, tu béniras Eglantine.

Antoinette en doute fort; mais quand même, cette histoire la frappe. Elle frappe tout autant Florence et Christophe quand elle la leur raconte. Comme toujours dans ces cas-là, chacun la projette sur ses propres préoccupations.

Florence pense aux conséquences de sa rencontre avec François-Achille... Elle allume une cigarette.

Antoinette pense que sans sa rencontre avec Aurore... Elle se sert un whisky.

Christophe pense qu'il a eu drôlement de la chance le jour où il a rencontré Antoinette... Il caresse voluptueusement la nuque du petit chat venu se blottir contre lui.

CHAPITRE XVIII

Une lettre de Catherine! Enfin! Antoinette commençait à en avoir assez de ses cartes postales impersonnelles : « Tout va bien. Moral et physique au beau. Grosses bises. » Bien sûr, Catherine n'avait jamais été une émule de Mme de Sévigné, et ses obligations gastronomico-littéraires doublées de ses activités bronzetto-sentimentales ne devaient guère lui laisser de loisir pour la correspondance. Et puis aussi, ignorant le départ de Pascal, elle ne pouvait se douter que le moral d'Antoinette aurait eu besoin d'être soutenu par quelques pages affectueuses ou simplement distrayantes. Mais quand même... il était temps qu'elle se manifeste et rétablisse un peu le contact.

Antoinette regarde l'enveloppe rose parfumée, l'encre verte, l'écriture large, les gros points ronds des i de son prénom et de son nom, le petit cœur sur celui de Paris. Catherine est là tout entière — Antoinette soupèse l'enveloppe... et copieusement là! Quel bonheur! Un bonheur à ne pas gâcher, à savourer dans les meilleures conditions, à attendre... Un bonheur, en plus, qui tombe à point nommé : en effet, Antoinette revenait à l'instant de l'enterrement d'Aurore. Un enterrement que Florence, Christophe et elle ont été les seuls à suivre et qu'un ciel implacablement bleu rendait encore plus sinistre. Antoinette avait pensé que c'était un temps à ne pas mettre un corbillard dehors et s'en était voulu. En sortant du cimetière, Christophe avait enfourché aussitôt sa moto et était retourné à la séance de photos pour un magazine de mode masculine qu'il avait interrompue afin d'accompagner Aurore à sa dernière demeure. Antoinette avait imaginé la succession chaotique de ses occupations sous forme de bande dessinée : « Clic! Clac! Souriez! Ding! Dong! Pleurez, Vroum! Vroum! Roulez! Clic! Clac! Souriez! » et elle s'en était aussi voulu. Quant à Florence, elle l'avait quittée presque aussi vite que Christophe pour aller s'acheter un maillot de bain en prévision de son prochain séjour en Corse. Antoinette n'avait pu s'empêcher de lui lancer en partant : « Ne le prends quand même pas noir! » Et là encore elle s'en était voulu.

Triste de ne pas l'être assez; affectée par ce qu'elle avait appelé, toujours en se le reprochant, un chagrin d'humour, contrariée d'être attentive à ses sandales neuves qui auraient supporté — du moins aujourd'hui — une pointure de plus et à la sueur qui colle son chemisier sur son dos; mécontente d'être contente d'elle, parce que devant chaque terrasse de café elle a renoncé héroïquement au demi de bière dont elle avait tant envie, Antoinette était rentrée à pied chez elle, à travers les rues écrasées de soleil et jalonnées d'inscriptions « Fermeture annuelle » d'un Paris conçu ni pour la chaleur ni pour l'oisiveté. En franchissant la porte cochère du « Huit », elle avait une ampoule à chaque talon, son chemisier trempé, et une soif digne d'un mirage.

C'est dans cet état d'esprit et de corps qu'elle avait découvert la lettre de Catherine et une autre lettre dont le format commercial et l'adresse dactylographiée n'avaient pas retenu son attention. Abandonnant celle-ci au hasard sur un fauteuil, elle avait déposé celle de Catherine sur son lit, pour tout à l'heure... pour la bonne bouche. Il faut savoir graduer les plaisirs. D'abord les pieds nus (Oh! que c'est agréable!) ensuite un grand verre d'eau fraîche (Oh! que ça fait du bien!), enfin une douche tiède (Oh! quelle belle invention!), douche après laquelle elle avait enfilé la gandoura toute légère et toute douce que Christophe lui a ramenée du Maroc. Pardon Aurore, mille fois pardon, mais il y a de fichus bons moments dans l'existence!

Antoinette s'affale sur son lit, s'empare de l'enveloppe rose, l'ouvre avec précaution, en sort trois feuillets écrits recto verso d'où s'échappe un brin de mimosa séché et elle commence à lire.

Le début ne déçoit pas son attente : Catherine y raconte avec sa spontanéité habituelle, dans un désordre grouillant de santé, sa vie de « vendeuse de vent » (c'est ainsi qu'elle définit sa profession), son emploi du temps tellement surchargé qu'elle n'arrive pas à y caser la boucle d'un petit pâtre, sa lutte épique et journalière contre les kilos qui la menaçent, ses progrès en natation dus à la découverte d'un mascara qui résiste vraiment à l'eau, le concours de « miss mémé » qu'elle est en train d'organiser et où la plus jolie grand-mère de la

Côte d'Azur sera élue par un jury composé de minets et de minettes.

Le deuxième feuillet amuse déjà moins Antoinette : Catherine y parle de Yolande avec un enthousiasme sans retenue. Elle a de l'admiration pour l'ancienne oisive qui s'est révélée du jour au lendemain une travailleuse efficace et infatigable; elle a de la reconnaissance pour la patronne compréhensive et généreuse qui, pour elle, n'en a jamais été une; elle a enfin de l'estime pour la femme qui, à l'usage, n'est pas du tout celle que l'on imagine, son aplomb, son goût de la provocation et son agressivité parfois si redoutable n'étant — elle le lui a expliqué — que les résultats de la lutte acharnée qu'elle a menée contre sa timidité naturelle et son hypersensibilité quasi maladive.

Antoinette pose la lettre sur ses genoux : est-il possible que Catherine n'ait jamais remarqué que personne n'avait ni le cœur sec ni un culot sans faille; ou en tout cas que personne ne l'avouait? Ne sait-elle pas que, d'une part, les tapageurs et les sans-gêne, et d'autre part, les vipérins et les malveillants ne sont, à les en croire, que des timides et des hypersensibles qui n'arrêtent pas de lutter — ô combien victorieusement — contre ces traits, si touchants, de leur caractère? Et puis ne se rend-elle pas compte que le culot et le cœur sec, qu'ils soient de naissance ou acquis de haute lutte, c'est toujours du culot et du cœur sec et que Yolande en est largement pourvue?

Le troisième feuillet agace Antoinette autant qu'il la peine. Les deux autres n'ont été écrits que pour celui-là. Il en est la conclusion logique : Catherine adore la vie qu'elle mène sur la Côte; elle s'entend merveilleusement bien avec Yolande; donc... elle veut rester là-bas. Elle va y rester. L'envers du feuillet est consacré entièrement à des appels à l'indulgence, à des espoirs de rencontre prochaine, à des témoignages d'amitié fidèle, à des regrets sincères, des flatteries et des tendresses qui n'ont d'autre effet sur Antoinette que de muer son agacement en exaspération. Rien de plus ridicule que des mots démentis par des faits.

Antoinette se lève d'un bond pour aller séance tenante l'apprendre à Catherine de sa plume la plus acérée. Elle passe devant l'autre lettre de son courrier qu'elle avait négligée et machinalement la décachette. A la fin d'une page dactylographiée comme le libellé de l'enveloppe, le nom de Gilles est inscrit en caractères tremblotants : il s'est cassé le bras droit, juste en arrivant au Koweit! Après une opération ratée et un plâtrage, on vient de le réopérer, cette fois, pense-t-il, avec succès. Il espère que les exigences esthétiques d'Antoinette concernent exclusivement les kilos superflus et non les cicatrices, car il lui rappelle qu'en lui adressant, par la présente lettre, son adresse et en plus son bulletin de santé, il a amplement gagné son pari, aux termes duquel elle lui doit une nouvelle parenthèse. Il la souhaite plus longue que la précédente, et l'annonce, sans autre précision, moins lointaine que prévue. Fidèle à lui-même, à l'inverse de ses conversations qu'il termine comme des lettres, il conclut ses lettres comme des conversations : « Au revoir, écrit-il avant de signer, je te téléphone dès que je peux. »

La première réaction d'Antoinette est de rendre hommage au petit dieu qui s'est débrouillé pour lui apporter le même jour, à la même heure, la lettre de Catherine et celle de Gilles; ce petit dieu qui s'est amusé à brouiller les cartes, à déverser sur elle du vinaigre là où elle attendait de l'eau douce et de l'eau douce là où elle n'attendait rien.

Après s'être émerveillée une fois de plus sur les inépuisables surprises de la vie, Antoinette se demande tout d'un coup si finalement ce qu'elle a pris pour un petit dieu malin ne serait pas un ange annonciateur; si l'arrivée simultanée de ces deux lettres n'était pas un clin d'œil du destin. Mais en y réfléchissant, est-il le seul? D'une part, les désertions successives de Pascal, de Michel et de Catherine et d'autre part, le rapprochement de Christophe, favorisé par la mort d'Aurore, la nouvelle situation de Florence, le retour prématuré de Gilles ne sont-ils pas d'autres clins d'œil du destin pour lui signifier qu'il faut tourner la page et recréer un nouveau « Huit » avec de nouveaux partenaires? Voilà Antoinette qui s'emballe. Elle installe déjà ses futurs compagnons : Florence au premier, à la place de Catherine. Gilles au deuxième, à la place de Michel et au quatrième, Christophe, à la place de... Non! ça, ce n'est pas possible. Elle ne peut, pour l'instant, imaginer quelqu'un à la place de Pascal. De toute façon, Gilles et Christophe ne s'entendraient pas. Et puis rien ne prouve que Gilles, adepte convaincu de la vie d'hôtel, accepterait le principe de l'appartement. Quant à Christophe, sa présence si proche risquerait de devenir un peu encombrante. Il n'y a guère que Florence, à la réflexion, qui s'intégrerait assez bien au « Huit ». Et encore... Antoinette la juge un peu trop pareille à elle; il est certain qu'avec cette folle de Catherine l'équilibre était meilleur.

Non, décidément, il ne faut pas augurer trop vite des clins d'œil du destin. Il faut être sûr que ce ne sont pas de simples coïncidences dépourvues de tout présage.

Antoinette écrit à Catherine qu'elle a été contente de recevoir sa longue lettre mais qu'elle préfère lui en parler quand elle la verra, probablement au mois d'août dans le Midi. Elle écrit à Gilles qu'elle n'est pas vraiment mécontente d'avoir perdu son pari et qu'elle a elle aussi, actuellement, quelques cicatrices, côté cœur.

Elle dîne, achève le deuxième tome des *Mémoires* de Casanova, se couche et ne s'endort pas. C'est la chaleur. Elle se lève, branche un ventilateur et s'endort. Au petit matin, elle se réveille avec des frissons sur le corps et dans la tête une petite phrase de la lettre de Catherine. Elle débranche le ventilateur, recherche la phrase, la trouve immédiatement comme si, à son insu, elle l'avait soulignée de rouge en la lisant : « Avec Yoyo on travaille vraiment main dans la main. » Elle traduit immédiatement la phrase en images : elle les voit, Catherine et Yolande... elle ne se rendort pas. Elle ne se réchauffe pas non plus. Vers sept heures, elle ressent des picotements dans la gorge. A dix heures, quand Christophe l'appelle, il ne reconnaît pas sa voix. Elle a dû prendre froid cette nuit. Elle a un peu de fièvre. Oh, presque rien. Ce n'est pas grave. Mais elle n'a pas envie de sortir. Ni de parler, ça la fatigue. Elle va prendre des gargarismes et puis se reposer. Demain il n'y paraîtra plus.

Le lendemain, sa température monte à 39,2°; le surlendemain à 40°.

Le soir, alertée contre son gré par Christophe, Pauline débarque chez Antoinette avec un assortiment de médicaments destinés à calmer la toux bronchiteuse dont les quintes la déchirent à intervalles de plus en plus rapprochés. Pauline lui propose de rester près d'elle jusqu'au matin mais essuie le même refus catégorique que Florence et Christophe qui, eux aussi, avaient voulu se relayer à son chevet : Antoinette souffre déjà suffisamment de se voir dans cet état piteux sans qu'en plus d'autres la voient. Avec ce qu'il lui reste de forces elle veut, elle ordonne qu'on la laisse tranquille et qu'on ne fasse pas tant d'histoires pour une malheureuse petite grippe.

Antoinette passe les deux jours suivants dans un abrutissement presque total. Seule avec Ange, ravi d'être admis exceptionnellement à partager le royaume interdit du lit de sa maîtresse, avec sa fièvre qui la met à l'abri du monde extérieur, comme dans une couveuse, qui la rend irresponsable, sans remords, avec aussi, à de très courts moments, le transistor : la canicule tient la vedette sur les ondes comme naguère le froid et la pluie. Paris fond, rissole, grille, pendant qu'elle grelotte sous les draps. Ça l'amuserait presque si elle n'avait pas, en plus, ce volcan à la place des bronches qui non seulement la brûle à chaque fois qu'il entre en éruption, mais encore — c'est ce qui lui est le plus pénible — l'entraîne à la limite de l'étouffement.

Le troisième jour enfin, le jeudi 26 juillet, la fièvre cède du terrain et capitule le lendemain, mais en laissant sa trace sur le champ de bataille : Antoinette a les joues creuses, les yeux cernés, le cheveu terne, les jambes en coton et la tête en marmelade. Faire sa toilette, téléphoner à ses amis pour les rassurer et au père Thomas pour qu'il lui livre le strict nécessaire à sa subsistance et à celle d'Ange, préparer leurs maigres repas, lire trois pages d'un livre, arroser ses plantes vertes : autant d'occupations qui réclament à Antoinette des efforts démesurés et la rejettent, épuisée, sur son lit comme un naufragé sur une plage. Bref, c'est une loque; mais à présent une loque responsable. Pour un peu, elle regretterait sa fièvre protectrice, sa fièvre-alibi. C'est ce qu'elle explique le soir à Michel venu lui dire au revoir avant son départ en vacances avec Nelly.

— Je suis actuellement quelqu'un qui ne me plaît pas du tout.

— Forcément, répond Michel en souriant, tu n'es pas toi.

— Exactement! C'est ça qui est odieux avec la maladie, c'est qu'elle vous rend autre. Tu te rends compte que cet après-midi, je me suis ennuyée. Oui, mon vieux, moi, je me suis ennuyée. Je tournais en rond. L'envie de rien, le trou noir, l'angoisse. Je n'en revenais pas.

— Qu'est-ce que tu as fait?

— Je me suis engueulée vertement. Je me suis dit : « Ça t'apprendra à fustiger les gens qui ne supportent pas la solitude! » Ce à quoi je me suis répondu : « Je n'ai jamais fustigé que ceux qui s'en plaignent alors qu'ils sont en pleine possession de leurs moyens physiques et mentaux. Pas les autres. » Ensuite de quoi je me suis rétorqué : « Conclusion, soigne-toi, ma vieille, redeviens toi-même, et fous-nous la paix! »

— Et tu as suivi tes conseils?

— Absolument, et je n'ai eu qu'à m'en féliciter.

A peine a-t-elle achevé sa phrase qu'Antoinette sent dans sa poitrine tous les signes annonciateurs de l'explosion volcanique. Bien qu'elle le sache inutile, elle met en place son dispositif de défense : elle retient sa respiration, se précipite sur une pastille adoucissante, se penche en avant... et comme prévu, au bout de vingt secondes le volcan éclate, rugit et lui tisonne la gorge. Enfin il s'apaise, la laissant ruisselante, essoufflée, vidée.

Michel est tout désemparé de voir son arbre ainsi terrassé. Plus pataud que jamais, il essaie de se rendre utile, redresse les oreillers d'Antoinette, lui éponge le front avec son mouchoir, lui tâte le pouls, lui propose du sirop.

— Non, merci : je préfère le garder pour la nuit. Parle-moi plutôt de toi.

— Ça va, mais je suis fatigué. Pourtant les affaires sont calmes. Ça doit être la fin de la saison.

— Ton épaule?

— Avec ce temps sec, ça s'arrange.

— Et Nelly?

— Ça va aussi, mais elle commence à piaffer un peu. Pour elle qui a l'habitude de s'agiter beaucoup avec les uns et les autres, Rambouillet est un peu calme, à la longue. Elle a hâte de partir.

— Toi aussi, je suppose?

— Oui... Ça me fera du bien de décrocher un peu; mais personnellement, je serais volontiers resté à Rambouillet.

Bien sûr, Antoinette comprend que Michel éprouve peut-être quelques scrupules à évoquer devant elle ses joies de futur vacancier, mais il lui semble quand même que son manque d'enthousiasme dépasse les limites d'une simple délicatesse amicale... En tout cas, manifestement, il ne tient pas à s'attarder sur ce sujet. Il se met, à brûle-pourpoint, à parler du suicide d'Aurore, puis de Christophe, puis de Florence, puis de Pauline. Il mène la conversation tambour battant, comme s'il craignait qu'en l'abandonnant un instant à Antoinette, elle la dirige sur des sentiers qu'il veut éviter. Antoinette se doute bien lesquels et s'amuse de le voir tomber innocemment dedans.

— Et Catherine? demande-t-il, tu as des nouvelles?

— Oui. Elle se plaît beaucoup avec Yolande, sur la Côte. Elle va définitivement s'y installer à la rentrée.

Michel accuse le coup en sortant son paquet de cigarettes qu'il rentre immédiatement.

— Excuse-moi, j'avais la tête ailleurs.

— Je comprends ça, dit Antoinette, j'ai également été très surprise par la décision de Catherine.

— Elle aimait tellement le « Huit »!

— Toi aussi, je crois?

— Oui, mais moi j'ai une raison de le quitter.

— Elle aussi.

— Ce n'est pas pareil. Et puis, tu sais très bien que c'est contre mon gré.

Une nouvelle quinte de toux secoue Antoinette, donnant fort à propos à Michel un prétexte pour interrompre la conversation et prendre congé.

Le lendemain, c'est au tour de Pauline de faire sa

visite d'adieu à Antoinette, visite rapide car Maître Vanneau l'attend en bas dans sa voiture, déjà chargée de leurs bagages. Ils partent directement pour Port-Grimaud. Pauline réitère son invitation avec insistance.

— Il faut absolument que tu changes d'air... et d'ambiance. Tu as une mine de déterrée.

— Forcément! Je ne dors pas à cause de ma toux et je ne mange pas non plus parce que les médicaments qui sont censés la guérir m'ont déclenché une crise de foie.

Pauline sort de son sac son bloc d'ordonnances.

— Je vais t'en prescrire d'autres, dit-elle sans conviction, mais à mon avis c'est ton état général et ton état nerveux qu'il faut soigner.

— Eh bien alors, bon sang, donne-moi des vitamines, des fortifiants, des remontants!

— C'était bien mon intention. Et un calmant aussi.

— Ah non, merci! Ça je n'en veux pas.

— Tu as tort. Tu es excessivement nerveuse.

— Je suis nerveuse parce que je tousse et que je suis fatiguée. C'est tout.

— Et moi je prétends que tu tousses parce que tu es nerveuse et fatiguée; mais je ne suis que gynécologue. Si tu n'as pas confiance, va consulter un spécialiste.

— Mais si, j'ai confiance, tu le sais bien.

— Alors, crois-moi, Antoinette, prends le calmant, dès ce soir si tu peux, et mercredi, viens nous rejoindre à Port-Grimaud.

— Pourquoi mercredi?

— Parce que tu ne peux pas partir avant : tu te souviens que tu as rendez-vous mardi pour ta mammographie?

— Moi? Première nouvelle!

— Mme Vionnet ne t'a pas téléphoné?

— Pas du tout.

— Alors elle a mangé la consigne. Je lui avais dit de te prévenir que le docteur Martin t'attendait mardi 31 à cinq heures. C'était le seul moment possible. Il part le soir même en vacances.

— Ce n'était pas urgent, tu me l'as dit toi-même.

— Oui, mais comme je l'ai rencontré dans un dîner, j'en ai profité pour lui parler de toi, persuadée d'ailleurs que tu l'avais déjà appelé.

— Non! j'avoue que j'avais complètement oublié.

— Eh bien, cette fois, n'oublie pas, et ramène-toi le lendemain à Port-Grimaud avec tes résultats.

— Ça, je ne te promets rien. Pour le moment, je n'ai pas du tout envie de partir.

— Force-toi un peu. Ce n'est pas mon habitude, mais j'insiste. Tu as besoin de soleil, de détente et aussi d'un autre horizon.

Pauline se lève, laisse avec son ordonnance l'adresse d'un confrère, au cas où... et embrasse Antoinette avec une chaleur qui lui est peu familière. Attendrissement passager qu'elle a soin d'effacer sur le pas de la porte, juste avant de quitter Antoinette :

— Tu as vraiment une sale gueule, dit-elle.

C'est en d'autres termes, plus modérés, ce que ne peut s'empêcher de lui dire la pharmacienne de son quartier chez qui elle s'est assise pendant que celle-ci lui préparait son ordonnance, et le père Thomas qui devant sa boutique la voit revenir de loin, à petits pas comptés, en s'essuyant le front de temps en temps du revers de la main. Là, impossible de feindre, de prendre sur soi pour jouer, même une minute, la gentille cliente, toujours souriante, toujours dynamique. C'est la grande suprématie du physique sur le moral : avec le corps, on ne triche pas. Antoinette en a une nouvelle fois la preuve avec Florence et Christophe qui débarquent chez elle en fin d'après-midi et qu'elle accueille, bien décidée pourtant à leur donner le change avec un maquillage poussé sur le rose et des paroles optimistes.

— Oh! c'est fini, maintenant. Je me sens très bien.

Christophe a une moue attendrie et sceptique comme on en a devant les enfants courageux qui après une chute, les genoux en sang, affirment qu'ils ne se sont pas fait mal... juste avant de pleurer. Quant à Florence, elle hausse carrément les épaules.

— Ne raconte donc pas d'histoires et va te recoucher. Tu es aussi fraîche que si tu venais de courir un 10 000 mètres.

Antoinette regagne son lit, agacée par l'inutilité de ses efforts, par son volcan sans cesse menaçant, par sa maudite carcasse qui la trahit, par le corps médical tout entier qui n'est pas fichu de juguler une malheureuse bronchite et même par ses deux visiteurs qui affichent une vitalité insolente.

Ils reviennent d'Etretat où le notaire d'Aurore avait convoqué Christophe à la suite de la lettre adressée à lui par sa cliente quelques heures avant son suicide.

Ils sont allés visiter la maison d'Aurore, modeste mais admirablement située, et prévenu les actuels locataires — nullement disposés à en devenir propriétaires — qu'ils allaient devoir déménager. Enfin, ils ont choisi parmi les agents immobiliers de la petite ville celui qui leur a semblé le plus efficace.

Ces démarches, accomplies à une allure record, leur avaient laissé le temps d'un déjeuner sur une terrasse en plein soleil et d'une courte promenade sur les fameuses falaises, juste avant de partir. Cela avait suffi pour raviver le bronzage marocain de Christophe, et allumer des feux sur la porcelaine blanche des joues de Florence. Ils en étaient enchantés ainsi que de toute leur journée d'ailleurs, dont le récit détaillé à deux voix, souvent se chevauchant, commence sérieusement à fatiguer Antoinette.

Elle leur en veut de ne pas s'en apercevoir, de siroter sans vergogne leur anisette dont la vue lui soulève le cœur, de gesticuler devant elle, de parler fort et de se plaindre maintenant — c'est un comble — de la tristesse de sa chambre.

— On ne peut pas ouvrir un peu les volets? demande Christophe. C'est sinistre.

— Ah non! s'écrie Antoinette assez sèchement. Le soleil est en plein dessus à cette heure-là et je ne supporte pas la lumière.

Florence repose son verre en soupirant :

— J'ai l'impression que tu ne supportes pas grand-chose en ce moment.

— Tu es drôle, toi, je voudrais t'y voir!

Surprise elle-même par la dureté de son ton, pour solliciter l'indulgence de Florence beaucoup plus que par nécessité, Antoinette se met à tousser : faute de pouvoir jouer les bien portantes, elle joue les malades.

— On va vous laisser vous reposer, dit Christophe.

— Oui, je crois que j'en ai besoin.

Christophe va ranger la bouteille d'anisette dans le living et laver leurs verres dans la cuisine. Florence profite de son absence pour s'asseoir sur le lit, tout près d'Antoinette.

— Je ne vais pas te revoir avant un mois, dit-elle doucement.

— Tu pars demain?

— Non, lundi matin, comme prévu, avec François-Achille; mais demain je fais mes bagages, je vais voir ma mère et Violette dans leur maison de santé, et puis...

Florence prend un air abusivement coupable.

— Et puis quoi?

— Je dîne avec mon Hollandais.

— Il t'a téléphoné?

— Ce matin. Un coup de pot incroyable! Je sors de chez moi pour aller chercher Christophe. Je descends. Brusquement, devant ma voiture, je m'aperçois que j'ai oublié mes lunettes de soleil. Je rebrousse chemin. Je remonte mes quatre étages. Au moment où je mets la clé dans la serrure, le téléphone sonne : c'était mon Rodolphe, tout guilleret.

— Autrement dit, tu aurais un peu plus de tête, ou il n'y aurait pas eu de soleil aujourd'hui, ou encore Rodolphe t'aurait appelée cinq minutes plus tard... et il ne te trouvait pas.

— Exactement! Et ça, c'est peut-être idiot, mais c'est le genre de chose qui me trouble.

— Moi aussi!

— Je t'avoue d'ailleurs que c'est à cause de ça que j'ai accepté son invitation. C'est peut-être notre conversation de l'autre jour qui m'a influencée mais je me suis dit que ce coup de téléphone, que normalement je n'aurais pas dû recevoir, était un clin d'œil du destin. Décidément, il cligne beaucoup, le destin, ces temps derniers...

— Et dire qu'il n'a peut-être qu'une poussière dans l'œil!

Le retour de Christophe met fin aux confidences.

— J'espère, dit Florence, que tu vas te décider à partir.

— J'irai sans doute quelques jours à Port-Grimaud, chez Pauline.

— Ah ben tiens! La Hollande sera à côté, à Saint-Tropez : si jamais, en te baladant, tu vois un caillou en cuivre verni, tu peux le saluer de ma part.

— Je n'y manquerai pas.

Christophe s'approche du lit d'Antoinette.

— Je peux passer demain?

— J'aimerais autant pas. Je vous appellerai.

— D'accord!

Dès qu'Antoinette retrouve le silence et le calme après lesquels elle a tant aspiré pendant la visite de ses deux amis, elle retrouve aussi l'ennui. Et en même temps l'agacement de s'ennuyer. C'est vrai qu'elle est nerveuse en ce moment. Pauline a raison. Florence aussi. Et Ange lui-même aurait quelques bons motifs de les approuver. Il faut agir. Antoinette va chercher le paquet de médicaments qu'elle a ramené de chez la pharmacienne. Elle entreprend de lire consciencieusement les prospectus contenus dans chaque emballage.

Sur le papier, « le sirop puissamment émollient, d'un

goût agréable et toléré par les organismes les plus délicats », la satisfait pleinement; le désinfectant « qui tapisse les muqueuses et procure une exquise sensation de fraîcheur » a aussi son assentiment. L'antispasmodique qui, « pris au début de la crise, soulage immédiatement le malade et vient à bout des toux les plus rebelles », en traitement de longue haleine (si bien nommé en la circonstance), l'enchante et la rassure; quant aux fortifiants qui « obtiennent des résultats appréciables dans les cas d'asthénie, de dépression, de surmenage, de fatigue post-opératoire ou post-natale », elle n'a vraiment rien à leur reprocher. En revanche, le dernier prospectus, celui du fameux calmant dont elle a contesté l'utilité, la hérisse et l'affole : comment Pauline a-t-elle pu lui recommander ce médicament « employé en psychiatrie dans les cas graves de troubles mentaux », ce médicament dont il est « vivement conseillé de ne jamais dépasser les doses prescrites »? C'est Pauline qui devrait en prendre. Elle est tombée sur la tête! Antoinette, elle, n'en a aucun besoin. Elle s'apprête à jeter le flacon, mais une toux, d'un genre nouveau, dévie son attention et son geste. Allons bon! Que lui arrive-t-il encore? Ce n'est plus un grand volcan dévastateur qu'elle a dans la poitrine, mais une espèce de mille-pattes qui serait atteint de la danse de Saint-Guy. C'est moins violent, mais plus irritant, et plus long. L'antispasmodique « qui vient à bout des toux les plus rebelles » se révèle en l'occurrence totalement impuissant devant ce vulgaire chatouillis. Antoinette râcle, gratte, ramone, rabote pendant plus d'une heure. Enfin le mille-pattes s'apaise. Au milieu de la nuit, c'est le volcan qui se réveille. Le matin, les deux se disputent la place.

Les jours suivants, peu à peu — on s'habitue à tout — elle s'habitue à vivre avec ses deux squatters encombrants, qui ont élu domicile, l'un, le volcan, dans ses bronches; l'autre, le mille-pattes, à l'étage au-dessus, et qui se manifestent à tour de rôle, le premier de préférence le matin, le second de préférence le soir.

Heureusement, elle bénéficie en général d'une période de trêve entre le déjeuner et le dîner. Mais voilà que tout à coup, ce mardi après-midi, à quinze heures, en pleine accalmie, étendue sur son lit, Antoinette est assaillie par un nouvel occupant : un crabe qui lui laboure l'estomac! Pas la peine de finasser : elle sait très bien d'où il vient, celui-là. De loin... de très loin. Il est parti il y a quelques mois du cabinet de Pauline, sans même qu'elle le remarque; depuis, il a suivi son petit bonhomme de chemin, lentement mais sûrement. Elle a l'impression, en y réfléchissant, qu'il a dû déboucher dans sa tête, à la Salpêtrière, au moment où Pauline inquiète a cru qu'elle lui apportait les résultats de sa mammographie; mais sans doute était-il déjà là bien avant. Accaparée par ses soucis familiaux, Antoinette n'y avait pas pris garde. Elle avait même complètement perdu sa trace. Elle l'a retrouvé à de courts instants, à la faveur d'un article de journal sur la médecine préventive, d'un témoignage à la télévision « d'une qui en était sortie », d'un faire-part d'une voisine « qu'il » avait emportée en trois mois. Mais c'est surtout — cela est évident — depuis que Pauline a pris rendez-vous pour elle avec le radiologue qu'Antoinette s'est mise à identifier sa présence avec précision : c'est le crabe Martin. Aidée par ses deux autres occupants, elle a réussi sans trop de difficultés à l'oublier. Mais cette fois, il est là. Et bien là. Il grossit à vue d'œil. Tout le nourrit : des souvenirs, des sensations fugitives, le ton faussement désinvolte de Pauline pour lui rappeler prétendument un rendez-vous dont elle ne lui avait jamais parlé; son calmant de choc, sans doute plus destiné à cela qu'au reste; ses invitations pressantes à la rejoindre; la façon inhabituelle dont elle l'a embrassée en partant, comme si c'était la dernière fois. Et en avant les suppositions, l'angoisse, la révolte, la résignation, les larmes, le courage, la volonté, l'espoir! Après Cléo de cinq à sept, c'est Antoinette de trois à cinq.

Le seul intérêt de ce crabe, c'est qu'il l'a débarrassée comme par enchantement du mille-pattes et du volcan. C'est vraiment dommage qu'elle se sente si mal, sans quoi, en pénétrant chez le docteur Martin, elle irait plutôt bien.

La salle d'attente où l'introduit une secrétaire amidonnée est vaste, claire, tendue d'un bleu apaisant et baigne dans une ambiance musicale hawaïenne normalement propice à la détente. C'est un lieu de passage où se croisent les clientes qui n'ont pas encore passé l'examen et celles qui en reviennent et en attendent le résultat. Les plus courageuses — ou les plus optimistes — font semblant de feuilleter des magazines. Les autres gardent l'œil obstinément fixé sur la porte par où l'on viendra les appeler d'une minute à l'autre. Cette porte, c'est la frontière de l'espoir, qu'elle soit ouverte par l'une des cinq infirmières, aussi impénétrables que le sphynx, ou par un des trois médecins exerçant dans ces lieux, le docteur Martin et ses deux jeunes assistants. A chaque fois qu'elle s'ouvre, un ange passe : noir, dans le salon bleu.

— Madame Audricourt, s'il vous plaît.

Antoinette se lève posément, range avec soin son magazine sur la pile des autres, sourit à la jeune fille en blanc impassible, s'excuse en passant devant elle : elle tient absolument à se concilier les bonnes grâces du sphynx, comme si vraiment son sort dépendait de la sympathie qu'elle va ou non lui inspirer. Animée du même désir absurde, elle répond à son questionnaire avec une politesse souriante, prête à engager la conversation au premier prétexte. Mais il ne s'en présente pas. Nom? Prénom? Adresse? Téléphone? Profession? Nombre d'enfants? Nombre de fausses-couches? Maladies? Antoinette voit là une brèche possible et hasarde sur un ton badin qu'elle a actuellement une trachéo-bronchite qui... Mais ça indispose plutôt la préposée qui reprend d'un ton impersonnel :

— Pas de maladie grave? Pas d'opération? Pas d'antécédents fâcheux à signaler?

Non. Antoinette voudrait bien, mais elle a beau chercher, elle n'a rien de tout cela. Elle n'est pas un cas intéressant. Pourtant — ô miracle — le docteur Martin, venu demander le dossier d'une cliente, a l'air de s'y intéresser dès qu'il voit le nom d'Antoinette sur la fiche de renseignements de l'infirmière. Il remonte ses grosses lunettes d'écaille sur le sommet de son front dégarni et regarde Antoinette :

— C'est vous la copine de la mère Pauline?

Antoinette sourit, mais cette fois sans se forcer. Tout de suite cet homme massif, aux traits forts, au teint de bon vivant, lui est sympathique. C'est le genre de médecin jovial et bourru, qui traîne dans son vocabulaire abrupt et son attitude volontiers familière des nostalgies de salle de garde. C'est un vieux carabin. Antoinette parierait qu'il tutoie ses infirmières. Elle a gagné. Il s'adresse à la sienne en désignant Antoinette, du bout de sa pipe éteinte :

— Tu vas me l'installer dans le « chaudron ». J'irai la chercher.

— Mais le docteur Bontemps pourrait la prendre : il est libre.

— T'occupe! c'est à moi que ma pote Marioneau l'a confiée.

Le « chaudron » est une pièce assez petite, assombrie de tentures et de rideaux rouille, écrasée par une énorme bibliothèque remplie de livres du haut en bas. Antoinette en parcourt les rayons d'un œil absent. Elle n'en a exploré qu'une petite partie quand le docteur Martin entre, un grand album sous le bras.

— Je vous apporte mon dernier bouquin, histoire de vous distraire un peu. Il y a des photos extraordinaires. Regardez!

Antoinette regarde et n'en croit pas ses yeux. Elle lit les légendes qui accompagnent les clichés pour être sûre qu'elle ne s'est pas trompée. Mais non! C'est bien ça : « Cancer de la face postérieure du foie; cancer de la face dans sa première, deuxième et troisième phase. » Il lui montre ça avec autant d'enthousiasme que s'il s'agissait du glacier du Rhône vu d'hélicoptère ou de la tour Eiffel en cours de construction.

— Et ça, s'écrie le docteur Martin en pointant son doigt sur une image moirée qui évoque à Antoinette un paysage lunaire, ce n'est pas beau?

— Qu'est-ce que c'est?

— Mon chef-d'œuvre! Un cancer du sein chez un homme! J'ai été le seul à le détecter. Ça n'a servi à rien, d'ailleurs. Les autres connards ne m'ont pas cru.

Le docteur Martin prend sans doute le silence d'Antoinette pour de l'intérêt. Il s'en va en lui laissant le livre.

— Si vous êtes sage, je vous le donnerai en partant. Vous allez voir, c'est fabuleux.

Antoinette n'ose pas fermer le livre mais rejette sa tête en arrière sur le dossier du fauteuil pour ne pas le regarder. Est-ce un procédé du docteur Martin pour observer les réactions de sa clientèle? Ou bien est-il habitué depuis tant d'années à côtoyer du soir au matin cette horrible maladie qu'il est inconscient de l'effet qu'elle peut produire sur les autres? Ou encore n'est-il simplement qu'un fanatique de la pellicule qui ne voit que la qualité de sa photo et en oublie complètement l'objet? Il semble que la dernière solution soit la bonne.

— Ça vous a plu? demande-t-il à son retour en prenant la main d'Antoinette pour l'entraîner hors du « chaudron ».

— Oh oui! c'est passionnant.

— Ah! Je suis content! Et vous verrez, je crois que le texte n'est pas mal non plus. En tout cas, les gens qui l'ont lu ont été très accrochés par le sujet. C'est marrant, surtout les profanes.

C'est bien ça : c'est l'artiste! L'artiste avec ses odieuses et magnifiques œillères; l'artiste entièrement tourné vers son œuvre. Quelques instants plus tard, après s'être déshabillée dans une petite cabine, c'est le praticien qu'Antoinette retrouve dans la salle d'examen.

— Jolis nichons pour une quinqua! dit-il en connaisseur blasé.

L'espace d'un éclair, elle pense que c'est peut-être la dernière fois qu'elle a l'occasion d'entendre ce genre de compliment et qu'elle aurait préféré qu'il fût exprimé en des termes plus délicats, mais enfin, c'est quand même bon à prendre et elle remercie avec modestie.

Le docteur Martin lui attrape les seins à pleines mains et lui pétrit comme de la pâte à tarte.

— On a dû vous le dire souvent, non?

— C'est arrivé.

Il continue un moment sa palpation en silence, puis demande :

— Vous êtes mariée?

— Pas depuis un certain temps.

— Un jules?

— Même pas!

Il se recule avec son tabouret à roulettes.

— Ah! vous êtes bien la fille de votre père!

— Vous l'avez connu?

— J'ai lu ses bouquins. C'est tout comme!

D'un geste, le docteur Martin lui désigne une chaise placée devant l'appareil de radiographie, puis, une fois qu'elle y est assise, une plaquette en métal sur laquelle il l'invite toujours aussi rudement à poser ses seins. Il les pousse un peu à droite, un peu à gauche, les étire, et enfin, satisfait, les aplatit avec l'appareil.

— Comment il était, dans la vie, le père Audricourt?

Antoinette reconnaît là la méthode de Pauline : distraire l'attention de la patiente en engageant la conversation sur un sujet qui n'a aucun rapport avec ses préoccupations présentes. Antoinette n'est pas dupe de l'intérêt que le docteur Martin semble prendre à ce qu'elle lui raconte, pas plus que lui ne doit l'être de l'apparente légèreté de son ton. Ce n'est qu'un jeu, comme on en joue beaucoup dans la vie mais qui, finalement, n'est pas inutile : elle est plus détendue, il travaille plus facilement.

— C'est fini! Vous pouvez vous rhabiller et après, allez m'attendre dans la pièce où vous étiez.

— Le chaudron?

— Oui.

Antoinette rentre dans le petit vestiaire dont elle juge inutile, étant donné les circonstances, de fermer le rideau de séparation.

— Pourquoi ça s'appelle comme ça?

— A cause de la couleur. Il y a beaucoup de pièces; alors on a pris l'habitude de désigner chacune par sa couleur.

— Tiens! Moi j'avais pensé que le chaudron... c'était là où les angoisses mijotaient.

Les paupières lourdes du docteur Martin se lèvent sur un regard moitié rigolard, moitié attendri.

— Ce n'est pas con, dit-il.

Il disparaît dans le laboratoire voisin. Antoinette réintègre le chaudron. Le beau livre d'images du docteur Martin est resté sur le fauteuil. Elle s'assoit sur le canapé de manière à lui tourner le dos. Ce n'est pas ce qui empêche son imagination de courir, de galoper. Elle a tôt fait de dépasser le stade du doute. Elle est sûre. Maintenant, elle s'organise avec « ça »; elle va demander conseil au docteur Martin et à Pauline aussi, bien sûr, par téléphone; à moins qu'elle ait encore le temps d'aller la voir à Port-Grimaud; ce serait bien si « ça » pouvait attendre encore un peu; si elle pouvait encore se baigner; encore s'étendre au soleil, en bikini. Elle s'y voit... « Jolis nichons pour une quinqua. » Merde! C'était bien la peine de s'échiner avec des haltères, de s'asperger d'eau froide, de se frictionner, se pommader et s'hydrater. Ah! tu as bonne mine aujourd'hui avec tes bretelles musculaires, madame Audricourt! Et tous ces pamplemousses que tu as bouffés! Ah! tu as l'air malin, madame Audricourt, avec ta légère imprécision dans le contour. Quelle connerie! Au moins ça t'aura servi à ça : si tu t'en tires, ma vieille, jamais plus, tu m'entends, jamais plus je ne t'autoriserai la moindre allusion, le moindre regard à ton contour... et au reste. Le dédain! Tu as compris? Le mépris total! Mon corps? Connais pas!

Le docteur Martin fait irruption dans la pièce et annonce à Antoinette, plus bourru que jamais :

— Vous n'avez rien du tout!

— C'est vrai?

— Ben oui! Evidemment, je n'ai pas fini de développer les photos. Mais c'est déjà clair et net : rien du tout!

— Ah bon!

— Et en plus, à votre âge, vous n'avez même pas le sein déshabité.

— Déshabité?

— Ben oui, quoi, qui se vide, qui devient comme une blague à tabac.

Ce disant il sort la sienne et bourre sa pipe à grandes pincées généreuses.

— En vieillissant, continue-t-il toujours bougon, vous savez quand même bien que la glande mammaire s'atrophie?

— Oui, mais j'ignorais le terme « déshabité ».

— Ça dit bien ce que ça veut dire, non?

— Ah! ça oui... mais ce n'est pas très poétique.

Il lève les yeux et les épaules au ciel, en homme qui est revenu de tout cela depuis longtemps, puis allume sa pipe avec une méticulosité voluptueuse.

— Ça sent bon la détente, dit-il derrière un grand nuage de fumée.

— Je suis votre dernière cliente?

— Ce n'est pas ça... je n'aurais pas aimé vous apprendre une mauvaise nouvelle.

— Vous devez en avoir l'habitude.

— Oui... mais je ne m'y suis jamais bien habitué, à cette habitude-là.

Il tire encore quelques bouffées chargées sûrement de souvenirs sombres, puis brusquement va chercher son livre et s'assoit sur le bras du fauteuil où Antoinette l'avait abandonné.

— Je vais vous le dédicacer, dit-il en sortant son stylo.

A toute vitesse, il écrit ces quelques mots qui enchantent leur destinataire : « Pour Antoinette Audricourt qui me plaît bien. »

— C’est très gentil, dit-elle.

— C’est surtout très rare, répond-il sur un ton grincheux propre à vous persuader immédiatement que la philanthropie et la sociabilité ne sont pas ses qualités dominantes.

Antoinette s’attarderait volontiers à gratter la carapace du docteur Martin mais celui-ci secoue les cendres de sa pipe dans un cendrier : la pause est terminée.

— Vos clichés seront prêts ce soir. Je vous les envoie à vous ou à Pauline?

— Plutôt à Pauline, à Port-Grimaud. Moi, je n’y comprendrais pas grand-chose.

— Vous avez raison, et puis elle va être contente... elle vous aime beaucoup, la petite mère Marioneau.

— Moi aussi.

Le docteur Martin ouvre la porte du chaudron. Dans l’antichambre, la secrétaire amidonnée le happe au passage.

— Votre femme vient de téléphoner, dit-elle. Elle voulait savoir si elle devait mettre votre smoking dans votre valise.

Pour toute réponse, le docteur Martin visse son index sur sa tempe et poursuit son chemin avec Antoinette. La secrétaire le rattrape :

— Mais docteur, quand elle va rappeler, que dois-je lui répondre?

— Merde!

La secrétaire, qui doit pourtant être accoutumée aux rugosités de son patron, a néanmoins une moue réprobatrice.

— Voyons, docteur, je ne peux pas!

— Alors, vous lui direz que les saumons n'ont pas l'habitude d'aller danser chez Régine.

Il n'attend pas de connaître sa réaction et raccompagne Antoinette jusqu'à la porte en lui donnant l'explication de sa réponse avec une espèce de gourmandise dans l'œil :

— Je vais à la pêche au gros. En Irlande. Sans bonne femme. Sans enfant. Sans laisser d'adresse.

— C'est la fête, quoi!

— Le bonheur...

D'une âme et d'un pied également légers, Antoinette descend l'escalier et constate avec surprise dans les glaces du hall de l'immeuble qu'elle a aussi triste mine que lorsqu'elle est passée devant, une heure et demie plus tôt. C'est curieux! Elle était persuadée qu'elle avait les joues roses et l'œil vif. En tout cas, moralement, elle les a et en plus, un appétit de vivre, bon sang... trop grand pour elle toute seule. Ça aussi, c'est curieux : elle qui renferme à double tour ses soucis et ses chagrins, elle a un besoin irrésistible de partager sa joie avec la terre entière. Là, vraiment, les autres lui manquent. Enfin... ses autres à elle. Bien sûr, elle peut leur téléphoner en rentrant... mais ce n'est pas pareil, et puis c'est tout de suite, dans la foulée, qu'elle aurait envie de...

— Christophe!

Elle a crié. Il saute du capot de la voiture d'Antoinette où il l'attendait depuis une heure et se précipite à sa rencontre. Elle se jette à son cou en éclatant en sanglots libérateurs. Seulement, comme rien ne différencie le sanglot libérateur du sanglot douloureux, bien entendu Christophe s'y trompe et lui souffle dans l'oreille toutes les phrases apaisantes qu'il avait longuement préparées. Quand elle se détache de lui, c'est avec stupeur qu'il découvre son visage inondé de larmes.. et parfaitement hilare.

— Je vais bien! dit-elle entre deux hoquets de rire. Merveilleusement bien!

— Ça alors! Vous me la copierez! On n'a pas idée d'effrayer le monde comme ça!

C'est vrai qu'il est tout pâle, sous son bronzage. Antoinette passe un doigt reconnaissant sur sa joue.

— Je suis désolée, mais j'étais tellement heureuse!

— Vous savez que vous êtes spéciale : trois fois que je vous vois pleurer, trois fois parce que vous êtes heureuse.

— Trois fois?

— Ben oui : la première sur votre palier, le soir où vous avez eu si peur pour Pascal, la deuxième pour votre anniversaire, et la troisième aujourd'hui.

— Je ne recommencerai plus, je vous le promets.

— Ah si! maintenant que je suis prévenu, vous pouvez. Au contraire, je suis vachement content.

— Et moi donc!

— Comment on va fêter ça?

— On va d'abord rentrer au « Huit » pour que je me change de vêtements... et de tête si possible, et aussi pour appeler Pauline. Après, on avisera.

— D'accord!

— Vous avez votre moto?

— Non! Je ne l'ai pas prise. J'avais craint qu'en sortant de là, vous ne soyez pas en état de conduire.

— C'est drôlement gentil.

— C'est normal.

— Mais à propos... Comment saviez-vous que j'étais là? Je ne vous l'avais pas dit. Ni à Florence.

— C'est Pauline qui m'a prévenu. Elle s'inquiétait de vous savoir seule.

Les yeux d'Antoinette s'embuent à nouveau de larmes qu'elle refoule d'un grand reniflement.

— Allons bon! dit Christophe, vous voilà encore heureuse!

— Oui. D'avoir des amis comme vous. J'ai de la chance. Beaucoup de chance.

Christophe lui empoigne le bras et l'entraîne vers sa voiture dont, d'autorité, il prend le volant.

Aussitôt arrivés au « Huit », Antoinette va se préparer dans sa chambre pendant que Christophe, dans le living, s'amuse avec Ange qui, sentant sans doute le climat d'euphorie, a tout de suite apporté sa pelote de laine rouge. Ils jouent ainsi longtemps tous les deux... très longtemps... mais ça valait le coup d'être patient : Antoinette sort de sa chambre complètement transformée. Elle a un petit chignon rond perché sur le sommet du crâne, quelques cheveux fous encadrant son visage, du vert sur les yeux, du rose aux pommettes, du noir sur les cils, du rouge sur les lèvres. Elle porte une robe légère, crème, dont la vaste jupe plissée met en valeur sa taille encore affinée par ses diètes récentes et dont l'échancrure profonde ne laisse ignorer à personne sa joyeuse absence de soutien-gorge; une fleur artificielle assortie à sa robe et piquée dans un foulard en mousseline rouge qu'elle a noué — comme Catherine — autour de son cou. Elle ressemble à une espèce de Goulue distinguée. Son apparition est saluée par la fuite éperdue du chat qui ne la reconnaît pas et par le sifflement admiratif de Christophe qui ne la reconnaît guère davantage.

— Je ne vous ai jamais vue comme cela.

— Moi non plus.

Elle téléphone à Pauline, mais Maître Vanneau lui répond que celle-ci est partie chercher sa sœur à la gare de Sainte-Maxime et qu'il se chargera dès son retour de lui transmettre l'heureux message.

A peine déçue, Antoinette se retourne vers Christophe.

— A femme nouvelle, programme nouveau. Qu'est-ce qu'on fait?

Il ne leur faut pas moins d'une demi-heure pour trouver une idée qui les séduise tous les deux. Rien n'est jamais assez « marrant » pour Christophe ou assez original pour Antoinette. Finalement, ils se décident pour une soirée russe.

D'abord, ils vont aller dîner à l'isba de la pittoresque Mme Korsoff, qu'Antoinette n'a pas vue depuis au moins dix ans.

Ensuite, ils iront prendre un verre chez Raspoutine où Antoinette n'est jamais allée et ils danseront, ce qu'Antoinette n'a pas fait depuis vingt ans.

Enfin...

A ce moment précis, Antoinette pense confusément qu'elle fera l'amour avec Christophe.

Ils ne rempliront que le premier point du programme

prévu : en sortant du restaurant, Antoinette, qui a résisté autant qu'elle a pu à la fatigue qui peu à peu l'envahissait, est obligée de reconnaître qu'elle a trop présumé de ses forces de convalescente. Epuisée par les exubérances de leur hôte, par le repas trop copieux et trop copieusement arrosé, par les émotions de sa journée, elle n'a plus qu'une envie : dormir.

Christophe insiste un peu... Il se réjouissait tellement... Il espérait tellement...

C'est le mille-pattes d'Antoinette qui, subitement réveillé, lui répond. Christophe n'insiste plus.

Il raccompagne Antoinette en silence.

CHAPITRE XIX

Paris a dégorgé son trop-plein de voitures. Incontestablement, pour circuler, c'est plus agréable. Seulement voilà, Antoinette ne circule pas. Elle est juste allée ce matin faire quelques courses dans son quartier et elle a trouvé qu'on exagérait beaucoup le charme de Paris au mois d'août : les immeubles aux volets clos, les boutiques fermées, les vitrines à l'abandon — même celle du père Thomas —, les rares passants généralement tristes parce qu'ils reviennent de vacances ou qu'ils n'y partiront pas, le tout sous un ciel lourd d'orage ne l'a vraiment pas réjouie. Elle n'a acheté que peu de provisions pour être obligée de ressortir demain. Elle a rapporté aussi le best-seller de l'été pour prendre la relève des *Mémoires* de Casanova dont elle vient d'achever le quatrième tome; des pelotes de laine jaune pour se tricoter un pull quand elle serait fatiguée de lire; un bloc de papier pour dessiner quand elle serait fatiguée de tricoter. Quand elle est dans son état normal, elle adore ces moments de vacuité où l'on a enfin le temps de le voir passer. Mais là, c'est évident, elle n'est pas dans son état normal. La déception que lui a procuré au réveil le coup de téléphone de Pauline suffirait à le prouver. Il n'y avait vraiment pas de quoi être si désappointée en apprenant que l'arrivée inopinée de la sœur de Pauline et de sa petite famille dans la maison de Port-Grimaud rendait la sienne impossible avant le 16 août! C'est d'autant plus ridicule qu'il y a deux jours elle n'avait aucune envie de partir. Ça l'a prise hier, dans le « chaudron » du docteur Martin, et c'est seulement cette nuit, entre deux quintes de toux, qu'elle avait décidé de s'en aller le plus vite possible.

Quinze jours à attendre, ce n'était quand même pas un drame. Au contraire, elle va en profiter pour se retaper complètement. Allez! C'est comme ça qu'il faut prendre les choses.

Antoinette se cale confortablement les reins sur les coussins de son canapé, entourée de tout son petit matériel anti-ennui et des médicaments qu'elle a à ingurgiter au cours de la journée.

Par quoi va-t-elle commencer? Lecture? Dessin? Tricot? Elle opte pour le tricot avec en fond sonore le transistor. Elle chausse ses lunettes et monte ses mailles. Ange saute sur ses genoux, plus exactement sur la pelote de laine jaune qui est sur ses genoux.

— Ah non, mon vieux, il y a erreur. Ça, c'est ma pelote à moi. La tienne, elle est près de la cheminée. Regarde... là-bas. Va la chercher. Tu ne veux pas? Alors, qu'est-ce que tu veux? Eh oui, je sais bien, tu voudrais jouer. Mais moi, figure-toi que je n'ai pas envie. Tout à l'heure, tu pourras : ton copain Christophe va venir. Il fera une grande partie avec toi... C'est son rayon. Oui, oui, ce n'est pas la peine de me regarder comme ça, il faut que tu mettes ça dans ta petite tête de chat : à chacun sa spécialité. Christophe c'est la joujoute; moi c'est le gratti-grattou.

Tout d'un coup, Antoinette s'entend. Antoinette se regarde et — ô horreur — elle voit sa grand-mère. Mais attention, sa grand-mère à la fin de sa vie, pas à son âge à elle : sa grand-mère avec ses lunettes sur le bout de son nez, son éternel tricot que le père d'Antoinette ne supportait pas et qu'il appelait son « ramoumou », son poste de T.S.F., son peignoir en pilou, sa pharmacie ambulante et son chat, « Monsieur », avec lequel elle dialoguait, si l'on peut dire... à une seule voix.

Mon Dieu! Si Catherine la voyait... Cette fois vraiment elle aurait beau jeu de la traiter de « mémé »! D'un geste brusque, elle envoie promener le pauvre chat affolé, puis éteint la radio, va troquer sa robe de chambre contre un pantalon et un T-shirt, se coiffe et se maquille. C'est déjà mieux comme ça, mais ce n'est pas tout. Il faut absolument se désencroûter, il faut sortir de sa coquille, il faut vivre avec son temps... il faut... Elle dresse l'oreille : deux coups courts, un coup long. Pourquoi pas? S'il faut se taper Christophe, elle se le tapera.

Ça tombe mal, il n'est pas en forme : ce Paris vide et orageux qu'il vient de traverser le déprime; en plus, le copain qui lui a prêté son appartement vient de lui annoncer par lettre qu'il allait devoir le lui rendre début septembre. Un autre jour, ça lui aurait été égal; aujourd'hui, ça l'ennuie. Sans doute parce qu'il a mal dormi, lui aussi : la vodka et les blinis lui sont restés sur l'estomac... et pas seulement ça, évidemment! Il ne le dit pas parce qu'il est vraiment très gentil mais Antoinette se rend bien compte qu'il était en droit d'espérer une autre fin de soirée. Elle aurait dû se forcer. Elle l'a traité vraiment avec trop de désinvolture. D'ailleurs, d'une façon générale, elle pense que son attitude envers lui n'est pas tout à fait honnête. Elle s'est habituée peu à peu à accepter comme un dû les marques de son amour aussi évident que discret; à l'avoir à sa disposition, à recevoir beaucoup sans presque rien donner. Oh, bien sûr, elle ne l'oblige à rien, elle ne l'encourage pas, mais enfin... elle ne le décourage pas non plus. Ce n'est pas bien. Elle ne peut continuer de la sorte. Elle lui doit une revanche.

— Si on partait? dit-elle tout d'un coup.

Christophe en reste bouche bée.

— Vous avez encore du travail? demande-t-elle.

— Non, plus avant la rentrée. J'ai fini la semaine dernière toutes les photos des collections de la mode d'hiver. Je suis libre comme l'air et plein aux as.

— Alors, on peut s'en aller?

— Mais où?

— Ah! ça, c'est secondaire.

Après une vingtaine de coups de téléphone dans différents hôtels, pensions, auberges où ils sont déjà allés l'un ou l'autre, ou bien dont ils ont entendu parler par des amis, ou encore simplement qui leur sont signalés par le guide Michelin, tous complets jusqu'au 15 août inclus, Antoinette est obligée de reconnaître que le problème est moins facile à résoudre qu'elle ne le pensait. D'autant moins qu'elle tient à être près de la Méditerranée, à cause du climat, mais loin d'une plage, à cause du monde. Ils sont sur le point de renoncer quand soudain Christophe se souvient de deux anciens copains, rencontrés par hasard cet hiver, qui venaient d'acheter une vieille bâtisse en Camargue, avec l'intention de la transformer en « truc marrant pour vacances décontractées ». Avaient-ils mis leur projet à exécution? L'établissement était-il ouvert? Y restait-il de la place? Pour le savoir, il fallait d'abord que Christophe retrouve leur numéro de téléphone, inscrit sur une carte de visite qu'il n'était pas sûr d'avoir gardée.

Il repart donc chez lui sans se douter qu'Antoinette, particulièrement sensible depuis un certain temps au clin d'œil du destin, a décidé de remettre le sort de sa vertu au hasard : si leur voyage en Camargue s'arrange, elle succombera; dans le cas contraire, elle dissipera définitivement le caractère équivoque de leurs relations.

L'ennuyeux, c'est que dans le plus profond de son cœur, elle n'a aucune préférence pour l'une ou l'autre de ces solutions. Quand, au bout d'une heure, elle entend la voix claironnante de Christophe, au bout du fil, lui annoncer que « tout est arrangé », elle n'est ni contente, ni mécontente. Elle dit simplement :

— Ah bon! Alors, on part demain matin. Soyez en bas de chez vous à neuf heures.

Pendant le voyage, Antoinette apprend que les deux copains de Christophe qui vont les accueillir sont deux comédiens en mal de contrat, adorables, très « marrants » et complètement farfelus; qu'ils ont ouvert leur hôtel le 1er juillet, mais que les travaux ne sont pas finis; que le personnel sur lequel ils comptaient leur a claqué dans les doigts à la dernière minute et que ce sont eux et leurs deux nanas qui font marcher la baraque, sans problème, car les clients qui sont tous des amis mettent volontiers la main à la pâte. Cela contribue, selon eux, à créer une ambiance « drôlement sympa » et à justifier le nom qu'ils ont donné à leur vieux mas, partiellement retapé : *La Bonne Franquette.* Antoinette apprend aussi — unique information réjouissante à ses yeux — que Christophe a retenu deux chambres, les deux seules libres, miraculeusement débarrassées de la présence du peintre et du plombier le jour même. Au pire, elle aura donc toujours un endroit, rudimentaire peut-être, mais propre, pour s'isoler.

Retardés par une circulation beaucoup plus intense que prévu, par un déjeuner aussi long que médiocre, et surtout par la collision de deux camions qui les a bloqués sur l'autoroute pendant plus d'une heure, ils arrivent sur les lieux de leur villégiature à la nuit tombante; c'est-à-dire au moment où, en général, le mille-pattes d'Antoinette entre en action. Il ne faillit pas à ses habitudes, mais malgré lui, malgré la fatigue du voyage, la première impression d'Antoinette n'est pas aussi catastrophique qu'elle le redoutait : la maison longue, à un seul étage, au toit de chaume, à la façade blanche trouée de fenêtres basses à petits carreaux, flanquée de chaque côté de trois pins parasols rigoureusement taillés, semblait sortir en droite ligne d'un tableau naïf. Derrière la maison, une piscine pas très grande mais fort joliment éclairée laissait bien augurer du goût des maîtres de maison. Enfin, ceux-ci, Daniel dit Plumeau, un grand blond dégingandé, et Bernard dit

Boubouille, un roux tout rond de tête et de corps, étaient effectivement charmants. Charmants... mais pas très bien organisés : ils avaient oublié de prévenir leurs compagnes que les deux nouvelles chambres en service avaient été retenues par leur ami Christophe et elles en avaient loué une, en leur absence, à un couple de touristes allemands.

— Encore heureux qu'elles n'aient pas loué les deux! dit Boubouille en guise de consolation.

— Ça, avec tous les gens qui cherchent à se loger dans le coin, renchérit Plumeau, c'est un vache de coup de pot!

Totalement inconscients de la gêne qui s'est emparée d'Antoinette et de Christophe, ils empoignent leurs bagages et les conduisent, au premier étage, à leur chambre, dans un grand flot de paroles.

— Je crois que vous allez vous plaire. Ah! bien sûr, ça sera mieux l'année prochaine. Pour le moment, c'est encore un peu sommaire, mais enfin on est à la campagne : on vit surtout dehors et l'environnement ici est extra! Quand on aime, évidemment. Et puis en plus, vos fenêtres donnent directement sur la piscine. En vous réveillant vous pouvez piquer une tête.

Arrivés devant leur porte, la dernière du couloir, juste en face des W.-C., signalés par une pancarte prétendument humoristique comme « Place de la Liberté », une voix, qui pour être féminine n'en est pas moins mâle, leur parvient du bas de l'escalier :

— Grouillez-vous, les mecs! On n'a plus de pinard. Faut virer sec sur la cave!

Les deux garçons, pas le moins du monde phallocrates, lâchent sur-le-champ les bagages et rebroussent chemin à toute vitesse en recommandant à Christophe et Antoinette de ne pas trop tarder à descendre pour dîner, sinon les deux nanas « vont leur tirer une gueule de tragédie ».

A l'instant même, c'est volontiers ce que ferait Antoinette, si toutefois elle le pouvait; mais malheureusement la forte odeur de peinture qui la saisit en entrant dans la chambre — leur chambre — lui a déclenché une quinte de toux incoercible. Et la voilà avec sur son visage un masque de gargouille rougeoyante et suante très éloignée de la froide dignité de celui de Melpomène. Christophe s'affaire autour d'elle avec une sollicitude aussi touchante que maladroite : il ouvre les fenêtres, par lesquelles s'engouffrent moustiques et papillons de nuit; il lui apporte un verre — en plastique — d'eau abominablement tiède et chlorée; il va chercher une bombe insecticide, dont les effluves, ajoutés à ceux de la peinture, composent un parfum parfaitement écœurant; il sort enfin le sirop « puissamment émollient » d'une étrange sacoche que lui a désignée Antoinette et qu'elle appelle — comme tous ceux du « Huit » — « sa boîte à outils ». C'en est une effectivement, en gros cuir dur, fermée par deux boucles, semblable à celles que portent en bandoulière les ouvriers du bâtiment. A deux différences près : le couvercle de la sienne est agrémenté d'une étiquette « réparations en tous genres »; et l'intérieur est garni de cloisonnements dont chacun contient ce qui est nécessaire pour soigner telle ou telle partie défaillante du corps. C'est un cadeau de Gilles, « le plombier », en hommage à la prévoyance méthodique d'Antoinette qu'il appréciait et que réprouve actuellement Christophe d'un sourire ironique. Mais ni cette ironie, ni ce remue-ménage, ni même sa toux n'empêchent Antoinette d'effectuer une manœuvre de repérage, plutôt déprimante : il n'y a pas de volets, ni de doubles rideaux; or, elle ne peut dormir que dans le noir absolu. Le matelas est aussi mou qu'un édredon : or, ses lombaires exigent une couche rigide. Les lampes dites de chevet éclairent mal les tables bancales qui les soutiennent et pas du tout le chevet; or, elle adore lire au lit. Enfin la vieille commode provençale, seul meuble de rangement de la pièce, doit pouvoir contenir à peu près la moitié de ses affaires, et encore à condition que Christophe laisse les siennes dans sa valise; or, elle n'est heureuse que quand elle peut disposer du double de l'espace qui lui est vraiment nécessaire et rien ne lui donne davantage une sensation de confort qu'un tiroir vide et des cintres inemployés, comme il y en a au « Huit »... Ah, mon Dieu! le « Huit »... Sans Christophe, elle serait déjà sur la route du retour. Mais il est là, désemparé devant l'image qu'elle lui présente d'une femme souffreteuse et faible qui ne lui ressemble pas, désappointé de la voir dans ce cadre qui lui va si mal, et se sentant affreusement coupable.

— Je suis désolé, dit-il, dès qu'Antoinette s'apaise enfin.

— Vous n'êtes pas responsable de mon satané mille-pattes.

— Non, mais du reste.

Il a un geste vague qui embrasse la rusticité des lieux et qui se termine avec précision sur le lit.

— Je ne voudrais surtout pas que vous vous croyiez obligée... On peut très bien dormir l'un près de l'autre sans que...

— Bien sûr, Christophe. Ne vous tourmentez pas. Tout s'arrangera demain avec le soleil. Maintenant il faut descendre. Il est tard.

En bas, dans un salon assez coquet, les clients regardent le film à la télévision et le commentent avec une férocité joyeuse : ce sont pour la plupart des gens de spectacle, venus apporter une bonne bouffée d'air des coulisses à leurs copains convertis à l'écologie hôtelière.

Dans la salle à manger vide, Plumeau et Boubouille s'interrompent de desservir les tables pour accompagner Christophe et Antoinette dans la cuisine où leurs deux « fiancées », occupées à laver les récipients qui n'entrent pas dans la machine, les accueillent sans enthousiasme. Elles se ressemblent étrangement. Toutes deux assez petites, très menues, très musclées, elles ont les mêmes yeux noisette pas très grands, mais très vifs, le même nez pointu, la même bouche un peu mince. Une seule chose les différencie : l'une est très blonde; l'autre est très brune. Mais ce n'est qu'une apparence; quand on s'approche un peu, on s'aperçoit que les racines de leurs cheveux sont du même châtain. Elles ont aussi en commun, Antoinette ne va pas tarder à s'en apercevoir, la voix éminemment distinguée qui lui a déjà écorché les oreilles tout à l'heure.

— Il n'y a pas grand-chose à becqueter, dit la blonde.

— Il n'y a même plus de sauciflard, renchérit la

brune. On l'a refilé au clebs pour qu'il nous foute la paix.

Derrière leur dos, les deux garçons font signe à leurs hôtes de ne pas attacher d'importance à l'humeur de ces dames et les entraînent dans le cellier voisin où se trouvent congélateur, réfrigérateur et armoire à conserves, le tout très honorablement garni.

Ils en ressortent avec un magnifique jambon, des terrines, des tomates fraîches, des fromages et des fruits. Bref, de quoi « becqueter » bien plus qu'à leur suffisance et fort agréablement. Les filles ont, en leur absence, mis leurs deux couverts sur le bout de la grande table en chêne de la cuisine.

— On vous a installés là, dit la blonde. Comme ça, vous n'aurez pas loin à aller pour débarrasser quand vous aurez fini.

— Ce qui veut dire que vous nous quittez, mes toutes gracieuses? demande Plumeau sans la moindre nuance de regret.

— Tu parles! Depuis ce matin six heures, on en a plein les bottes!

— Moi, je ne sens plus mes quilles! Salut la compagnie!

— Et tâchez de ne pas faire de bruit en remontant!

Dès qu'elles sont parties, Antoinette, soucieuse de ne pas semer la zizanie dans les couples, propose aux garçons d'aller rejoindre leurs compagnes, mais manifestement ils n'en ont aucune envie. Ils sont heureux de se détendre, en buvant un peu et en parlant beaucoup; exclusivement de leur ancien métier, de leurs années de Conservatoire, de leurs auditions, de leurs tracs, de leurs fous rires. Des autres : de « celui » qui a réussi; de tous ceux qui ont échoué et qui ont renoncé comme eux ou qui s'entêtent comme les copains qui sont ici. Ils parlent aussi de leur gloire éphémère, du temps de la *Potiche,* un café-théâtre maintenant disparu, dont ils ont été les vedettes pendant un an et où justement Christophe était régisseur.

— Tiens! dit Antoinette, encore une activité que j'ignorais.

— Il y en a sûrement d'autres.

— Et maintenant, demande Boubouille, tu es content? Ça marche pour toi, dans la pub?

— Comment sais-tu que je suis dans la pub?

— Ben, il y a des journaux quand même dans notre bled.

Boubouille se lève et, d'un pas alourdi par le vin, va chercher dans le bas d'un buffet un magazine flambant neuf qu'il tend à Christophe après l'avoir ouvert à une certaine page. Intriguée, Antoinette se penche pour la regarder. Elle y voit Christophe, au milieu d'une arène, vêtu de l'habit de lumière des toréadors; un taureau magnifique lui fait face, les deux genoux à terre et le regarde, comme fasciné, à la hauteur du bassin étroitement moulé dans le pantalon de satin rose. De la bouche de la pauvre bête sort une bulle où s'inscrit la phrase suivante : « Il a gagné! Il porte un splip *Bijou.* » Sous la photo, un slogan explicite la situation, pourtant déjà assez claire : « *Bijou,* le slip des vainqueurs! »

Antoinette est aussi fascinée que le taureau, quoique pour d'autres raisons.

Il faut vraiment que Boubouille lui annonce qu'il y a

d'autres photos sur les pages suivantes pour qu'elle se décide à détacher ses yeux de celle-ci. Christophe, plus par modestie, elle le craint, que par peur du ridicule, essaie de lui reprendre le journal, mais en vain.

Sur la deuxième photo, Christophe apparaît sur un stade, en tenue de rugbyman, allongé par terre et tenant le ballon ovale au bout de ses deux bras tendus. Il vient de marquer un essai, malgré les efforts d'un adversaire qui l'a plaqué au sol et qui, la tête sur son fessier, proclame, toujours dans une bulle : « C'est de la triche : il porte un slip *Bijou!* » Le slogan confirme une deuxième fois que c'est bien le slip des vainqueurs... afin que nul ne l'oublie. Précaution inutile en ce qui concerne Antoinette qui a su, dès sa première lecture, que cette petite phrase n'était pas près de sortir de sa tête. Pourtant Christophe ne lui fournit aucune occasion de se la rappeler. Dans cette situation ambiguë qui est la leur, il agit avec beaucoup de simplicité et de délicatesse : il la laisse monter la première dans la chambre sous prétexte de prendre un dernier verre avec ses amis et lui évite ainsi la gêne inhérente à une intimité imprévue et non souhaitée, du moins par elle; quand il monte à son tour, sans bruit, elle est déjà couchée depuis un certain temps, dans l'obscurité, en train de se demander si elle va feindre de dormir ou non. Sa toux résout le problème. Elle allume la lumière.

— Eteignez! dit Christophe, l'odeur de peinture est revenue. Je vais ouvrir les fenêtres.

L'air frais, chargé des senteurs de la nuit, maîtrise assez rapidement la benzine et, par chance, également le mille-pattes d'Antoinette. Quand Christophe revient de la salle de bains, il se glisse si furtivement dans le lit qu'elle a à peine le temps de constater, à la lueur timide d'un croissant de lune, qu'en fin de compte, il n'avait ôté que son jean et ses chaussures.

— Ça va mieux? demande-t-il.

— Oui. C'est presque passé.

— J'espère que vous allez bien dormir.

— J'espère.

— Moi, je suis crevé.

Il souligne son affirmation d'un bâillement puis la justifie :

— La route a été difficile et puis le vin rosé m'a complètement « ensuqué ».

Il prend la main d'Antoinette sur le drap, la porte à ses lèvres et la remet gentiment à sa place. Il se retourne, ayant bien soin de s'éloigner d'elle au maximum.

Il aurait mieux fait de lui souhaiter une bonne insomnie : elle a oublié ses boules quiès à Paris! Quel est l'imbécile qui a parlé du silence de la campagne? En tout cas un qui n'était pas passé par *La Bonne Franquette*. Ici on ne sait plus où donner de l'oreille entre les aboiements des chiens, les galipettes des chats et les allées et venues des pensionnaires qui vont méditer, « Place de la Liberté », sur les effets particulièrement diurétiques du rosé de Provence. Comme si ça ne suffisait pas, voilà maintenant qu'un commando de moustiques vient voler en rase-mottes au-dessus du visage d'Antoinette et que l'un d'eux atterrit sur ses paupières et sur ses mains. Ah! elle n'a pas le temps de s'ennuyer, entre tous les efforts qu'elle doit s'imposer pour ne pas se gratter, pour remonter en douceur la couverture que Christophe a rejetée dans son sommeil au bas du lit, pour ne pas regarder l'heure toutes les cinq minutes sur son réveil phosphorescent, pour ne pas trop s'agiter. Mais comment diable font les gens pour dormir à côté de quelqu'un? Ils s'aiment? Oui, d'accord : s'endormir et se réveiller dans les bras l'un de l'autre... c'est très joli sur le papier, ça, mais dans la réalité? Il faut compter avec la crampe dans le mollet, l'ankylose du bras, le souffle de l'autre qui vous chatouille, le chat dans la gorge, le cheveu qui vous dégringole dans l'œil, la démangeaison au doigt de pied. Mais enfin, admettons, en cas de passion, pour peu que l'extase préalable vous ait terrassé, ça peut se concevoir. Mais ceux qui ne s'aiment pas? Et c'est quand même la majorité, encore une fois comment font-ils? Ils n'ont quand même pas tous, comme Christophe, un sommeil de plomb que rien ne perturbe. Alors... N'ont-ils pas comme elle la peur panique de déranger, et en même temps l'envie de remuer, de lire, de boire, de se lever. Oh! se lever... Rien que d'y penser, Antoinette a des picotements dans les jambes et en plus elle a bien l'impression de voir par la fenêtre les prémices de l'aube : aucune chance maintenant de s'endormir avec le jour qui va envahir la pièce. A moins que... Oui, dans la salle de bains il n'y a pas de fenêtre. Elle se lève tout doucement, prend son oreiller, contourne le lit... et bute malencontreusement contre une valise.

— Ça ne va pas?

— Si, si! Très bien. Je vais boire un verre d'eau.

— Vous voulez que j'allume?

— Surtout pas! Dormez! Ne vous occupez pas de moi.

La recommandation tombe dans l'oreille d'un amoureux, donc d'un inquiet. Dix minutes plus tard, Christophe frappe à la porte de la salle de bains.

— Vous n'êtes pas malade?

— Non! non! Pas du tout.

— Je peux entrer?

Il n'attend malheureusement pas la réponse et trouve Antoinette recroquevillée dans la baignoire, recouverte d'un peignoir de bain, la tête sur son oreiller.

— Qu'est-ce que vous faites là?

— Je n'arrive pas à dormir dans la chambre.

— A cause de moi?

— A cause de tout, des moustiques, des chiens, du jour qui va poindre...

— Enfin... vous n'allez pas rester là : c'est stupide! Demain vous ne pourrez plus vous déplier.

— Mais si!

— Non! Je ne vous laisserai pas comme ça. Venez vous recoucher. Moi je vais m'étendre par terre. Ça m'est égal, je dors n'importe où et vous, vous serez plus à l'aise.

— Mais puisque je vous dis que ce n'est pas à cause de vous!

— Ne discutez pas et venez!

Christophe s'assoit sur le rebord de la baignoire, accoté au mur, les bras croisés.

— Je ne partirai pas d'ici avant que vous ne me suiviez.

Antoinette cède, avec d'autant plus de regret que

l'aube se précise très nettement. Pendant qu'elle regagne le lit, Christophe, armé d'une bombe insecticide et d'une serviette, livre une chasse sans merci aux moustiques qui tombent l'un après l'autre. Antoinette a beau ne pas avoir le cœur à la rigolade, elle ne peut s'empêcher d'imaginer les insectes agonisants en train de se poser en nouvelles victimes du « slip des vainqueurs ». D'ailleurs, après avoir exterminé le dernier, Christophe a le regard triomphant de ses photos et la mâle autorité des héros. Il ferme les fenêtres, oblige Antoinette à mettre du coton dans ses oreilles, un foulard sur ses yeux et à se taire quand il va, enveloppé dans sa robe de chambre, s'allonger sur la descente de lit.

Dix minutes plus tard, il dort. Antoinette, pas. A six heures, elle tousse, la tête enfouie sous son oreiller pour tenter d'amortir le bruit. C'est une réussite. Christophe ne se réveille pas. A six heures trente, ayant ôté foulard et coton, elle voit de gros nuages gris dans le ciel et entend dans l'escalier des pas légers — ceux, sans doute, des deux jumelles — qui commencent leur journée, puis quelque temps après le ronflement d'un moulin à café électrique qui lui donne immédiatement une fantastique envie de petit déjeuner. A sept heures, les voisins — les Allemands qui leur ont soufflé la deuxième chambre — bâillent... bruyamment, c'est vrai. Mais tout de même : les cloisons sont minces! Ein, zwei, drei, vier... Ein, zwei, drei, vier... Antoinette suit leurs exercices de culture physique, puis par la suite leurs ablutions matinales, comme si elle y était. Ils sont incontestablement plus propres que sportifs. A huit heures, la « Place de la Liberté » est menacée d'embouteillage. Favorisée par la situation de la chambre, Antoinette parvient à s'y faufiler entre deux bouchons, sans même que Christophe s'en aperçoive. Ses scrupules reculant devant ce sommeil indécent, elle va dans la salle de bains prendre une douche dont elle s'exagère à l'avance les effets bienfaisants. Certes, en se regardant dans la glace, elle ne s'attendait pas à découvrir le visage pur et lisse d'une enfant qui s'éveille mais enfin, même pessimiste, elle ne s'attendait pas à « ça ». Ce n'est pas possible, c'est la glace! Elle sort la sienne de son sac de toilette. Un côté en est grossissant; elle se regarde prudemment de l'autre... Ce n'était pas la glace! Alors, c'est quoi? La nuit blanche? Les piqûres de moustiques sur les paupières? Un peu les deux. De toute façon, quelle que soit la cause, le résultat est là : débilitant! Un seul remède, se cacher les yeux avec de grosses lunettes noires avant que Christophe n'ouvre les siens. Raté! Quand elle sort de la salle de bains, il est dans le lit, en train de s'étirer. Il a, lui, le visage pur et lisse d'un enfant qui s'éveille. L'espace d'un éclair, Antoinette se souvient qu'un jour Gilles lui avait dit au lendemain d'une nuit quasiment blanche : « Ce que j'aime chez toi, c'est que tu as la même tête le matin que le soir. » Il avait ajouté qu'elle devait ça sans doute à son côté asiate et qu'il n'avait connu jusque-là qu'une jeune Japonaise pour avoir ce privilège. Eh bien, aujourd'hui, elle est sans rivale, la Japonaise, et Antoinette, bien qu'elle ne cherche pas à plaire à Christophe, et bien qu'elle soit en droit de supposer que ce ne sont pas ses qualités physiques qui le séduisent en elle, en éprouve un agacement éminemment féminin et en outre

— elle va s'en apercevoir dans un instant — éminemment inutile.

— Qu'est-ce que vous cherchez? demande Christophe.

— Mes lunettes noires.

— Pourquoi?

— J'ai été dévorée par les moustiques. Je suis horrible!

— Pas du tout! Vous êtes très mignonne. Vous avez une tête de gros bébé joufflu.

Il en faut plus pour convaincre une femme complexée et, de surcroît, passablement nerveuse.

— C'est quand même un comble, dit Antoinette, je n'ai pas fermé l'œil de la nuit et ce matin, je ne peux pas les ouvrir.

— On va s'organiser, déclare péremptoirement Christophe, prêt à n'importe quoi pour retrouver son Antoinette d'antan.

Et ils s'organisent. La plus grande partie de la journée passe en courses diverses dans les environs. Ils reviennent vers cinq heures à *La Bonne Franquette,* armés contre le bruit, le jour, les odeurs et les bestioles de toutes sortes. Tout de suite après le dîner, titubant de fatigue, Antoinette regagne une chambre désodorisée par une lampe berger, reparfumée par des bâtons d'encens, débarrassée de tout moustique par une plaquette dont l'efficacité bien connue a été renforcée par celle d'un flacon de citronnelle; une chambre aux fenêtres calfeutrées par deux couvertures doublées de deux draps de bain. Une boîte de boules quiès l'attend sur la table de nuit et un matelas pneumatique attend

Christophe par terre. Le silence, l'obscurité et l'espace lui sont donc assurés. Tout serait parfait... s'il ne faisait pas une chaleur à crever et si le lit n'était pas toujours aussi mou! Mais enfin, dans l'état d'épuisement où elle est, ça devrait pouvoir s'arranger. En effet, ça s'arrange. Elle s'endort. Deux heures plus tard, un orage tonitruant la réveille et ramène dans la chambre Christophe, résolument optimiste :

— Ça va nettoyer le temps, annonce-t-il. Le baromètre remonte. Demain il fera beau.

— Espérons.

Il se couche dans le noir et entre deux coups de tonnerre demande :

— Vous n'avez pas trop chaud?

— Non, ça va. Et vous?

— Ne vous inquiétez pas. Ça va aller. Dormez!

A partir de cette recommandation affectueuse, la nuit va s'écouler pour Antoinette exactement comme celle de la veille, mis à part que l'agitation de Christophe, incommodé par la chaleur et l'inconfort de sa couche, agrémente son insomnie de remords pesants.

Antoinette se lève à la même heure, mais cette fois, c'est carrément désespérée et ayant déjà chaussé ses verres protecteurs qu'à son retour de la salle de bains elle récupère un Christophe toujours aussi frais et dispos. Peut-être un peu plus, parce qu'en ouvrant les fenêtres, il a constaté que le ciel avait donné raison à son optimisme.

— Vous avez vu ce temps?

— Ouais!

— Si on allait se baigner dans la piscine avant le petit déjeuner?

— Allez-y, vous. Moi, je ne tiens pas debout.

— Vous n'avez pas encore dormi?

— Si! deux heures! Avant l'orage.

Il la regarde de l'air misérable d'un enfant qui récolte une punition alors qu'il escomptait une récompense.

— Mais qu'est-ce que je peux faire?

— En tout cas, ce soir, vous recoucherez dans le lit. Ça m'agace encore plus de vous voir mal dormir par ma faute que de ne pas dormir moi-même.

— Mais moi, ça m'est égal!

— Pas moi. Je supporte difficilement qu'on m'emmerde, mais je supporte encore moins d'être une emmerdeuse.

— Mais vous ne l'êtes pas!

— Si!

— Bon! Eh bien, si vous y tenez, j'abandonnerai mon matelas pneumatique.

— C'est ça. Et présentement, vous allez vous baigner, puisque vous en avez envie.

— Je n'en ai pas envie sans vous.

— Alors, je dois me forcer?

— Pas du tout! Je peux très bien m'en passer.

— Mais ça vous prive! Donc, je suis une emmerdeuse. Vous me mettez dans la peau d'une emmerdeuse.

Quatre fois au cours de la journée, ce même genre de discussion les oppose. La première fois, avant le déjeuner, à propos d'une partie de ping-pong; la deuxième fois, après le déjeuner, à propos d'une partie de boules; la troisième fois, dans l'après-midi, à propos d'un bain de mer sur une plage voisine; la quatrième fois avant le dîner, à propos d'un apéritif que Boubouille et Plumeau ont organisé pour l'anniversaire d'un de leurs amis pensionnaire. Antoinette, somnolente et vaseuse, n'avait envie ni de jouer, ni de se baigner, ni de deviser joyeusement autour d'un verre. Christophe, lui, avait envie de tout, mais seulement avec elle. La dernière fois qu'elle le lui reproche, il se rebiffe :

— Vous ne comprenez donc pas que je préfère ne rien faire avec vous que de faire quelque chose seul ou avec d'autres?

— Et vous, vous ne comprenez pas que votre sollicitude ajoute encore à l'énervement que j'éprouve de me traîner comme une momie?

— Eh bien, puisque je vous énerve tellement, je partirai demain. Comme ça, au moins, vous aurez raison : vous m'aurez vraiment gâché mes vacances.

Antoinette se sent terriblement injuste et pose sa main sur celle de Christophe. Il n'en faut pas plus pour que ce soit lui qui s'estime coupable :

— Pardonnez-moi. Je n'aurais pas dû m'emporter. Je sais que vous n'êtes pas bien depuis quelque temps.

— Depuis ma grippe?

— Bien avant. Vous avez reçu beaucoup de chocs en quelques mois : Pascal, Michel, Catherine, Aurore... sans compter le docteur Martin. Vous les avez affrontés avec un maximum d'énergie et de calme apparent, mais ils vous ont atteint quand même et c'est ça que vous payez aujourd'hui. Vous continuerez à le payer — peut-être encore plus sévèrement — si vous ne vous soignez pas.

— Moi? Je n'arrête pas.

— Non! Vous prenez des palliatifs contre la toux, les crises de foie, la fatigue, mais vous ne prenez pas le seul médicament qui soignerait la cause de tous ces maux.

— Lequel?

— Celui que Pauline vous a prescrit et qui est intact au fond de votre sac à pharmacie.

— C'est elle qui vous en a parlé?

— Oui. Elle m'a chargé, le cas échéant, de vous rappeler son existence.

— Mais c'est un remède pour les dingues!

— J'en ai pris, Antoinette, et je n'étais pas plus dingue que vous. Simplement dépressif, comme vous.

— Et ça vous a guéri?

— Miraculeusement.

Antoinette réfléchit un long moment en silence; puis en une seconde le mille-pattes, revenu en grande forme, emporte sa décision :

— D'accord! J'en prendrai ce soir.

Effectivement, elle en prend quinze gouttes en se couchant et au bout d'une demi-heure s'endort comme une masse. Après un certain laps de temps qu'elle estime très court, elle se réveille et lève un œil vers son réveil : une heure. Elle referme l'œil, satisfaite de ce petit progrès et d'autant plus qu'il ne lui semble pas impossible de replonger encore un peu dans le sommeil. Quand elle regarde à nouveau le réveil, il est deux heures. Elle se retourne avec précaution, bien inutilement d'ailleurs car Christophe n'est pas à côté d'elle. Il n'est pas non plus sur son matelas, ni sur la descente de lit. Elle allume la lumière et le découvre assis dans un fauteuil, le sourire aux lèvres, tout habillé.

— Qu'est-ce que vous fabriquez là?

— Je vous regarde dormir.

— Mais pourquoi vous ne vous couchez pas?

— Jamais après le déjeuner.

— Après le déjeuner?

— Il est deux heures de l'après-midi.

— Quoi?

— Vous avez dormi seize heures.

— Ce n'est pas vrai!

— Mais si! Notez qu'en comptant les deux heures de sommeil d'hier, ça ne fait guère depuis qu'on est ici qu'une moyenne de six heures par nuit. Ce n'est pas énorme. Vous avez encore le droit d'être fatiguée.

— Le pire, c'est que je le suis.

— Je vous conseillerai quand même d'attendre ce soir pour vous rendormir.

— Bien sûr, je vais me lever.

— Et moi, je vais vous chercher un peu de café et des croissants.

Aussitôt après s'être restaurée avec un bel appétit, Antoinette propose à Christophe de partir à la recherche d'un endroit pour se baigner, sympathique et pas trop encombré. Ils finissent par dénicher une petite anse, qui doit à sa difficulté d'accès et son manque de confort une tranquillité absolue. En un tournemain, Christophe se déshabille et se précipite dans l'eau sans s'occuper d'Antoinette. Peut-être parce qu'il se souvient des leçons de la veille; peut-être parce qu'il est aussi gêné de découvrir son corps qu'elle l'est, elle, de le lui montrer pour la première fois. De toute façon elle lui en est reconnaissante. Dès qu'il la voit prendre sa direction dans un crawl impeccable, il vient à sa rencontre.

— Vous nagez drôlement bien!

— Pourtant j'ai l'impression d'avoir du plomb dans tous les membres.

— Vous le sentez peut-être, mais ça ne se voit pas.

— Et puis, je suis essoufflée, ce n'est pas croyable!

— Manque d'entraînement.

— Je ne vais pas tarder à rentrer.

— Vous avez raison, il ne faut pas forcer.

Là encore, Christophe la laisse et ne la rejoint que lorsqu'elle est étendue sur son drap de bain, sa peau mate joliment luisante de produit solaire. Il s'allonge auprès d'elle, sur le ventre, sans un mot, et ferme les yeux. Au bout d'un moment, étonnée de son silence, Antoinette lui demande doucement :

— Vous dormez?

— Pas précisément.

— Pourquoi ne dites-vous rien?

— Ce que je pourrais vous dire vous serait désagréable.

— C'est méchant?

— Non, plutôt gentil.

— Eh bien, dites.

Christophe se relève sur ses coudes et, sans tourner la tête vers elle, lui débite le fond de son cœur en petits tronçons :

— J'ai envie de vous. De vous serrer dans mes bras

à vous en étouffer, de vous embrasser, de poser mes mains partout sur votre corps. Depuis bientôt six mois, je rêve de cela, parce que depuis bientôt six mois, je vous aime. Depuis trois jours, je suis au supplice de vivre à côté de vous sans pouvoir vous toucher et depuis tout à l'heure que je vous ai vue, je ne pense qu'à cela et j'en tremble.

Il referme ses mains effectivement tremblantes et appuie de toutes ses forces sa tête sur ses poings qui s'enfoncent dans le sable.

— Je sais très bien que j'aurais dû continuer à me taire, ajoute-t-il, mais je ne pouvais plus, Antoinette, je ne pouvais plus!

En vérité, ces aveux dépouillés d'artifice déclenchent dans le cœur d'Antoinette beaucoup moins d'attendrissement que de remords. Ce sont eux qui poussent ses doigts vers la nuque de Christophe. Il a un mouvement de recul.

— Ne me touchez pas, je vous en supplie. C'est assez difficile comme cela.

Antoinette retire sa main.

— Je suis désolée. Je ne croyais pas que...

— Je sais... Vous êtes totalement inconsciente.

— Ce n'est pas vrai, je vous jure qu'en partant de Paris j'avais l'intention de... C'est uniquement parce que les circonstances nous ont été contraires qu'il ne s'est rien passé.

— Uniquement?

— Oui.

— Méfiez-vous! Je risque fort de vous rappeler ce que vous venez de me dire.

— Vous pouvez.

— Vraiment?

— Vous voulez qu'on rentre maintenant à l'hôtel?

Christophe n'en croit pas ses oreilles, mais il est bien obligé d'en croire sa bouche et ses mains... Il embrasse Antoinette, il caresse ses épaules, ses bras, son ventre, puis se lève d'un bond et se jette à la mer avec des glapissements d'Indien. A peine rentrés dans leur chambre, Antoinette en ferme les fenêtres toujours oblitérées de leur cache-lumière et va prendre une douche.

Pendant que l'eau ruisselle sur son corps, Antoinette essaie consciencieusement de se conditionner à ce qui l'attend. Elle pense aux déclarations enflammées de Christophe sur la plage, à son air malheureux, et puis aussi à ses muscles et à toutes les dames qui voudraient être à sa place, qui se pâmeraient devant « sa souplesse de jeune félin ». Mais finalement, cette image l'amusant plus qu'elle ne l'émeut, elle en revient aux mots de Christophe et à ses regards. C'est vraiment ce qui la touche le plus. C'est encore à ça qu'elle s'efforce de penser pendant qu'elle attend Christophe qui a pris sa place dans la salle de bains. Il en revient très vite et la trouve dans le lit, dos à lui, le drap remonté jusqu'aux oreilles. La seconde d'après, il rejette le drap. La seconde d'après, il la retourne vers lui. La seconde d'après, il dit : « Que tu es belle! » La seconde d'après, il s'abat sur elle. La seconde d'après, il la pénètre. La seconde d'après, il s'agite en hurlant : « Mon amour, mon amour. » La seconde d'après, il s'écroule sur son épaule en pleurnichant : « Je ne voulais pas, je ne voulais pas! »

Antoinette est aussi perplexe que les spectateurs d'une pièce de courte durée, qui se demandent en voyant se baisser le rideau « si c'est fini ou si c'est l'entracte ». L'immobilité de Christophe lui permet de croire que c'est fini. Elle n'a vraiment pas eu le temps de s'ennuyer. De se distraire non plus. Mais ça, elle s'en moque éperdument. Elle est tellement contente d'être débarrassée de cette vieille dette. Et puis ainsi, c'est épatant, elle va pouvoir se mettre du vernis sur les ongles de pieds, sans se presser. Si elle se laissait aller, elle dirait volontiers : « Voilà une bonne chose de faite. » Mais elle est bien élevée et elle se contente de dire à Christophe, toujours prostré :

— Ça va?

— Non, ça ne va pas, je suis furieux contre moi.

— Il n'y a vraiment pas de quoi.

— Si, il y a de quoi. Je suis sûr que vous m'en voulez.

— Moi? Pas du tout! Au contraire!

— Comment au contraire?

— Enfin... je voulais dire : c'est plutôt flatteur... votre impatience.

— C'est gentil de le prendre comme ça, mais quand même, tu dois être déçue.

Elle lui relève la tête en tirant sur ses boucles.

— Regardez-moi : franchement, est-ce que j'ai la tête de quelqu'un de déçu?

Elle est tout sourire. Toute douceur. Toute détente. Christophe est pleinement rassuré.

— Tu es adorable, dit-il.

Gênée par ce qualificatif qu'elle estime, à juste titre,

immérité, elle se détache de Christophe et se lève après s'être drapée dans une serviette de bain qu'elle avait pris soin de déposer, à cet effet, auprès d'elle.

— Tu vas revenir? demande Christophe.

— Bien sûr!

Effectivement Antoinette revient, pimpante, dans une robe ample, fleurie, retenue aux épaules par deux bretelles fines. Elle a dans les mains un paquet de coton hydrophile et une bouteille de vernis rouge à la main. A la limite de la mondanité, elle s'inquiète de savoir si la couleur plaît à Christophe, si l'odeur ne lui est pas désagréable, s'il voudra quand elle aura fini de le poser sur les ongles de ses orteils disputer une partie de ping-pong avec elle, ou s'il préférera se promener, ou encore prendre l'apéritif dans le jardin avec ses amis. Elle parle tout en disposant, avec cette grâce méticuleuse qui lui est propre, des petits morceaux de coton entre ses doigts de pieds.

Christophe lui sait gré de noyer le souvenir encore cuisant pour lui de ce premier échec sous les flots de sa volubilité exquise. A sa place, pense-t-il, une minette aurait insisté, ou pleuré, ou tempêté, ou raillé! Tandis qu'elle... Il la trouve en cet instant merveilleusement subtile, merveilleusement compréhensive, en un mot, merveilleusement Femme.

En vérité elle est somptueusement indifférente, mais, hélas! en six mois, Christophe n'a pas appris à la connaître, et c'est débordant de tendresse qu'après s'être habillé, il vient se pencher sur ses pieds qu'elle a posés, pour en sécher le vernis, sur le rebord ensoleillé de la fenêtre rouverte. Elle coupe son élan du geste et de la parole :

— Oh non! Ça, j'ai horreur!

— Pourquoi?

— Un homme, ça domine; ça ne s'abaisse pas.

— Qu'est-ce que vous aimez alors?

— Qu'on ne me demande pas ce que j'aime.

— On risque de se tromper.

— Un homme, ça doit deviner.

Elle lui décoche un petit bout de baiser sur le bout du nez — ce qui signifie dans le langage d'Antoinette : « Estime-toi heureux, mon bonhomme, d'avoir les clés et attends au moins demain pour t'en servir » —, ce que Christophe s'empresse de traduire par : « Je te désire, mon amour, mais je suis assez raisonnable pour patienter encore quelques heures. »

Le malentendu se poursuit toute la soirée. Christophe ne pense qu'à remonter dans la chambre. Antoinette ne pense qu'à s'attarder en bas. Il admire la maîtrise avec laquelle elle refoule ses désirs... Elle cherche désespérément un moyen d'échapper aux siens. Elle n'est pas très fière de celui qu'elle emploie à la fin du programme de télévision, particulièrement éprouvant ce soir-là, mais enfin, faute de mieux...

— C'est insensé, dit-elle en réprimant très mal un bâillement, malgré mes seize heures de sommeil, je m'écroule littéralement.

— Pourtant, vous étiez très en forme tout à l'heure. C'est vous qui avez voulu regarder la télé.

— Oui, ça m'a pris d'un coup. Ça doit être le soleil de l'après-midi ou le premier bain, peut-être.

Il la soulève de son fauteuil et la prend par les épaules.

— Ça va se passer, lui souffle-t-il dans l'oreille, je vais vous réveiller, moi.

Allons bon! Elle a poussé la mauvaise porte. Par acquit de conscience, elle tâte une dernière issue de secours, dans l'escalier :

— Vous ne pensez pas qu'il serait prudent quand même que je prenne encore ce soir le médicament de Pauline?

— Bien entendu! Mais peut-être un tout petit peu moins et puis surtout... après!

Pour lui donner un avant-goût de « l'après », Christophe plaque Antoinette contre le mur de l'escalier et l'embrasse à lui couper le souffle. Ça promet! Dans la chambre, elle risque une ultime tentative :

— Je crois, Christophe, qu'il serait...

Le reste de sa phrase se perd dans les grincements des ressorts du matelas et dans les débordements verbaux de Christophe :

— Tu crois quoi, mon amour, mon Antoinette, ma Toinon, ma femme à moi. Tu crois que je suis incapable de te rendre heureuse? Tu crois que je suis un amant maladroit, égoïste, qui ne pense qu'à son plaisir? Mais tu as tort, je vais te le prouver. Tu m'entends, je vais te le prouver.

D'accord, oui, elle a entendu. Eh bien, qu'il le prouve et qu'on en finisse! Puisqu'il n'est plus question d'arrêter ce raz de marée, autant le laisser déferler tranquillement et ne pas s'énerver.

— Je vais te le prouver, continue Christophe, avec

mes bras, avec mes mains, avec ma bouche, avec...

Avec ce qu'il voudra, bon sang, mais qu'il le prouve!

— Je veux que tu jouisses, que tu gueules, que tu te déchaînes, que tu demandes grâce...

Elle veut bien Antoinette. Elle n'a rien contre. Evidemment, elle a un peu de mal à s'imaginer en lionne mugissante et hystérique, étant donné que jusqu'à présent elle se serait plutôt apparentée au modèle en dessous : la chatte ronronnante et lascive, mais après tout, il faut voir... On change à tout âge. Non, d'ailleurs, c'est faux. On reste toute sa vie l'enfant qu'on a été. Antoinette se souvient très bien que déjà dans la classe de Mlle Berthe... Mais qu'est-ce qu'il lui prend? Ce n'est vraiment pas le moment d'évoquer ses souvenirs de la maternelle. Pas le moment du tout : Christophe est en train d'essayer de deviner les mystères de son corps, il chatouille, il gratouille, il pinçouille, il tétouille, il farfouille et patrouille tous azimuts. Antoinette a l'impression tantôt qu'il est le capitaine d'un avion en perdition qui appuie sur tous les boutons de son tableau de bord en espérant découvrir celui qui va débloquer les aérofreins ou déclencher les turboréacteurs; et tantôt qu'il joue à cache-tampon avec une partenaire déloyale qui refuse de le guider par ces indications charitables : « tu brûles » ou « tu refroidis ».

Eh bien, justement en voilà, une indication... il vient de lui griffer le dessus du pied et elle en a ressenti une sensation de brûlure telle qu'elle a poussé un petit cri douloureux et qu'elle a retiré rapidement sa jambe. Tout heureux d'avoir découvert un point sensible — et même deux puisqu'elle a deux pieds — le voilà qui s'acharne dessus : et que je te griffe! et que je te regriffe! Antoinette se débat :

— Ça me fait mal, s'écrie-t-elle.

— Mais tu aimes ça, hein, tu aimes ça?

— Pas du tout! Arrêtez!

Le ton impératif, assorti du vouvoiement insolite dans ces circonstances, laisse entrevoir à Christophe qu'il s'est trompé et qu'il ferait mieux de poursuivre ses investigations ailleurs. Il les poursuit, mais toujours pas en demi-teintes : il pétrit, il malaxe, il triture. Elle a beau ne pas avoir de cellulite, elle est obligée d'avoir recours aux méthodes de décontraction pour supporter ce massage intensif.

Mais enfin, combien de temps ça va durer, ce massage? Et ce ne sont que les préliminaires! Il va bien falloir quand même à un moment entrer — comme qui dirait — dans le vif du sujet. Ça lui rappelle tout à coup une phrase de Catherine : un jour que celle-ci s'était fourvoyée dans le même genre de guêpier qu'Antoinette aujourd'hui, agacée, comme elle, par la multiplicité des manœuvres préparatoires, l'œil vissé sur son réveil, elle avait eu envie de dire à son trop minutieux compagnon, au moment de l'abordage final : « Alors, c'est à cette heure-là que tu rentres? » La phrase arrive dans la tête d'Antoinette, comme un fait exprès, juste à point nommé. Et la voilà prise d'un fou rire d'autant plus irrépressible qu'il serait particulièrement inopportun de le laisser éclater. Dans un réflexe prompt, elle saisit son oreiller et s'écrase la figure dessous. Sous son abri de plumes elle glousse tout à loisir. Christophe, aussi ardent que peu psychologue, se méprend sur l'origine de ces gloussements et s'écrie, triomphant :

— Je te l'avais dit, que tu jouirais, je te l'avais dit!

Aussitôt, devant les yeux d'Antoinette se met à danser l'image dévastatrice du slip des vainqueurs. Elle voit la pauvre gueule du taureau dépité, et celle du rugbyman grincheux... son fou rire redouble. Ce qui a pour effet de redoubler les efforts de Christophe.

Ce n'est plus possible! Elle agite ses mains comme si elle tenait au bout le drapeau blanc de la reddition et supplie :

— Assez! Assez! Assez!

Christophe rugit :

— Je le savais, que tu demanderais grâce, je le savais!

Il a rempli le programme qu'il s'était fixé : il est aux anges. Dieu soit loué, ces anges-là le conduisent enfin au septième ciel. Il était temps. Antoinette était à bout de patience. Il lui en reste juste assez pour supporter le regard conquérant de Christophe et ne pas lui répondre, quand il lui demande si elle est bien, que rien vraiment ne lui aura été épargné!

Quand elle revient de la salle de bains, il est étendu en travers du lit et dort profondément.

Le lendemain, Antoinette et Christophe se réveillent à peu près en même temps, vers midi. Ils ont dormi dix heures, elle, parce qu'elle a pris son calmant, lui, parce que son exploit sexuelo-sportif l'avait épuisé. A l'issue de cette longue nuit il est prêt à recommencer; elle, elle est prête à tout pour ne pas recommencer. Heureusement pour elle, le sommeil lui a apporté, par miracle, de quoi éteindre les lueurs égrillardes qui brillent déjà dans les yeux de Christophe : un mal aux reins épouvantable qui rend chacun de ses mouvements affreusement pénible, et des coups de soleil sur les pieds aggravés par les griffures intempestives de Christophe qui sont particulièrement spectaculaires. Pas question de galipettes dans ces conditions-là.

Antoinette va gagner ainsi, sans trop de difficulté, quatre jours d'abstinence. La bonne nature vient, fort à propos, lui en octroyer cinq de plus. Neuf en tout de tranquillité pendant lesquels Christophe doit se contenter d'entretenir le feu, qu'il croit avoir allumé en elle, par des œillades prometteuses et par des allusions bien senties à leur folle nuit.

Le dixième jour, Antoinette remet à regret dans son sac à pharmacie le tube d'Alkapan, sauveur de ses lombaires, sa pommade contre les coups de soleil... et le reste. Elle est remise à neuf. Elle ne tousse pratiquement plus. Elle prend juste le soir cinq gouttes du médicament de Pauline. Elle dort bien. Elle mange bien. Elle est dorée sur tranche. Bref, en parfait état de service. Par bonheur, pour Antoinette, la maison de Pauline lui est ouverte à partir du 16 août. Par malheur, pour Christophe, il est à cent lieues d'imaginer qu'elle n'a aucune intention de l'y emmener.

Et l'on est le 15 août...

CHAPITRE XX

Comme chaque matin au petit déjeuner, Christophe s'applique à respecter les manies d'Antoinette : il lui a rapporté de la cuisine son jus de pamplemousse, dans un grand verre à pied. Tout de suite après, il lui a versé son café, pour qu'il ait le temps de refroidir. Présentement, il découpe avec précaution son croissant dans le sens de la longueur — surtout sans le casser —, étale sur chaque moitié une fine pellicule de beurre — surtout sans que ça déborde.

Comme chaque matin, Antoinette le regarde avec un certain attendrissement : comme il est gentil! Comme c'est dommage qu'elle ne l'aime pas! Comme il a l'air heureux! Comme elle est malheureuse d'avoir à le rendre malheureux! Pourtant il va bien falloir... c'est le dernier jour, elle ne peut plus reculer.

L'arrivée de Boubouille lui octroie encore quelques minutes de sursis.

— Ça va, les amoureux? demande-t-il.

— Et comment! répond Christophe en dévorant sa tartine à pleines dents et Antoinette à pleins yeux.

Boubouille, très fier de sa barbe naissante, vient la mettre sous le nez d'Antoinette.

— Je te plais, comme ça?

— Non! Tu ressembles à un hérisson.

— Eh bien, tant pis pour toi! Reste donc avec ton agneau.

Il tire sur la toison bouclée de Christophe et s'en va en bêlant.

— C'est curieux, quand même! dit Christophe.

— Quoi?

— Vous tutoyez mes copains, leurs nanas, et moi, vous vous obstinez à me vouvoyer.

— Ce sont eux qui ont commencé, alors j'ai suivi pour ne pas leur paraître trop vieux jeu.

— Moi aussi, j'ai commencé et vous n'avez jamais suivi.

— Avec vous je n'avais pas à me forcer.

— Bien sûr! Mais je regrette que ça ne vous soit pas venu naturellement.

— Consolez-vous. Je n'ai jamais réussi non plus à tutoyer le bon Dieu et pourtant, je le fréquente depuis plus longtemps que vous.

— Vous êtes croyante?

— De naissance : c'est incurable!

Christophe explose de la joie des amoureux inquiets toujours à l'affût du moindre motif de rapprochement. Et celui-ci n'est pas des moindres.

— Moi aussi, je suis croyant et moi aussi, c'est de naissance. Quand on m'a baptisé, on m'a voué à la Vierge. Jusqu'à l'âge de sept ans on ne m'a habillé qu'en bleu et en blanc et l'on m'a donné Jean-Marie comme deuxième prénom!

— En somme, c'est un petit peu votre fête, aujourd'hui.

— Mais oui! J'avais pensé qu'on pourrait peut-être aller aux Saintes-Maries-de-la-Mer. Ce n'est pas très loin d'ici, et puis, pour l'Assomption, il y aura peut-être une procession. J'aime bien.

— Eh bien, allons-y!

— Ça ne vous embête pas?

— Au contraire.

Elle ne ment pas, Antoinette. Il y a longtemps qu'elle voulait connaître les Saintes-Maries et puis, après tout, autant ne pas gâcher la dernière journée de Christophe, autant repousser l'orage jusqu'à ce soir.

Il s'habille tout de blanc. Il enfourne dans un grand sac de plage des draps et des serviettes éponge — au cas où elle aurait envie de se baigner —, son livre à elle — au cas où elle s'ennuierait —, son livre à lui — pour faire comme elle —, ses crèmes solaires — au cas où elle lui demanderait de les étendre sur son dos —, un grand magnum d'eau minérale — au cas où elle aurait soif. Il l'embrasse. Il ausculte et bichonne la voiture. Il l'embrasse. Il prend le volant. Il entonne un cantique : « Le vrai serviteur de Marie, malgré tout l'enfer ne peut se damner... » Il s'interrompt en entendant Antoinette poursuivre : « ... si jusqu'à sa mort il la pri-i-e, au ciel il est sûr un jour d'arriver. » Il a les larmes aux yeux. Il l'embrasse. Jamais il n'a été aussi charmant, aussi tendre, aussi beau. Pire! Jamais non plus il n'a été aussi confiant : pour la première fois il se raconte. Pour la première fois Antoinette s'aperçoit qu'elle ne sait rien de lui. Elle ignorait même sa date de naissance : le 17 septembre, et l'endroit où il était né, Beugnon, une petite bourgade près de La Roche-sur-Yon, en Vendée.

— Et vos parents? que faisaient-ils?

— Mon père était « le bon médecin de campagne » et ma mère était « la jolie femme du docteur ».

— Vous les avez perdus?

— Tous les deux en même temps, comme Aurore, mais dans un accident d'avion. J'avais seize ans.

— Vous étiez fils unique?

— Non, j'avais — j'ai encore — deux frères, mais de treize et onze ans plus âgés que moi, avec lesquels je n'ai jamais eu beaucoup d'affinités. Moi, j'étais du côté de ma mère, dont j'ai toujours été le petit préféré. Eux, ils étaient du côté de mon père. A sa mort, l'aîné a repris son cabinet.

— Et l'autre?

— Il est prêtre.

Antoinette a beau avoir été convaincue par Pauline de la glorieuse incertitude des chromosomes, elle ne peut s'empêcher de sourire en pensant que les deux mêmes géniteurs ont engendré un porteur de soutane et le promoteur du slip *Bijou*. Christophe s'en amuse autant qu'elle et prend plaisir à se rappeler certains souvenirs de son enfance qui mettent en évidence à la fois tout ce qui l'éloignait de ses frères et tout ce qui le rapprochait de sa mère. Ça explique bien des choses. C'est bête, c'est au moment où Antoinette va le quitter qu'elle commence à le comprendre mieux.

Ils arrivent aux Saintes-Maries vers onze heures, mais ce n'est que quarante minutes plus tard, après avoir enfin trouvé, hors de la ville, une place de stationnement pour la voiture, qu'ils franchissent les portes de l'église. Elle est comble et ils assistent à la fin de la messe, debout, coincés contre le bénitier de l'entrée.

La foule des touristes, venus là plus par curiosité et désœuvrement que par ferveur, n'incite pas au recueillement : un joyeux plaisantin, au visage coloré plus par le picrate que par le soleil essaie de se frayer un chemin vers la sortie en disant à ceux qu'il bouscule : « Je descends à la prochaine »; deux femmes à cheveux blancs lorgnent avec une aigre convoitise deux chaises occupées par deux fillettes; une minette délurée se retourne pour rappeler au monsieur derrière elle qu'on est dans une église, pas dans le métro. A vrai dire, on pourrait confondre. A la fin de l'office, sur l'initiative de Christophe, ils se faufilent à contre-courant, par la droite, jusqu'à la chapelle de la Vierge. Au passage, ils prennent chacun un cierge. Antoinette allume le sien à l'intention de Pascal. Elle évite de penser à quelle intention est dédié celui de Christophe. En sortant, pour éviter qu'il ne le lui dise, elle oriente la conversation sur un tout autre sujet.

— J'irais volontiers me baigner, maintenant, j'ai très chaud et à cette heure-là, il n'y aura peut-être pas trop de monde.

Douce illusion! Les plages des environs sont bondées. Mais la chaleur est telle dans la voiture qu'ils décident quand même de s'arrêter près de l'une d'elles pour se rafraîchir un peu. Passé la frange des barboteurs, des pataugeurs, des éclabousseurs, des « Pierrot, ne va pas trop loin », des « Remonte ta jupe, tu vas la mouiller », des « Maman, il m'a volé mon canard » et des « Trempe-toi, Marcel, tu vas prendre froid », le bain est plutôt agréable.

Quand Antoinette et Christophe en sortent, les baigneurs se sont repliés sur le rivage pour reprendre les forces qu'ils ont cru perdre en se trempant les fesses. Main dans la main, ils enjambent à présent les tire-bouchonneurs, les saucissonneurs, les « Pierrot, laisses-en à ta sœur », les « Marcel, passe-moi le beaujo », les « Maman! Pipi! » et les « T'avais qu'à faire dans l'eau ». La vulgarité et l'agitation ambiante, ajoutées au regard éloquemment insistant de Christophe sur son bikini, pousse Antoinette à écourter leur bain de soleil au profit d'un déjeuner dont elle n'a pas réellement envie.

Refoulés de tous les restaurants des Saintes-Maries, ils finissent par atterrir à quelques kilomètres de là, dans un établissement moitié ranch, moitié guinguette, où il est stipulé sur un panneau de bois à l'entrée « qu'on peut apporter son cheval et son manger ». Comme ils n'ont ni l'un ni l'autre, on leur sert d'autorité un steak dur accompagné de frites molles et on leur donne un bon pour une promenade équestre, comprise largement dans le prix du menu.

Ils achèvent de grignoter leur picotin du bout des dents et en silence, quand soudain une voix un peu rauque appelle :

— Antoinette!

Ils lèvent la tête. Le temps d'une exclamation stupéfaite et Michel est là, les embrassant comme du bon pain. Nelly le suit et se montre aussi chaleureuse que lui. Tous les quatre se réjouissent visiblement de cette rencontre. Christophe peut-être un peu moins que les autres; surtout quand, après avoir échangé leurs premières impressions de vacances et satisfait en commun leur curiosité réciproque, Nelly veut le réquisitionner pour la ballade à cheval « offerte » par la maison. Il se récuse; mais Michel insiste :

— Accompagnez-la, sinon elle va bouder toute la journée.

Antoinette renchérit :

— Mais oui, allez-y, vous qui avez toujours besoin de vous activer.

Quant à Nelly, elle met carrément les pieds dans le plat :

— Viens donc! Tu vois bien qu'on est de trop : « ils » crèvent d'envie de se raconter leurs petites histoires.

Ni Michel ni Antoinette ne prennent la peine de nier. Alors, Christophe, résigné, s'éloigne au bras de Nelly, ravie. Dès qu'ils ont disparu, Michel abat les cartes :

— Je n'en peux plus! Elle me fait chier à un point que tu ne peux soupçonner.

Antoinette ne dissimule ni sa satisfaction, ni son manque de surprise.

— Elle n'a pas résisté au quotidien?

— C'est moi qui n'ai pas résisté. Elle me tue. C'est le mouvement perpétuel. Pas une minute de répit. Pas une minute de silence. Moi qui ai horreur de ça, j'en arrive à nager sous l'eau pour ne plus l'entendre jacasser.

— Ce n'est quand même pas en l'écoutant que tu t'es enroué?

— Non! c'est en sortant d'une boîte de nuit où quelques jerks endiablés m'avaient transformé en serpillière.

— Tu danses? Toi?

— Tous les jours, jusqu'à quatre heures du matin! Du moins au début de notre séjour. Depuis une semaine, je me contente de la regarder... et je m'emmerde.

— Alors, tu bois un peu trop de whisky...

Michel surprend le regard d'Antoinette sur le bourrelet saillant sous son polo léger.

— J'ai grossi?

— Un peu.

— Ce n'est pourtant pas faute de me démener. Du matin au soir je n'arrête pas. Elle ne tient pas en place. Sur la plage, c'est le volley-ball, les boules, le badminton, la planche à voile, le pédalo. En rentrant à l'hôtel, c'est le golf miniature, la tournée des boutiques ou le ping-pong. Le soir, c'est la bouffe dans tous les endroits « vachement sympa » de la région. Après, c'est le retour au Grau-du-Roi, en voiture, la sienne, une décapotable qu'elle conduit à tombeau ouvert. Après, c'est la fiesta dans un night-club. Après, c'est l'engueulade.

— Pourquoi?

— Parce que j'ai envie de dormir et elle, pas! Je suis crevé! J'ai mal à mon épaule, j'ai mal à l'estomac, j'ai mal à la gorge. J'ai mal partout et je n'ai plus qu'une envie, c'est de me tirer.

— Eh bien, tire-toi!

— Pour aller où?

— Chez Pauline, avec moi.

— Et Christophe?

Antoinette raconte à Michel comment, par des chemins différents des siens, elle est arrivée au même point que lui. Il n'est pas plus hypocrite qu'elle ne l'a été et n'hésite pas à qualifier sa mésaventure de « coup de pot inespéré ».

— L'idéal, ajoute-t-il, serait que nos deux partenaires sympathisent.

— Ne rêvons pas!

— Non, tu as raison. Soyons réalistes. Il nous reste peu de temps. Ils vont bientôt revenir. Comment va-t-on procéder?

— Pour leur signifier leur congé?

— Non. Ça, on se débrouillera... mais pour se retrouver tous les deux?

A la hâte, juste avant le retour de Nelly et de Christophe, ils conviennent d'un rendez-vous pour le lendemain à midi devant la gare de Montpellier.

— Alors, c'était bién cette promenade à cheval?

Presque en même temps, Nelly répond que « c'était extra » et Christophe que « c'était dégueulasse ». Les pieds de Michel et d'Antoinette se rejoignent sous la table avec la même idée : l'idylle n'est pas pour demain.

— Et vous, la causette, ça a marché? demande Nelly.

D'une même voix, les intéressés s'écrient :

— Sur les chapeaux de roues!

Et ils éclatent de ce même rire complice qui a le don d'exaspérer Nelly.

— Ça y est! Ça recommence, maugrée-t-elle.

— Tu ne crois pas si bien dire, réplique Michel.

Pendant le reste de la journée qu'ils passent ensemble, insensiblement, et sans même une volonté délibérée d'aucun des quatre, les clans se forment. Sur la plage du Grau-du-Roi où ils sont revenus, c'est tout naturellement Christophe que Nelly entraîne dans ses jeux, à lui qu'elle lance des défis, avec lui qu'elle chahute et qu'elle mange des glaces. De loin, Antoinette et Michel, mollement étendus sur leurs draps de bain, suivent leurs évolutions, les encouragent du geste et échangent leurs commentaires :

— Elle devrait prendre trois kilos, la petite, dit Antoinette.

— Je n'arrête pas de le lui répéter. Mais à cet âge-là, tu les connais : ils n'écoutent rien.

— Christophe n'est pas comme ça. Il tient compte de mes conseils.

— Il est déjà beaucoup plus mûr. Tandis que Nelly, c'est vraiment une écervelée.

— Ça lui passera avec l'âge.

— Je me le demande.

A les entendre, on a vraiment l'impression de bons parents, attentifs à l'éducation de leur progéniture respective.

A la terrasse de café qui les réunit à l'heure de l'apéritif, l'impression se confirme. Michel demande :

— Qu'est-ce que vous prenez, les enfants? Et toi, Antoinette?

Les enfants prennent un Coca. Les grandes personnes, une eau minérale. Elles déplorent que les « petits » ne les imitent pas. C'est tellement meilleur pour la santé. Au restaurant, la fausse situation s'installe encore davantage. Nelly commande un melon pour commencer et une sardine à l'huile pour suivre.

— Ce n'est pas un repas, s'écrie Antoinette.

— Pourquoi? J'adore!

— Enfin, Michel, dis-lui, toi, que ce n'est pas raisonnable.

Michel, en père démissionnaire, renonce à semoncer sa petite :

— Elle est majeure. Laisse-la donc s'esquinter la santé.

Il est beaucoup moins débonnaire avec Christophe qui, lui, a choisi une choucroute.

— Une choucroute, au bord de la mer, vous êtes fou!

— Il y a longtemps que je n'en ai pas mangé.

— Elle va être en conserve.

— C'est celle que je préfère.

Michel se retourne vers Antoinette et la prend à témoin de cette aberration.

— Ce n'est quand même pas toi qui lui as donné ces goûts-là?

Un peu plus, il lui reprocherait sa mauvaise éducation. D'ailleurs, elle l'entend ainsi et se défend :

— Ah non! ça, rassure-toi! Avec moi, Christophe n'a eu que de bons exemples.

Les deux enfants en se poussant du coude maintiennent leur commande. Les deux parents, sans se concerter, jettent leur dévolu sur un turbot poché.

La dernière bouchée avalée, Nelly demande :

— Qu'est-ce qu'on fait maintenant?

— Nous, en tout cas, répond Antoinette, nous allons rentrer.

— Et nous aussi, dit Michel.

— Ah ça, sûrement pas!

Antoinette se lève précipitamment, soucieuse d'éviter l'orage qui menace Michel : celui qui la menace, elle, lui suffit amplement. Il éclate dans la voiture d'Antoinette peu après leur départ.

— Elle est tuante, Nelly, dit Christophe, je me demande comment Michel peut la supporter.

— Justement, il ne la supporte plus. Il la quitte demain.

— Ah bon? Il rentre à Paris?

— Non. Il va à Port-Grimaud. Avec moi.

Christophe croit à un lapsus et rectifie en souriant :

— Avec nous.

— Non, Christophe. Avec moi. Je pars seule avec lui.

Dans un film, à ce moment-là, il y aurait une forte montée musicale et un gros plan sur les yeux de Christophe, figés par la stupeur. Là, il y a un violent coup de freins, les pneus qui crissent sur le sol et la voiture qui, après une embardée, s'arrête sur le bas-côté de la route. Il y a aussi, tout de suite après, cette sempiternelle incrédulité devant les tristes évidences :

— Ce n'est pas vrai?

— Si!

— Mais enfin, Antoinette, ce n'est pas possible! Vous n'avez pas pu décider une chose pareille aussi vite!

— Il y a longtemps que ma décision est prise.

— Alors, ce n'est pas à cause de Michel?

— Bien sûr que non! Ce n'est qu'une coïncidence. Il voulait partir. Moi aussi. On part ensemble. C'est tout.

— Mais pourquoi? Qu'est-ce que vous avez à me reprocher?

— Rien. Rigoureusement rien. C'est ça qui est grave. Si vous aviez un défaut, une manie, un travers qui me déplaise, vous essaieriez de vous en corriger et ça pourrait peut-être s'arranger. Mais ce n'est pas le cas : vous êtes parfait!

— Eh bien alors?

— Tout est de ma faute. Je suis incapable de vivre avec quelqu'un. Je le savais. J'ai cru que pour quelques jours j'allais pouvoir. J'ai eu tort. Cette expérience m'a prouvé, une fois de plus, que la cohabitation était pour moi une source permanente de contraintes et donc d'agacements.

— Vous n'aviez pourtant pas l'air d'être tellement malheureuse.

— Parce que je suis foncièrement bien élevée, c'est là le drame. Par politesse je cache tous les efforts que je fais pour supporter une présence à mes côtés. Par peur de gêner, c'est moi qui me gêne : en vérité, je suis trop sociable pour vivre en société.

— Je suis prêt à l'admettre, Antoinette. J'ai appris à comprendre votre besoin de solitude; mais comme demain il va y avoir beaucoup de départs à l'hôtel, nous pourrions prendre deux chambres, même pas communicantes, si vous le souhaitez.

— Non, Christophe, je veux m'en aller.

— Je vous ennuie à ce point?

— Mais non, voyons, ce n'est pas ça.

— C'est quoi alors?

L'énoncé du problème qui se pose à Antoinette est simple : comment dire à un jeune homme, conscient de sa séduction et pourvu sans aucun doute d'innombrables diplômes de virilité, qu'on le fuit parce qu'on a passé en sa fougueuse compagnie une des plus détestables nuits de sa vie, et que pour rien au monde on ne veut recommencer; et ce, si possible, sans le blesser cruellement, sans provoquer une crise de colère ou de désespoir. Antoinette ne dispose pas de plus de trois secondes pour trouver la solution. Pas de suspense inutile : elle ne la trouve pas.

— Ne me posez pas de questions, finit-elle par dire.

— Ah non! ce serait trop facile! Ne croyez pas vous en tirer à si bon compte. Quand on balance un homme qui vous aime, comme je vous aime, et qu'en plus on n'a rien à lui reprocher, on lui doit au moins des explications.

— Je vais être obligée de vous dire des choses désagréables.

— Je m'en fous! Je veux savoir! Je veux comprendre!

— Oh! ce n'est pas très compliqué.

— Alors?

— Je n'ai pas envie de faire l'amour avec vous.

L'énorme silence qui suit débouche sur un énorme étonnement, presque amusé.

— Mais pourquoi?

— Enfin, Christophe, vous devez bien vous en douter.

— Ça alors, pas du tout... pourquoi?

Antoinette sait que la vanité masculine dans ce domaine rend parfois les plus subtils pas très clairvoyants, mais à ce point-là... c'est beaucoup. C'est même pour elle, à vrai dire, carrément trop. Elle s'adresse à lui comme à un demeuré :

— Réfléchissez un peu : pour quelle raison, quand on a fait l'amour avec quelqu'un, peut-on n'avoir aucune envie de le refaire?

— Ben... quand on a été déçu... quand on n'a pas pris de plaisir.

— Eh bien, voilà!

— Quoi? Vous n'allez pas encore me dire que c'est par politesse que l'autre nuit vous étouffiez vos cris sous votre oreiller?

Eh ben, si, justement elle le lui dit. Tant pis pour lui! Deux fois tant pis : il ne la croit pas.

— Vous mentez, dit-il. Je ne suis pas enfant quand même : je sais reconnaître quand une femme joue la comédie ou pas.

— Non, vous ne savez pas! La preuve! Mais rassurez-vous, aucun homme ne sait et tous croient savoir.

Rapidement, elle pense : « Sauf Gilles », mais ça, elle ne le dit pas. Ce n'est vraiment pas le moment. Cette fois, Christophe a compris. Le coup a été rude. Il est K.-O. Comment va-t-il sortir de sa prostration? Avec des cris de haine? Des insultes? Des menaces? Pire! Avec deux larmes qu'il essuie furtivement.

— Oh non! pas ça, Christophe!

— Excusez-moi; mais moi, c'est quand je suis malheureux que je pleure.

Antoinette glisse son bras sous celui de Christophe.

Elle ferait n'importe quoi pour ne plus voir ses mains crispées sur le volant, ses yeux fermés sur son chagrin et les petits sillons humides sur ses joues. Oui, n'importe quoi... sauf l'amour! Et c'est malheureusement la seule chose qui pourrait le réconforter. Le reste, Antoinette le craint, ne peut avoir une grande efficacité. Tout de même, il faut essayer. Et puis, de toute façon, il faut rompre ce silence qui devient insoutenable.

— Christophe, nous ne pouvons pas rester comme ça. Il faut regarder les choses en face.

Il relève la tête avec un pauvre sourire :

— J'aime bien quand vous dites ça... même maintenant.

— Alors, écoutez-moi. Je sais très bien que lorsqu'on aime et que l'on souffre, on a du mal à s'imaginer qu'un jour on n'aimera plus et que l'on ne souffrira plus. Pourtant, ce jour existe. Il arrivera pour vous comme pour les autres. Vous en avez déjà eu d'ailleurs la preuve dans le passé. Il y a toujours un moment où la pluie cesse. Le tout c'est d'attendre ce moment le moins désagréablement possible, et de l'atteindre au plus vite. Pour cela, vous disposez de deux moyens. Le premier consiste à me rayer de votre vie, à éviter les gens qui risquent de me connaître et de vous parler de moi, à passer votre haine sur d'autres; le deuxième moyen consiste à continuer à me voir comme avant, à convertir votre amour en amitié. C'est à vous et à vous seul de choisir ce que vous préférez. C'est une question de caractère. Je n'ai pas le droit de vous influencer. Ne me répondez pas maintenant. Vous n'aurez d'ailleurs pas besoin de me répondre du tout.

Si je ne vous revois pas, j'aurai compris. Dans le cas contraire, aussi. Et aucune explication ne sera nécessaire.

Christophe acquiesce de la tête, tourne la clé de contact, puis le bouton de la radio. C'est l'heure des informations. On parle beaucoup des incendies, toujours menaçants, quoique déjà un peu maîtrisés dans la région du Var.

— Catherine était aux premières loges, dit Antoinette, elle a dû avoir très peur : quand elle était petite, la maison de ses parents a brûlé et depuis, le feu la panique.

Cette amorce de conversation, pas plus que les deux autres tentées par Antoinette, n'a de suite. Christophe ne desserre pas les dents, ni en arrivant à l'hôtel, ni en lui remettant les clés de la voiture, ni en entrant dans la chambre, ni en se couchant, malgré les récriminations d'Antoinette, sur son matelas pneumatique des premiers jours. Les derniers mots qu'elle entendra de lui, il les prononcera dans le noir, longtemps après qu'elle a éteint :

— Ce matin, dans l'église, en allumant mon cierge, j'ai demandé que vous m'aimiez un peu.

Le lendemain, quand Antoinette se réveille, les affaires de Christophe sont toujours là, mais lui est parti. A l'aube, dans la vieille jeep de Boubouille.

CHAPITRE XXI

A midi juste, Antoinette sort de la gare de Montpellier et devant sa voiture voit Michel qui l'attend, entouré de ses bagages.

— Où étais-tu? demande-t-il.

— J'essayais de joindre Christophe au téléphone. Il est parti ce matin très tôt de l'hôtel, pendant que je dormais, sans dire à personne où il allait. Je suis un peu inquiète.

— Ça s'est mal passé?

— Dans les larmes... et toi?

— Dans les cris... ce n'est pas mieux.

Ils finissent de ranger les valises de Michel dans le coffre quand soudain une décapotable débouche en trombe et freine à leur hauteur.

— Amusez-vous bien, vieux cons!

C'est le message d'adieu de Nelly, hurlante, hirsute et cramoisie. Elle redémarre immédiatement, s'épargnant ainsi le spectacle débilitant — pour elle — des deux vieux cons en train de s'esclaffer comme deux gosses.

— Elle t'avait accompagné jusque-là? demande Antoinette en s'installant au volant.

— Penses-tu! Elle m'a laissé prendre un taxi, mais elle a dû le suivre.

— Je n'ai jamais vu une telle furie! Si elle avait eu un revolver, elle nous aurait descendus, cette idiote!

— Toi, en tout cas, sûrement.

— Pourquoi moi?

— Elle te hait.

— Pourtant, je n'y suis pour rien.

— Oui, mais elle est persuadée du contraire. Elle croit que tu nourris à mon endroit une passion rentrée, que, folle de jalousie, tu es venue me reprendre à elle et que moi, bonne pâte, un peu terrorisé par ton despotisme, je n'ai pas osé te résister.

— Tu ne l'as pas détrompée?

— Ben... au début de notre discussion, oui; mais sur le coup de quatre heures du matin, j'ai fini par lui donner raison pour avoir la paix.

— Ouais... et surtout parce que tu préférais passer à ses yeux pour un pauvre homme qu'on s'arrache plutôt que pour un croulant qui ne tient pas la distance sur les parcours trop accidentés. A tout prendre, c'était plus confortable pour toi d'être victime de ta faiblesse que de sa vitalité.

Michel ne nie pas et comme, au moins, il a le courage de sa lâcheté, Antoinette ne lui en veut pas.

— J'espère qu'après, ta dulcinée a été calmée, dit-elle.

— Non, mais l'avantage, c'est qu'à partir de ce moment-là, c'est toi qui as tout pris.

— Charmant!

— Elle n'a qu'une idée, c'est de se venger de toi.

— Tu aurais dû lui demander comment, on ne sait jamais.

— Elle me l'a dit. Elle a l'intention de faire le vide autour de toi, de t'enlever l'un après l'autre tous tes amis, hommes et femmes, tous ceux qu'elle appelle « ton petit monde », afin que tu te retrouves seule et que tu crèves de dépit dans ta sale forteresse du « Huit ».

— Ah bon! Et elle n'envisageait pas que tu puisses y crever avec moi?

— Pas un instant. Elle prétendait que si elle, elle n'avait pas réussi à m'arracher à ton emprise, d'autres, qu'elle tenait en réserve, y réussiraient facilement.

— Ça nous promet de beaux jours!

— Ne t'inquiète pas! Sa colère tombera avant qu'elle n'ait le temps de mettre ses projets à exécution. Sauf peut-être en ce qui concerne Christophe, qui était son premier objectif. D'abord parce qu'il était à portée de sa main; ensuite parce qu'elle est convaincue que tu es beaucoup plus attachée à lui que tu ne veux bien le montrer et que c'est de sa désertion que tu souffrirais le plus.

— La pauvre! la douleur l'égare.

Michel s'apprête à sortir une cigarette de son paquet mais Antoinette l'en empêche.

— Ah non! C'est la troisième depuis qu'on est partis. Profite un peu des vacances pour te désintoxiquer.

— Tu as raison. Avec Nelly, je me suis mis à fumer encore plus qu'avant. Elle m'énervait tellement... et puis comme elle n'arrêtait pas, ça m'entraînait.

— Au moins avec Christophe, de ce côté-là, je n'avais pas à me plaindre. Depuis que je suis mal fichue, il a complètement renoncé au tabac. D'ailleurs, il faut reconnaître qu'il a toujours été aux petits soins avec moi, trop même.

Michel range son paquet de cigarettes dans la boîte à gants sans y avoir touché.

— Ça te serait vraiment égal? demande-t-il.

— Quoi?

— Que Nelly et Christophe se vengent de nous ensemble?

— Moi? j'en serais ravie!

Comme Michel se tait et tourne son briquet dans sa main en même temps, probablement, qu'une idée dans sa tête, Antoinette lui demande avec étonnement :

— Pas toi?

— Non, moi ça m'ennuierait.

— Vraiment?

— Oui, mais pas pour ce que tu penses.

— Pourquoi, alors?

— Tu vas rire... mais ça m'ennuierait d'être privé de Christophe. J'aimais bien le rencontrer. Surtout depuis le départ de Pascal. On a besoin de la jeunesse.

— De temps en temps...

— Oui, bien sûr... Je le considérais lui aussi un peu comme mon fils.

— Malheureusement pour lui, moi aussi.

Michel a un soupir nostalgique.

— Finalement, Christophe, c'était notre deuxième petit.

Antoinette l'approuve d'un sourire et le rassure :

— Honnêtement, je ne crois pas que Nelly soit de taille à nous l'enlever.

— On ne sait pas... Elle ne manque pas de charme, d'une certaine manière.

Antoinette se redresse et jette à Michel un regard dont l'ironie corrige quelque peu l'arrogance.

— Nous non plus, répond-elle.

Si elle avait les moustaches de son père, nul doute qu'à ce moment-là, comme lui, elle les retrousserait. Mais cette belle assurance est vite remplacée par l'anxiété latente où la plonge, depuis ce matin, la disparition de Christophe.

— En attendant, dit-elle, je voudrais bien savoir ce qu'il fabrique.

C'est Boubouille, à qui elle a retéléphoné après le déjeuner, qui la renseigne. Un peu gêné, il lui apprend qu'une jeune personne échevelée et passablement nerveuse a débarqué à l'hôtel en décapotable blanche vers midi et demi en prétendant avoir rendez-vous avec Christophe. Elle l'a attendu plus d'une heure dans sa voiture. Dès qu'il est arrivé, elle l'a invité à y monter et ils sont repartis aussitôt ensemble.

L'esprit libéré, Antoinette et Michel musardent sur la route qui doit les conduire à Port-Grimaud, Pauline leur ayant recommandé de ne pas arriver avant six heures.

Ils s'arrêtent à Aix-en-Provence, se rafraîchissent les mains à la fontaine des Quatre-Dauphins, prennent une glace sur le cours Mirabeau, achètent pour Pauline un gros compotier de verre en forme de melon; finalement ils en achètent un autre... pour le « Huit ». Ils repartent et abandonnent l'autoroute pour la route du littoral. Ils chantent sans complexes des refrains de leur jeunesse, l'un aidant la mémoire de l'autre : « Ah! que la France est belle », « Attends-moi mon amour », « Le toc-toc-toc des sabots de bois », des refrains de l'Occupation.

Heureux de n'avoir plus à rentrer le ventre ou à se cacher derrière des lunettes noires, heureux de pouvoir parler ou se taire sans contrainte, heureux d'être en liberté non surveillée, heureux de dire « nous » et de penser au pluriel, pour la première fois depuis qu'ils ont quitté Paris, ils se sentent vraiment en vacances et se l'avouent avec délices.

Heureux, Pauline et Maître Vanneau le sont autant qu'eux. D'abord de les voir. Ensuite d'être débarrassés de la famille quelque peu envahissante de Pauline.

— Trois mômes entre seize et vingt ans, dans une maison, quand ce ne sont pas les vôtres, ce n'est pas possible!

— Oh! Même un seul, répond Michel, c'est déjà difficile.

A Port-Grimaud, c'est l'heure gaie où les bateaux rentrent de promenade et glissent silencieusement sur les canaux entre les rangées des maisons; l'heure délicieuse où le soleil, épuisé par sa course, paresse sur les terrasses avant de se coucher; l'heure que l'on voudrait d'autant plus éternelle qu'on la sait fugitive. Ce serait un péché de ne pas en profiter. Les nouveaux arrivants émerveillés et les vieux habitués pas blasés s'en délectent autour d'un pastis transparent. Une fois de plus, Antoinette est sous le charme de cette petite Venise d'opérette et celui de la maison de Pauline, toute blanche, éclatante de lumière.

— On a l'impression, dit-elle, qu'ici on ne peut pas être malheureux.

— Bah... répond Maître Vanneau, la face épanouie, en se donnant du mal, peut-être qu'on y arriverait.

Voilà maintenant que le basset artésien plaisante! Son humeur s'est allégée autant que son corps. Bien sûr, ce n'est pas encore un jeune yorkshire frétillant mais enfin on peut l'assimiler — sans flatterie — à un honnête teckel, pondéré mais allègre. Tout fier de son agilité nouvelle, il ne manque pas une occasion de se déplacer. Il est allé chercher les glaçons, les amuse-gueules, des coussins pour caler les reins d'Antoinette, les lunettes que Pauline avait oubliées au premier étage. Dès qu'elles ont été à l'ombre, il a arrosé les jardinières de pétunias violets et maintenant il entraîne Michel au bord du quai; il descend par l'échelle de fer jusqu'au petit chris-craft d'Olivier qui y est accosté pendant que les deux femmes, elles, restent sur leurs chaises longues.

— Ce bateau, c'est sa passion, dit Pauline.

— Vous l'avez beaucoup sorti, cette année?

— Tous les jours, et c'était ce bon Albert qui était aux commandes.

— Albert?

— Eh oui! au grand dam, d'ailleurs, de mes neveux, qui avaient tout juste le droit, au retour, de l'aider à nettoyer le pont et à bichonner les chromes.

— Il est vraiment méconnaissable!

— Et attends! A la rentrée il veut que Buisson lui rabote ses bajoues.

— A propos de Buisson, as-tu des nouvelles de Florence?

— Oui, pas très bonnes. J'ai reçu une longue lettre d'elle ce matin, de Corse. Elle me l'avait écrite pendant que François-Achille avait regagné Paris pour assister au mariage de son fils. Elle était nettement cafardeuse. En revanche, j'en avais reçu une de Simone Buisson, il y a une semaine, nettement optimiste.

— Ceci explique cela.

— Sans aucun doute.

— L'automne va être pluvieux pour Florence.

— Espérons qu'il y aura des parapluies.

— Tu penses au Hollandais?

— Entre autres...

Antoinette demanderait volontiers quelques précisions, mais Pauline ne tient vraisemblablement pas à en donner puisqu'elle enchaîne aussitôt :

— Il y en a une qui ne va pas très bien non plus, c'est notre amie Catherine.

— Tu l'as vue?

— Hier, ma sœur et mon beau-frère, pour me remercier de mon hospitalité, nous ont invités dans son restaurant... enfin, celui de Yolande.

— C'est bien?

— Il y en a qui aiment. La preuve, c'était bourré. Il est vrai que c'était leur réouverture. Elles avaient été obligées de fermer à cause de la proximité des incendies. C'est d'ailleurs ça, je suppose, qui avait traumatisé Catherine : elle n'était pas à prendre avec des pincettes.

— Ça ne lui ressemble pas.

— Non! En plus elle avait une éruption de boutons

sur la figure. Je lui ai refilé une ordonnance, avec le fameux calmant que tu ne voulais pas prendre.

— Figure-toi que je l'ai pris, en fin de compte.

— Oui, je sais.

— Comment le sais-tu?

— Christophe m'a téléphoné plusieurs fois, en douce, de votre repaire camarguais. Ta santé l'inquiétait et il me demandait des conseils. Pour ne rien te cacher, il m'a encore appelée ce matin. Des Saintes-Maries. Je dois t'avouer honnêtement qu'il m'a fait de la peine.

— Ça ne m'étonne pas.

Pauline finit son verre de pastis et en fixe la transparence.

— De ce côté-là aussi, dit-elle, il va falloir des parapluies.

Sans transition, elle appelle Michel et Maître Vanneau qui, remontés du bateau, continuent à bavarder à l'autre bout de la terrasse, « entre hommes », avec autant de plaisir qu'Antoinette et Pauline en ont eu à bavarder « entre dames ».

— Il va être temps d'y aller, dit Pauline.

— Où ça? demande Antoinette.

— Chez les Billoux, tu sais, nos voisins qui ont ce superbe voilier...

— Oh oui... je me souviens, et une très mauvaise cuisinière...

— C'est ça! Ils nous ont invités à dîner ce soir et vous aussi, quand ils ont su que l'on vous attendait.

Antoinette et Michel se renfrognent. Ni l'un ni l'autre n'ont envie de sortir, ni de se coucher tard, et encore moins de mal manger.

— Je m'en doutais, dit Pauline. Je leur avais laissé prévoir votre défection et j'avais rempli le frigidaire. Nous, nous sommes obligés d'y aller : ils ont hébergé un de mes neveux que je n'avais pas la place de loger ici.

— Ça ne t'embête pas qu'on vous abandonne?

— Tu connais la maison. Ici, chacun fait ce qu'il veut.

Comme Antoinette et Michel veulent exactement les mêmes choses, leur soirée se déroule aussi agréablement que leur après-midi.

Ils prennent possession de leurs deux chambres au deuxième étage, situées face à face, de part et d'autre d'un petit palier. D'un même geste, ils tâtent leur matelas — dur, enfin! — et rangent leurs affaires de toilette dans leur salle de bains commune, chacun prenant bien garde de ne pas empiéter sur l'espace réservé à l'autre, et ensemble se plaignant du désordre de leurs ex-compagnons.

Redescendus dans la cuisine, ils en inventorient les ressources et tombent d'accord sur un repas de fromages : blanc pour commencer, mélangé avec des herbes et une pointe d'ail (ils s'en sont assez privés avec les deux autres!); ensuite, un peu de chèvre que ce pauvre Christophe avait en horreur; pour terminer, une bonne tartine de roquefort que cette folle de Nelly interdisait à Michel sous prétexte que c'était du moisi. Le tout arrosé d'un excellent bordeaux qui leur paraît encore meilleur après quinze jours de « petit rosé de Provence bien frais », tant apprécié par ceux qu'Antoinette et Michel n'appellent plus à la fin de ce dîner que « les deux énergumènes ».

— Ils ne savent pas vivre, dit Antoinette.

— En tout cas, ils ne nous ont pas désappris. C'est déjà ça.

Michel s'étire, puis au bout de son geste ramène, en grimaçant, sa main droite sur son épaule gauche douloureuse.

— Ah! que c'est bon! dit-il.

— Quoi? d'avoir mal?

— Non! de ne pas avoir à le cacher.

— Je te masserai avec l'Alkapan tout à l'heure.

— Tu en as?

— J'ai de tout!

— Tu as la « boîte à outils »?

— Oui!

Cette boîte à outils, trimballée tant de fois d'un étage à l'autre du « Huit », excite tellement la convoitise de Michel qu'ils ne tardent pas à monter dans leurs chambres, pour l'explorer.

Michel se saisit du tube d'Alkapan, comme si vraiment c'était un objet d'art.

— Ce que j'ai pu en rêver, de celui-là... dit-il en le tendant à Antoinette.

Il ôte sa chemise, s'allonge sur le lit et gémit de bien-être sous les mains d'Antoinette qui se dirigent vers les points névralgiques sans plus d'hésitation qu'un cheval regagnant son écurie. Il alimente la conversation, rien que pour prolonger ce moment de détente délicieux.

— Pauline t'a mise au courant pour son mari, enfin... son ex?

— Non, elle ne m'a pas parlé de Marc. Il a eu son gosse?

— Justement pas! Il est mort-né. C'était une fille. Malformation cardiaque.

— Oh! Il a dû être désolé.

— Là, ma chérie, je crains que tu ne nous fasses un accès de littérature auquel Marc, lui, a totalement échappé.

— Il n'a pas été déçu?

— D'après Vanneau, il a même été énormément soulagé. Il est venu annoncer la nouvelle à Pauline, la gueule enfarinée.

— Eh bien, au moins, il n'est pas hypocrite.

— Non, mais il ne manque pas de culot.

— Pourquoi?

— Parce qu'il estimait qu'avec le bébé avait disparu la cause de leur divorce et, en conséquence, il a proposé à Pauline de reprendre la vie commune.

— Pauline a refusé?

— Catégoriquement. Marc en a été si désappointé qu'il a sollicité ce bon Albert pour qu'il convainque Pauline de revenir sur sa décision.

— Il tombait mal!

— Pourquoi? Tu crois que Vanneau a des vues sur Pauline?

— D'une certaine façon : comme moi j'en ai sur toi.

— Ah oui, ça, d'accord.

Antoinette ponctue la fin du massage par une grande claque sur l'épaule de Michel. Il se tourne vers elle avec une moue boudeuse :

— C'est fini?

— Pour l'épaule, oui; mais je vais te passer une

crème dans le dos, tu as la peau complètement desséchée. Tu commences à peler.

— Très bonne idée!

Dès que le lait hydratant étalé par Antoinette est absorbé du cou aux reins et aux poignets, Michel se retourne avec une mine espiègle :

— Devant aussi, j'ai la peau desséchée.

Après avoir, de bonne grâce, oint le torse de ce gros poupon de Michel, Antoinette, pendant qu'elle y est, lui enduit le visage d'un produit plus gras, lui met du mercurochrome sur une vieille coupure mal fermée et sur les pieds une pommade pour enrayer la mycose qu'il a attrapée.

— Voilà, dit-elle à la fin de ces différentes opérations, tu es réparé.

— Tu es une merveilleuse petite geisha.

— Je peux fermer le service de dépannage?

— Ah non! Je vais m'en servir pour toi, maintenant.

— Pas la peine! tout va bien à présent.

— Trouve-toi quelque chose alors, sinon je vais avoir des complexes.

— Si tu y tiens...

Elle ressort le tube d'Alkapan.

— Un petit coup sur les lombaires, ça ne peut pas nuire.

Etendue sur son lit à plat ventre, le dos nu, Antoinette soupire d'aise à son tour sous l'alternance experte des effleurements et des pétrissages de Michel.

— C'est vraiment bien, murmure-t-elle.

— Mon massage?

— Pas seulement ça. Tout. L'ensemble...

— Oui. Tu sais à quoi je pensais pendant que tu te déshabillais?

— A quoi?

— A La Rochefoucauld.

Antoinette pouffe dans son oreiller, elle qui une seconde avant avait vaguement craint que Michel ne troublât d'une certaine équivoque l'eau pure de leur amitié.

— Pourquoi La Rochefoucauld?

— Parce qu'il a écrit quelque part que « une belle femme qui a les qualités d'un honnête homme est ce qu'il y a au monde d'un commerce des plus délicieux ».

Après avoir recouvert Antoinette de son peignoir, Michel se lève.

— Tu es un honnête homme de femme.

Bientôt ils se couchent, chacun dans son lit, chacun ayant fermé la porte de sa chambre, chacun pensant qu'il a bien de la chance de connaître l'autre.

Quatre jours se passent ainsi dans la détente la plus totale, la gaieté, l'harmonie.

Le matin, on va au marché, on flâne dans les rues ou dans la maison, vers midi on prend le bateau, on prospecte le long de la côte jusqu'à ce qu'on déniche un coin sympathique pour y jeter l'ancre, on nage, on pique-nique, on sieste, on renage, on lézarde au soleil. On revient vers six heures, on prend l'apéritif sur la terrasse, on élabore des menus, on invente des recettes, on se dit : « Il faudrait quand même qu'on sorte, un jour », on trouve un prétexte pour rester. Ce soir du

20 août, c'est un film à la télévision que tous les quatre ont envie de voir ou de revoir, un film sur la libération de la capitale : *Paris brûle-t-il?* de René Clément. Il est en deux épisodes et le deuxième passera demain. Tant mieux! Comme ça, demain on n'aura pas de prétexte à chercher pour se prélasser sur les canapés moelleux de Pauline.

A tous les étages, à n'importe quelle heure, il y en a toujours un pour soupirer : « Ah! ce qu'on est bien! » C'est devenu une scie. A tel point qu'ils ont décidé de créer une cagnotte dans laquelle celui ou celle qui prononce la petite phrase doit verser son obole. Bientôt, chacun ravalant son contentement après le premier soupir, Maître Vanneau impose une nouvelle règle selon laquelle, l'intention valant le fait, il suffira simplement d'avoir envie de dire que l'on est bien pour aller alimenter la cagnotte. Alors souvent, maintenant, tout d'un coup, on voit l'un ou l'autre se lever, et l'on entend dans le silence le bruit d'une pièce qui rebondit sur ses semblables. C'est le jeu des vacances. L'avocat s'en montre le plus joyeux et le plus fervent participant. Tout à l'heure, sur la terrasse, il s'est amusé à faire plusieurs allées et venues de la chaise longue à la cagnotte : les femmes avaient préparé une tarte à l'oignon particulièrement succulente et, à chaque fois qu'il avait fini d'en savourer une bouchée, il se relevait pour payer le prix de sa satisfaction.

A présent, juste avant de monter se coucher, le premier, il se déleste d'une poignée de monnaie :

— Ah non! s'écrie Pauline, tu triches, c'est trop à la fois.

— C'est pour ne pas avoir à redescendre, quand je serai dans ma chambre.

— Avant de t'endormir, tu ne vas quand même pas avoir tellement d'occasions de penser que tu es bien.

— Mais si! En vous entendant parler, rire peut-être, en me glissant dans les draps frais, en regardant les étoiles de mon lit, en lisant quelques pages, en ne remontant pas la sonnerie de mon réveil, et tiens! j'oubliais, rien qu'en rêvant à demain...

Le lendemain, contre son attente et celle de ses trois compagnons, fut une journée différente des précédentes. Le matin, vers dix heures, le téléphone sonne. Antoinette, seule à ce moment-là au rez-de-chaussée, décroche et entend la voix de Cauvert, l'architecte du « Huit », qui doit s'occuper des travaux de décoration de Pauline.

— Déjà de retour à Paris? demande Antoinette.

— Pas encore parti, oui.

— Tu n'as pas pris de vacances?

— Impossible avec ce chantier.

Pauline descendant de sa chambre, Antoinette prend congé rapidement de son interlocuteur.

— Alors, bon courage! Je te passe ta cliente.

A l'issue de sa conversation assez longue avec Bertrand Cauvert, Pauline vient rejoindre Antoinette sur la terrasse où celle-ci s'était retirée par discrétion. Elle a l'air si contrarié qu'Antoinette s'en inquiète.

— Quelque chose ne va pas?

— Rien de grave. Ça va s'arranger. Bertrand a eu des ennuis avec son peintre et il me demandait si je pouvais retarder de huit jours l'ouverture de mon cabinet.

— Ça t'ennuie?

— Il n'en est pas question. J'ai des rendez-vous tous les jours à partir du 3 septembre et je ne peux absolument pas les décommander.

— Pourquoi? Mme Vionnet pourrait peut-être...

— Je te dis que je ne peux pas! J'avais prévenu Bertrand dès le départ que c'était pour moi une date impérative. Il m'avait juré que tout serait fini en temps voulu. Je ne comprends pas qu'on ne tienne pas ses engagements.

— Ce que je ne comprends pas, moi, c'est que ce soit aussi long de rafraîchir deux malheureuses pièces.

— Soyons justes, c'est plus que rafraîchir.

— Mais qu'est-ce que tu lui as demandé au juste?

— Tu verras... Je ne sais pas expliquer... Et puis, ce coup de téléphone m'a agacée : j'ai envie de parler d'autre chose.

L'occasion lui en est presque aussitôt fournie. Quelqu'un frappe à la porte. Elle va ouvrir. C'est Christophe, tout sourire.

— Coucou! Je viens vous dire un petit bonjour.

Il embrasse Antoinette et, conscient de la gêne qu'il provoque, prend tout de suite l'initiative de la conversation : il est arrivé hier soir, assez tard, passablement fatigué, mais il a eu la chance de trouver une chambre dans un petit hôtel charmant et ce matin il s'est réveillé en pleine forme. Ravi par le soleil. Ravi par la gaieté du village, il l'est à présent par la maison de Pauline sur laquelle il s'extasie avec une visible sincérité. Il revient de Paris où une affaire « d'ordre privé », précise-t-il sans regarder Antoinette, l'avait rappelé.

Cette affaire réglée « au mieux de ses intérêts » et le ciel de la capitale étant fort boudeur, il avait décidé de descendre à Port-Grimaud avec sa moto et d'aller voir ses bonnes amies dont il commençait à s'ennuyer. Il avait en outre pour elles des messages. En effet, pendant son court séjour parisien, il avait rencontré par hasard, place du Châtelet, Olivier, le fils de Pauline. Celui-ci l'avait chargé d'apprendre à sa mère qu'il répétait une pièce au Théâtre de la Ville, qu'il avait loué un petit studio dans le quartier, qu'il était actuellement trop concentré sur son travail pour lui écrire, mais qu'il pensait bien à elle.

D'autre part, Christophe avait reçu un coup de téléphone de Catherine qui, inquiète de n'avoir aucune réponse aux lettres qu'elle avait envoyées à Antoinette au « Huit » et de ne pouvoir la joindre au bout du fil, l'avait appelé, lui, à tout hasard, en désespoir de cause... Elle avait été triste de savoir qu'Antoinette, si près d'elle, ne lui avait pas donné signe de vie, et l'avait prié de le lui dire, le cas échéant.

Antoinette et Pauline remercient chaleureusement leur informateur. Aussi embarrassées l'une que l'autre à l'arrivée de Christophe, elles ont très vite aligné leur comportement sur le sien. Il leur a montré clairement qu'il avait choisi d'être « comme avant ». Non moins clairement, elles lui ont montré — c'était la moindre des choses — qu'elles entérinaient ce choix.

Maître Vanneau et Michel, en les rejoignant, accordent, sans plus de problème, leurs voix à celle du trio et c'est bientôt un quintette à l'unisson qui chante les joies des vacances, de la détente et de l'amitié, air connu que Christophe termine en solo par leur leitmotiv : « Ah! ce qu'on est bien! »

Les quatre autres éclatent de rire. Maître Vanneau va chercher la cagnotte et Christophe, mis au courant de leur tradition, y déverse ses deniers avec enthousiasme. Maintenant, il se sent vraiment des leurs et s'autorise à accepter sans cérémonie la proposition qu'ils lui font de partager leur emploi du temps.

A midi donc, heure de la promenade en mer, il s'embarque avec eux, puis s'émerveille avec eux, puis se tait avec eux et s'apprête à nager avec eux quand, l'avocat et les deux femmes étant déjà à l'eau, Michel, sous un prétexte gros comme sa curiosité, le retient à bord.

— Je ne voudrais pas être indiscret, mais je crois que Nelly est venue vous voir... enfin j'en suis sûr... Notez que ça ne me regarde pas... et qu'en plus ça m'est complètement égal...

Bien qu'amusé par les circonlocutions de Michel, Christophe ne le laisse pas s'y embourber.

— Il n'y a aucune indiscrétion : il ne s'est rien passé entre Nelly et moi. Rien, en tout cas, de ce que vous seriez tenté d'imaginer.

— Elle ne vous plaisait pas?

— Disons... que vous me plaisez plus qu'elle.

Michel tape affectueusement sur l'épaule de Christophe.

— Confidence pour confidence... je suis dans le même cas que vous.

Pour prouver au « petit » que sa curiosité n'était pas fixée uniquement sur ce point précis, Michel recommence à l'interroger.

— En somme, vous avez simplement bavardé?

— A vrai dire, on s'est plutôt engueulé. Nelly était déchaînée, surtout contre Antoinette. Je n'ai pas aimé ça.

— Moi non plus. J'en suis d'autant plus ennuyé qu'entre nous, c'est un peu de ma faute.

— Ne vous inquiétez pas. J'ai réussi à la calmer.

— Vous êtes plus fort que moi! Qu'est-ce que vous avez bien pu lui raconter?

— Que vous deviez vous rengorger, Antoinette et vous, de la voir réagir avec autant de violence... Que son dépit et sa colère étaient vachement flatteurs pour vous deux... Et que vous seriez cent fois plus contrariés par son indifférence que par sa haine.

— Et ça a marché?

— Le whisky aidant, oui. Sur le coup de deux heures du matin, elle n'envisageait plus qu'une seule vengeance possible : vous envoyer au plus tôt un faire-part de mariage.

— Chapeau! Vous vous êtes bien débrouillé.

Christophe ne le nie pas.

— Dites-le à Antoinette.

Michel n'y manquera pas. Dès que Christophe les quitte — provisoirement — pour aller se doucher à son hôtel en fin de journée, Michel chante ses louanges non seulement à Antoinette, mais à Pauline et à Maître Vanneau. Il ne rencontre d'ailleurs que des approbations. Personne ne trouve un défaut à Christophe. Deux heures plus tard, devant la télévision, tout le monde lui en trouve un : celui-là même que naguère Antoinette lui a reproché. Il n'a pas connu la libération de Paris.

Avant que ne commence le deuxième épisode de *Paris brûle-t-il?*, ils sont obligés de relater à Christophe les péripéties du premier. Comme ils n'ont, ni les uns ni les autres, des âmes d'éducateurs, ça les agace d'avoir à expliquer ce qu'ils connaissent par cœur.

Pendant le film, c'est plus grave : Christophe suit l'action comme s'il s'agissait d'une simple histoire romancée. Pour eux, c'est leur histoire. Celle de leur jeunesse. Lui, il s'étonne, il se pâme devant les vieilles tractions « extra », il dit : « C'est marrant », en voyant les filles se pendre au cou des premiers soldats de l'armée Leclerc entrant dans Paris. Eux, ils ne disent rien. Ils ont la larme à l'œil : Antoinette et Pauline ont fait partie de ces filles-là; Michel, de ces soldats. Quant à Vanneau, il les a accueillis à l'Hôtel de Ville.

Après le film, Christophe essaie de se rappeler ce qu'il a lu hâtivement cet hiver dans les livres prêtés par Florence. Eux, ils se souviennent de ce qu'ils ont vécu. Ils sont intarissables.

— Moi, j'ai raté de peu une balle à Notre-Dame...

— Moi, c'était rue de Rivoli, juste avant le passage de de Gaulle.

— Moi, j'ai vu un Allemand tué par les F.F.I. sous mes fenêtres : une vraie chance qu'il n'y ait pas eu de représailles!

— Moi, j'ai vu mon meilleur copain s'écrouler à un mètre de moi.

De lui-même, Christophe s'écarte de leur conversation. Il ne peut pas lutter : ils auraient tous pu mourir et lui, le pauvre, il n'était même pas né.

CHAPITRE XXII

Antoinette est enchantée par le restaurant de Yolande : il est exactement tout ce qu'elle déteste et elle adore détester ce qu'elle n'a pas envie d'aimer.

L'obséquiosité du personnel, le faux chic du cadre, le modernisme des éclairages, le snobisme de la clientèle, le mauvais goût du menu avec le steak tartare à la John Wayne et la tarte Belmondo, tout la ravit. Sans parler, bien sûr, de la familiarité tapageuse avec laquelle Yolande a accueilli leur petit groupe, ni de son déguisement de taulière dans le vent. Non, vraiment, si en plus Antoinette mange mal, elle sera la plus heureuse des femmes. Toute à sa joie, c'est seulement quand on leur apporte d'office le kir traditionnel — avec beaucoup trop de cassis, quelle chance! — « offert par la patronne » — décidément, on la gâte! — qu'elle s'inquiète de l'absence de Catherine auprès du serveur aux gants blancs à taches beiges. Il lui est répondu que « Madame Catherine » — ce sera son dernier plaisir de la soirée — est un peu souffrante, mais va sûrement descendre tout à l'heure de sa chambre.

C'est sur-le-champ qu'Antoinette y monte; d'autant plus vite à présent que Yolande vient de lui annoncer en la croisant que « sa copine déconnait à plein tube ».

Antoinette trouve Catherine accotée à la fenêtre, maquillée comme en plein hiver, une main dans l'échancrure de son peignoir éponge, l'autre sur sa nuque. Elle n'a aucun mouvement, ni de surprise, ni d'approche, en voyant Antoinette. Juste un pauvre petit sourire :

— Emmène-moi, dit-elle.

Deux grosses larmes coulent le long de ses joues. Antoinette se précipite vers elle et entend la même supplique :

— Emmène-moi!

— Dis-moi au moins ce que tu as.

— Je suis malade.

Antoinette, affolée, pense au pire et demande des précisions avec appréhension. Catherine les lui donne entre deux sanglots.

— J'ai mon allergie, ma colite et ma névralgie.

— C'est tout?

— Ça ne te suffit pas?

— Ce n'est rien, tout ça.

— Quoi?

Comme tous ceux qui ont la chance d'avoir une bonne santé, Catherine ne supporte pas le moindre bobo et considère, quand il lui en échoit un, qu'elle l'a sous une forme unique et inconnue de tous. D'où cette manie de traiter ces maladies en propriétaire et d'y adjoindre des possessifs. En hiver elle n'a pas un rhume ou des engelures; elle a son rhume ou ses engelures. Ici elle a son allergie, sa colite et sa névralgie, autant de désagréments qui lui sont au demeurant assez familiers. La nouveauté consiste simplement dans le fait qu'elle les a tous en même temps et qu'elle n'a pas l'énergie nécessaire pour les maîtriser. Antoinette, selon son habitude, l'oblige « à regarder les choses en face » et à convenir qu'il n'y a vraiment rien de très grave dans tout cela.

— Tu n'as qu'à te soigner. C'est tout.

— Ici, je ne peux pas.

— Mais enfin, au mois de juillet, tu m'as écrit que c'était le paradis, qu'est-ce qu'il s'est passé?

— Je t'expliquerai, plus tard. Pas maintenant.

— Pourquoi n'es-tu pas partie?

— Je n'avais même plus le courage.

— Bien! On va en avoir pour toi. Essuie tes yeux, passe une robe et viens dîner avec nous. Après on t'embarque.

— Je ne peux pas. Je remplace la caissière qui nous a quittées au début du mois.

— Tu as un contrat avec Yolande?

— Non.

— Alors, habille-toi, à partir de maintenant, tu es une cliente au même titre que nous.

— Elle va hurler.

— Ne t'inquiète pas! On est six et elle est seule : on fera plus de bruit qu'elle.

Catherine ôte son peignoir.

— Ne me regarde pas, je suis horrible.

— Tu as un peu trop maigri, peut-être.

— J'ai des boutons plein les jambes et les bras.

Ça n'arrête pas de me démanger et ça m'empêche de dormir.

— Eh bien, tu peux être sûre que cette nuit tu dormiras. J'ai tout ce qu'il faut dans la « boîte à outils ».

C'est vraiment la boîte magique : rien que de l'avoir évoquée, le visage de Catherine s'éclaire comme il y a quelques jours celui de Michel. C'est une grande bouffée de « Huit » qui est entrée dans la chambre et qui réanime Catherine.

— C'est idiot, mais tout d'un coup j'ai moins mal à la tête.

— Alors, je descends. Tu nous rejoins dès que tu es prête.

— Ah non! Attends-moi. J'en ai pour deux minutes. Je ne veux pas rencontrer Yolande toute seule.

— Elle te terrorise à ce point?

— Il n'y a pas que moi.

— Allez, dépêche-toi.

Au bas de l'escalier, elles rencontrent Yolande qui sans doute les guettait.

— Bravo! dit-elle. La mourante est ressuscitée. Il y a du travail à la caisse.

— Tu vas devoir t'en occuper, ma pauvre Yolande, répond calmement Antoinette, j'emmène Catherine.

— Où ça?

— D'abord à notre table, ensuite chez Pauline.

— Il n'en est pas question, j'ai besoin d'elle ici.

— Et elle, elle a besoin de se soigner, ailleurs.

— Elle n'est pas malade.

Antoinette prend le bras de Catherine.

— Ecoute, Yolande, il est totalement inutile de

discuter. Catherine n'est liée par aucun engagement avec toi, alors, que ça te plaise ou non, on s'en fout. Catherine s'en va, c'est tout. Tu seras gentille de donner des ordres pour qu'on nous serve assez vite : nous sommes très pressés de quitter ton restaurant.

Sous l'œil de Yolande aussi vipérin que sa bouche, Antoinette entraîne doucement Catherine pétrifiée.

— Saloperie! murmure Yolande entre ses dents.

Antoinette se retourne et répond avec un sourire angélique, mais assez fort pour que les tables voisines en profitent :

— Ah! j'oubliais, il y a longtemps que je voulais te le dire : tu es vraiment très, très laide.

Catherine tire Antoinette, craignant déjà les insultes qui vont pleuvoir sur elles. Mais à sa grande surprise elle n'entend que la voix anormalement coincée de Yolande expliquant à une cliente toute proche qu'Antoinette est une de ses bonnes vieilles amies, très pince-sans-rire, et qu'il s'agit là d'une de ses taquineries favorites.

Catherine a beau mettre en garde ses amis de Port-Grimaud contre ses boutons, tout le monde l'embrasse de si bon cœur qu'elle a de nouveau des larmes plein les yeux.

— Toi, lui dit Pauline, tu n'as pas pris mon calmant!

C'est Antoinette qui répond à la place de Catherine, empêchée pour cause de rimmel.

— Non! elle n'a rien pris; mais elle va tout prendre; dans trois jours, elle pétera le feu... et pour le moment, on parle d'autre chose.

Le ton est si impératif que, sans se donner le mot,

d'un même geste, Pauline et les trois hommes saluent militairement Antoinette et d'une même voix lui disent :

— Bien, mon général!

Antoinette a toujours accepté de bonne grâce qu'on mette en boîte son autorité, mais ce soir ça la réjouit carrément : il y a si longtemps que cette autorité lui faisait défaut. Voilà qu'en la retrouvant, ce soir, elle se retrouve : la sève circule à nouveau dans « l'arbre ».

— Avant de parler d'autre chose, mon général, reprend Pauline, il faudrait peut-être organiser l'incorporation de notre nouvelle recrue.

Le plan de manœuvre est vite établi. Pauline va téléphoner aux Billoux, ses voisins si serviables, pour leur demander s'ils voudraient bien prêter à nouveau la chambre que son neveu venait d'occuper. Ils sont d'accord. Michel ira y emménager — du moins provisoirement — dès ce soir. Catherine couchera à sa place, en face d'Antoinette, à proximité de la « boîte à outils ». Lui, il n'en a plus besoin. Christophe, après le dîner, montera avec Catherine dans sa chambre pour l'aider à préparer ses bagages et les chargera dans sa voiture qu'il conduira jusqu'à Port-Grimaud. Catherine, confuse et émue d'être l'objet de tant de dérangement et de soins, essaie de remercier ses amis, mais sa gorge se noue et la fin de sa phrase se perd dans sa serviette. Cette fois c'est Maître Vanneau qui détend l'atmosphère :

— Silence la bleusaille! Le général a dit!

— A la soupe! ajoute Michel. Voilà la roulante!

Le dîner est à la hauteur des espérances d'Antoinette : la fadeur du melon est si paradoxalement agressive qu'elle parvient à traverser le porto chargé sans doute de la dissimuler; le carré d'agneau à la provençale — pauvre petite bête! — est écrasé sous l'ail et la graisse; quant aux pâtisseries, elles font l'objet d'un débat animé : sont-elles du jour avec du beurre rance ou de l'avant-veille avec de la margarine? Une seule chose à l'actif de ce repas : il a été promptement servi comme l'avait souhaité Antoinette.

A dix heures trente, la petite troupe est prête à lever le camp. Il faut dire que l'opération bagages a été considérablement simplifiée par Yolande qui avait enfourné en vrac dans les innombrables sacs et valises de Catherine les affaires de celle-ci, à l'exclusion des cadeaux qu'elle lui avait offerts du temps de leur belle amitié, et avait déposé le tout devant la porte de sa chambre.

Au moment de leur départ, leur hôtesse joue les courants d'air et se contente de signaler sa présence par un message à Antoinette que lui remet, sur un plateau en inox, le jeune serveur de tout à l'heure, toujours en gants blancs, mais maintenant avec des taches marron.

Sur ce message, une seule phrase, qui ramène une vague de fond à la surface du lac Audricourt : « Quand tu verras ta chère amie Florence, tu pourras lui dire que j'ai couché avec François-Achille. »

Antoinette replie le papier sous l'œil goguenard du serveur.

— Il n'y a pas de réponse? demande-t-il.

— Si! Vous direz à « Madame Yolande » que je

la remercie infiniment. Pour tout. N'oubliez pas : infiniment. Pour tout!

Antoinette se retrousserait volontiers les moustaches. Faute de quoi elle décoche au serveur un sourire écrasant de gentillesse et s'éloigne d'une démarche royale. Elle en a d'autant plus de mérite qu'elle a les jambes qui tremblent de haine. La voix aussi. Pauline s'en aperçoit aussitôt qu'elle ouvre la bouche, dans la voiture de Vanneau qui les reconduit à Port-Grimaud.

— Qu'est-ce que tu as? lui demande Pauline à voix basse.

Antoinette lui passe le petit mot de Yolande. Aussitôt qu'elle l'a lu, Pauline en détourne la tête avec dégoût.

— Quelle pourriture!

— De qui vous parlez? demande Michel assis devant à côté de Vanneau.

— De Yolande.

— Depuis son divorce, j'ai l'impression qu'elle est pire qu'avant.

— Forcément! dit Vanneau : elle était un peu quelque chose grâce à son mari; maintenant elle n'est plus rien.

Les deux voitures, celle de Catherine et celle de Maître Vanneau, s'arrêtent devant la maison de Pauline puis, délestées de leurs chargements, repartent vers le parking extra-muros, conduites respectivement par Christophe et par l'avocat.

Quand ce dernier revient seul, ayant laissé son jeune compagnon à son hôtel, Michel est déjà installé chez les Billoux, Pauline s'affaire dans la salle de bains, Catherine et Antoinette dans leurs chambres. Il entend quelqu'un qui se mouche — sans doute Catherine — et puis une série de « Chut! » temporisateurs — sans doute Antoinette.

Il va jusqu'à la terrasse, écoute le léger clapotis de l'eau le long du quai, regarde les petites lumières des bateaux, plus loin sur le port les guirlandes d'ampoules multicolores, plus haut les étoiles annonciatrices de beau temps, puis il rentre et, pour sa satisfaction personnelle, dépose sans bruit une pièce dans le gros melon ventru d'Aix-en-Provence qui sert de cagnotte.

Il est trois heures de l'après-midi. Pauline et les trois hommes sont partis avec le bateau comme d'habitude vers midi. Antoinette n'a pas voulu les accompagner pour être là quand Catherine se réveillera. Elle ne devrait plus tarder maintenant. Elle s'est endormie vers minuit. Il est vrai qu'avec le calmant de Pauline, plus le produit anti-allergique qui contient un peu de belladone, plus le suppositoire analgésique contre les névralgies, plus le massage décontractant des cervicales avec le célèbre Alkapan, plus le pommadage délicat sur les membres en boutons, Morphée avait de quoi retenir Catherine entre ses bras.

Celle-ci en sort à quatre heures, complètement abrutie, adorablement bêtifiante, comme les bébés de notre époque n'oseraient plus l'être. Elle apparaît sur le seuil de la chambre d'Antoinette, dans un T-shirt tubulaire qui lui descend jusqu'aux pieds et agrémenté au niveau de la poitrine d'une grosse pâquerette bleue avec des yeux ronds et une bouche en cœur dont il sort cette inscription en lettres enfantines : « Je suis une fleur sauvage. » Les cheveux ébouriffés, les yeux gonflés, le visage barré par les plis d'un long sommeil, la moue désarmante, elle annonce :

— Catherine a fait un gros dodo.

Antoinette, histoire de la réveiller un peu, lui apprend son score :

— Seize heures!

Elle n'obtient pas du tout la réaction escomptée. Catherine tire un bout de langue espiègle et tape dans ses mains.

— C'est bien ça! Catherine est contente! Catherine va se recoucher.

— Ah non! Catherine va prendre du café, puis une douche, puis s'habiller et après Catherine y verra plus clair.

Catherine exécute le programme en bonne petite fille obéissante, à cela près que le café bu, douchée, coiffée, vêtue de frais, frictionnée, elle n'y voit toujours pas très clair; mais suffisamment quand même pour se rendre compte qu'elle va un peu mieux : elle a tout ce qu'elle avait hier, mais sous une forme atténuée, sauf en ce qui concerne son état émotif qui semble n'avoir subi aucune amélioration.

Allongée sur une chaise longue de la terrasse à côté d'Antoinette, elle prend la main de celle-ci.

— Je sais que tu penses, dit-elle, qu'entre amies on n'a jamais à se dire merci, mais pourtant je voudrais...

Avant même qu'Antoinette lui impose le silence, un déluge de larmes interrompt la phrase de Catherine. Incapable de prononcer un mot, elle se lève et fait signe à Antoinette de ne pas la suivre. Dix minutes plus tard, après s'être passé la tête sous l'eau, elle revient, les yeux secs et les cheveux mouillés, avec un crayon et un bloc de papier dont elle tend la première page griffonnée à Antoinette. Celle-ci déchiffre avec attendrissement les phrases suivantes :

« Ne m'en veux pas. Je déteste autant que toi les pleurnicheuses. Je me déteste, mais je n'y peux rien. Dès que j'ouvre la bouche, à propos de n'importe quoi, il en sort des sanglots. Il y a trois jours que je suis comme ça. C'est odieux. J'ai eu bon espoir à mon réveil, en échangeant quelques mots avec toi, d'être débarrassée de cette tare, mais je devais être encore sous l'influence du sommeil. Je m'aperçois maintenant que rien n'a changé. Me revoilà transformée en fontaine pour un oui ou pour un non et c'est d'autant plus ridicule que je suis folle de joie d'être avec toi. Explique mon cas aux autres puisque moi je ne pourrai pas. Qu'ils me laissent dans mon coin, qu'ils n'essaient surtout pas de me consoler, étant donné que je n'ai aucun chagrin, ni de me remonter le moral, étant donné qu'il est au beau fixe maintenant. J'ai simplement de l'incontinence lacrymale comme d'autres l'ont urinaire. Je te supplie de demander à Pauline s'il y a un remède. Je t'aime autant que j'ai honte. »

Antoinette empoche le billet.

— Ne t'inquiète pas! J'ai eu exactement la même chose après l'accouchement de Pascal. J'ai été moi aussi obligée d'écrire à mon médecin pour lui expliquer mon état parce que j'étais incapable, sans déclencher un Niagara, de lui dire que j'étais parfaitement heureuse.

Contente de n'être pas seule de son espèce, Catherine sourit et, enhardie, veut se lancer dans une phrase, mais ne va pas plus loin que la deuxième syllabe.

— Merde! finit-elle par articuler entre deux reniflements; puis elle reprend le bloc et écrit : « Ça t'a duré longtemps? »

— Huit jours. Dès que je me suis retrouvée chez moi avec Pascal, ça s'est terminé.

Catherine compte sur ses doigts : si elle réagit comme Antoinette, elle doit encore tirer cinq jours de ce régime; elle exprime par une mimique drolatique que ça lui semble bien long, puis elle s'empare à nouveau du bloc et écrit : « Comment va Pascal? »

Les nouvelles que lui donne Antoinette sur son fils captent l'attention de Catherine d'une façon si intense qu'elle en oublie complètement son cas personnel et poursuit la conversation tout à fait normalement. Soudain elle demande :

— Mais quand Pascal est-il parti du « Huit »?

— Le même jour que toi, quelques heures plus tard.

— Pourquoi ne m'as-tu pas prévenue? Tu sais très bien que je serais revenue.

— Justement, je ne voulais pas. Ça n'aurait servi à rien et tu avais ton travail.

— Mais quand je t'ai écrit que...

Ça y est! Ça repart, mais cette fois, ça frôle la crise de nerfs. Antoinette est contrainte d'employer la force pour empêcher Catherine de se taper la tête avec ses poings.

— Voilà le bateau qui arrive, dit-elle. Calme-toi, je t'en conjure. Il ne faut pas que les autres te voient comme ça. Viens, on va monter. Tu vas t'allonger.

Catherine se laisse traîner sur son lit et reçoit sans

mot dire les serviettes d'eau glacée qu'Antoinette lui applique sur le visage. Elle est encore secouée de convulsions quand la voix joyeuse de Christophe retentit du bas de l'escalier :

— On est là! On peut monter?

Antoinette sort précipitamment de la chambre.

— Non! Ce n'est pas la peine. On descend tout de suite.

Sur le lit, Catherine, les mains agrippées à ses draps, inonde son oreiller. Antoinette se penche vers elle pour lui caresser les cheveux mais elle la repousse :

— Laisse-moi! Laisse-moi!

— D'accord. Repose-toi. Je reviendrai tout à l'heure.

Ce n'est pas Antoinette qui revient une demi-heure plus tard près de Catherine. C'est Pauline, informée minutieusement par ses soins de la situation.

Ce soir-là, sur la terrasse, à l'heure légère du pastis transparent, l'ambiance est pesante et la conversation entre Antoinette et les trois hommes peu animée. La cagnotte n'enregistre aucune recette. La nuit est presque tombée quand, au soulagement de tous, Pauline, le visage tiré, les rejoint.

— Dites donc, les hommes, ça ne vous ferait rien d'aller dîner tous les trois au restaurant? J'aimerais bavarder seule à seule avec Antoinette.

Après qu'elle leur a affirmé qu'il ne s'agit de rien de grave, ils abandonnent la maison aux femmes.

Pauline se sert un whisky.

— Tu en veux un?

— Qu'est-ce que tu en penses?

Pauline lui en sert un pendant qu'Antoinette rapporte

de la cuisine un plateau avec des glaçons, du saucisson, des olives et des gâteaux secs.

Elles s'assoient face à face dans le living.

— Qu'est-ce qu'elle a, Catherine?

— Beaucoup de choses... et un abcès de fixation sur un complexe de culpabilité vis-à-vis de toi.

— Parce qu'elle a voulu quitter le « Huit »?

— Ecoute, il vaut mieux commencer par le commencement. Catherine a vécu son mois de juillet dans une espèce de rêve au milieu d'une cour brillante dont elle a été la reine incontestée. Sa drôlerie, son dynamisme et sans doute aussi un peu son bronzage lui ont valu énormément de succès tant professionnels que privés. Entre Marc, ses écrivains, les journalistes, Yolande et sa clientèle, elle a été comblée de cadeaux, de compliments et d'attentions de toutes sortes. Elle a été grisée, et quand Yolande lui a proposé de devenir, en septembre, son associée, elle a accepté sans hésitation.

— C'est à ce moment-là qu'elle m'a écrit?

— Oui, et c'est peu de temps après que ça s'est gâché. Dès que Yolande a cru l'avoir sous sa coupe, son attitude a changé : d'enveloppante et de frôleuse qu'elle avait été jusque-là avec Catherine, mais pas plus qu'avec toutes les autres femmes, elle est devenue carrément pressante. Un jour, plutôt une nuit — c'était début août —, elle a soûlé un peu Catherine, non seulement avec de l'alcool mais aussi avec des flatteries... des promesses... de jolies théories sur la libération de la femme et sur l'encroûtement bourgeois. Bref, elle se l'est tapée.

— Catherine!

De stupeur, Antoinette en a presque crié.

— Ah! Je t'en prie, reprend Pauline, ce n'est pas le moment de jouer les redresseuses de torts!

— Mais il ne s'agit pas de ça. Je suis d'accord pour que chacun dans ce domaine fasse ce qu'il lui plaît. Ce que je ne comprends pas, c'est que quelqu'un fasse quelque chose qui ne lui plaît pas. Et c'est bien le cas de Catherine. Elle a horreur de ça. Quand son ménage avec Bertrand s'est mis à battre de l'aile, elle a accepté, sur sa demande à lui, de tenter ce genre d'expérience, croyant que ça allait le retenir. Elle n'a jamais pu aller jusqu'au bout, tellement ça la dégoûtait. Et pourtant là, elle était motivée.

— Je sais. Elle me l'a dit. Mais elle a pensé qu'elle avait peut-être changé.

— Et alors?

— Alors, elle n'a pas changé. Elle n'a pas osé se dégonfler, mais elle a détesté. Pire! Elle s'est détestée.

— Quelle conne!

— Elle s'est détestée en pensant à toi.

Antoinette laisse échapper une exclamation désolée.

— En pensant, ajoute Pauline, que si elle te le disait, tu ne lui pardonnerais jamais et que si elle ne te le disait pas, elle ne se le pardonnnerait jamais. De toute façon, elle est sûre qu'elle a perdu ou qu'elle va perdre ta confiance et ton estime, donc ton amitié.

— Et voilà! Encore un accès de littérature! Et de la pire! Je croyais pourtant l'avoir guérie de jouer les héroïnes de romans-photos.

— Elle ne joue pas, tu sais, elle est vraiment malheureuse.

— Tu ne lui as pas dit que c'était absurde?

— Si, bien sûr! Mais il n'y a que de toi qu'elle veut l'entendre.

Sur-le-champ, Antoinette, plus « arbre » que jamais, se lève, déjà prête à tendre l'une de ses branches à l'oiseau égaré, mais Pauline la retient.

— Attends demain. Catherine doit dormir, avec tout ce que je lui ai donné, et puis il vaut mieux que tu connaisses l'ensemble du problème.

Antoinette se rassied et avale préventivement une grande gorgée de whisky.

— Ce n'est pas tout?

— Rassure-toi, le plus gros est passé.

A son tour, Pauline cherche un peu de réconfort dans son verre puis redémarre :

— Après ce...

— Ce fâcheux incident, lui souffle Antoinette.

— Voilà, c'est le mot juste. Ce n'est qu'un fâcheux incident. Après, donc, Yolande continuant à poursuivre Catherine de ses assiduités et celle-ci les repoussant vigoureusement, tu te doutes que leurs relations se sont rapidement dégradées.

— Pourquoi Catherine n'est-elle pas partie?

— Dans la région, à cette époque-là, tout était bourré.

— Elle n'avait qu'à revenir au « Huit »!

— Elle y a pensé. Elle t'a téléphoné toute une journée. Tu n'étais plus là et elle n'avait pas le courage d'être seule; d'autant moins qu'elle a commencé à souffrir abominablement de sa colite et de ses névralgies. D'autre part, la caissière du restaurant ayant subitement quitté Yolande, celle-ci a fait la paix avec Catherine, à seule fin, bien entendu, qu'elle la dépanne. La pauvre Catherine, malade et paumée, est devenue l'employée tyrannisée de la despotique Yoyo.

— Ça devait être gai!

— Pour couronner le tout, les incendies de forêt sont venus se greffer là-dessus. La terreur enfantine de Catherine pour le feu est ressortie, comme tu as pu le voir, en une floraison de boutons.

— Entre parenthèses, il m'a semblé qu'elle en avait moins aujourd'hui.

— Oui, c'est la période régressive. Dans deux jours, ce sera probablement terminé. Le reste aussi, d'ailleurs... si vous vous débrouillez bien, docteur Audricourt.

— Je ferai l'impossible, en tout cas.

Elles mangent quelques tranches de saucisson, picorent abondamment dans les olives, finissent les gâteaux secs : leur estomac s'est vidé en même temps que leur tête.

— A la santé de Catherine! dit Antoinette en levant son verre.

— A l'ulcère de Yolande! répond Pauline en levant le sien.

— Elle a un ulcère?

— Non, mais normalement elle devrait.

— Tu crois que c'est vrai, ce qu'elle m'a écrit à propos de François-Achille?

— Ce qui est vrai, en tout cas, c'est que pour assister à Paris au mariage du fils Buisson elle est partie la veille, c'est-à-dire le 10, et qu'elle est revenue quatre jours après.

— Quatre jours pour une simple bénédiction, c'est beaucoup!

— Ouais... Je serais curieuse de savoir quand François-Achille est revenu en Corse.

Certaines qu'elles finiront bien par apprendre la vérité, elles montent dans leur chambre en faisant un petit détour par celle de Catherine. Elle dort paisiblement et, soulagées, Antoinette et Pauline ne tardent pas à l'imiter.

Le lendemain, Antoinette se réveille de bonne heure et se demande aussitôt comment elle va pouvoir liquider son contentieux avec Catherine en évitant la grande scène de réconciliation avec explications, effusions, et mouchoirs trempés. Une idée lui vient. Elle prend une feuille de son papier à lettres à l'en-tête du « Huit », et commence à écrire :

« Chère Catherine,

« (Je me permets de vous appeler ainsi bien que je n'aie pas eu l'honneur de vous être présenté, mais j'ai si souvent entendu parler de vous que j'ai l'impression de vous connaître.) Donc, chère Catherine, étant arrivé au " Huit " quelques jours après que vous en soyez partie, vous ignorez qui je suis et, comme nous sommes appelés à nous voir, je crois utile avant notre première rencontre de vous fournir quelques renseignements à mon sujet.

« Je m'appelle Ange. Je suis grisonnant. J'ai la moustache altière, le corps souple, l'humeur volontiers espiègle et, sans prétention aucune, des yeux verts superbes. Petit détail qui a son importance : je suis un chat. Personne n'est parfait.

« En votre absence, je suis devenu le confident et quasiment l'ami de Mme Audricourt. En tant que tel, bien sûr, elle m'a raconté pas mal de choses vous concernant! Oh! Rassurez-vous, rien de confidentiel, ce n'est pas son genre, mais des anecdotes sur les bons et les mauvais moments que vous avez partagés, des blagues que vous avez faites, des conversations que vous aviez eues. Je me souviens d'une qui m'est revenue précisément aujourd'hui (allez donc savoir pourquoi?). C'était à propos de la merveilleuse faculté d'oubli des êtres humains (entre nous, c'est pareil pour les chats). J'espère que vous l'avez encore en mémoire aussi précisément que moi. J'entends comme si c'était hier Mme Audricourt me dire : " Tu vois, Ange, ce qui est bête, c'est que lorsque survient un chagrin ou une désillusion, on oublie qu'on oubliera. On le sait pourtant, mais on l'oublie. Tout serait beaucoup plus facile si on s'en souvenait. " Elle avait ajouté : " Il faudra à l'occasion que je pense à le redire à Catherine. " Elle était restée pensive un moment puis, avec cette brusquerie qui me hérisse le poil, elle avait repris : " Il faudra aussi que je lui dise que l'important, c'est de bien s'aimer. Le reste n'est que littérature. "

« Vous la reconnaissez bien là.

« Mais il me faut arrêter là mon griffonnage. Mon petit doigt, plus exactement ma petite griffe, m'a dit que vous étiez souffrante, et je ne veux surtout pas vous fatiguer. Néanmoins, si vous aviez le temps de m'écrire quelques lignes qui me rassureraient sur votre état et qui me prouveraient que vous ne prenez pas plus ombrage de la sympathie que me porte Mme Audricourt que j'en ai pris, moi, de son amitié tendre et fidèle pour vous, je serais le plus heureux des chats.

« Bisous et pattes de velours. Ange.

« P.-S. Bien entendu, pas un mot de tout cela à notre amie : cela doit rester strictement entre nous. »

Antoinette glisse sans bruit sa lettre sous la porte de la chambre de Catherine puis se recouche, impatiente de savoir comment va être reçue sa bouteille à la mer.

Elle n'attend pas très longtemps. Elle entend Catherine se lever, décacheter son enveloppe puis, quelques minutes après, se moucher, puis, un quart d'heure plus tard, glisser à son tour un petit mot sous sa porte, puis descendre aussitôt l'escalier.

Antoinette déplie fébrilement le papier et lit :

« Mon très, très, très cher Ange,

« Vous êtes le plus malin, le plus subtil, le plus tendre, le plus délicieux des chats. Je comprends que vous vous entendiez si bien avec Mme Audricourt.

« Votre lettre m'a touchée au plus profond du plus profond de mon cœur et, n'en déplaise à notre amie commune, je ne l'oublierai jamais. Vous n'imaginez pas à quel point elle m'a réconfortée, apaisée, soulagée. Ou plutôt si, vous l'imaginez... puisque vous me l'avez écrite pour ça. Je vous en suis infiniment reconnaissante. C'est pourquoi, exceptionnellement, puisque tel est votre désir, je respecterai votre souci de discrétion et ne parlerai pas de notre correspondance à Mme Audricourt. Mais sachez pour votre gouverne, mon cher Ange, qu'à l'avenir je serai comme je l'ai toujours été " celle qui lui dit tout ".

« Je vous serre très chaleureusement les pattes. Catherine. »

Antoinette promet, en ex-voto, une grosse pelote de laine rouge à Ange, s'étire comme un chat et met dans la poche de sa robe de chambre une pièce destinée à la cagnotte. Elle arrive juste au rez-de-chaussée pour voir Catherine y en introduire une.

— Ce n'est pas vrai! s'écrie-t-elle.

— Quoi?

Elle sort la sienne et l'introduit à son tour dans la cagnotte.

— Ce n'est pas possible, dit Pauline, vous vous êtes donné le mot, toutes les deux!

Elles se regardent en souriant et, comme au beau temps du « Huit », répliquent exactement en même temps, sur le même ton :

— Eh bien, oui, justement!

Le déclic s'est produit. Il n'y a plus qu'à repartir. Tout doucement : Catherine est encore fragile. Mais si pleine de bonne volonté! Elle insiste pour les accompagner en mer.

Sur le bateau, elle pose de temps en temps sa main sur son flanc droit, comme tous les habitués de la colite, mais elle prétend que c'est devenu un tic chez elle, qu'elle n'a pas vraiment mal; ou bien elle se frotte le cou mais prétend là encore que c'est par habitude, qu'elle ne souffre pas. Pour prouver son énergie, surtout à Antoinette, elle est même prête à plonger, et il faut toute l'autorité de Pauline pour la retenir. Les trois hommes qui ont décidé ce jour-là de s'arrêter en face des plages de Saint-Tropez, restent à bord pour tenir compagnie à Catherine, malgré ses protestations. Ils insistent avec des airs de collégiens en mal de farces et attrapes pour qu'Antoinette et Pauline aillent jusqu'à la côte voir les nudistes.

— Vous nous raconterez, dit Michel.

— Mais tenez-vous bien, ajoute Maître Vanneau, on vous surveille avec des jumelles.

Les deux femmes s'éloignent d'une brasse tranquille, en se félicitant de la complicité qui s'est établie entre leurs trois compagnons.

A une quinzaine de mètres du rivage, elles voient un pédalo, occupé par une créature portant capeline de paille et larges lunettes noires, se diriger vers elles.

— Attention, dit Antoinette, cette imbécile n'a pas l'air de regarder où elle va.

Elles s'arrêtent sur place de façon à la laisser passer. La femme, elle, arrête de pédaler. Arrivée à leur hauteur, elle ôte sa capeline et ses lunettes.

La minute d'après, Antoinette et Pauline, qui se sont hissées sur le pédalo, mêlent leurs éclats de voix et de rire à ceux de Florence. Cette dernière est, bien sûr, la seule à ne pas être étonnée par cette rencontre, puisque c'est elle qui l'a manigancée avec les trois hommes de Port-Grimaud qui dînaient la veille au soir dans le même restaurant qu'elle.

Antoinette et Pauline la soumettent à un feu croisé de questions auxquelles elle répond avec bonne humeur : elle est là depuis deux jours. Avec Rodolphe. La Corse a débouché sur la Hollande! Le début de son séjour avec François-Achille à Porto-Vecchio a été empoisonné, comme prévu, et même plus que prévu, par la perspective de la petite cérémonie familiale du 11 août et par les coups de téléphone de Simone Buisson ou de sa fille, sollicitant l'avis de François-Achille sur des points de détail aussi importants que la composition du repas de mariage, ou la rédaction de l'avis de faire-part dans les journaux. Au retour de la noce, la situation ne s'était pas améliorée. Florence avait retrouvé à l'aéroport un François-Achille plus que jamais en proie à ses remords de conscience. Il avait été touché par le discours du vieux prêtre, celui-là même qui les avait mariés Simone et lui vingt-cinq ans plus tôt. La façon dont le saint homme avait parlé des « liens sacrés du mariage » en les fixant tous les deux, et la larme que Simone avait furtivement essuyée juste à ce moment-là, l'avait bouleversé. Florence n'avait pas compris : elle, elle estimait que c'était plutôt rigolo d'évoquer les liens sacrés du mariage devant un couple rongé depuis longtemps par les termites du mensonge et qui ne tenait que par les sacrés liens de la lâcheté. Surtout quand on savait en plus que l'épouse émue comptait dans l'assistance, en plus de sa chère Yolande, au moins deux autres partenaires, et que le mari, lui, avait dans sa poche le billet d'avion qui allait le ramener auprès de ses amours, même pas clandestines. Ils n'avaient pas le même sens de l'humour. Ni d'ailleurs le même sens moral : en effet, François-Achille, après avoir subi les assauts provocateurs de Yolande, avait été très ému d'apprendre que c'était son épouse attentionnée qui avait souhaité lui offrir ce croustillant dérivatif, alors que Florence, elle, avait été révulsée.

— Tu crois qu'il a couché avec Yolande? demande Pauline.

— Il prétend que non; mais je n'en suis pas sûre.

— Pour ne rien te cacher, elle prétend que oui, mais je n'en suis pas sûre non plus.

— De toute façon, je m'en fous. J'ai tourné la page.

— C'est à cause de ça que vous vous êtes séparés?

— Non, il y a trois jours, elle a téléphoné à notre hôtel en Corse.

— Yolande?

— Oui!

— Du Midi?

— Non! de Bretagne où Simone l'avait appelée de toute urgence.

— Mais ce n'est pas vrai! Il y a trois jours elle était dans son restaurant avec Catherine!

Florence n'est ni surprise ni furieuse.

— Pauvre Buibui! dit-elle, il doit être bien embêté en ce moment.

— Pourquoi? Il est là-bas?

— Oui. Yolande lui a dit qu'elle lui téléphonait à l'insu de Simone pour le prévenir que son état de santé lui inspirait les plus vives inquiétudes... Alors il est parti... en me suppliant de l'attendre. Une heure plus tard, j'ai envoyé deux télégrammes : l'un à Rodolphe, à Saint-Tropez : « J'arrive. » L'autre à François-Achille, en Bretagne : « Je m'en vais. » Et me voilà.

— Apparemment en forme, dit Pauline.

— Rodolphe est un très bon anesthésiste, répond Florence.

— Tu nous le présentes? demande Antoinette.

Elles mettent le cap sur la plage où le Hollandais les aide à accoster. Il est sympathique à Antoinette parce qu'il a l'œil qui frise à la moindre occasion, parce qu'il lui parle avec discernement de Florence, parce qu'il est curieux du « Huit », parce qu'il est curieux tout court, parce que, pour refuser l'invitation à dîner de Pauline, il ne se donne pas la peine de donner un autre prétexte que le vrai : son plaisir d'être seul avec Florence pendant les deux jours de vacances qu'il leur reste, parce qu'avec un bel esprit d'indépendance, au bout d'un moment il se lève en déclarant : « Faites ce que vous voulez mais moi, je vais déjeuner. Je ne peux pas résister plus longtemps à l'odeur d'oignons rouis », parce qu'en quittant Pauline et Antoinette, spontanément il les embrasse et dit à Florence :

— Je vais commander pour toi. Raccompagne tes amies jusqu'à la mer. Tu meurs d'envie de savoir ce qu'elles pensent de moi.

Antoinette et Pauline n'en pensent que du bien.

— Pour le moment... ajoute Pauline en riant, mais préviens-le qu'on est prêtes à le traîner dans la boue à la première entourloupette qu'il te fera.

— Oh! Tant qu'on ne s'aimera pas, répond Florence, il n'y aura pas de problème.

Dans ces conditions... Antoinette et Pauline sont persuadées qu'il y en aura... et dans peu de temps!

CHAPITRE XXIII

Antoinette et Catherine reviennent du marché. Leur joie de retrouver le « Huit » demain est plus forte que leur regret de quitter la maison blanche de Port-Grimaud et leurs amis Pauline et Albert qui eux, ne rentreront à Paris que dans une semaine, le 3 septembre, comme prévu, Bertrand Cauvert s'étant arrangé pour que le chantier, quoique inachevé, permette l'ouverture du cabinet de Pauline.

Elles ont dans leurs paniers des provisions destinées au dîner d'adieu qu'elles ont décidé de confectionner toutes les deux pendant que Michel et Christophe, en compagnie de leurs hôtes, goûteront une dernière fois aux plaisirs du bateau et de la mer. A peine sont-elles en train de ranger leur chargement dans la cuisine que Pauline descend en trombe de sa chambre et leur annonce triomphalement :

— Ça y est! Florence a eu des problèmes!

— Eh bien au moins, ça n'a pas l'air de t'affecter outre mesure.

— Non, parce que c'est arrangé, et je crois, de la meilleure façon.

— Elle va se marier avec Rodolphe? demande

Catherine, incorrigible sentimentale, toujours prête à parfumer les happy ends à la fleur d'oranger.

— Non, justement, répond Pauline beaucoup plus réaliste, il le lui a demandé, mais elle a refusé. D'abord, elle ne se sent pas mûre pour le conjungo, ensuite il fallait aller vivre à Amsterdam, et elle tient beaucoup trop à Paris, à son métier, à ses amis.

— Oui, finalement, dit Catherine en regardant gentiment Antoinette, je la comprends.

Antoinette aussi, bien sûr, mais elle craint que sans le secours du Hollandais, Florence ne se relance une nouvelle fois dans son aventure sans issue avec François-Achille.

— Rassure-toi. Quand elle est rentrée samedi soir dans son appartement avec Rodolphe et leurs valises, Buisson était là : il s'était installé chez elle deux jours avant en revenant de Bretagne.

— Avec l'intention d'y rester?

— Ah non! Jusqu'au retour de sa femme seulement.

— La scène entre eux trois a dû être assez intéressante...

— Moitié Courteline, moitié Henri Bataille, m'a dit Florence. Pour finir, Buisson est parti désespéré et Rodolphe a failli en faire autant en apprenant que Florence ne voulait pas le suivre en Hollande. Heureusement, comme il sortait d'une union désastreuse, elle a réussi à le convaincre sans trop de difficultés des avantages des lits à une place et du charme incomparable des week-ends d'amoureux impatients. Bref, elle part pour Amsterdam vendredi prochain et en attendant elle va visiter des appartements.

— Par la même occasion, dit Antoinette, elle pourrait chercher un studio pour Christophe qui, lui aussi, va être obligé de déménager.

— Je lui en ai parlé. Elle va s'en occuper.

Avant de se séparer le lendemain de bonne heure, chacun a vidé le fond de ses poches dans la cagnotte : ce sera pour le dîner des retrouvailles, à Paris.

— Le dîner des « Ce qu'on était bien! » dit Michel avec regret.

— Ah non! Pas de pessimisme! Moi, j'ai bien l'intention d'ouvrir une autre cagnotte au « Huit »!

— Tu vois, Michel, dit Antoinette, on a eu raison, à Aix-en-Provence, d'acheter deux compotiers.

Christophe part le premier sur sa moto. Ensuite, c'est le tour de Catherine dans sa Coccinelle, avec auprès d'elle Michel pour la relayer au volant quand elle sera fatiguée. Antoinette les suit, dans sa voiture, et ne les lâchera pas tout au long de la route, de peur d'une défaillance physique ou mécanique : on tient à rentrer ensemble au « Huit ».

Ils y arrivent vers sept heures sous un ciel gris et bleu, un peu comme leur humeur. Côté bleu, ils sont heureux, après les différentes tempêtes de leur été, de regagner la rive calme du « Huit »; côté gris, il y a quatre étages au « Huit » et ils ne sont que trois. Personne n'en parle, mais chacun y pense.

Soudain, sur le palier du premier étage, Antoinette qui ouvre la marche s'immobilise et se met à renifler comme un chien à l'affût.

— Pascal! dit-elle à voix basse.

Michel et Catherine s'arrêtent aussitôt dans l'escalier.

— Quoi?

— Vous ne sentez pas? C'est l'odeur de Pascal.

Ce sont maintenant trois chiens de chasse, le museau en éveil. Michel et Catherine sentent effectivement une très vague odeur qui leur est familière, mais n'est-ce pas simplement celle du « Huit »?

— Attendez-moi là, dit Michel, je vais voir.

A toute vitesse, il grimpe au quatrième, sonne, une fois, deux fois, frappe... et redescend au troisième où sont montées les deux femmes. Antoinette est accrochée à la rampe. Catherine et Michel la prennent chacun par un bras. C'est ridicule, elle avait espéré... A vrai dire, elle espère encore :

— C'est pourtant son odeur, j'en suis sûre!

Malgré les protestations de ses deux amis, elle va prendre dans son appartement les clés de celui de Pascal et bondit jusqu'à l'étage supérieur. Ses mains tremblent tellement que c'est Catherine qui est obligée d'ouvrir la porte. Antoinette la bouscule, se rue dans la chambre-bureau de son fils et hurle :

— Pascal!

Un instant, elle l'a cru mort. Dans la pièce aux volets clos où les cendriers, débordant de mégots, voisinent un peu partout avec des cadavres de bouteilles de bordeaux, il était couché, la tête dans son oreiller, tout habillé sur son lit, les bras pendant de chaque côté. C'est le cri de sa mère, suivi presque aussitôt de secousses brutales, qui l'avait sorti d'un sommeil proprement abyssal et où il est déjà prêt à retomber.

— Pascal, c'est moi, réveille-toi!

Catherine et Michel le secouent à leur tour.

— C'est nous, Pascal!

Pascal, sans même entrouvrir les yeux, leur sourit.

— Je sais bien, articule-t-il péniblement, je suis content... mais laissez-moi dormir.

— Fais un effort, supplie Antoinette, explique-nous ce qui t'est arrivé.

Pascal soulève avec lenteur son bras pour leur indiquer son bureau. Michel y découvre, à côté de la machine à écrire, un tas de pages dactylographiées. Sur la première, un nom : *Eglantine*. Sur la deuxième, trois mots : « A ma mère. » Sur la dernière, une signature et une date : Pascal Charles-Audricourt. 28 août 1979. Antoinette, qui est venue lire par-dessus l'épaule de Michel, relève la tête.

— C'est aujourd'hui, le 28 août.

— Qu'est-ce que c'est? demande Catherine en caressant la barbe hirsute de Pascal.

— Ça m'a tout l'air d'être un roman.

— Celui qu'il avait commencé avant de partir?

— Sans doute, mais je ne sais pas, répond Antoinette.

Elle se retourne vers Michel.

— Tu crois que je peux le lire? demande-t-elle.

— S'il te l'a désigné, à travers ses limbes, c'était sûrement pour ça.

Antoinette prend le manuscrit et revient vers le lit où Pascal dort de nouveau à poings fermés.

— Ne le réveille pas, dit Catherine. Il est complètement épuisé.

— Mais s'il a pris quelque chose?

— A part une bonne cuite, je n'ai pas l'impression.

Néanmoins, Michel et Antoinette, plus méfiants, fouillent l'appartement de fond en comble, de la poubelle au réservoir d'eau des toilettes. Ils ne découvrent aucune trace de drogue, ni de barbiturique. Juste des tubes vides d'Aspirine et de vitamine C. A part ça, un amoncellement de boîtes de conserve et de paquets de pâtes dont certains encore intacts et partout une couche de poussière invraisemblable et des papiers froissés. Sur l'un d'eux, ramassé par Antoinette, le début d'une lettre : « Pardon, ma petite mère, mais... » Le reste de la page est blanche.

— Il faut le laisser récupérer, dit Michel.

Antoinette refuse de s'en aller : elle a peur. Elle veut être là quand Pascal se réveillera. Elle va s'installer dans un fauteuil et lire ces pages qui lui brûlent les doigts. Elle se sent incapable de faire autre chose.

— Soyez gentils, n'insistez pas. Vous avez mes clés. Rentrez mes bagages. Téléphonez à Pauline et à Christophe pour les prévenir. C'est tout ce que je vous demande.

Dès qu'ils ont le dos tourné, elle se met à lire à la table où son fils a écrit son livre. Il l'a commencé en mars, à peu près un mois après avoir rencontré Eglantine. Antoinette en a lu les trente premières pages quand Catherine remonte.

— Pascal a vidé toutes les réserves de nos placards, dit-elle. On va dîner chez l'Italien. Tu ne veux pas venir avec nous?

— Non. Je n'ai pas faim.

Antoinette lui a répondu sans même la regarder. Bien que Catherine meure d'envie de connaître ses premières impressions, elle sent qu'elle ne doit pas troubler davantage ce tête-à-tête si particulier entre la mère et le fils et s'en va sur la pointe des pieds.

Vers deux heures du matin, Antoinette, les yeux rougis par la fatigue et l'émotion, quitte la chambre de Pascal avec le manuscrit sous le bras.

Dans son appartement, elle retrouve Catherine, occupée à ranger les affaires qu'elle a sorties des valises.

— Je pensais que tu serais contente que tout soit en ordre quand tu rentrerais, mais je peux m'en aller si tu préfères être seule.

— Non, non, j'ai fini.

— Je t'ai rapporté une pizza et des fruits du restaurant, au cas où...

— Ah oui, c'est une bonne idée.

— Je vais te la faire chauffer.

Elle se dirige dans la cuisine sans attendre la réponse d'Antoinette, qui la suit.

— Tu n'as pas sommeil?

— Non. On a parlé très tard avec Michel. On était énervés. On se demandait...

Elle désigne d'un mouvement du menton le manuscrit qu'Antoinette serre toujours contre elle.

— Je comprends... Moi aussi j'avais peur en commençant.

— Et alors?

— Pour moi, c'est bouleversant. Mais je suis un mauvais juge.

— Pourquoi? Tu jugeais très objectivement les livres de ton père.

— Ça ne se compare pas. Mon père n'a jamais investi qu'une partie de lui-même dans ses livres; tandis que Pascal est tout entier derrière chaque ligne du sien. C'est le pélican dans toute sa splendeur. Parfois j'en ai presque été gênée. Il a écrit des choses qu'il ne m'aurait jamais dites. C'est un curieux effet, tu sais, de voir son fils faire l'amour; de voir ce petit garçon qu'on a tant voulu protéger, vomir de dégoût et de chagrin dans un bistrot à putes du port de Naples.

— Tu es sûre que ce n'est pas romancé?

Antoinette en est certaine : il y a des détails qu'il n'a pas pu inventer et un accent de vérité qui ne trompe pas. Pour en convaincre Catherine, elle lui lit le passage où Pascal raconte comment à Naples, sur leur bateau, il a découvert Eglantine en train de forniquer avec le couple d'amis qui les accompagnait; comment elle l'avait invité à se joindre à leurs joyeux ébats; comment, malgré ses railleries et ses menaces, il avait refusé; et comment devant son mépris il s'était jeté sur elle et avait failli l'étrangler.

Catherine réagit absolument comme si Pascal en face d'elle venait de lui faire cette terrible confidence :

— Oh merde! dit-elle.

— Oui...

— Comment ça s'est terminé?

— Heureusement, l'autre type était plus fort que Pascal, il a réussi à le maîtriser et à le balancer par-dessus bord, pendant que les deux filles levaient l'ancre et mettaient le moteur en marche.

— Notre pauvre Pascal...

Antoinette pointe son index sur le manuscrit.

— C'est ça qui l'a sauvé.

— Définitivement, tu crois?

— Oui... Tu liras et tu comprendras. Avec ce livre, Pascal a expulsé non seulement sa passion mais aussi — et c'est peut-être là le plus important — un vieux complexe d'écrivain raté.

— En somme, elle va finir par t'être sympathique, cette grognasse.

— Presque... Ça va amuser Pauline... Dans les premières pages du livre, Pascal avoue n'avoir vu d'abord en Eglantine qu'un sujet de roman et même, dans les meilleurs et les pires moments de leurs aventures, ne s'être jamais vraiment détaché de cette idée. Il dit... Attends.

Antoinette cherche dans le manuscrit la phrase qu'elle veut citer sans la déformer.

— Ah! Voilà, il dit : « J'avais souvent l'impression qu'il y avait un carbone derrière notre amour. »

— C'est drôle!

— Et à la fin il la remercie carrément.

Antoinette sort la dernière page du paquet et en lit à haute voix la dernière ligne :

« Dans cette histoire, Eglantine, j'ai peut-être laissé des plumes mais, Dieu soit loué et toi aussi, j'y ai enfin découvert la mienne. »

Catherine sourit à la fierté maternelle d'Antoinette qui éclate, malgré tous ses efforts pour la cacher :

— Ce n'est pas que je trouve ça génial, dit-elle, mais je t'ai dit ça pour te rassurer.

— Oh! Tu sais, à partir du moment où je t'ai vue descendre, je n'ai plus eu beaucoup d'inquiétude pour ton bébé.

— Tu comprends, ce qui est important, ce n'est pas le sort du livre, c'est qu'il l'ait terminé : c'est la première fois.

— Oui, d'accord, mais quand même il vaudrait mieux qu'il soit publié.

— Evidemment.

— Tu penses qu'il le sera?

— Moi oui, mais je te le répète, je ne peux pas être objective.

— Moi, je peux. En tout cas, plus que toi. En plus, j'ai l'habitude de lire chez Marioneau beaucoup de premiers livres de jeunes auteurs. J'ai des points de comparaison. Si tu veux que je le lise maintenant...

Antoinette regarde sa montre.

— Il est deux heures et demie : tu vas t'endormir dessus.

— Pas si je prends un café.

— Alors, je te le prépare. Commence tout de suite. Je voudrais que tu l'aies fini à huit heures.

— Pourquoi?

— Pour le faire photocopier avant que Pascal ne se réveille et porter la photocopie en cachette à Marc. Ne te vexe pas mais je voudrais avoir rapidement l'avis d'un vrai professionnel.

— Au contraire, c'est une très bonne idée.

— J'irai chez la mère Lefoldon. Elle ouvre très tôt à cause des journaux. Par la même occasion, je reprendrai Ange. Je le lui avais laissé en garde avant de partir : elle n'a pas fermé sa boutique cet été.

— D'accord, mais maintenant fous-moi la paix, j'ai hâte de commencer.

Reconnaissante à Catherine de son impatience, Antoinette la laisse sur son canapé en compagnie de son fils et va chercher sur son lit un repos qu'elle ne trouvera pas.

A huit heures, Antoinette, toute prête, entre dans son vivoir où Catherine, la cafetière vide à côté d'elle, achève le manuscrit de Pascal.

— C'est formidable! dit-elle, mais laisse-moi, j'ai encore trois pages.

Elle se replonge dans sa lecture pendant qu'Antoinette essaie de se calmer en arrosant ses plantes vertes qui auraient de fâcheuses tendances à devenir des plantes jaunes. Enfin, Catherine se lève et va embrasser Antoinette.

— Il a drôlement du talent, notre petit!

— C'est vrai?

— Evidemment, hypocrite! Tu le sais aussi bien que moi.

— Non, je te le jure.

— Allez! File chez la mère Lefoldon. Pendant ce temps-là, je vais essayer de joindre Marc. Je t'écrirai un petit mot pour te tenir au courant.

— Et après tu iras te coucher, il faut absolument que tu te reposes.

— Ne t'inquiète pas. Ça va. Ça va même très bien.

Aussitôt qu'Antoinette pénètre dans le magasin de Mme Lefoldon, encore un peu plus désordonné qu'à l'ordinaire, Ange, qui n'est sans doute pas étranger à ce désordre, se précipite dans ses jambes et s'y frotte en miaulant jusqu'à ce que, ayant déposé son précieux paquet, elle le prenne dans ses bras.

La marchande de journaux accourt de son arrière-boutique et s'écrie, sur un ton qui n'est pas exactement celui de la politesse commerciale :

— Ah! madame Audricourt, je suis bien heureuse de vous voir.

— J'espère que mon chat ne vous a pas trop encombrée.

— Dame! Il tient de la place.

— Il faut dire qu'il a bien profité, chez vous, mon pensionnaire. C'est à peine si je le reconnais.

— En tout cas, lui, il vous a reconnue. C'est incroyable. D'habitude il est tellement sauvage, même méchant quelquefois.

Ange se cache la tête dans le cou d'Antoinette comme s'il ne voulait pas entendre des insanités pareilles et s'accroche de toutes ses griffes à sa veste quand elle veut s'en séparer.

— Vous allez encore me le laisser? demande avec inquiétude Mme Lefoldon.

— Non, ne craignez rien, mais j'ai un travail de photocopie à vous confier.

— Ah bon, quoi?

Antoinette, enfin débarrassée d'Ange, prend le manuscrit de Pascal et le tend à la commerçante.

— Tout ça?

— Il n'y a que trois cent dix pages.

— Bon! Je m'en occuperai ce soir, après la fermeture.

— Ah non! J'en ai besoin tout de suite.

— Mais je ne peux pas! Je vais être dérangée à chaque instant par mes clients du matin.

— Vous n'avez qu'à me montrer le fonctionnement de votre machine et moi, je le ferai.

— Comme ça, si vous voulez.

Une heure plus tard, Antoinette, les mains noires, Ange sous un bras, les deux manuscrits sous l'autre, quitte Mme Lefoldon, ravie de n'avoir plus à supporter le regard condescendant de cet horrible matou.

Sur la console de son entrée, Antoinette trouve un petit mot de Catherine lui indiquant que Marc Marioneau l'attendra à sa maison d'édition toute la matinée.

Elle jette sur son édredon le chat qui n'en croit pas ses pattes, se lave les mains, sort de son secrétaire une de ses cartes de visite et écrit sous son nom, *Antoinette Audricourt* : « Aussi fière de son fils que de l'écrivain qu'il est devenu, infiniment touchée qu'il lui ait dédié ce premier livre, serait très heureuse de le recevoir chez elle à l'heure qu'il voudra, pour le temps qu'il voudra, dès qu'il aura ouvert un œil, et l'embrasse, en attendant, pleine de tendresse et de reconnaissance. »

Antoinette attache le bristol avec un trombone à la première page du manuscrit original qu'elle court remettre à la place exacte où elle l'a pris la veille au soir. Pascal dort maintenant en chien de fusil et sous son couvre-lit. Antoinette observe ses joues creuses qui accusent la longueur de son nez; ses cheveux longs et gras rejetés en arrière qui élargissent encore son front sillonné d'une ride nouvelle; sa barbe qui lui mange la jeunesse de ses lèvres. Mais rien à faire! Pour elle,

Pascal a une touffe de boucles blondes, un nez rond minuscule, une fossette au menton et deux menottes potelées qui sortent d'une brassière blanche. Elle referme la porte de sa chambre tout doucement, redescend à son étage prendre le manuscrit photocopié et, propulsée par ce puissant moteur, s'envole vers les éditions Marioneau.

Son entrevue avec Marc ne dure pas plus de cinq minutes. Il connaît la situation par Catherine et sait ce qu'on attend de lui. Il connaît Antoinette. Il connaît Pascal. Il peut donc imaginer ce que représente son verdict pour lui et pour elle. S'il est favorable, il le dira aux deux. S'il est défavorable, il ne le dira qu'à elle et ils aviseront ensemble de la marche à suivre pour amortir le choc sur Pascal. Il est un ami, et souhaite en tant que tel que le livre soit bon; mais il est aussi le patron d'une maison d'édition jouissant d'une réputation plus que flatteuse et ne peut se permettre de la compromettre en publiant par amitié un livre de mauvaise qualité.

— Cela posé, dit-il en souriant, j'ai bien tort d'avoir encore de l'amitié pour toi.

— Pourquoi?

— Tu as beaucoup trop d'influence sur Pauline.

— Moi?

— Oui, toi, mais ce n'est pas le moment de discuter de cela. Je suis très pressé de connaître l'enfant de ton rejeton. Autant que toi de savoir si je vais l'adopter ou non.

— De toute façon, tu sais, ça ne changera rien entre nous.

— Je sais.

Il la raccompagne jusqu'à sa voiture.

— Tu es chez toi, cet après-midi?

— Je ne bougerai pas.

— Je te téléphonerai dès que j'aurai fini ma lecture.

— Si ça ne t'a pas plu et que par hasard Pascal est près de moi, je te rappellerai.

— Compris.

Avant de revenir au « Huit », Antoinette fait un détour par le supermarché pour réapprovisionner toute la maison. Par bonheur, Michel, qui l'a entendue rentrer, vient au-devant d'elle et la décharge de ses fardeaux.

— J'espère qu'il y a du café, dans tout ça. Je n'en ai plus un gramme chez moi et je suis en manque.

— Ne t'inquiète pas, j'ai tout ce qu'il faut et je n'ai pas déjeuné non plus.

— Pascal est réveillé? demande Michel en arrivant sur le palier d'Antoinette.

C'est Pascal lui-même, penché sur la rampe, à son étage, qui répond :

— Oui, Pascal est réveillé. Il meurt de faim et de soif, et il est de mauvaise humeur parce que son copain Christophe l'a arraché brutalement à un sommeil voluptueux en lui souhaitant la bienvenue par téléphone.

— Eh bien! Descends, dit Michel, on va te nourrir et t'abreuver.

Pascal arrive... à califourchon sur la rampe après une superbe glissade.

— Bonjour, Messieurs Dames!

— Ah, bravo! dit Antoinette, c'est joli pour un homme de lettres de parler et de se tenir comme ça!

Pascal soulève sa mère dans ses bras et la porte ainsi jusqu'au living, la fait tourner comme un manège pendant qu'elle rit aux éclats, puis tombe sur le canapé avec elle sur ses genoux.

— Ah! vous, la mère de l'artiste, dit-il tout essoufflé, ça suffit comme ça : vous n'avez plus voix au chapitre!

Il fourre sa tête dans le cou de sa mère comme Ange tout à l'heure. O temps suspens ton vol... A cet instant le lac Audricourt est lamartinien. Michel apparaît sur le seuil de la pièce, chargé comme un mulet.

— Si je vous dérange, vous le dites.

La mère et le fils se lèvent et vont entourer affectueusement Michel. Le gros nounours aurait facilement la gorge serrée, alors il plaisante.

— Moi, je connais des cagnottes qui sont en train de perdre de l'argent.

— Qu'est-ce que ça veut dire? demande Pascal.

— Explique-lui, Antoinette. Moi je vais préparer notre petit déjeuner pendant ce temps-là.

— Et Catherine? Il faut l'appeler, dit Pascal.

— Elle a lu ton livre après moi. Elle s'est couchée à huit heures, complètement crevée.

Egocentrique comme tous les auteurs et les artistes en général, Pascal ne retient bien entendu que la première partie de la phrase.

— Comment elle l'a trouvé?

— Formidable! Comme moi.

— Ça me fait déjà deux fans. Ce n'est pas mal; mais j'aimerais bien que ça ne s'arrête pas là.

— Avec moi, dit Michel, ça fera sûrement trois.

— Tu vas le lire quand?

— Quand tu voudras, mais néanmoins après avoir déjeuné.

Jamais Antoinette n'a vu son fils manger autant. Après le breakfast anglais avec œufs au bacon et au fromage, voilà qu'il attaque le petit déjeuner à la française avec croissants beurre et confiture. Il prévient, pour excuser son appétit gargantuesque, qu'il ne prendra rien à midi.

— En revanche, ajoute-t-il, ce soir j'aimerais bien une côte de bœuf grillée très épaisse avec plein de légumes frais tout autour. J'en rêve depuis des jours et des jours.

— Depuis quand exactement? demande Antoinette.

— Depuis qu'on s'est embarqués, le 28 juillet.

— Comment, le 28 juillet? Tu es parti d'ici le 28 juin en écrivant à Michel que le bateau était prêt à prendre la mer.

— Ce n'était pas vrai. C'était pour éviter que vous me recherchiez. On est restés à Toulon un mois pour le remettre à flot.

Le visage d'Antoinette se crispe : elle s'est rongée les sangs pendant un mois à cause d'un fils qui était tranquillement à Toulon, à portée de téléphone et de boîte aux lettres! En même temps, la main de Pascal se pose tendrement sur la sienne et le pied de Michel violemment sur le sien. Elle ravale de justesse son sirocco.

— Mais alors, dit-elle d'une voix légèrement altérée, tu as navigué très peu de temps, en somme.

— Quatre jours. « Ils » m'ont débarqué de la façon que tu sais dans la nuit du 31 au 1er août. Et j'ai mis aussi quatre jours pour rentrer en auto-stop à Paris.

— Pourquoi en auto-stop?

— Mon argent était sur le bateau quand ils m'ont faussé compagnie. J'avais juste cinquante francs sur moi. Je les ai dépensés sur la route pour me nourrir. Je pensais trouver quelqu'un pour me renflouer ici. Mais je t'en fiche! Le 4 août : personne!

Antoinette soupire :

— Dire que je suis partie le 2!

— Surtout, ne regrette rien : toi présente, je n'aurais sans doute pas travaillé comme je l'ai fait. Un dingue! Un vrai dingue! Je n'ai pas dû dormir plus de quatre heures par jour et encore, pas d'affilée. J'écrivais jusqu'à ce que je ne puisse plus, je m'arrêtais pour recharger les batteries avec un peu de sommeil et un peu de nourriture, ou de vitamines, et hop! je m'y recollais. J'étais dans un état second.

— Il faut absolument que tu te retapes, dit Antoinette.

— Il faut surtout que je retravaille au plus vite. J'espère qu'ils vont me reprendre, dans la boîte.

— Bien sûr! dit Michel, finalement, compte tenu des vacances, tu n'as été absent qu'un mois, disons... pour cause de maladie.

— D'accord... si je les avais prévenus.

— Moi, je les ai prévenus. J'ai prétendu, à tout hasard, que tu avais été hospitalisé d'urgence en province pour un virus qu'on n'arrivait pas à déceler.

La mère et le fils ont pour Michel le même élan de reconnaissance mais différemment exprimé :

— Tu arrives encore à m'étonner, dit Antoinette.

— T'es vachement chouette! dit Pascal.

Michel coupe court aux remerciements.

— Maintenant, à vous de vous débrouiller pour obtenir un certificat médical en bonne et due forme avant lundi matin. Si je ne m'abuse, c'est le jour où officiellement tes vacances finissent.

— Compte sur moi, il l'aura.

— Eh bien, pendant que vous vous occupez de ça, moi je voudrais bien lire le chef-d'œuvre du siècle.

Pascal ne met pas plus de vingt secondes pour monter à son étage et redescendre avec son manuscrit.

— Tiens! dit-il en le remettant à Michel. Mais sois indulgent. J'aurai sûrement beaucoup de passages à corriger, et même peut-être tout à refaire.

Antoinette se demande si Pascal est sincère et si elle n'a pas eu tort de solliciter l'avis de Marc aussi rapidement.

— Tu as vraiment l'intention d'apporter des corrections à ton roman?

— Pas pour le moment. Je vais le laisser un peu reposer et puis, dans quelque temps, je le relirai. Avec du recul on se rend mieux compte. Je verrai si ça vaut le coup de le montrer à un éditeur... à Marc, par exemple.

— Pourquoi ne pas lui montrer tout de suite? Tu ne risques rien.

Pascal prend sa mère par les épaules.

— Eh si! tu sais bien, toi, ce que je risque.

Antoinette baisse la tête sans répondre.

— Laisse-moi vivre encore un peu dans l'espoir, ajoute-t-il, et dans la joie de tes compliments et de ceux de Catherine.

Antoinette, prenant conscience de son imprudence, n'a plus qu'une idée : éloigner son fils pour qu'il ne soit pas là quand Marc Marioneau va téléphoner.

— Je ne peux pas supporter de te voir avec cette tête-là, dit-elle, va chez le coiffeur.

— Je n'ai pas de sous.

Antoinette hausse les épaules et va chercher son porte-monnaie. Elle en sort un billet de cinq cents francs que Pascal refuse avec beaucoup de dignité.

— Ah non! c'est trop. Cinquante francs, ça suffit.

— Avec tout ce que le coiffeur a à t'enlever, sûrement pas. Et puis d'abord, je n'ai pas de monnaie.

Elle lui met de force le billet dans la main.

— Je te le rendrai, tu sais. Je te paierai aussi mes deux mois de loyer en retard.

— Ecoute, Pascal, ne m'énerve pas. Si tu veux vraiment m'être agréable, quand tu reviendras, mets de l'ordre et nettoie un peu ton appartement. C'est un véritable capharnaüm.

— Bien, mon général!

— Oh! à propos... Ça me rappelle...

Elle le retient en lui racontant le dîner dans le restaurant de Yolande, puis d'autres souvenirs de Port-Grimaud, puis les péripéties de Catherine et celles de Michel. Pour les siennes, elle reste un peu plus dans le flou : Christophe a été très gentil avec elle; c'est lui qui lui a offert Ange. Elle cherche le chat... et un autre sujet de conversation. Ce n'est pas ça qui manque : Florence... Pauline... Vanneau...

Elle jette de temps en temps un regard furtif sur sa montre en supputant le temps de lecture de Marc et celui de la séance capillaire de Pascal. A trois heures et demie elle expédie son fils chez le coiffeur. Seule dans le living elle se remet à calculer : Catherine et elle ont mis à peu près cinq heures à lire le livre. Si Marc lit à leur rythme, comme il a dû le commencer vers onze heures, il devrait appeler vers quatre heures.

A cinq heures Marc Marioneau n'a pas encore téléphoné, mais en revanche Pascal est revenu, rasé de frais, le cheveu propre et court. Il a refusé obstinément de jouer les femmes de ménage et s'est installé sur le canapé avec Ange qui l'a tout de suite adopté.

A six heures, enfin, la sonnerie du téléphone retentit dans le cœur d'Antoinette et y déclenche tout le système d'alarme prévu pour les déceptions.

— Allô, Antoinette? C'est Marc.

— Ah! Quelle bonne surprise! Comment vas-tu depuis le temps qu'on ne s'est vu?

— Ne te fatigue pas. C'est très bon. Je publie.

— C'est vrai?

— Evidemment, pauvre idiote!

Effaré, Pascal voit tout d'un coup sa mère s'effondrer sur sa chaise en sanglotant. Il se précipite.

— Qu'est-ce qu'il y a? Maman? Qu'est-ce qu'il y a?

— Ton livre...

— Quoi, mon livre?

— Il va...

— Il va quoi?

— Etre publié.

Il y a un silence... assourdissant! Dans l'appareil, la voix de Marc :

— Allô! Allô! Antoinette? Tu es là? Réponds-moi, bon sang!

Antoinette passe l'appareil à Pascal :

— Réponds! C'est Marc.

Antoinette part en trombe dans la salle de bains pleurer sa joie sous les robinets. Elle revient, rassérénée, près de Pascal, juste pour l'entendre dire à Marc :

— Oh non! ça, il n'y a pas de danger : à demain!

Il raccroche et se met à pousser des cris de Sioux en caracolant autour de la pièce. Si l'expression « fou de joie » n'existait pas, il faudrait, sur-le-champ, l'inventer pour Pascal.

Après, comme en amour, vient le temps des mots. Les « Tu te rends compte! », les « Je n'ose pas y croire »; le temps des petites revanches : les « Y'en a plus d'un que ça va épater! », les « J'en connais des... que ça va drôlement emmerder! »; le temps des projets : des « Si déjà on en parlait un peu », des « Si par miracle ça marchait! ». Enfin, le temps des autres : l'émotion de Catherine, l'enthousiasme de Michel, les félicitations de Pauline, de Florence, de Christophe, leurs « J'en étais sûr! », leurs « On est fiers de toi », leurs « A quand le prochain? », leurs « Est-ce qu'il faut t'appeler maître? ». Tout cela est bon. Merveilleusement bon; mais ne peut se comparer à l'explosion de bonheur qui a provoqué chez Pascal une minute de délire. Une minute exceptionnelle, irremplaçable et qu'il ne revivra plus jamais. Et cette minute folle, Antoinette est follement heureuse de l'avoir vécue seule avec son fils.

Elle est également heureuse le lendemain d'être seule à partager sa fierté quand il revient des éditions Marioneau avec son premier contrat... et une avance que Marc lui a versée, son premier argent d'écrivain. Pas question, Antoinette le sent bien, de refuser la somme qu'il en a prélevée à son intention pour payer ses dettes. Pas question davantage de s'appesantir là-dessus.

— Quand va-t-il publier ton livre? demande-t-elle.

— Soit à la fin de l'année, soit en février. Ça dépend.

— Ça dépend de quoi?

— De moi. Il n'a rien exigé mais il aimerait que je réécrive le dernier chapitre.

— Pourquoi?

— Il le trouve trop résolument optimiste. Il préférerait que ça finisse, sinon mal, du moins pas aussi bien.

— Quelle drôle d'idée!

— Il pense que ça ferait plus vrai.

— Parce que selon lui, dans la vie, il n'y a pas d'histoires qui finissent bien?

Catherine et Michel arrivent sur ces entrefaites et donnent leur opinion.

— Marc n'a peut-être pas tort, dit Michel. Une fin un peu plus sombre conférerait au livre une dimension plus importante.

— C'est ça, s'écrie Antoinette, parce que le noir a automatiquement de la qualité, et le rose, c'est de la merde!

— La vérité, dit Catherine, c'est que Marc est avant tout un homme d'affaires très influencé par la mode et qu'il sait qu'actuellement le désespoir a plutôt la cote surtout dans la jeunesse.

C'est alors qu'Antoinette, d'un geste dont elle a

perdu l'habitude depuis des mois, ôte la barrette qui retenait ses cheveux dans sa nuque.

— Ah non! Je vous en prie! Qu'on ne me parle plus de mode dans cette maison! On y a assez sacrifié comme ça... Et on a vu les résultats : parce que c'était la mode de n'avoir plus de contraintes, ni sociales, ni morales, ni sexuelles; parce que rien n'est plus interdit, il y en a un ici qui s'est emmerdé avec une minette surexcitée qui avait trente ans de moins que lui et qui l'a laissé à moitié groggy sur le carreau. Une autre qui s'est emmerdée, à son corps défendant, avec une goudou machiavélique qui était sur le point de la détruire physiquement et moralement. La troisième — c'est moi — qui s'est emmerdée au-delà du possible avec un garçon qui aurait pu être son fils et dont elle savait au départ qu'il ne lui plairait pas. Quant au quatrième, au nom de la liberté, il a failli définitivement aliéner la sienne au profit de la drogue et d'une détraquée qui nous l'a rendu par miracle et *in extremis,* à l'état de ruine. Glorieuse, soit! mais de ruine quand même! Tous les quatre, nous nous sommes lancés dans des aventures dont nous n'avions pas envie. Seulement c'était permis! Seulement c'étaient des droits nouveaux qu'on nous avait octroyés! Alors, on s'est cru obligé d'en user par peur de gâcher ou de passer à côté de quelque chose ou de paraître idiot. Puisque les autres le font, faisons-le! On peut, donc on doit! C'est comme ça que des bonnes femmes complexées souffrent le martyre en exposant leurs seins nus sur les plages ou que tant de gens vont crever de peur dans des avions au cours de voyages interminables et épuisants au bout desquels ils crèvent d'ennui devant trois bouts de pierre du XIIe siècle dont ils se foutent comme de leur première chemise, ou qu'ils crèvent de chaleur sous trois palmiers à mille francs par jour la feuille! Alors, vous comprenez, moi, la mode : ras le bol! Leur société permissive, terminé pour moi! C'est beaucoup trop contraignant!

Le « Huit » vient de retrouver les siroccos d'Antoinette : le « Huit » revit.

Après une réflexion de deux jours, Pascal annonça à Marc Marioneau qu'il ne changerait pas son dernier chapitre.

Christophe, revenu comme par le passé à tous les étages du « Huit », avait été son quatrième lecteur et l'avait encouragé, quoique moins véhémentement qu'Antoinette, à ne rien modifier.

Le 31 août, François-Achille, considérablement vieilli, vint dans l'atelier d'Antoinette lui annoncer qu'il partait le lendemain pour l'Allemagne, seul. Son confrère et ami d'outre-Rhin qui avait créé en mars dernier ce fameux centre de gérontologie, à l'inauguration duquel il n'avait pas assisté, lui avait proposé avant les vacances d'en diriger la clinique de chirurgie esthétique. Il venait d'accepter. Désemparé par sa rupture avec Florence, incapable de supporter le visage triomphant de Simone, il avait choisi de fuir les deux femmes. Son épouse n'en avait pas été outre mesure affectée : elle gardait le nom, l'appartement et le chéquier. De plus, il y avait de grandes chances pour que Yolande, qui allait ouvrir à Paris une succursale de son restaurant méditerranéen, *Les Bonnes Femmes,* lui demande de prendre la place laissée vacante par Catherine.

Le 3 septembre, Florence téléphona, au retour de son deuxième week-end avec Rodolphe. Le vent était joyeux du côté des moulins hollandais et soufflait pour toute la semaine sur son paysage parisien. Celui-ci allait d'ailleurs sans doute bientôt changer. Florence était en pourparlers pour la location d'un petit appartement qui lui plaisait beaucoup. Par superstition, elle ne voulait pas en dire davantage avant que l'affaire ne soit définitivement conclue.

Le soir du même jour, ce fut au tour de Pauline d'appeler. Elle voulait savoir si le certificat médical qu'elle avait demandé à un de ses confrères à l'intention de Pascal avait été efficace. Elle fut rassurée. Pascal avait repris le travail aujourd'hui même, sans aucune difficulté d'aucune sorte. Elle aussi avait repris le sien. Un peu dans le désordre. Un peu dans la morosité : il faisait si beau à Port-Grimaud. Mais tout ça allait s'arranger. Il fallait lui laisser le temps de s'organiser. Elle pensait que dans une quinzaine la situation serait éclaircie et qu'on pourrait fixer une date pour le dîner de la cagnotte.

La semaine suivante, ce dîner fut fixé chez Pauline au 17 septembre, jour anniversaire de Christophe.

Ce lundi-là, à vingt heures trente, Antoinette, Pascal, Michel et Catherine, habillés en dimanche, sont introduits par un extra qu'ils ont vu naguère, au temps où les Marioneau recevaient, dans l'hôtel particulier de

Neuilly dont ils ne reconnaissent pas le hall, diminué de moitié. L'extra les prie cérémonieusement d'attendre là, puis disparaît par une porte qui n'existait pas avant. Il revient par celle du salon d'attente qu'il ouvre à deux battants en disant d'une voix solennelle :

— Si vous voulez bien vous donner la peine d'entrer...

Ils entrent, en se poussant du coude, déjà prêts à rire de la surprise que Pauline leur a sûrement préparée.

Ils ne sont pas surpris, ils sont médusés. Dans le fond de la pièce, qui n'est plus un salon d'attente mais un living-salle à manger, Maître Vanneau et Florence d'un côté, Pauline et Christophe de l'autre, tiennent une grande banderole où s'inscrit cette phrase en grosses lettres rouges : *Les quatre du « Huit bis » souhaitent la bienvenue aux quatre du « Huit ».*

Ce qui suit se perd dans un tohu-bohu de questions, d'explications, d'exclamations, d'interjections proprement inaudibles. C'est sans importance.

Ce qui compte, c'est que Pauline, influencée par Antoinette — comme Marc l'a reproché à celle-ci — ait voulu créer une succursale du « Huit », sur le modèle de la maison mère et avec le concours du même architecte.

Ce qui compte, c'est qu'elle ait réussi. Au rez-de-chaussée, Pauline; au premier, Vanneau; au deuxième, Florence; au-dessus, dans les combles récupérés, Christophe. Deux hommes, deux femmes. Liés d'amitié. Quatre solitudes réunies. Quatre nouveaux adeptes des lits à une place.

Ce qui compte, c'est qu'ils soient heureux. N'en

déplaise à Marc Marioneau, il y a des histoires qui finissent bien. Et, s'il le voulait, pourquoi pas la sienne?

Quelques heures plus tard, dans son lit, Antoinette, surexcitée par la soirée de Pauline — qui est aussi un peu la sienne —, se taille une petite bavette avec elle-même :

— Pourquoi Marc ne fonderait-il pas un « Huit ter »?

— Avec qui?

— Ben... avec Gilles, évidemment! Il finira bien par revenir, celui-là.

— Tu y penses toujours, hein, ma vieille?

— Oh... comme ça...

— Et à part Gilles, qui d'autre?

— Deux femmes pardi! dans les quarante-cinquante, ce n'est pas ce qui manque, les esseulées.

— Oui, mais... gaies? Indépendantes? Pas bêtes? Le cœur pas trop inflammable?

— Ne t'inquiète pas, on trouvera, Antoinette, on trouvera.

Antoinette jette un regard au dernier tome des *Mémoires* de Casanova qu'elle a fini ce matin, éteint sa lampe de chevet, grise à l'abat-jour rose, et remonte frileusement sa couverture jusqu'au menton. Elle ferme les yeux et toute seule, dans le noir, sourit. Un « Huit ter »... Oui... pourquoi pas?

LA COMPOSITION ET L'IMPRESSION DE CE LIVRE
ONT ÉTÉ EFFECTUÉES PAR FIRMIN-DIDOT S.A.
POUR LE COMPTE DE LA LIBRAIRIE ERNEST FLAMMARION
ACHEVÉ D'IMPRIMER LE 31 MARS 1980

Imprimé en France
Dépôt légal : 2e trimestre 1980
N° d'édition : 9253 — N° d'impression : 5998